LUZIFER
VERLAG

GREIG BECK

ZUM MITTELPUNKT DER ERDE

This Translation is published by arrangement with SEVERED PRESS.
www.severedpress.com
Title: TO THE CENTER OF THE EARTH

LUZIFER
VERLAG

Deutsche Erstausgabe
Originaltitel: TO THE CENTER OF THE EARTH

Umschlag: Michael Schubert | Luzifer-Verlag
Übersetzung: Markus Müller
Lektorat: Manfred Enderle
Printed in Germany

Dieses Buch wurde nach Dudenempfehlung (Stand 2021) lektoriert.

ISBN: 978-3-95835-580-4

Bibliografische Information der Deutschen Nationalbibliothek:
Die Deutsche Nationalbibliothek verzeichnet diese Publikation in der
Deutschen Nationalbibliografie; detaillierte bibliografische Daten sind im
Internet über http://dnb.d-nb.de abrufbar.

»Die Wirklichkeit beschert uns Tatsachen, die so romantisch sind, dass unsere Vorstellungskraft diesen nicht das Geringste hinzuzufügen vermag.«

JULES VERNE

»Hiermit verkünde ich: Die Erde ist hohl. Sie ist tief in ihrem Inneren bewohnt und es ist möglich, diese Region über ein Höhlensystem zu erreichen, welches der Welt bis dato unbekannt ist. Erfüllt von der Überzeugung, meine Theorie beweisen zu können, weihe ich mit dem heutigen Tage mein Leben dieser Wahrheit.«

ARKADI SAKNUSSOFF

russischer Philosoph, Alchimist und Naturforscher

1485 A.D.

EPISODE 01

»Nur im Schmerz liegt der Schlüssel zu echter Erkenntnis.«

JULES VERNE

PROLOG

WORONJA-HÖHLE, WEST-KAUKASUS, EHEMALIGE SOWJETUNION. 1973.

Tief unten im Höhlenlabyrinth, Kilometer unter der Oberfläche, gelangte Lana zu einer Gabelung. Beide Wege konnten nach oben abzweigen. Vielleicht führte auch nur einer davon in die Freiheit … oder keiner.

»Bitte helft mir«, wimmerte sie.

Sie waren hinter ihr her, daran bestand kein Zweifel. Als sie von Katja getrennt worden war, hatte sie einen kurzen Moment gehofft, die Verfolger sollten sich, wenn möglich, an die Fersen ihrer Schwester heften und nicht an ihre eigenen. Nun erkannte Lana, dass dieser schlimme Gedanke unweigerlich wie ein schlechtes Karma auf sie zurückfallen würde.

Lana wählte den linken Gang und rannte los. Ihr Leuchtstein spendete schwaches Licht. In der Eile hatte sie keinen besseren auflesen können. Schon jetzt schimmerte er in einem trüben Blau und in einigen Stunden würde seine Lumineszenz vollständig erloschen sein.

Was dann?

Die junge Frau verlangsamte den Schritt, da der Stollen sowohl in der Höhe als auch in der Breite enger wurde. Lana beschlich das Gefühl, sie stecke in einem riesigen Schlund, der sie jeden Moment in einem Bissen verschlingen konnte. Sie schluchzte und drang weiter vor. Bald hing die Decke so weit herab, dass sie auf Händen und Knien kriechen musste. Als sie ihr Schienbein an einer scharfen Kante aufschürfte, merkte sie es nicht einmal und krabbelte einfach weiter. Der Leuchtstein erhellte einen Radius von wenigen Schritten.

Einige Minuten später geschah genau das, worum sie gebetet hatte, es möge ihr erspart bleiben. Die Höhle endete in einer Sackgasse, in der die Decke – vielleicht schon vor Jahrtausenden – eingesackt war. Lana presste die Hände gegen die Steinwand und tastete sie vergeblich nach einer Lücke oder lockerem Geröll ab. Dann drehte sie sich um und setzte sich, den Rücken an den kalten Fels gelehnt, hin.

Finde ich den Weg zurück? Vielleicht. Schaffe ich das auch im Dunkeln, wenn der Leuchtstein den Geist aufgegeben hat?

Wahrscheinlich nicht – so viel war ihr klar. Vor allem, da die Wesen auf ihrer Fährte, im Gegensatz zu ihr in dieser schrecklichen Schwärze sehen konnten.

Lanas Augen brannten und ihr Herz hämmerte. Ihre Erschöpfung erzeugte Benommenheit. Sie kämpfte sich einige Meter den Weg zurück und schichtete loses Geröll zu einer improvisierten Mauer im Zugang der Sackgasse auf. Nach zehn Minuten deponierte sie den letzten Stein auf der Krone des Schutzwalls. Nun kauerte sie sich im Zwielicht auf den Boden, stopfte den Leuchtstein in ihre Tasche, um dessen Schein zu dämmen, und schloss die Augen. *Bitte, lieber Gott, gib mir ein kleines Weilchen zur Erholung, damit ich wieder vernünftig denken kann.* Ihr Atem und ihr Herzrhythmus verflachten, während ihr Bewusstsein in die Vergangenheit driftete.

Das Vorhandensein einer geheimen Passage zum Mittelpunkt der Erde galt im Allgemeinen als Legende. Und so hatte keiner ihrer Freunde Georgi Glauben geschenkt, als er eines Tages davon fabulierte, diese gefunden zu haben; und von einem Land der Wunder an deren Ende berichtete. Doch dann hatte sich herausgestellt, dass es sich bei diesem Mythos um die reine Wahrheit handelte. Die Wesen, denen sie dort begegneten, waren furchtbarer als alles, was sie und ihre Freunde für denkbar gehalten hatten.

Das Geräusch eines Steins, der aus der behelfsmäßigen Mauer purzelte, versetzte Lana blitzartig in volle Alarmbereitschaft. Sie kramte den Leuchtstein aus der Tasche und hielt ihn hoch.

Hinter der frisch entstandenen Lücke in der Absperrung regte sich etwas. Die junge Frau konnte es riechen, bevor sie es sah. Der stechende Gestank glich einer Mischung aus altem Schweiß, Fäkalien und verdorbenem Fleisch.

Von drüben erklangen Schnüffellaute und leises Grunzen. Dann erschien auf der anderen Seite des Lochs ein Auge … ein reinweißes Auge, ohne Iris und Pupille. Sie hatten die junge Frau gefunden.

Lana schrie, als die lockere Steinwand auf sie einstürzte.

KAPITEL 1

WORONJA-HÖHLE, WEST-KAUKASUS, EHEMALIGE SOWJETUNION. 1972.

Die fünf Höhlenforscher schlürften Kaffee, den sie auf einem kleinen tragbaren Kerosin-Ofen gekocht hatten. Mehr als einhundert Stunden, knapp vier Tage also, hatte es gedauert, bis sie diesen Ort, der 1905 Meter unter der Erdoberfläche lag, erreicht hatten. Noch heute würden sie bis auf 2197 Meter vorstoßen, bis zum tiefsten Punkt der weltweit tiefsten Höhle.

»Allmählich wird es wärmer«, meinte Dimitri Burkin und starrte in die Finsternis.

Katja Bebikow nickte. Ihr fiel auf, wie getrieben Dimitri und alle anderen wirkten. Der Aufenthalt in einer Umgebung ewiger Nacht hatte ihren Schlaf massiv gestört. Und die knapp bemessenen Ruhezeiten, die ihnen vergönnt waren, waren nicht besonders regenerativ. Durchschnittlich achtzehn Stunden pro Tag hatten sie damit zugebracht, nach unten zu klettern, zu rutschten oder sich abzuseilen. Gefühlt waren sie mindestens seit vier Monaten in dieser Höhle.

»Zum Glück sind wir nicht unter der Sahara oder über einem Geothermalgebiet«, sagte Katja. »In manchen Höhlen steigt die Temperatur alle dreißig Meter um ein Grad. Inzwischen wäre es auf diesem Tiefenniveau dort heiß genug, um uns bei lebendigem Leib gar zu kochen.«

»Aber warum nimmt hier die Temperatur zu?«, fragte Alexi Domnin, das jüngste Mitglied der Gruppe. Im normalen Leben arbeitete er als Mathematiker. »Vielleicht doch wegen geothermaler Aktivität?«

»Dieses Höhlensystem ist alt, sehr alt sogar. Es existiert seit Milliarden von Jahren. Geothermik als Ursache ist also vernachlässigbar.«

Georgi Azarov grinste. »Vielleicht sind wir knapp oberhalb der Hölle.«

Katjas Schwester, Lana, seufzte.

»Irgendwie ist das Nachdenken über die Hölle hier unten wesentlich grusliger als daheim.« Sie hob das Kinn. »Ihr wisst schon, dass die Woronja-Höhle auch als Teufelshöhle bezeichnet wird?«

»Ja, klar. Außerdem gibt es Teufelsberge und alle möglichen anderen Plätze, an denen angeblich eine Pforte zur Hölle verborgen ist. Weltweit müssen es Tausende sein. Der Teufel ist von dem ganzen Verkehr vermutlich ziemlich genervt, den die Leute verursachen, die ständig raus- und reinrennen.« Georgi schlürfte einen Schluck Kaffee. »Heute kommen wir jedoch in den Himmel. Dort wird es so wundervoll sein, wie die antiken Maya prophezeit haben.«

»Oder wir stoßen auf ein gut ausgebautes Kellergewölbe«, scherzte Katja, wischte ihren Becher aus und verstaute diesen zusammen mit dem Kerosinofen in ihrem Gepäck. Dann zog sie ihr Notizbuch heraus und fertigte einen Eintrag an.

»Bis jetzt haben sich die Aufzeichnungen von Arkadi Sakussoff als verlässlich erwiesen«, schärfte Georgi den anderen ein. »Und deshalb werden wir auch den Durchgang entdecken, den er beschrieben hat.«

Katja liebte die Art und Weise, wie Georgis Augen fasziniert strahlten, sobald er von jenem Forscher, Gelehrten und Alchimisten des fünfzehnten Jahrhunderts sprach. Ihr Freund hatte sich etwas vom Enthusiasmus eines Kinds bewahrt und in solchen Momenten brannte dieser wie ein Feuer in ihm. Ohne Resultat hatte er über einen Zeitraum von mehreren Jahren versucht, Saknussoffs schriftlichen Nachlass zu ergattern. Dabei hatte er die Hälfte seines Vermögens ausgegeben; und unter Garantie würde er morgen wieder das Gleiche tun.

Vor einigen Monaten lachte ihm endlich das Glück. Auf einer Auktion in Moskau kam ein einzigartiges Saknussoff-Manuskript unter den Hammer. Der Anbieter dachte, es handele sich dabei um einen Roman. Georgi dagegen hatte bei der Durchsicht des Versteigerungsobjekts sofort erfasst, dass er die akribische Beschreibung einer Route zum Inneren der Erde vor sich hatte. Letztendlich blätterte er zu dessen Kauf eine Summe auf den Tisch, für die er ein kleines Königreich hätte erwerben können. Anfänglich schüttelten alle die Köpfe, als Georgi behauptete, in dem Buch stünde die Wahrheit. Doch nun hatte sie ihre Expedition eines Besseren belehrt.

»Saknussoff schrieb, dass der Zutritt unter einem See liegt.« Georgi erhob sich. »Wir bekommen es also vermutlich mit einer Art Einlaufschacht zu tun.«

Katja nickte. Ein Einlaufschacht bedeutet im Zusammenhang mit einem Höhlensystem einen gefluteten Stollen. Meistens entstanden diese unterhalb statischer Senken, in denen sich im Laufe der Jahre Wasser gesammelt hatte, das nach unten durchsickerte. Manche davon waren Verbindungen zu unterirdischen Flüssen oder Seen. Und in seltenen Fällen wurden sie unregelmäßig von Wasser durchspült, weshalb sie außerhalb dieser Periode trockenen Fußes passierbar waren. Die genaue Ursache dieses Phänomens konnte bis heute niemand erklären.

»Also sollten wir uns auf einen Tauchgang vorbereiten«, fuhr Georgi fort. »Wir werden die Ersten sein, die dieses Wagnis eingehen.«

Katja schüttelte den Kopf. »Die Zweiten, um genau zu sein.«

Georgi runzelte die Stirn. »Saknussoff ist hier unten nie getaucht. Vor fünfhundert Jahren gab es keine Ausrüstung dafür. Hm?«

Sie kicherte. »Du hast recht. Wir werden bestimmt etwas ganz Besonderes finden.«

Georgi klopfte den Staub von seiner Kleidung. »Okay, Kinder der ewigen Nacht. Weiter geht's.«

Beim Aufstehen stöhnte Katja. Obwohl sie eine geübte Höhlenkletterin war, fehlte ihr nach so langer Zeit in vollständiger Schwärze das Sonnenlicht. Ihnen blühten mindestens zwanzig Stunden Schufterei, in denen sie sich durch Gänge und Tunnel kämpfen mussten, die immer undurchdringlicher wurden, bevor sie nach einem Nadelöhr in eine Felskammer vom Format einer Kathedrale mündeten. Nachlässigkeit konnten sie sich zu keiner Sekunde leisten, egal wie erschöpft sie sein mochten. Manche der Klippen hier unten fielen über hundert Meter senkrecht ab. Und selbst ein gebrochenes Bein bedeutete so fern von der Erdoberfläche möglicherweise ein Todesurteil, zumindest falls man sich eine Infektion einfing. Es würde ein zähes, qualvolles Sterben sein.

Während der Trupp durch einen niedrigen Stollen robbte, schob jeder Einzelne von ihnen seine Sauerstoffflasche vor sich her. Die Rucksäcke hatten sie mit einem Seil an der Taille befestigt und zogen sie nach.

Als es wieder genug Bewegungsfreiheit gab, rappelte Georgi sich auf und lief ohne seine Ausrüstung zu einem Tümpel, der rund fünfzehn Meter durchmaß. Das Wasser war so still, dass es wie eine Glasscheibe anmutete. »Seit Jahrhunderten ist kein Mensch hier gewesen.« Er ging in die Hocke und fischte ein Thermometer aus seiner Hüfttasche. Nun tauchte er es in die glasklare Flüssigkeit. Einige Sekunden später verkündete er: »Siebenundzwanzig Grad. Hat jemand Lust auf ein warmes Bad?«

»Die Wanne ist recht mickrig. Passen wir da überhaupt alle rein?«, fragte Lana und stemmte die Hände in die Hüften.

Georgi grinste. »Scheint so. Ich wette, unter der Wasseroberfläche gibt es Felsenriffe, die größere Hohlräume verdecken. Die Riffe dürften etwa in zwei Metern Tiefe anfangen. Wenn wir die Schmutzpartikel auf ihrer Oberseite nicht aufwirbeln, müsste das Wasser sauber bleiben.«

Katja öffnete ihren Rucksack. »Wir sollten trotzdem die Taucheranzüge verwenden. Für den Fall, dass es hier Thermokline mit scharfen Übergängen von warmen zu eiskalten Temperaturen gibt. Wenn du in einen davon reinschwimmst, kriegst du einen Schock und deine Muskeln verkrampfen. Also streift euch die Anzüge über, Leute.«

Es dauerte zehn Minuten, bis alle die Schwimmanzüge trugen und die Atemgeräte überprüft hatten. Sie hatten keine Schwimmflossen dabei, da sie nicht damit rechneten, längere Strecken schwimmen zu müssen. Also hatten sie darauf verzichtet, um ihr Gepäck so leicht und kompakt wie möglich zu halten.

Katja stellte ihren Rucksack – wie alle anderen auch – an eine der Höhlenwände. Bevor sie sich auszog und ihre Kleidung darauf ablegte, holte sie eine Handlampe aus dem Gepäck, mit deren Hilfe sie ihre Tauchmaske und den Schnorchel inspizierte. Als sie umgezogen war, vergewisserte sie sich, dass die wasserdichten Verschlüsse ihres Rucksacks ordnungsgemäß saßen.

Während sie sich in Geduld übte, bis die anderen dieselbe Tätigkeit abschlossen, fror sie an den Füßen und ihre Waden prickelten. Sie zitterte und es schien ihr, als würde die Luft um sie herum neblig. Spielte ihr die Wahrnehmung aufgrund ihrer Erschöpfung einen Streich oder geschah dies tatsächlich? Oder …

Scheiße.

»Erdbeben!«, schrie sie.

Dieses eine Wort auf einer Höhlenexpedition ausgerufen, stellte das Äquivalent zu »Hai!« beim Meerestauchen dar.

Alle starrten sie entgeistert an, in Erwartung dessen, was als Nächstes geschehen würde.

Von der Decke rieselte Staub. Die Vibration des Untergrunds löste ein kitzliges Gefühl in ihren Beinen aus. Es gab nichts, das sie hätten tun können. Keinen Ort, an den sie flüchten konnten. Also beteten sie, während sie froren.

Der erste ernstzunehmende Stoß dröhnte wie anrollender Donner, als er durch die Höhle hallte. Dann ertönte ein weiteres Geräusch von unten her. Ein Geräusch wie das Splittern von Eis. Zunächst war es aus der Tiefe zu hören, dann überall um sie herum.

Die Felsschichten in diesem Gebiet hatten ein phänomenales Alter und sollten deshalb stabil sein. Aber das hieß nicht, dass hier keine Erdbeben auftraten. Oberirdisch mochten solche Stöße kaum mehr Wirkung, als ein laues Lüftchen hervorrufen. Hier unten, in fast zweitausend Metern Tiefe, konnten sie eine Katastrophe auslösen.

Abrupt fiel Stille auf die Höhle und die Bewegung des Gesteins stoppte.

»War's das?«, fragte Dimitri flüsternd und ließ den Lichtkegel seiner Taschenlampe über die Decke wandern.

Alexi schnaubte. »Vielleicht haben die Militärs einen unterirdischen Atombombentest durchgeführt.«

»Was für ein grässlicher Gedanke«, flüsterte Lana. »Sollten wir uns nicht besser auf den Heimweg machen?«

»Selbst, falls wir uns sofort auf die Socken machen«, antwortete Georgi, »müssten wir mindestens eine Woche abstrampeln, um nach draußen zu kommen. Da wir nun schon hier sind, sollten wir die Gelegenheit beim Schopf packen.«

Links von der Gruppe trat erneut eine heftige Eruption auf, gefolgt von einer zweiten – diesmal von rechts, die genug Wucht aufwies, um alle von den Beinen zu fegen. Staub und Schutt regneten herab. Dann barsten größere Felsbrocken aus dem Höhlendach und knallten an verschiedenen Stellen auf den Boden. Das Tosen klang, als rieben riesiger Mühlsteine aneinander.

»Höhleneinbruch!«, rief Katja inmitten des Infernos. Sie kauerte sich zusammen und hielt die Hände schützend über den Kopf. Es gab keine Deckung vor den niederprasselnden Steinen und sollte die gesamte Decke herunterfallen, wären sie endgültig geliefert. In diesem Fall würden sie zerquetscht werden, wie Insekten unter einer Schuhsohle. Vielleicht hätten sie dann eine Zukunft als Studienobjekte von Paläontologen künftiger Jahrhunderte, die sie irgendwann ausgruben.

Nach einem dritten Stoß kehrte wieder Ruhe ein. Keiner stand auf, einige pressten die Augenlider fest zusammen. Katja neigte den Kopf in den Nacken. Die Luft lag unter einem dichten, finsteren Staubschleier. Gelegentlich stürzten weiterhin einzelne Geröllbrocken nach unten. Sie spuckte den Staub in ihrem Mund aus und leuchtete mit ihrer Lampe nach oben, um einen Blick auf die Decke zu erhaschen. »Alle okay?« Kriechend begab sie sich auf die Suche nach ihrer Schwester.

»Ich bin in Ordnung?«, meldete Dimitri.

»Ich habe gerade Lana gefunden. Uns geht es gut«, sagte Katja.

»Alexi?«, rief Georgi.

Einige Meter weit weg hustete und stöhnte jemand. »Ich bin leicht ramponiert. Als Erstes muss ich den ganzen Schutt, der auf mir liegt, wegräumen.«

»Ich helfe dir«, verkündete Katja und krabbelte zu ihm. Dort stemmte sie das Gestein von seinen Beinen.

Alexi richtete den Rücken gerade auf und tastete die von der Verschüttung betroffenen Gliedmaßen mit zusammengebissenen Zähnen gründlich ab. »Es tut weh, aber eine Fraktur blieb mir wohl erspart. Einen Hochsprungwettbewerb muss ich mir trotzdem für ein Weilchen verkneifen.«

»Ihm geht's gut«, bestätigte Katja.

»Hey, ich bin verwundet. Zwar nur leicht, trotzdem ...«

»Stell dich nicht wie ein Kleinkind an«, konterte Katja, stand auf, reichte ihm die Hand und zog ihn hoch.

Alexi hüpfte zuerst auf einem Bein, dann belastete er behutsam das zweite. »Geht schon.«

»Wo ist eigentlich der Tümpel hin verschwunden?«, wollte Georgi wissen.

Die anderen gesellten sich zu ihm an den Fleck, an dem vorher das Ufer gewesen war. Von dem Wasser war nichts mehr zu sehen.

»Heilige Scheiße. Er ist komplett versickert«, diagnostizierte Dimitri.

Georgi stakste behutsam, seine Handlampe hin und her schwenkend, in das leere Bassin.

Vom Tümpelrand aus leuchtete Katja ihn an. »Wir sollten losgehen. Wir hatten Glück. Bei einem weiteren Erdstoß werden wir vielleicht hier drin gefangen.«

»Das sind wir vielleicht längst«, antwortete Georgi. »Über uns liegen zwei Kilometer Höhlensystem und wer weiß, wie viel davon eingesackt ist. Da wir eh hier sind, sollten wir das Beste aus der Situation machen.«

Dimitri stapfte ebenfalls ins leere Becken. Vor einem Felssims hockend, rief er: »Hey, ich habe die Stelle gefunden, durch die das Wasser abgelaufen ist.« Vorgebeugt fuhr er fort: »Dort unten ist eine neue Höhle.«

Der ganze Trupp versammelte sich rings um ihn. Der steinige Überhang bot genug Raum für alle.

Georgi leuchtete in das dunkle Loch zu ihren Füßen und streckte einen Arm mit flacher Hand darüber. »Man kann es spüren. Die Wärme steigt von unten hoch.«

Auch Lana lenkte einen Lichtstrahl in die gähnende Öffnung. »Schaut mal. Sind das dort unten Buchstaben?«

Alle richteten ihre Lampen auf denselben Punkt wie die junge Frau.

»Glaube ich nicht«, widersprach Georgi. »Wer sollte sie auch dorthin gekritzelt haben?« An Alexi gewandt, forderte er: »Mach einen Klatschtest.«

An die Kante des Lochs gekauert, legte der Angesprochene demonstrativ einen Finger auf die Lippen. Als alle schwiegen, klatschte er einmal laut und wartete ab. Die Geschwindigkeit von Schallwellen beträgt 343,2 Meter pro Sekunde. Zusätzlich muss man den Rückweg des Tons mit einberechnen. Nachdem das Echo erscholl, sagte Alexi: »Sechs Sekunden. Das sind rund 900 Meter bis zu dem jungfräulichen Land unter uns.« Er grinste.

»Großartig!«, jubilierte Georgi. »Wir kommen also richtig weit runter. Meine Damen und Herren, das heißt, wir werden einen neuen Tiefenweltrekord aufstellen.«

»Wir werden berühmt«, jubelte Alexi.

»Wartet, wollt ihr wirklich da rein?«, fragte Katja. »Direkt nach einem Erdbeben?«

»Ja, verdammt. Schließlich sind wir deswegen hier. Wer begleitet mich?«

»Ich bin dabei.« Dimitri nickte.

Die Übrigen stimmten ebenfalls zu. So hatte Katja trotz ihrer Bedenken bezüglich der Stabilität der Felsenkathedrale keine andere Wahl, als sich ihnen anzuschließen, zumindest wenn sie sich bis zu ihrer Rückkehr nicht allein hier oben langweilen wollte. »Also gut, packen wir's an.«

»Auf ins Vergnügen«, meinte Georgi, übernahm die Führung und betrat den abschüssigen Tunnel.

***

Lana und Katja rannten wie von Furien gehetzt in entgegengesetzte Richtungen auf und davon.

Katja stolperte und schlitterte bäuchlings zwei Meter über den Boden. Dabei riss die Haut von ihren nackten Knien. Der Hauptteil ihrer Kleidung hing längst in Fetzen. Sie beachtete die kleine Blessur gar nicht, denn sie war harmlos im Vergleich zu den Narben, die sie sich in den letzten Wochen zugezogen hatte. Oder steckte sie schon seit Monaten hier unten? Auf diese Frage wusste sie keine Antwort.

Sie raffte sich auf und sprintete panisch weiter. Tränen verschleierten ihr die Sicht.

Georgi war tot. Ebenso Dimitri und Alexi. Lana war irgendwo in der Dunkelheit verschollen.

Der phosphoreszierende Stein in ihrer Faust schimmerte bläulich und wies ihr den Weg durch die stygische Finsternis. Falls sie auf eine geräumigere Höhle stieß, wäre sie vielleicht in Sicherheit. Dort hinein würden sie ihr nicht nachpirschen. Hoffentlich.

Eine Stunde später stieß Katja auf die ersten Markierungen, die sie auf der Reise nach unten hinterlassen hatten. Als sie später den Durchgang zur Höhle mit dem versickerten Tümpel betrat, weinte sie vor Freude darüber, den Ausweg aus diesem Irrgarten gefunden zu haben.

Eine dicke Staubschicht bedeckte die Ausrüstung, die sie am Ufer des Tümpels aufgestapelt hatten. Gierig schraubte sie eine Wasserflasche auf und zerriss die Verpackungen von Nährstoffriegeln. Als von unten ein Geräusch zu ihr drang, erstarrte sie.

Vielleicht ist es Lana? Ihre Schwester war das einzige andere Mitglied der Expedition, das überlebt hatte. *Was zur Hölle sind diese Kreaturen?* Ihr Verstand wollte die Antwort herausschreien, doch etwas in Katja weigerte sich, die Realität zu akzeptieren.

Sie schluckte. Sollte sie hier auf ihre Schwester warten oder ihr mit frischen Vorräten ausgerüstet zu Hilfe eilen? Unschlüssigkeit und Frustration trieben ihr abermals Tränen in die Augen, sodass ihre Umgebung verschwamm. Mit dem Unterarm wischte sie die Tränen weg. Aus dem Loch am Grund der Mulde ertönte ein weiterer Laut – diesmal ein Grunzen. Danach ein leises Winseln.

Es tut mir so leid, Lana …

Katja seufzte und floh, so schnell die Beine sie trugen. Es würde Tage dauern, um ganz nach oben zu gelangen. Gleichgültig, wie müde sie sein mochte, an Schlaf durfte sie dabei keinen Gedanken verschwenden. Sie würde so lange jegliche Rast streichen, bis das Antlitz der Sonne wieder über ihr erstrahlte.

KAPITEL 2

HUNTSVILLE GRAND BALLROOM, ALABAMA, USA. HEUTE

Jane Baxter klatschte höflich und rutschte mit dem Hinterteil auf der Sitzfläche ihres Stuhls herum, als wolle sie sich aus dem geliehenen Kleid winden, das sie trug. Sie war dreißig Jahre alt, von schlanker Figur, und ihre durchtrainierte Muskulatur deutete auf regelmäßige Stippvisiten in einem Fitnessstudio hin. Ein schickes Kleid schien bei ihr fehl am Platz zu sein und sie fühlte sich ausgesprochen unwohl darin.

Dennoch sah sie heiß aus und zog die Bewunderung aller Männer wie ein Magnet an. Jane und ihre »Grotte« – so wurden kleinere Untergruppierungen der Nationalen Speläologischen Gesellschaft bezeichnet – saßen im Rahmen des jährlichen Winterballs rund um einen reservierten Tisch im weitläufigen Huntsville Ballroom in Alabama.

Jane schirmte ihr Glas mit der Hand ab, als Andy dazu ansetzte, ihr Champagner nachzuschenken. Dann lehnte sie sich zurück. Über ihrem Kopf reflektierte eine behäbig rotierende Diskokugel bunte Strahlen in den Saal, während der letzte Redner auf der Bühne seinen Vortrag ausklingen ließ und Vorbereitungen für eine besondere Ankündigung getroffen wurden.

Ihre Freunde und sie stammten aus Charlotte in North Carolina und sie alle teilten eine Passion für das Höhlenklettern, aufgrund derer sie eine Gemeinschaft bildeten und an der heutigen Veranstaltung teilnahmen. Von Montag bis Freitag gingen die meisten von ihnen zwischen acht und fünf Uhr normalen Jobs nach. Die Wochenenden und ihren Urlaub widmeten sie dagegen dem Abstieg in tiefstmögliche Höhlen.

Von Beruf war Jane High-School-Lehrerin. Links neben ihr saß Angela, die Inhaberin eines Sportartikelladens, deren Wangen vom vielen lauten Lachen und vom reichlichen Weingenuss bereits rosa glänzten. Etwas mit ihr zu unternehmen, versprach stets eine Menge Spaß und sie war für Jane etwas Ähnliches wie eine kleine Schwester.

Dann kam der athletisch gebaute Michael »Mike« Monroe, mit achtunddreißig Jahren der Älteste aus ihrer Riege. Die hohen Wangenknochen hatte er unumstritten von seiner russischen Mutter geerbt. Er leitete eine florierende Securityfirma. Einen seiner Mundwinkel verzog er häufig zu einem ironischen Lächeln. Mike war der ungewählte Dreh- und Angelpunkt ihrer Grotte. Allein wegen seiner starken Persönlichkeit, seinem Intellekt und seinem Sinn für Humor hörten die Leute auf das, was er sagte.

Den Sitz neben ihm füllte David Sholtzen aus, der heute seine Frau dabei hatte. Er war Arzt und sie Steuerberaterin. Nach Feierabend standen bei ihnen endlose Streitereien auf dem Programm. Oft wirkten sie dabei wie zwei Liebesvögel, von denen der eine danach strebte, den anderen mit seinem Gesang zu übertönen.

Ronald »Ronnie« Schwartz musterte gerade fasziniert das Display seines Mobiltelefons.

Andy, der heute von seiner neusten Flamme eskortiert wurde, vervollständigte das Team. Obwohl erst dreiundzwanzig Jahre alt, war er ein versierter Kletterer, der Erwerbsarbeit als eine Unterbrechung der wirklich wichtigen Angelegenheiten des Lebens betrachtete. In eine reiche Familie hineingeboren, musste er sich keine ernsten Gedanken um eine berufliche Karriere machen. Obwohl er betont hatte, seine Freundin sei einundzwanzig, erweckte sie den Anschein, deutlich jünger zu sein. Alles, was Andy tat oder sagte, begeisterte sie und seine bloße Präsenz entfachte Glücksgefühle in ihr.

Die aktuelle Veranstaltung fand Anklang bei gut vierhundert Besuchern, die zwischen den Reden eifrig über neue Höhlen und frische Kletterrekorde diskutierten. Als der Moderator die Vergabe des Förderpreises ankündigte, sprang Ronnie aufgeregt auf.

»Wir schaffen das«, feuerte Andy sich selbst und seine Mitstreiter an.

Mike hob eine Augenbraue.

Eines der am besten situierten Mitglieder der Gesellschaft hatte dieses Jahr eine Summe in Höhe von einer Million Dollar für den tiefsten Höhlenabstieg ausgelobt. Scherzhaft wurde der Wettstreit die *Hollow Earth Challenge* getauft, in Anspielung auf alte Mythen, denen zufolge das Zentrum der Erde einen riesigen, bewohnbaren Hohlraum beheimatete – oder alternativ die real existierende Hölle. Zu beiden sollte angeblich via weitreichender Höhlen ein Zugang bestehen.

Mike, der gewöhnlich gut informiert war, hatte den Plan zu dieser Ausschreibung lange vor der großen Mehrheit spitzbekommen und vorsorglich Informationen und Einreisegenehmigungen für die ganze Truppe zu seinem Wunschziel eingeholt. Nie zuvor hatte ihn eine Idee derart elektrisiert, denn er glaubte tatsächlich an die Hohlwelttheorie. Stundenlang konnte er über dieses Konzept philosophieren und darüber dozieren, was uns die seismischen Wellen, die den Planeten durchlaufen, darüber offenbaren.

Ursprünglich hatte Jane gedacht, dieser Spleen sei lediglich ein Ausdruck seiner Vorliebe für schrägen Humor. Da er unbeirrbar damit fortfuhr, jeden greifbaren Geologen mit seinen Theorien zu nerven, kapierte sie schließlich, dass er es ernst damit meinte und nicht nur seiner Fantasie freien Lauf ließ. Und er wollte ihre Wahrheit beweisen.

Mike hatte seine Hausaufgaben pflichtbewusst erledigt und den Standort, der weltweit tiefsten Höhle recherchiert. Es handelte sich dabei um die Woronja-Höhle in der ehemaligen Sowjetunion. Seit Jahren war niemand in ihre Nähe gelangt, da sie die zuständigen Behörden vor Jahren aus unbekannten Gründen für die Öffentlichkeit strikt gesperrt hatten.

Michael war überzeugt zu wissen, weshalb diese Verordnung verhängt worden war. Er hatte bereits Kontakte vor Ort etabliert und seine Fühler nach einem Führer ausgestreckt und er war bereit dazu, am Tag nach der öffentlichen Bekanntgabe der Ausschreibung unverzüglich durchzustarten. Seine Freunde lauschten gespannt wie Drahtfedern der Rede auf der Bühne. Andy hielt im Stehen beide Hände mit gekreuzten Fingern hoch. Seine Freundin kicherte und umschlang seinen Arm.

Der Preis allein war schwindelerregend attraktiv. Obwohl eventuell nebenbei Schürfrechte eingeheimst werden konnten, war er mehr als bloß die Kirsche auf der Torte. Also würden gewichtige Konkurrenten ebenfalls heiße Eisen im Feuer haben.

Der Moderator sprach es aus: »Eine Million Dollar!«

Das animierte sogar David dazu, das Gezänk mit seiner Gattin zwischenzeitlich zu pausieren. »Ja«, rief er, und sie küsste ihn auf die Wange, womit sie bewies, dass ihre Streiterei kaum mehr als ein Teil ihres üblichen Abendrituals war.

Ein Mann ging an ihren Tisch, beugte sich vor und legte Angela eine Hand auf die Schulter.

Angela lächelte gepresst. »Hallo Harry.«

Jane seufzte. Harry Wenton konnte mit Fug und Recht als ein Star unter den Kletterern der englischen Höhlenforschergemeinde bezeichnet werden. Er gehörte zu einer märchenhaft reichen Sippe aus Bristol. Obwohl er ein paar Meriten als Kletterer vorweisen konnte, galt seine hauptsächliche Motivation dem Flachlegen jeder alleinstehenden Frau – und manchmal auch nicht Alleinstehender – die in seine Reichweite geriet. Den damit verbundenen Ruf als notorischer Don Juan hatte er sich im Zuge dessen hart erarbeitet. Was fachliche Aspekte anging, genoss er unter seinen Kollegen bestenfalls ein durchwachsenes Ansehen; dank seines regen Gebrauchs von Sprengmitteln. Zwar hatte er zahlreiche neue Höhlen aufgestöbert, aber auch etliche davon mit seinen Holzhammermethoden zum Einsturz gebracht. Er wusste, wie man Dynamit verwendet, er war jedoch nicht besonders gut darin.

Angela und er hatten eine mehrwöchige Affäre miteinander gehabt, bevor er sie für das nächste junge Ding, das seine Aufmerksamkeit erregte, ohne viel Federlesens fallen ließ. Harry hatte sich in der Vergangenheit um ein Date mit Jane bemüht, aber sie zeigte ihm die kalte Schulter, die er verdiente. Der Abgewiesene hatte gleichmütig auf ihren Korb reagiert und sich unverdrossen einem anderen Objekt seiner Begierde zugewandt.

»Rechnet ihr euch Chancen aus, Michael?«, fragte Harry.

Mike zuckte mit den Achseln. »Eher nicht. Gerade ist die falsche Jahreszeit für eine Expedition in eine gute Höhlengegend. In den Appalachen schneit es aktuell.«

Grinsend sagte Harry: »Dem stimme ich zu.« Er nippte an seinem Champagner. »Zumindest was die USA anbelangt. Um eine Hoffnung auf den Sieg zu haben, muss man mindestens anderthalb Kilometer runter.« Er hüstelte. »Wohin würde *ich* dazu gehen? Hm, da wären das Reseau Jean Bernard System oder die Gouffre Mirolda Höhlen in Frankreich. Beide sind fast 1600 Meter tief.« Er überlegte kurz, ehe er fortfuhr. »Dann hätten wir außerdem den österreichischen Lamprechtsofen in den Leoganger Steinbergen mit 1631 Metern und die Illyuzia-Meshonnogo-Snezhnaya in Georgien mit 1752 Metern.«

Harry tat so, als wolle er den Tisch verlassen, doch plötzlich verharrte er. »Ach ja, Georgien. Dort soll es eine Höhle mit knapp 2200 Metern geben.« Er reckte das Kinn vor. »Ihr wisst nicht zufällig, wovon ich rede?«

Ohne sein Pokergesicht aufzugeben, schüttelte Mike bedächtig den Kopf.

»Was soll's. Wie auch immer, meine Damen und Herren, möge das beste Team gewinnen.« Harry zwinkerte ihnen zu, drückte Angelas Schulter und schlenderte zum nächsten Tisch davon.

Angela streckte ihm die Zunge raus.

»Was für ein Schleimer!«

»Glaubst du, er weiß über die Woronja-Höhle Bescheid?«, fragte David.

»Über ihre Existenz: ja. Über unseren Plan: wohl kaum«, antwortete Mike. »Aber selbst wenn, wen kümmert's? Soll er ruhig bis dorthin kommen. Ich kenne jemanden, der einen Durchschlupf gefunden hat, der tiefer ins Innere der Erde führt.«

Andy furchte die Stirn. »Mehr als 2197 Meter? Das ist der absolut tiefste Punkt ... oder etwa nicht?«

»Nur der bis heute erforschte.«

Mike lächelte optimistisch.

»Es wäre fantastisch, falls das stimmt. Sollten wir Erfolg haben, wäre allein Wentons Gesichtsausdruck Gold wert. Wann machen wir uns auf den Weg?«, fragte Jane.

»Morgen treffen wir uns zwecks Projektplanung. Ich werde euch etwas Unglaubliches zeigen, das uns die eine Million Dollar mit Gewissheit ins Portemonnaie spült.«

»Ich freue mich schon darauf.« Andy rieb sich die Hände. Seine Freundin umarmte ihn überschwänglich und hing danach wie eine Klette an ihm.

Auch die anderen platzten fast vor lauter Vorfreude.

»Also pünktlich um 9:00 Uhr bei *Danny's* zum Frühstück«, verlautbarte Jane zum Abschied die Devise für ihr weiteres Vorgehen.

***

Zum vereinbarten Termin in besagtem örtlichen Café trafen Jane, David und Ronnie fast gleichzeitig ein. An einem abgeschiedenen Ecktisch saßen bereits Mike und Andy. Der Jüngste unter den Höhlenforschern hatte einen Teller mit einer enormen Menge an Rührei und gebratenem Speck vor sich, den er zusammen mit dicken Toastbrotscheiben in seinen Mund schaufelte, als sei er gerade von einer einsamen Insel gerettet worden.

»Hast wohl letzte Nacht einiges an Kalorien verbrannt?«, scherzte Jane.

Er winkte ab.

»Diesbezüglich konnte ich bisher nie klagen …«

Jane stupste ihn mit dem Ellbogen an. »Kein Wunder, bei deinem hübschen Gesicht.«

Während sie Kaffee bestellten, läutete die Türglocke und Angela betrat das Lokal. Sie rutschten ein Stück zusammen und schufen so Platz für sie.

»Einhundertsechsundsechzigtausendsechshundertsechsundsechzig Dollar und sechsundsechzig Cent«, nuschelte Andy mit vollen Backen. »So viel bleibt für jeden von uns, falls wir gewinnen.«

»Nett«, kommentierte David und orderte einen Donut zu seinem Kaffee. »Damit könnte ich die Renovierung von meinem Haus bezahlen.«

»Ich hätte gern ein neues Auto«, sagte Ronnie.

»Wow, ihr Jungs habt das Geld schon ausgegeben«, stichelte Jane. »Wobei … ein neues Auto, ein schicker Urlaub und schöne Klamotten wären echt toll.«

»Mike, was steht auf deiner Wunschliste?«, erkundigte sich Angela.

Er hob eine Augenbraue. »Darüber habe ich mir keine Gedanken gemacht. Das Geld ist für mich sekundär. Ein wirkliches Abenteuer hat im Vergleich dazu einen wesentlich gravierenderen Wert für mich.«

»Für mich auch«, pflichtete Angela bei.

»Das gilt auch für mich.« Andy kicherte.

»Um wen handelt es sich eigentlich bei dieser geheimnisvollen Person, die Kenntnis von einem unbekannten Bereich der Woronja-Höhle hat? Werden wir ihn oder sie bald treffen?« Jane stütze ihr Kinn auf dem Handballen ab.

»Klar. Dazu brauchen wir aber eine Zeitmaschine, die uns ins Jahr 1485 bringt.« Michael lächelte.

Andy senkte die Gabel. »Oje, dann ist wohl Essig mit der Million.« Er schnaubte und aß weiter.

Mike griff in seine Sakkotasche und fingerte einige zusammengefaltete Blätter heraus. Er breitete sie auf der Tischfläche aus. Es handelte sich um die Ausdrucke von Zeitungsartikeln, die er im Internet aufgelesen hatte. Sie waren zerknittert und abgegriffen, so als hätte er sie schon vor einer ganzen Weile angefertigt.

»Das ist Kyrillisch«, wusste David.

»Zum Glück hatte einer von uns eine russische Mutter, die ihn darin unterrichtet hat, wie man es liest und spricht.« Mike ergriff eine der Seiten. »Das hier ist ein Artikel aus dem Oktober 1973, der eine Frau porträtiert, die ganz unten war. Leider wird ihr Name nicht erwähnt. Sie gehörte zu einem Fünf-Mann-Team; und niemand außer ihr hat überlebt.«

»1973«, staunte David und pfiff. »Es heißt doch immer, dass die frühesten Expeditionen dort erst Mitte der Achtziger stattfanden. Bis heute gilt die Woronja-Höhle als eine der tückischsten Touren überhaupt. Die Klippen, Engpässe und Wasserläufe sind selbst mit modernster Ausrüstung ein harter Brocken. Was ist damals passiert? Ein Höhleneinbruch?«

»Die Expedition schlug eine Route ein, die ein russischer Alchimist namens Arkadi Saknussoff im Mittelalter entdeckt hat. Sie stiegen bis auf 2197 Meter ab. Die Frau in dem Artikel hat berichtet, sie hätten mithilfe von Saknussoffs Notizen eine geheime Pforte aufgespürt, über die sie weiter vorgedrungen seien als je ein Mensch zuvor …« Mike stockte kurz. »… bis hin zum Mittelpunkt der Erde.«

Über dem Tisch lastete mehrere Sekunden Stille, bis Ronnie laut loslachte. »Schönen ersten April euch allen.« Er hieb mit der flachen Hand auf den Tisch. »Diese Frau erscheint mir wirklich seriös. Aber im Ernst, ich sollte nicht über sie lachen. Durch den Verlust ihrer Kollegen hat sie vermutlich eine posttraumatische Belastungsstörung erlitten.«

»Da steckt mehr dahinter«, widersprach Mike mit regloser Miene. »Sie hat erzählt, dass es in der Welt dort unten Licht und seltsame Lebensformen gibt, sowie ein unterirdisches Meer.«

Jane lehnte sich zurück. »Du verarschst uns doch. *Das* soll deine zuverlässige Quelle sein?«

Mike nickte zögerlich und sah ihr unverblümt in die Augen.

»Wo treiben wir diese Dame auf?«, fragte Angela.

Er zuckte mit der Achsel. »Na ja, damit fangen unsere Probleme an. Sie ist, oder war zumindest, eine Zeit lang in einer Nervenheilanstalt. Ein kleines russisches Vögelchen hat mir jedoch gezwitschert, dass sie inzwischen in einer einsamen Gegend irgendwo im Süden des Landes lebt.«

»In einer Nervenheilanstalt«, wiederholte Jane. »Eines muss ich dir lassen, du hast wirklich ein Händchen für ungewöhnliche Kontaktpersonen, die man ohne viel Aufwand aufgabeln kann. Und in welcher Einrichtung genau ist sie einquartiert?«

Mike legte den Kopf schräg. »Das weiß ich leider bloß ungefähr. Sie hält sich irgendwo in Krasnodar auf. Möglicherweise. Das ist eine alte Stadt mit rund einer Million Einwohnern, die über einem Ballungsraum mit einer Fläche von fünfundvierzig Quadratkilometern verstreut leben.«

»Fünfundvierzig Quadratkilometer? Das ist ungefähr so groß wie San Francisco«, rechnete David vor. »Keine leichte Sache.« Er prostete Michael mit seiner Kaffeetasse zu.

»Dort unten, unter der Erdkruste und unter dem Erdmantel gibt es eine andere Welt. Davon bin ich überzeugt«, beschwor Mike seine Freunde. »Wir können sie finden.«

»Seit wann kaust du auf dieser Idee herum?«, fragte Jane.

»Seit drei Jahren. Sobald ihr dem Projekt zustimmt, muss ich noch die reservierten Flugtickets und Hotels bestätigen und alles ist paletti.« Mike grinste.

»Klingt nach einem verrückten Abenteuer. Ich bin dabei.« Andy schob den Teller, den er inzwischen geleert hatte, einige Zentimeter vor.

»Was haben wir schon zu verlieren?«, überlegte David.

»Nicht mehr als eine Million«, konstatierte Angela. »Ich bin auch an Bord.«

Als alle ihre Bereitschaft zur Beteiligung an der Expedition erklärt hatten, verschränkte Jane die Arme. »Und was nun?«

»Nun?«, echote Mike. »Nun begeben wir uns auf die Reise zu einer kleinen Vorstadt am Rand von Krasnodar und ziehen Erkundigungen nach einer alten Frau ein, die Gerüchten nach den Mittelpunkt der Erde besucht hat.« Er zwinkerte und beugte den Oberkörper vor. »Es heißt, der Anblick habe sie in den Wahnsinn getrieben.«

»Hört sich nach deiner Traumpartnerin an«, neckte ihn Jane.

KAPITEL 3

KRASNODAR, GEORGIEN,
EINHUNDERTFÜNFZIG KILOMETER
NORDÖSTLICH DES SCHWARZEN MEERES.
HEUTE.

Die Anreise zu ihrem ersten Anlaufpunkt hatte vierzig Stunden verschlungen. Danach waren sie zwei Tage zwischen Behörden, Straßencafés und Marktplätzen hin und her gependelt. Mehr als ausdrucksloses Gaffen oder Kopfschütteln hatten sie bei den befragten Leuten nicht geerntet.

»Ich kann mich da an ein kleines Vögelchen erinnern, das uns etwas von einer alten Frau in Krasnodar gezwitschert hat.« Andy kicherte. »Es war wohl kein besonders begabter Sänger.«

»Sehr witzig«, meinte Mike pikiert. »Sie muss hier sein. Ich habe es im Gefühl. Wir werden sie aufspüren. Wir haben es bisher bloß an den falschen Orten probiert.«

Kurz bevor die Diskussion über den Sinn oder Unsinn ihres Unternehmens zu einem ernsthaften Streit eskalierte, begegneten sie in einer verrauchten Kneipe einem uralten Mann mit trüben Augen, der ihnen weiterhelfen konnte.

»Ein wirklich trauriger Fall«, erzählte dieser. »Ich kannte sie schon als kleines Mädchen. Sie war klug und stark.« Seine Mundwinkel sackten herab. »Als sie aus diesem Loch zurückkehrte, war es damit vorbei.« Er vollführte mit dem ausgestreckten rechten Zeigefinger eine Kreisbewegung seitlich an seiner Schläfe.

Jane warf Mike einen *Ich-hab's-dir-doch-gesagt*-Blick zu, den er geflissentlich ignorierte.

»Lebt sie hier in der Gegend?«, fragte Mike.

»Sie hat ihr gesamtes Leben hier gewohnt. Niemand hat sie seit Langem mehr gesehen. Man hat sie in eine Irrenanstalt gesperrt.«

»In ein Sanatorium? Ist sie noch dort?«, hakte Mike nach.

»Vermutlich ja.« Er schwieg und starrte demonstrativ in eine andere Richtung.

Mike winkte die Bedienung herbei und bestellte dem Alten einen neuen Drink. Das Wechselgeld, fast einhundert Lari, schob er ihrem Informanten zu. »Wo kann ich sie auftreiben?«

Der Mann starrte das Geld kurz an, dann schob er es zurück. »Wenn Sie sie treffen, wird sie das Geld dringender brauchen als ich. Geben sie es ihr. Am besten schauen Sie im Archiv mit den Krankenhausakten nach.« Er gab ihnen die Adresse, prostete ihnen zu, kippte sich den Wodka auf Ex in die Kehle und verschwand im dichten Qualm der Kneipe irgendwohin.

***

Die Gruppe parkte den gemieteten Kleinbus vor dem Tor eines kalten, grauen Gebäudekomplexes in einem desolaten Zustand. Der Putz bröckelte von den Mauern; und die

Hecken auf dem Gelände waren seit Monaten nicht mehr gestutzt worden. Der Boden des Areals bestand aus blankem, steif gefrorenem Erdreich. Einen Garten oder Wiesen gab es nicht. Die Kulisse mutete in ihrer Gesamtheit überaus deprimierend an. Das Hauptgebäude vor ihnen verlangte von oben bis unten nach Reparaturarbeiten – auf dem Dach fehlten Ziegel, die Läden vieler Fenster waren nicht mehr existent, ihre Scheiben teils gesprungen und mit Zeitungspapier zugeklebt, die Stufen zur Eingangstür waren abgewetzt.

»Für die geistige Gesundheit der Bevölkerung wird hierzulande verdammt viel investiert«, spottete David und zog den Reißverschluss seiner Jacke bis zum Anschlag zu.

»Werden wir erwartet?«, fragte Angela.

Mike grunzte. »Irgendwie schon. Ich habe uns als wissenschaftliche Reisegruppe aus dem Fachbereich Psychiatrie angekündigt, die über die Symptome von Traumata, die ihren Ursprung in Höhlen genommen haben, forscht. Sie haben unser Kommen freudig akzeptiert, sobald ich ihnen eine satte Spende versprochen hatte.«

»Gibt es in Georgien ein Gesetz gegen das falsche Führen von Amtstiteln?«, grübelte David.

»Du hast einen Doktor in Medizin. Also war meine Aussage zumindest teilweise wahr«, verteidigte sich Mike.

»Du hast gesagt, dass außer dieser Frau sämtliche Mitglieder der Expedition ihr Leben verloren. Richtig?«, vergewisserte sich Ronnie.

»Ja, genau. Und in dem Zeitungsartikel hieß es, sie seien einem Höhleneinbruch zum Opfer gefallen. Wenn dort nichts Außergewöhnliches passiert ist, wieso haben dann die Behörden keine Rettungsmission arrangiert und stattdessen das Betreten des Areals für Unbefugte verboten?«, gab Mike zu bedenken. »Außerdem zirkulierten Gerüchte, die Frau sei ein knappes Jahr unter der Erde gewesen.«

»Ja klar«, meinte Angela. »Weil man auch ohne Weiteres in einer zwei Kilometer tiefen Höhle so lange überlebt, in der es zum Futtern nichts außer blinde Spinnen und Teichschlamm gibt.«

»Das mit dem einen Jahr ist blanker Unfug«, pflichtete ihr Andy bei.

»Außer du erschließt dir andere Nahrungsquellen. Laut dieser Frau existieren diese rund um den Mittelpunkt der Erde«, widersprach ihm Mike.

»Wenn du mich fragst, hat man die Höhlen geschlossen, weil es einfach zu waghalsig ist, darin herumzuspazieren«, meinte Jane. »Normalerweise ist der Fels in dieser Region stabil. Falls trotzdem ein Risiko für Einbrüche vorliegt, sollten wir darüber vor dem Abstieg Bescheid wissen, Mike.«

»Dieses Risiko besteht in jeder Höhle. Das macht unsere Tätigkeit doch so spannend.« Michaels Augen funkelten.

»Ich würde darauf wetten, dass die Sowjets die Höhle als Endlager für radioaktive Abfälle verwendet haben«, spekulierte David. »Das wäre nicht ungewöhnlich. Höhlen werden oft dazu benutzt. So spart man die Kosten, extra einen Tiefbunker anzulegen.«

»Und wir brechen dann ungeniert in das Lager ein …« Jane schnaubte.

Michael legte ihr den Arm um die Schulter. »Unfug, um mit den Worten unseres jungen Freunds zu sprechen. Komm schon, Jane jetzt werden wir erst einmal einer alten Lady unsere Aufwartung machen, die uns etwas über ein finsteres Loch in der Erde verrät. Und eins dürfen wir dabei nie vergessen: Wir alle sind Ärzte.«

Über den mit Schlaglöchern gesprenkelten Zufahrtsweg marschierte Mike auf die Eingangstreppe zu. Bevor er die Stufen erklomm, verkündete er: »Ein Teil von uns bleibt draußen. Wir möchten die alte Dame nicht erschrecken. Sie muss inzwischen mehr als siebzig Jahre alt sein. Jane und David kommen mit mir.«

Nachdem Mike seinen Mantel geglättet und sich geräuspert hatte, ging er zur Tür und klopfte. Das Echo hallte im Inneren des Gebäudes wider und es folgte Stille. Gerade als er den Arm hob, um erneut zu klopfen, verharrte er und lauschte. Hinter der Tür regte sich etwas.

»*Da kto tam?*«, fragte eine weibliche Stimme in einem entschiedenen Tonfall.

»*Ah, Zdravstvuyte, gospozha Babikova. Eto Frensis Doktir Monroe. My razgovarivali po telefonu*«, entgegnete Mike.

»Ja, ja, ich erinnere mich. Sie sind die amerikanischen Psychiater«, sagte die Frau mit starkem Akzent. »Einen Moment, bitte.«

Die Tür schwang nach innen und ein intensiver Duft nach Kohl und Zwiebeln, gemischt mit Reinigungsmitteln, strömte heraus, bevor eine resolut wirkende Frau auf der Bildfläche erschien.

Mike deutete eine Verbeugung an. »Schwester Olga?«

Sie nickte und musterte Michael, Jane und David der Reihe nach.

»Ich bin Doktor Monroe vom Alabama Center of Health Excellence«, stellte sich Mike vor. Er deutete erst auf Jane, dann auf David. »Das hier sind Doktor Baxter und Doktor Sholtzen.«

Dann griff er in die Manteltasche und zog einen Umschlag heraus. »Wir wissen ihre Unterstützung für unser Projekt sehr zu schätzen.«

Als er ihr den Umschlag ausgehändigt hatte, prüfte Olga den Inhalt kritisch, bevor sie ihn unter ihre Schwesterntracht stopfte. »Nur Sie drei. Die anderen bleiben hier. Unsere Patienten sind sehr anfällig für Stress.« Sie rückte zur Seite und winkte die Delegation herein.

Sobald die Tür hinter ihnen ins Schloss gefallen war, schnitt Jane eine Grimasse. In der Luft hing ein widerlicher Gestank. Dieses Krankenhaus erweckte eher den Eindruck einer Verwahranstalt als einer Einrichtung, in der das Personal Sorge um die Patienten trug.

»Hier lang«, schnauzte Olga und führte sie durch einen dunklen Korridor, in dem der kleinste Teil der Deckenlampen funktionierte. Aus manchen Türen reckten Krankenschwestern neugierig den Kopf, während die Besucher diese passierten. Auf dem Flur tappten einige Insassen in weißen Schlafanzügen herum. Sie alle hatten einen abwesenden Blick und starre Gesichter, als stünden sie unter schweren Medikamenten. Andere lungerten in dunklen Nischen, als hätten sie jeden Bezug zur Umwelt verloren.

»Wie geht es ihr?«, fragte Michael.

»Frau Babikoff hat ihren Frieden gefunden.« Olga hielt vor einer Tür an, klopfte, horchte kurz auf und entriegelte das Schloss. »Wir müssten sie nicht einsperren, aber sie besteht darauf, dass die Tür permanent zugeschlossen ist. Außerdem muss immer das Licht in ihrem Zimmer brennen.«

Olga stieß die Tür auf. »Katja, hier sind ein paar Leute, die dich sehen möchten. Komm, sag hallo.«

Eine winzige Frauengestalt erschien.

Jane bemühte sich, sich ihren Schock nicht anmerken zu lassen. Obwohl sie erst Mitte siebzig sein sollte, wirkte Katja wesentlich älter. Vermutlich war dem so, weil sie ein wesentlich härteres Dasein gehabt hatte, als Jane es sich in ihren unangenehmsten Träumen auszumalen vermochte. Am entsetzlichsten waren die zahlreichen Geschwüre auf der Stirn, der Nase und an den Ohren der alten Frau.

Katja zog den Schal um ihren Hals enger zusammen.

»Guten Morgen, Frau Babikoff«, grüßte Michael. »Mein Name lautet Doktor Monroe. Meine Kollegen heißen Jane

Baxter und David Sholtzen. Wir sind hier, um uns ein wenig mit Ihnen zu unterhalten, falls es Ihnen recht ist.«

Die Alte kniff die Augen misstrauisch zusammen.

Jane reichte ihr freundlich die Hand. »Hallo, Frau Babikoff.«

Diese umfasste die angebotene Hand, ohne sie zu drücken. »Sie können mich gern Katja nennen.«

»Dürfen wir reinkommen?«, fragte Mike.

Die Gastgeberin nickte und schlurfte ein Stück zur Seite.

Jane und David begleiteten ihren Freund in den hell erleuchteten Raum. Neben einer Couch gehörten zwei Sessel zur Einrichtung sowie mehrere Stehlampen und ein Globus, der an einer an der Decke befestigten Kordel baumelte. Als zusätzliche Lichtquellen hatte die Bewohnerin des Zimmers eine kleine Sammlung aus Kerosinlampen angehäuft.

Vielleicht fällt hier öfter der Strom aus, dachte Jane.

Katja entschuldigte sich und ging ins Badezimmer, da sie sich erst frisch machen wollte.

Das Trio nutzte die Chance, um sich ein wenig umzugucken. Die alte Frau hatte ihr Bestes getan, um dem Zimmer eine persönliche Note zu verleihen. An den Wänden hingen verblichene Bilder und Schmuckteppiche mit aufgestickten, russischen Wörtern. Auf einem Beistelltisch befand sich eine in Holz gerahmte Fotografie. Jane hob sie auf, um etwas darauf erkennen zu können. »Hey, schaut mal her.«

Das Foto zeigte fünf junge, fröhliche Menschen, die Overalls trugen und an deren Stirn je eine Kopflampe prangte. An ihren Gürteln war altmodischer Kletterbedarf befestigt.

Michael beäugte den Fund über ihre Schulter hinweg. »Das waren bestimmt die Mitglieder der Expedition.«

Katja kehrte mit einem Tablett zurück, auf dem eine Teekanne, ein Teewärmer, vier unterschiedliche chinesische Tassen sowie ein kleiner Teller mit Biskuitbruchstücken Raum gefunden hatten. Während sie die Mitbringsel auf dem Tisch aufbaute, stellte Jane das Foto unauffällig wieder an seinen angestammten Platz. Aber sie war zu langsam.

»Meine Freunde. Sie haben sie entdeckt.« Katjas Augen glitzerten feucht. »Ich habe es geahnt.« Sie ging zu Jane, nahm das Bild und drückte es sich an die Brust.

»Waren das ihre Begleiter auf der Woronja-Expedition? Auf dem Weg ganz nach unten?«, fragte Michael.

Die alte Frau setzte sich auf den einzigen Stuhl am Tisch und bedeutete ihnen, es ihr gleichzutun. Neben den beiden Sesseln blieb für einen nur das Bett als Sitzgelegenheit. »Bedienen Sie sich selbst.« Sie deutete auf die Teekanne.

Michael schenkte allen ein und legte je ein Biskuitstück auf jeden der Unterteller.

»Ja, bis ganz nach unten. Ist Ihnen klar, dass wir die Ersten waren, die so weit hinuntergestiegen sind? Außer Saknussoff natürlich.« Katja starrte auf die Fotografie. »Der hübsche Kerl links ist Dimitri.« Sie seufzte. »Er hat ständig gelacht. Er war ein fröhlicher Mensch.« Mit der Hand fuhr sie sich durchs Haar. »Wir sind oft wegen Kleinigkeiten aneinandergeraten, wie beispielsweise darüber, welche Kleidung zu welchem Anlass passt.« Katja bewegte den Zeigefinger über die Oberfläche des Bilds.

Sieht Katja wegen der Ereignisse ihres Lebens so verbraucht aus oder leidet sie vielleicht an Krebs?, wunderte sich Jane.

»In der Mitte steht Georgi, unser Anführer. Er war ein kräftiger und guter Mann. Ich habe ihn geliebt.« Nach einem kurzen Lächeln sprach sie weiter: »Dann komme ich. Damals war ich attraktiv und furchtlos.« Sie zeigte Michael das Bild. »Das war, bevor ich an Krebs erkrankte. Schließlich hätten wir da Alexi. Er war der Jüngste von uns, fast noch ein Kind. Ihn haben sie als Ersten geholt.«

Geholt?, überlegte Jane. *Was meint sie mit dieser seltsamen Formulierung? Ist er abgestürzt? Hat er sich verirrt oder wurde er verschüttet?*

Michael setzte die Tasse ab. »Katja, wir sind Ihnen dankbar für die Möglichkeit, mit ihnen reden zu dürfen. Ihre Erinnerungen sind sehr wertvoll für uns. Sie sind die letzte Überlebende dieser Expedition. Wir wollten mit Ihnen sprechen, um etwas darüber zu lernen, was einem bei einer Tour in die Woronja-Höhle droht. Gern würden wir hören, welche Gefahren dort lauern und wie wir diese umgehen können.«

Sie verengte die Augen zu schmalen Schlitzen und fixierte Michael mehrere Sekunden, dann schüttelte sie den Kopf. »Niemand geht dort runter. Es ist verboten; und das ist gut so.«

Katja ergriff Janes rechte Hand, drehte deren Handfläche nach oben und studierte die dort vorhandenen Linien, indem sie diese mit der Kuppe ihres Zeigefingers nachzeichnete. »Es ist so, wie ich schon bei Ihrer Ankunft vermutet hatte. Ihre Hände passen nicht zu einer Ärztin oder Bürokratin. Das ist die Hand einer Höhlenforscherin.« Traurig löste sie den Griff. »Ich bin in einem schlechten gesundheitlichen Zustand, schwer von Begriff bin ich nicht.«

Katja seufzte und hielt das Gruppenbild, das sie und ihre Freunde zeigte, mit der Vorderseite in Richtung der Gäste in die Höhe. »Das könnten auch Sie sein. Kapiert?« Sie umklammerte den Rahmen des Fotos energischer, fast schon verkrampft. »Diese Gruppe sind Sie. Damals waren *wir* genau wie *Sie*: jung, tapfer, stark und selbstbewusst.« Sie schnaubte. »Zumindest hielten wir uns dafür. Übermütig, naiv und dumm wäre wohl eine ehrlichere Interpretation unserer Charaktereigenschaften gewesen. Wir hatten uns bereits in sämtliche Höhlen unseres Lands gewagt, Hauptsache sie waren tief und abenteuerlich genug für unseren Geschmack. Die enormen Risiken, die wir dabei in Kauf nahmen, hatten wir locker bewältigt. Dann kam es, wie es kommen musste: Eines Tages verlässt dich das Glück beim Würfeln und du verlierst alles, was du früher gewonnen hast.«

Die alte Frau umfasste ihre Teetasse mit zittrigen Händen.

»Gab es bei Ihrer Tour in der Woronja-Höhle einen Einbruch?«, fragte Jane. »Wurden Alexi und die übrigen auf diese Weise geholt?«

»Woronja … diese Höhle hat viele Namen: Krubera, Verona, Krähenhöhle. Manche bezeichnen sie sogar als Höllenpforte. Ist Ihnen das bekannt?«

Mike schüttelte den Kopf.

»Meine armen Freunde. Wir wussten damals Bescheid darüber, wie man diesen Ort nennt. Wodurch er sich diesen Namen verdient hatte, entzog sich anfangs unserer Kenntnis. Als wir es erfuhren, war alles zu spät.«

Als ihr die Hände schwach wurden, nahm ihr Michael die Teetasse ab und stellte sie auf den Tisch. »Wurde sie deshalb abgeriegelt?«, fragte er. »Weil es dort zu gefährlich ist?«

»Sie werden keinesfalls dorthin gehen«, mahnte Katja bestimmt.

»Haben wir es hierbei mit einer instabilen Geomorphodynamik zu tun?«, erkundigte sich David. »Der Felsen dort ist uralt, er sollte eigentlich gefestigt sein.«

»Er ist tatsächlich weitgehend stabil. Dennoch überraschte uns am Grund des Höhlensystems ein Erdbeben, also in knapp 2200 Metern Tiefe. Damit meine ich den angeblichen Endpunkt der Höhle.«

David pfiff.

»Wir wollten in einen Teich tauchen, um dort unter Wasser das Vorhandensein eines überfluteten Durchgangs zu überprüfen. Das Beben hielt uns davon ab. Zumindest vom Tauchen.«

»Was geschah dann«, drängte Jane sanft. »Denken Sie nach. Was ist danach passiert?«

»Da muss ich nicht nachdenken. Die Erinnerung daran verlässt mich nie.« Katjas Miene versteinerte. »Es gibt dort eine Welt in unserer Welt. Haben sie von Arkadi Saknussoff gehört?«

»So ist es«, bestätigte Mike. »Er war ein russischer Gelehrter und Alchimist des fünfzehnten Jahrhunderts, der davon überzeugt war, dass der Planet, auf dem wir leben, hohl sei. Es gibt bis heute massenhaft Leute, die dieser These Glauben schenken. Ich bin einer davon. Vor hunderten Millionen Jahren kühlte der flüssige Erdkern ab, schrumpfte und löste sich vom Erdmantel. Dieser Vorgang erschuf einen Hohlraum, dessen Ausdehnung groß genug für eine neue Welt war – für ein von Menschen unberührtes Paradies.«

»Georgi war wie besessen von dieser Idee.«

»1864«, sprach Mike weiter, »bediente sich der französische Autor Jules Verne bei der Theorie von Saknussoff und schrieb darauf basierend den Roman *Voyage au Center de la Terre* beziehungsweise *Reise zum Mittelpunkt der Erde.* Arkadi Saknussoff war mit Gewissheit Vernes Vorbild für die Romanfigur Arne Saknussemm.«

»Es scheint so. Nach meiner Rückkehr habe ich das Vermächtnis von Saknussoff intensiv studiert. Jahrelang vergrub ich mich in seine Forschungen und Aufzeichnungen. Als ich meine Erkenntnisse der Öffentlichkeit preisgab, hat man mich in diese Anstalt hier verfrachtet.«

Mit pochendem Herz fragte Mike: »Saknussoff verschwand irgendwann spurlos. Wissen sie etwas über seinen Verbleib? Hat er sein Ziel erreicht?«

Jane räusperte sich, um Michael zu signalisieren, er solle sein allzu forsches Vorgehen zumindest etwas drosseln.

Er ignorierte ihren Hinweis. »Wissen sie etwas?«

»Ja, ich weiß, was aus ihm wurde. Er konnte seinen Traum erfüllen. Seine Theorie war jedoch in einem Punkt falsch: Dort unten wartet definitiv kein zweites Paradies.« Plötzlich wurde die alte Frau zornig. »Warum müssen junge Leute immer so dämlich sein«, fauchte sie. »Ich werde es melden, falls sie dorthin aufbrechen. Ich würde sie lieber im Gefängnis sehen, als zuzulassen, dass jemand ein zweites Mal diese Hölle durchstehen muss.«

Beschwichtigend hob Michael die Hände. »Nein, nein wir werden nicht dort runterklettern. Ich schwöre es. Es kann sowie niemand in die Woronja-Höhle. Sie ist bis zum heutigen Tag versiegelt.« Er warf den anderen einen Blick zu, der *fallt mir bloß nicht in den Rücken* bedeutete. »Wir interessieren uns für das Illyuzia-Meshonnogo-Snezhnaya-Höhlensystem. Das ist 1753 Meter tief, aber das genügt uns völlig.«

»Gut.« Katja murmelte etwas Unverständliches und bekreuzigte sich. »Diese Hölle ist besser für Sie. Es ist eine gute Höhle. Sie werden ihr gesamtes Können benötigen, obwohl es dort vergleichsweise harmlos ist.«

Sie verharrten einen Moment schweigend und nippten an ihrem Tee. Die alte Frau glitt zunehmend in die Gedankenwelt ihrer eigenen Erinnerungen.

Sie hatten einen weiten Weg hierher auf sich genommen. *So eine Chance erhalten wir nie wieder*, dachte Mike. Er stellte seine Tasse ab. »Katja … Katja …« Er hielt kurz inne, bis sie aufsah. »Wenn Sie uns etwas mehr von Ihrer wertvollen Zeit schenken möchten, wären wir Ihnen zu Dank verpflichtet. Bitte verraten Sie uns, was Sie damals erlebt haben. Unterhalb des Teichs. Sie haben gesagt, ein Erdbeben hat einem Tauchgang verhindert. Weshalb?«

»Der Teich war fort.« Sie sprach wie in Trance; ihr Blick war unstet.

»Fort? Soll das heißen, er ist versickert?«

»In der einen Minute war er da, in der nächsten war er weg. Als hätte man in einer Badewanne den Stöpsel gezogen. Das Beben hatte ihn verschluckt. Und es hat einen neuen Stollen freigelegt. Unglücklicherweise sind wir geradewegs reinmarschiert.«

Michael schenkte Katja nach und gab ihr ein neues Stück Biskuit. »Wie breit war er? Und wie tief reichte er herab?«

»Es war, wie der Alchemist geschildert hatte. Der Stollen führte bis ganz nach unten.« Sie lächelte verträumt, hob einen Arm und streckte an dessen Hand drei Finger aus. »Wir folgten den drei Wegzeichen von Saknussoff und so fanden wir den Mittelpunkt der Erde.«

Mike schluckte hörbar. »Deshalb waren Sie vermutlich so lange dort. Es heißt, sie hätten ein Jahr gebraucht, um einen Ausweg zu finden.«

Sie schüttelte den Kopf. »Nein, nein. Ich habe keinen Ausweg gefunden. Ich bin nach wie vor dort. Ich bin immer noch eine Gefangene.«

Als sie begann, unverständliche Satzbrocken auf Russisch zu nuscheln, umfasste Jane ihre Hände. »Sie sind jetzt in Sicherheit, Katja. Sie sind zu Hause.«

»Das stimmt nicht. Alles, was ich geliebt habe, ist dort unten: meine Freunde, mein Liebhaber, meine Jugend und mein Verstand.« Erschöpft holte sie kräftig Luft und atmete bedächtig aus.

Betroffenem fragte David: »Katja, hören Sie die Stimmen ihrer Freunde? In ihrem Kopf, meine ich.«

»Ihre Stimmen und ihre Schreie. Meistens ihre Schreie. Besonders die von Lana, meiner Schwester. Sie hat mich um Hilfe gebeten und ich habe schändlich versagt. Ich konnte ihr nicht beistehen.« Tränen rannen an den Wangen der alten Frau herab.

»Hören Sie sie jetzt, in diesem Moment?«, bohrte David nach.

Katja ignorierte ihn. »Dort unten existieren unglaubliche Wunder: ein kompletter Ozean mit einem ewig hellen Himmel darüber. Die Atmosphäre schimmert in einem blutroten Licht. Dort wachsen baumhohe Pilze und die Kristalle sind so groß wie Häuser. Aber dort existieren auch Monster … und Schlimmeres.« Sie schluchzte.

»Helfen Sie mir, die Sache zu verstehen«, bat David. »Selbst ein Jahr dürfte kaum genug sein, um bis zum Mittelpunkt der Erde zu gelangen und wieder zurück. Das ist schlicht unmöglich.«

»Die Schwerkraftbrunnen. So hat Georgi sie getauft. An ihren Positionen ist die Magnetkraft des Planeten gestört und dort kann man den Mantel leicht und flott durchqueren.« Sie strahlte. »Was war das für ein Spaß. Wir konnten fliegen!«

Als Jane Mike musterte, schätzte sie, er würde skeptisch sein. Stattdessen wirkte er begeistert. Er hatte die verschiedensten Theorien über einen Zugang in dieses unterirdische Reich studiert. Auf dieses Konzept war er dabei bisher nie gestoßen.

»Keiner hat mir geglaubt. Sie meinten, ich würde mir alles aufgrund einer Stressreaktion einbilden. Oder ich hätte einen Schlag auf den Kopf gekriegt, der mich dauerhaft verwirrt habe.« Sie weinte wieder. »Wenn die Behörden davon ausgegangen sind, dass ich mir meinen Bericht zusammengesponnen habe, weshalb haben sie dann die Höhle verbarrikadiert? Und wieso haben sie mich dann in eine Anstalt geworfen?« Katja drückte Janes Hand heftig, fast schon schmerzhaft. »Wieso, wieso?« Ihre Pupillen weiteten sich vor Angst. »Ich sage Ihnen warum: Sie wollten dafür sorgen, dass die unterirdischen Kreaturen eingeschlossen werden und nicht zu uns an die Oberfläche vordringen.«

***

Als sie aufbrachen, ergriff Michael an der Zimmertür die kleinen, zerbrechlichen Hände ihrer Gastgeberin mit seinen eigenen. »Vielen Dank.«

»Ich weiß, dass Sie mich angelogen haben. Sie werden zur Woronja-Höhle gehen. Junge Menschen kennen keine Furcht vor dem Tod und dem Sterben.« Sie lächelte verzagt. »Und die Jugend ist dumm.«

»Ich habe eine letzte Frage«, sagte Mike sanft. »Würde es Ihnen gefallen, für geistig gesund erklärt zu werden? Wenn jemand die Wahrheit Ihrer Geschichte beweisen würde, könnte dies vielleicht die Schreie in Ihren Gedanken zum Verstummen bringen.«

Die beiden steckten die Köpfe zusammen und tuschelten auf Russisch. Dann winkte Katja Mike zurück ins Zimmer. Jane und David wies sie mit hochgehaltenem Finger an, auf dem Flur zu bleiben.

Als Michael nach einigen Minuten wiederkehrte, verfrachtete er etwas in seine Brusttasche. Danach umarmte er Katja.

»Richten Sie meiner Schwester aus, es tut mir leid«, flüsterte sie. »Ich werde für Sie alle beten.«

***

»Sie ist also verrückt.«

Andy grinste.

David steuerte den Kleinbus über rutschige, schneebedeckte Straßen zurück zum Hotel. Er umklammerte das Lenkrad so fest, dass das Weiße in den Fingerknöcheln zum Vorschein trat. Über seine Schulter sagte er nach hinten in den Fahrgastraum: »Ich glaube es zumindest. Ich bin Allgemeinmediziner und kein Psychiater. Die gute Frau zeigt die zu einer gravierenden Psychose passenden Symptome wie aus dem Lehrbuch. Sie hört Stimmen, ist depressiv und ist hilflos in vergangene Ereignisse verstrickt.«

»Ich bin anderer Meinung«, widersprach Jane. »Natürlich geht es ihr mies. Und die Erinnerung an ihre Erlebnisse hat sie überwältigt. Sie leidet unter ihrem Verlust, aber sie ist keinesfalls wahnsinnig.«

»Habt ihr die Geschwüre bemerkt?«, lenkte David das Gespräch in eine andere Richtung. »Dabei handelt es sich um nekrotisches Gewebe. Habe ich euch nicht gesagt, dass die Russen dort unten wahrscheinlich radioaktive Abfälle bunkern?«

»Mike, verschweigst du uns etwas?«, erkundigte sich Ronnie.

Der Adressat der Frage starrte stur geradeaus.

»Sie hat euch also von einem Meer im Erdinneren erzählt«, meinte Angela. »Scheint, als ginge es ihr tatsächlich schlecht. Allerdings in der Art und Weise, wie es allen Irren schlecht geht.«

Da Mike keine einzige Silbe ausgeplaudert hatte, seit er das Krankenzimmer verließ, richtete Jane das Wort explizit an ihn: »Und was denkst du?«

Mit einer maskenhaften Mimik sagte er nach einer Weile der Stille: »Ich glaube ihr.«

KAPITEL 4

IN DER STADT GAGRA, ABCHASIEN, AM FUSS DES KAUKASUSGEBIRGES.

Am Abend amüsierten sich Mike, David, Angela, Ronnie, Andy und Jane in einer gut frequentierten Bar und sprachen dabei reichlich dem starken, trüben Bier einer örtlichen Brauerei zu, das dort ausgeschenkt wurde. Alle waren voller Enthusiasmus in Anbetracht des bevorstehenden Erlebnisses. Denn wie alle anderen Höhlenkletterer, seien es professionelle oder solche, die ihrer Leidenschaft als Hobby frönen, gehörten sie zur Kategorie der Adrenalinjunkies.

Ihre Planung beinhaltete, morgen früh den angemieteten Kleinbus zu beladen und gegen Mittag zu ihrem Bestimmungsort loszufahren. In Michael tobten widersprüchliche Emotionen. Einerseits berauschte ihn die Vorfreude, andererseits hatte er Angst. Die erste Stunde ihres Beisammenseins hatte er darauf verwendet, die Bedenken seiner Gefährten in Bezug auf radioaktive Abfälle zu zerstreuen. Da er ihre Argumente nicht aus der Welt wischen konnte, hatte er schließlich gelogen und vorgegeben, Katja habe ihm mitgeteilt, die Geschwüre seien schon vor ihrem Trip in das Höhlensystem aufgetreten. Er selbst verschwendete keinen Gedanken an radioaktive Materialien. Ob die Theorie, die er stattdessen entwickelt hatte, Substanz besaß, würde sich erweisen.

Müde informierte er die anderen darüber, was die alte Frau ihm verraten hatte. Dabei verwob er ihre Erfahrungen mit den Ergebnissen seiner eigenen Forschung innerhalb der letzten Jahre. Er wusste mit jeder Faser seines Körpers, dass sie etwas Unvergleichliches aufspüren würden. Etwas, das möglicherweise die Welt verändern konnte.

Jane knuffte ihn mit dem Ellbogen. »Jemand zu Hause?«

Er kicherte. »Schätze schon.«

»Was werden wir dort unten aufspüren? Was steht uns dort bevor?« Jane nippte an ihrem Bier. Die Übrigen hörten gespannt zu.

»Antworten. Und die Lösung von Rätseln, die die Menschheit seit Jahrhunderten ergründen möchte.«

»Mir geht etwas nicht aus dem Kopf, das du vor unserer Abreise gesagt hast«, meinte David. »Deinen eigenen Worten nach arbeitest du seit Jahren an dieser Expedition. Wie lange genau beschäftigst du dich schon mit diesem Thema?«

»Jahre, viele Jahre. Es hat mich allein mehrere Jahre gekostet, um überhaupt zu erfahren, ob Katja weiterhin am Leben ist. Dann musste ich nach Indizien zu ihrem Aufenthaltsort fahnden. Sämtliche ihrer Akten waren wie von Geisterhand verschwunden. Zum Glück bin ich ein guter Detektiv.«

»Deine Russischkenntnisse waren dabei bestimmt hilfreich«, sagte Jane.

»Das stimmt. Wenn du hierzulande als Amerikaner bei einer Behörde anrufst und Englisch sprichst, legen sie kommentarlos auf.«

»Jetzt mal ohne Umschweife, Mister Monroe«, drängte Angela. »Bist du dir wirklich sicher, dass es dort unten etwas gibt?«

»Saknussoff lebte im fünfzehnten Jahrhundert. Seine Hohlwelttheorie erhält seither kontinuierlich neue Anhänger. Es heißt, die Eingänge in dieses Universum schlummern in erloschenen Vulkanen und in den tiefsten Höhlen verborgen. Den Legenden nach sind sie in den nördlichen und südlichen Polarregionen beheimatet; im nördlichsten Zipfel Kanadas, in Hangzhou in China oder im Regenwald des Amazonas. Ich wette, dass dies nicht die einzigen Eingänge sind.«

»Komm schon, Mann.« Ronnie zog die Augenbrauen zusammen. »Das ist doch alles Science Fiction.«

»Die Idee eines Mondflugs galt auch ewig als Science Fiction. Oder die Vorstellung, in einem Taucheranzug auf dem Grund eines Ozeans spazieren zu gehen. Oder zu fliegen und dabei sogar die Schallmauer zu durchbrechen. Die Idee über das Vorhandensein eines stabilen Erdkerns, der von einer flüssigen Hülle umgeben wird, den wiederum ein fester Mantel umschließt, wurde erst vor wenigen Jahren von einer Handvoll Seismologen aufgeworfen. Es ist lediglich eine Theorie; oder Science Fiction, wenn man so will.«

»Ich dachte immer, der Erdkern sei verantwortlich für die Schwerkraft. Irgendwie muss sie ja entstehen«, überlegte Andy.

»Falsch«, korrigierte Michael. »Hauptsächlich wird die Schwerkraft durch die Erdmasse erzeugt. Ein Erdbeben sendet Schockwellen durch den Planeten. Seismologen zeichnen diese Erschütterungen mit akustischen Hilfsmitteln auf. Es ist so ähnlich, als schlüge jemand mit der Faust gegen eine riesige Glocke und auf der gegenüberliegenden Seite lauscht jemand dem Geräusch. Abhängig davon, welchen Weg die Erschütterungen nehmen, passieren sie verschiedene Regionen der

Erde. Jede Region hat einen unterschiedlichen Einfluss auf den Klang, der beim Lauscher ankommt. Manche Erschütterungen versandeten auf ihrer Reise praktisch im Nirwana. Die Wissenschaft bezeichnet sie als S-Wellen. Und weshalb verschwinden sie? Die Seismologie zieht eine simple Erklärung herbei: S-Wellen können sich nur in festem Material fortpflanzen. Flüssigkeit stellt ein undurchdringliches Hindernis dar. Also behaupteten sie, es gäbe eine flüssige Schicht aus geschmolzenem Gestein rund um den Kern. Doch das ist eine reine Hypothese.«

»Nein, das ist anerkannte Wissenschaft«, entgegnete Jane.

Michael hob den rechten Zeigefinger. »Es gibt außerdem etwas anderes, das die S-Wellen nicht passieren können: Luft.«

Die Übrigen quittierten seine Aussage mit Sprachlosigkeit.

»Alle Geologen, mit denen ich bisher diskutiert habe, verkünden unisono, dass ein fester Kern existieren muss. Und sie rücken kein Quäntchen von der Theorie einer flüssigen Hülle ab.« Mike ballte die rechte Hand zu einer Faust und umschloss diese mit ihrem linken Gegenstück. »Aber da wäre noch eine Sache: Manche von ihnen sind sich sicher, dass die flüssige Hülle seit Millionen von Jahren schrumpft, da sie sukzessiv abkühlt. Dabei entsteht eine Lücke zum Erdmantel und diese könnte mit Luft und Wasser gefüllt sein. Warum also nicht auch mit Leben?«

»Genau das hast du zu der alten Frau gesagt und damit hast du ihrer Psychose neue Nahrung gegeben«, kritisierte David. »Wie bitteschön sollte Leben in der Nachbarschaft von flüssigem Gestein florieren? Dort herrscht eine extreme Hitze!«

»Erinnert ihr euch an das rote Licht, das Katja geschildert hat? Ich vermute, es wird von einer Schicht glasierten Vulkangesteins produziert, die gut und gern mehrere hundert Meter dick sein mag und somit außerdem als Dämmmasse gegen die Wärme fungiert. Katja Babikoff und ihre Freunde haben es mit eigenen Augen gesehen. Das reicht mir persönlich als Beweis.«

»Ja, ja.« David trank einen Schluck Bier. »Sieh mal Mike, ich mag dich wirklich und du bist ein toller Kumpel, aber um deine Theorie zu überprüfen, müssten wir uns vier Tage lang abmühen, um auf ein Niveau von zwei Kilometer Tiefe abzusteigen. Der innere Erdkern ist über 5000 Kilometer von der Erdkruste entfernt. Lass mich mal nachrechnen … bei unserer Geschwindigkeit würden wir mindestens 27 Jahre brauchen, bis wir am Ziel sind. So lange bekomme ich von meinem Chef niemals Urlaub.«

Michael warf den Kopf in den Nacken und lachte laut. »Das war exakt die Frage, über die ich schier endlos nachgegrübelt habe. Dankenswerterweise hat uns Katja die Lösung des Problems präsentiert, als sie uns von den Schwerkraftschächten berichtete.«

»Schwerkraft … was?«, sagte Andy. »Was soll das sein? Dieser Ausdruck ist mir neu.«

»Es ist ein Begriff aus der Physik. Die Einzelheiten zu ihrer Funktionsweise sind mir nicht klar. Jedoch entsteht die Gravitation der Erde aus dem Zusammenwirken von Masse, Kern und Rotation. Auf der Strecke nach unten gerät das Gleichgewicht dieser Kräfte aus der Balance. Möglicherweise gibt es unterirdische Kanäle, die Sinkhöhlen gleichen, in denen auf einer Länge von hunderten oder tausenden von Kilometern die Schwerkraft aufgehoben ist.«

»Wie im Weltraum?«, fragte Andy.

»So ähnlich. Katja hat erzählt, es sei wie Fliegen gewesen. So konnten sie damals den ganzen Weg in relativ kurzer Zeit bewältigen.«

David lehnte sich zurück. »Entschuldige bitte, aber mein Kopf explodiert gleich.«

»Worauf haben wir uns da bloß eingelassen?«, fragte Ronnie.

»Es geht um viel mehr als ein oder zwei Wochen Kletterspaß. Richtig?«

»Worauf wir uns eingelassen haben?«, meinte Michael. »Vielleicht auf die größte Sache seit der Entdeckung der Neuen Welt durch Christoph Kolumbus. Vielleicht wird man uns dafür den Nobelpreis verleihen. Dieses Abenteuer wird die Grenzen des Vorstellbaren sprengen. Und ich freue mich darauf.«

»Wir werden nicht rechtzeitig zum Ende der Ausschreibung wieder daheim sein«, beschwerte sich Andy.

»Wen kümmert's?«, antwortete Michael. »Allein der Vorschuss für unseren Buchdeal wird wesentlich mehr Geld in unserer Kasse klingeln lassen.«

»Puh!« David zog eine Grimasse. »Wenn das Jenny zu Ohren kommt.«

»Wir müssen dichthalten. Selbst deiner Frau gegenüber. Ich besorge eine letzte Runde Drinks und dann geht's ab in die Betten. Morgen wird ein aufregender Tag.« Mike rückte seinen Stuhl nach hinten und stand auf.

»Ich helfe dir beim Tragen«, sagte Jane und schlenderte mit ihm zur Bar.

***

»Ich glaube, ich werde die Tour nicht mitmachen«, vertraute sie ihm dort an. »Katja war über ein Jahr unter der Erde.« Sie winkte den anderen Teammitgliedern zu. »Ihnen ist das gar nicht richtig bewusst.«

»Das ist auch gut so.« Michael atmete kräftig durch die Nase ein. »Sonst würden sie eventuell kneifen. Und ich bin auf euch alle angewiesen.« Er legte ihr eine Hand auf die Schulter. »Und ganz besonders brauche ich dich – deine Stärke, deinen Rat und deine Freundschaft. Bitte begleite uns, Jane.«

Sie sah ihm unverhohlen in die blauen Augen. »Was hat dir die alte Frau ausgehändigt, als wir uns von ihr verabschiedet haben?«

Michael beförderte ein kleines, ledergebundenes Buch aus seiner Brusttasche und deponierte es auf der Theke. »Ihr Notizbuch.«

Zwischen den Buchdeckeln ragten lose Zettel und Zeitungsausschnitte aus dem Buchschnitt hervor. Jane löste das Stoffband, das es zusammenhielt, und blätterte es auf. »Sind das die Aufzeichnungen des Alchimisten? Das ist alles auf Russisch.«

»Was hast du denn gedacht? Das Buch gehörte einer Frau, deren Muttersprache Russisch ist. Also nein. Dies hier ist nicht Saknussoffs Arbeit, sondern Katjas. Sie hat einige Auszüge aus seinen Texten kopiert, aber hauptsächlich handelt es sich hier um eigene Erfahrungen und Beobachtungen, die sie während ihrer Expedition getätigt hat.«

Jane schlug das Buch zu und gab es ihm zurück. »Und was schreibt sie?«

»Alles, was wir wissen müssen, soweit ich es beurteilen kann. Ich bin Stand jetzt nicht ganz durch. Den Rest werde ich heute Nacht lesen. Aber eines ist gewiss: Wir werden keine Reise ins Unbekannte antreten. Wir können uns an der Route orientieren, die Katja und ihre Freunde vor fünfzig Jahren genommen haben und wir können ihre damaligen Fehler vermeiden.«

»Eine Reise zum Mittelpunkt der Erde.« Der Gedanke betäubte Jane regelrecht. »Es erscheint mir … unmöglich.«

»Nein, es ist möglich. Und es wird gar nicht so kompliziert. Arkadi Saknussoff hat nämlich eine Brotkrümel-Spur ausgestreut, der wir folgen können. Nichts einfacher, als das.« Mike verwahrte das Buch wieder in der Tasche.

***

Umgeben von Ausrüstung lümmelte Michael auf dem Bett seines Hotelzimmers. Es fehlte an nichts – nicht an Kletterseilen, Pinnen, Karabinerhaken, Ankerbolzen oder Knopfbatterien auf Lithiumbasis. Zu den technischen Gegenständen gesellte sich der Bedarf für das leibliche Wohl: getrocknete Nahrung, Vitamintabletten und Mittel zur Wasserreinigung. An Wasser selbst würden sie keine Not leiden, davon fand sich in jeder Höhle genug. Katjas Notizen schlugen ihn vollumfänglich in ihren Bann und schürten die Obsession, die ihn erfasst hatte, seit er als kleiner Junge Jules Vernes *Reise zum Mittelpunkt der Erde* gelesen hatte. Direkt im Anschluss hatte er damals die Theorien von John Cleves Symmes aus dem Jahr 1818 verschlungen, einem Offizier der amerikanischen Armee, der sich darüber hinaus als Handelsreisender und Vortragsredner verdingt hatte; und der keinerlei Zweifel an dem Vorhandensein von Passagen in das Innere der Erde hegte. Die Faszination für dieses Thema packte ihn Jahre später wiederum, als er auf einem Geologie-Symposium erstmals Gerüchte über die tatsächliche Existenz einer Hohlwelt aufschnappte. Der Gedanke daran, dass vor ihnen allenfalls Saknussoff und Katjas Expedition einen Zugang zu diesem Universum entdeckt hatten, war berauschend. *Wir werden den Mittelpunkt erreichen, egal welche Gefahren uns dabei drohen,* dachte er.

Mike drückte seinen Rücken gerade durch und schlug eine weitere Seite auf. Nachdem er diese studierte hatte, galt seine Aufmerksamkeit der speziellen Ausrüstung, die auf dem Schreibtisch lag – mehrere Messer verschiedener Machart sowie eine Bolzenschusspistole, mit deren Hilfe man Metallstifte im Fels versenken konnte.

Er hoffte, die alte Frau habe übertrieben. Doch ein nagendes Gefühl sagte ihm, dass sie die Wahrheit gesprochen hatte. Unvermittelt beschlich ihn der Wunsch, bei dem Bolzenschussapparat möge es sich um eine echte Waffe handeln.

KAPITEL 5

Am nächsten Morgen heuerten sie einen Fahrer an, der sie bis ins Kaukasusgebirge beförderte. Dort beschritt das Team zu Fuß einen Pfad, der sich an Berghängen entlang steil nach oben schlängelte. Der an die Konturen der Geografie angeschmiegte Weg war schmal und oftmals wenig mehr als eine Trampelspur im grobstieligen Gras.

»Es könnte von mir aus einen besser ausgebauten Zugang zur weltberühmten Woronja-Höhle geben«, klagte Andy während einer Verschnaufpause.

Michael lachte spöttisch. »Was hättest du denn gern? Etwas wie den Times Square?«

Von solch einem Umfeld trennten die rauen Berge tatsächlich Welten.

Nirgendwo waren Anzeichen einer Zivilisation auszumachen und die einzigen Lebewesen, denen sie begegneten, waren Ziegen, die die ungebetenen Eindringlinge in ihr Revier von höher gelegenen Felszungen aus kritisch musterten; und nicht zu vergessen, die scharfäugigen Krähen, die über ihren Köpfen kreisten.

»Dort vorn sind frische Abdrücke im Schlamm«, meldete Jane plötzlich von der Spitze der Gruppe aus.

Michael beschleunigte seinen Gang und überholte David. »Vielleicht stammen sie von Ziegenhirten.«

»Falls sie über moderne Kletterstiefel verfügen, dann ja«, sagte Jane.

Verdammt, dachte Mike. *Bei den ganzen Ziegen, die hier rumtrampeln, und bei den aktuellen Wetterverhältnissen, verwischen Fußspuren ziemlich schnell. Nach spätestens einem Tag ist nichts mehr davon zu sehen.* Die Abdrücke – manche klein, manche groß – stammten eindeutig von modernem Schuhwerk. Bei den Verursachern hatten sie es den Spuren nach mit einer gemischten Gruppe zu tun, die sich entweder aus Männern und Jugendlichen zusammensetzte, oder aus Männern und Frauen.

»Könnte ein anderes Team hier draußen unterwegs sein?«, überlegte Ronnie.

Michael runzelte die Stirn. In ihm keimte das mulmige Gefühl, dass genau dies der Fall sei. Und er konnte sich mit Leichtigkeit ausmalen, wer hier sein Unwesen trieb: Harry Wenton.

Die meisten Menschen stellen sich unter einem Tor zur tiefsten Höhle der gesamten Welt eine gewaltige Kulisse vor, die dem Betrachter die Kinnlade herunterklappen lässt. Sie denken dabei an einen Hollywood-Eingang, wie ihn Höhlenforscher nennen; an eine gigantische Öffnung in einer turmhohen Felswand, wie jene von King Kongs Unterschlupf auf Skull Island.

Eine Stunde später erreichten sie den Zugang des Höhlensystems, der derartige Vorstellungen nicht im Geringsten widerspiegelte. Obwohl keiner von ihnen je zuvor vor Ort gewesen war, hatten sie gewusst, wonach sie Ausschau halten mussten – nach einer Spalte, die etwa zweieinhalb mal einen

Meter maß. Diese war so unauffällig, dass sie bis vor Kurzem unentdeckt geblieben war. Michael hatte in der Vergangenheit massenweise Satellitenfotos des Geländes studiert und die Erdspalte mittels GPS lokalisiert. Dessen ungeachtet wurden die Kletterer bei ihrer Ankunft mit einer verblüffenden Situation konfrontiert.

»Was in Gottes Namen …?«, staunte Angela. »Hat jemand hier einen Brunnen errichtet? Oder was soll das sein?«

»Nein«, erklärte Jane. »Sie haben einfach ein kleines Bauwerk darüber gepfropft, und schon gibt es eine abschließbare Tür.«

Über der Spalte thronte ein rundes Konstrukt aus Ziegelsteinen und Zement, dem eine rudimentäre Ähnlichkeit mit einem alten Brunnen innewohnte, auf dessen Oberseite man eine massive Eisenluke installiert hatte.

Als Michael das Vorhängeschloss nebst der dazugehörigen Kette inspizierte, loderte Zorn in ihm auf. »Das hat kürzlich irgendwer geknackt.« Die durchtrennten Kettenglieder schimmerten an den Stellen, an denen sie durchschnitten worden waren, frisch und sauber. Er seufzte. »Und das ist maximal einen Tag her.«

»Dafür kommt nur einer infrage«, mutmaßte Angela.

»Ja«, pflichtete ihr Jane bei. »Harry Wenton. Und dank der Fußspuren wissen wir, dass er eine komplette Mannschaft dabei hat.« Dann beäugte sie die Sohlenabdrücke ringsum genauer. »Ich würde auf vier Leute tippen, inklusive unserem Freundchen.«

»Dieser Bastard!« Mike knallte die Kette auf die Luke.

»Machen wir weiter?«, fragte Andy.

»Was denkst du denn?«, fauchte Michael. »Natürlich geben wir deswegen nicht auf!« Als er die Luke an einem der Griffe öffnete, quietschten die ungeölten Scharniere schrill. »Im Gegensatz zu denen kennen wir den Weg nach unten.«

»Was heißt das?« Ronnie deutete auf die an der Innenseite der Luke eingekratzten kyrillischen Buchstaben.

Mit reglosen Zügen las Mike die Schrift. »Das bedeutet nichts.«

»Mike, lass uns nicht neugierig sterben. Also, was steht da?« Jane rubbelte mit dem Daumen über die Worte. »Vielleicht wurde es direkt nach der Herstellung der Luke geschrieben.«

»Gebt alle Hoffnung auf, die ihr hier eintretet.« Mike zuckte mit den Achseln. »Ein Witz.«

»Was zur Hölle …?«, hauchte Ronnie.

»Hölle trifft es ganz gut«, sagte Jane. »Das ist ein Zitat aus Dantes Inferno, einem Reisebericht in das Reich des Teufels.«

»Die einzigartige Tiefe der Höhle hat wohl irgendwen zu einem Scherz inspiriert. Macht euch deshalb keine Sorgen.« Mike spähte in den Abgrund.

»Interessanterweise hat Dante dieses Werk im fünfzehnten Jahrhundert verfasst. Etwa zur gleichen Zeit, als Arkadi Saknussoff auf Nimmerwiedersehen in der Unterwelt verschwand«, meinte David.

»Ja, das ist wirklich eine auffällige Parallele.« Michael atmete die Luft, die dem Loch entströmte, aus. Sie roch nach altem, vertrocknetem Erdboden. »Wie dem auch sei, wir sollten schleunigst mit dem Abstieg beginnen. Vor uns liegen etliche erforschte Kilometer. Wenton wird ungefähr vier Tage brauchen, um bis auf den Grund des allgemein bekannten Teils der Höhle zu gelangen.« Er stemmte die Arme in die Hüften. »Aber wir sind das bessere Team.«

»So ist es«, bekräftigte Andy.

»Sobald wir die Ausrüstung überprüft haben, gehen wir rein«, fügte Jane hinzu.

Nachdem sie ihre Gerätschaften gecheckt hatten, legten sie Stirnlampen an und stülpten ihre individuell an die jeweilige

Kopfform angepassten Helme auf. An ihren Gürteln hingen Karabiner, Pinne, Ankerbolzen und einiges mehr. Außerdem war daran bei jedem ein Holster mit einer Bolzenpistole befestigt, mit deren Hilfe es möglich war, Stahlstifte in den Fels zu schießen, auf die eine Ösenmutter aufgeschraubt werden konnte. Mike hatte darauf gedrängt, dass alle dieses besondere Werkzeug stets griffbereit hatten, ebenso wie Bolzen zum Nachladen. Ihre restlichen Sachen waren in dünnen Taschen verpackt, von denen eine am Rücken und eine an der Brust getragen wurden.

Schließlich krabbelten sie in die Klettergurte und zurrten diese fest. An der Vorderseite waren die Gurte mit aufgereihten Ringen versehen, die als Führungsschiene für das Seil dienten, wodurch die Absturzgefahr minimiert und ein rascheres Vorankommen gewährleistet wurde.

Jane war als Letzte mit dem Anlegen der Ausrüstung fertig. Als sie so weit war, musterte Mike sie. »Sieht gut aus. Alles sitzt fest und ist exakt an der richtigen Stelle.«

»Du sprichst von meiner Ausrüstung, oder?«, neckte sie ihn.

»Davon auch.« Michael grinste, während sie einen der Halteriemen nachjustierte.

Jane ließ zur Auflockerung der Muskulatur die Arme kreisen. Alles, was sie mitgenommen hatten, musste leicht und klein sein, da die Durchquerung von Engpässen, die kaum mehr als fünfzig Zentimeter im Durchmesser zählten, unausweichlich sein würde. Alles Sperrige und Schwere würde ihnen dabei einen Strich durch die Rechnung machen.

»Andy, du bist dran.« Mike spähte in den Höhleneingang. »Genau hier geht's rein.« Er streifte die Seilrolle von seiner Schulter ab und hielt plötzlich inne. »Die Arbeit können wir uns sparen. Jemand hat schon ein Seil für uns verankert.« Er rüttelte an der in den Felsen gebohrten Öse, durch die das Seil verlief. »Alles bestens. Sitzt bombenfest.«

Andy fädelte das Seil durch einen Karabiner und dann durch die Ringe an der Frontseite seines Geschirrs. Anschließend wickelte er es um seine Hand und ließ eines der Enden in die Dunkelheit ab. Als er mit erheblicher Gewandtheit flott die Wand nach unten glitt, rief er laut: »*Banzai!*«

Das Seil sonderte ein Schleifgeräusch ab, während es durch die Öse rutschte. Der Lichtkegel seiner Stirnlampe wurde allmählich kleiner; und nach ungefähr dreißig Metern stoppte er. »Hier unten ist ein zweites Seil vorhanden. Das Erste steht ab jetzt zu eurer Benutzung zur Verfügung.«

»Ich werde gehen.« Jane schwang ein Bein über die Ziegelsteinmauer und riggte sich rasch auf. »Wir sehen uns auf der finsteren Seite.« Dann sprang sie ab und ließ das Seil durch ihre Hände und die Metallringe ihres Geschirrs schlüpfen. Das Seil hatte eine perfekte Elastizität, sodass sie keine Angst vor Quetschungen an den Händen haben musste, sobald sie beherzt zugriff und bremste. Und die Tragkraft reichte aus, um selbst einen Babyelefanten abzusichern.

Schnell traf sie an dem Punkt ein, von dem aus Andy nach oben gerufen hatte, und seilte sich von dort aus weiter ab. Einige Minuten später kam sie auf einem Niveau von zweihundert Metern zu einer ersten Stufe Felsboden, die als Landeplatz fungierte.

Andy erwartete sie dort bereits. Er deutete schräg nach vorn. »Sie sind da lang.«

Nickend fragte Jane: »Kannst du etwas hören?«

»Nichts, rein gar nichts. Sie müssen also mindestens sechs bis zehn Stunden Vorsprung vor uns haben.«

»Scheiße. Mike wird ziemlich sauer sein.« Sie wusste, wie fokussiert ihr Kollege auf ein Ziel sein konnte; und sie wollte nicht, dass er sie zu einem halsbrecherischen Tempo anspornte, bloß um Harry Wenton auszustechen. Zwar war sie noch nie in der Woronja-Höhle gewesen, aber sie kannte genug Storys über verunglückte Kollegen, die sich vor ihrem Absturz mit Fug und Recht einen Ruf als Experten erworben hatten.

Einer nach dem anderen trudelte auf der Felsstufe ein.

»Gut zwei Kilometer, dann sind wir da«, verkündete Michael. Ein verheißungsvoller Duft nach uraltem Gestein und Abenteuern schwängerte die Luft. »Die Welt, die wir betreten werden, war bis in die Siebzigerjahre Terra incognita. Katja und ihre Expedition waren die Ersten, die einen Fuß dorthin gesetzt haben.« Nach einer kurzen Kunstpause ergänzte er: »Abgesehen von Saknussoff natürlich.«

Angela löste eine kleine Handlampe von ihrem Gürtel und beleuchtete damit den Höhlenboden. »Ich bin gespannt, ob hier Knochen herumliegen – und falls ja, welche.«

»Kann gut sein«, sagte Michael. »Es kommt häufig vor, dass Tiere in Erdspalten fallen und abstürzen. Manchmal haben sogar Menschen das gleiche Pech. Selbst wenn sie den Sturz überlebt hätten, hätte es keinen Ausweg für sie gegeben.«

Andy neigte den Kopf in den Nacken und rief nach oben zur Stahltür. »Hey, ich hab da eine Frage?«

»Schieß los«, forderte Jane.

»Was passiert, wenn die Behörden hier auftauchen und den Entschluss fassen, das Schloss und die Kette auszutauschen?«

»Oh mein Gott. Daran haben wir überhaupt nicht gedacht.« Angela kicherte nervös. »Besteht diese Möglichkeit tatsächlich?«

»Dann haben wir eine neue Wohnstätte«, spöttelte David. »Wäre doch ganz okay hier. Wir müssten zwar einen kleinen Evolutionssprung hin zu Maulwurfmenschen tätigen, aber sonst …«

»Ich glaube kaum, dass Behördenmitarbeiter zum Vergnügen im Gebirge herumspazieren. Und selbst wenn dem so sein sollte, kennt ihr ja die Wirkung von Bolzenpistolen auf

Fels. Die Luke hat einem damit verschossenen Stahlstift auch nicht mehr Widerstand entgegenzusetzen. Es gibt also keinerlei Grund für diesbezügliche Befürchtungen.«

Michael begutachtete sein GPS, dann zeigte er in die Düsternis. »Ronnie, du bist unser bester Späher, also bildest du die Vorhut.«

***

Da der Zugang zur Woronja-Höhle, den das Team genommen hatte, äußerst unauffällig war, lag dessen Fund erst kurz zurück. Bis heute hatte sich niemand von dort aus weit in das unterirdische Labyrinth gewagt, denn das Vorwärtskommen gestaltete sich hier äußerst beschwerlich. Die Gänge glichen den Höhlen in Filmen in keiner Weise, in denen die Protagonisten durch breite Korridore auf ebenerdigen Böden durch die Unterwelt schlendern. Fehlanzeige herrschte ebenso in Sachen der – in solchen Machwerken präsentierten – weiträumigen Felsenkammern, wo Stalagmiten wie weiße Bäume aus dem Boden wachsen und Stalaktiten wie riesige, dolchartige Zähne von der Decke hängen.

Die Woronja-Höhle war mehr wie eine Riftzone, in der sich die Erdkruste aufgrund von Verwerfungen ineinandergeschoben und abgesenkt hatte. Vielleicht war dies der Grund, weshalb sie sich so weit ins Erdinnere ausdehnte. Wie dem auch sein mochte, die harten und scharfen Felskanten, zwischen denen sich bestenfalls kleine Lücken auftaten, bremsten die Geschwindigkeit des Teams erheblich. Manchmal stand in diesen engen Passagen rechts und links der Schultern kaum ein Zentimeter Raum zur Verfügung. Oft mussten sie sich mehrere hundert Meter durch solche Nadelöhre quetschen. Zudem hatten sie mit Bodenlöchern sowie abbröckelnden Wänden und Decken zu kämpfen. Und dabei galt es, in diesen niedrigen Röhren außerdem die eigene Ausrüstung vor sich herzuschieben oder nachzuziehen. Idealerweise begab man sich die Füße voran in einen neuen Stollen, denn falls man festhing, war es so einfacher, wieder herauszukriechen.

Eine Stunde lang stieß die Gruppe auf einer vertikalen Ebene vor, bis sie zu einer schmalen Kluft im Boden gelangte, an deren Kante sie anhielt. Ronnie reckte eine Hand in die Höhe, bevor er einen Zeigefinger an seine Lippen drückte. Die Übrigen schwiegen, hielten den Atem an und horchten aufmerksam.

Nach ein paar Sekunden hörte Michael etwas: das leise Klirren eines Karabiners, der gegen Gestein schlug. Dann erklang noch etwas anderes, eventuell ein Schaben. Die Geräusche waren schwach, aber sie waren da. »Sie haben einen ordentlichen Vorsprung, doch wir sind gut im Rennen.« Er lenkte den Widerschein seiner Handlampe in die Kluft und ließ ihn über deren Wände wandern. Der Riss im Felsen schien sich endlos zu erstrecken. Mittels der Lampe konnte er unmöglich dessen Boden ausmachen. Als er sich vorbeugte, fand er – wie vermutet – Ösen und ein Seil. »Okay, auf geht's.«

Ronnie übernahm die Spitze. Der Abstieg stellte kein Problem dar, da die Wand ohne jegliches Hindernis gerade abfiel. Nach knapp zwanzig Minuten waren alle Mann unten versammelt, nun auf einem Höhenniveau von ungefähr dreihundert Metern. Trockener Staub und die stechenden Ausdünstungen kalter Steine umgaben das Team. In der Nähe sichteten sie die Überbleibsel eines erloschenen Feuers, an dem sich die Mitglieder einer früheren Expedition die Hände gewärmt und Kaffee getrunken hatten. Daneben lag häufchenweise weißes Pulver sowie explodierte Metallhülsen.

»Siliziumkarbidbatterien«, erläuterte Mike. Dann las er grinsend die auf den Boden gekritzelte Nachricht vor: »Wir scheißen nicht in euer Haus, also scheißt bitte nicht in unsere

Höhle.« Vergnügt wandte er sich den anderen zu: »Schätze, das werden wir hinkriegen.«

Heutzutage verfügen Kletterer normalerweise über genug Verantwortungsgefühl, um Urinflaschen und Kotbeutel mitzuführen, in denen sie ihre Ausscheidungen wieder mit an die Oberfläche nehmen. Da die meisten davon vor der Tour eine ganze Weile hauptsächlich hochgradig ballaststoff- und proteinhaltige Nahrung verzehren, können sie den Stuhlgang bis zu einer Woche einhalten. Deshalb ist der erste Ort, den sie nach der Rückkehr in die Zivilisation frequentieren, oft die nächste Toilette, auf der sie eine Wurst von gewaltiger Länge abseilen.

»Wir brechen auf«, entschied Michael. »Und verursacht so wenig Lärm wie möglich. Ronnie, du läufst vor.«

Den ersten Kilometer überwand das Team dank der vorhandenen Ösen und Seile zügig. Wenton und seine Leute hatte wesentlich länger für die gleiche Strecke gebraucht, da sie fraglos in mehrere Sackgassen geraten waren, die sie zur Umkehr und der Suche nach neuen Wegen gezwungen hatten. Dadurch reduzierten Mike und seine Leute den Vorsprung der anderen um viele Stunden.

Einen halben Tag nach ihrer Ankunft bei der Höhle mussten sie bäuchlings durch eine besonders lange Röhre robben. Am Ende dieser kraftraubenden Aktion beschloss Mike, für den Rest des Tages eine Pause einzuschieben. Ihnen drohten wesentlich schwerere Prüfungen als bisher und ein erschöpfter Kletterer tendierte dazu, Fehler zu begehen, unwichtig wie erfahren er sein mochte. Und hier unten konnte einem selbst ein kleines Missgeschick leicht den Tod einhandeln.

Nach dem Erreichen einer Kammer mit einem Durchmesser von rund zwölf Metern, in der sie genug Platz zum Rasten hatten, machten sie es sich bequem und kochten Kaffee auf ihren handlichen Propangasöfen. Als Hauptmahlzeit wurden getrocknete Rindfleischstreifen aufgetischt und als Nachspeise Apfelmus. Die allgemeine Stimmung war ausgezeichnet, fast schon enthusiastisch.

Gut, dachte Michael, denn am Endpunkt ihrer Tour würden sie alle mindestens zehnmal härter beansprucht werden als bisher.

Jane rollte ihre Matte direkt neben seiner aus. Die Rucksäcke dienten ihnen als Kissen. Falls möglich, wollten sie sechs Stunden ohne Unterbrechung schlafen.

Nachdem sie sich zur Ruhe gebettet hatten, stopften Angela und Andy Kopfhörer in ihre Ohren. Da sie nur einen einzigen gemeinsamen MP3-Player besaßen, ihr Musikgeschmack jedoch entschieden divergierte, störten ihre Diskussionen über die Auswahl der richtigen Songs die Grabesstille in der Höhle im Minutentakt.

Jane rollte auf den Bauch und legte ihr Kinn auf den Handrücken. »Hey.«

Michael hob den Kopf. »Ja, was gibt's?«

»Ich habe nachgedacht.«

»Oh, nein.« Er lächelte verschmitzt.

Sie warf eine Handvoll Kiesel nach ihm. »Ich meine es ernst.«

»Okay.« Mit geglätteter Miene fragte er: »Was liegt dir auf dem Herzen?«

»Du erinnerst dich bestimmt an das, was wir von Katja über ihre Expedition erfahren haben. Glaubst du ihr wirklich? Ich meine, aufs Wort?«

Michael drehte sich auf die Seite und stützte den Kopf mit angewinkelten Armen ab. »Ich kann nicht endgültig beantworten, was sie tatsächlich erlebt und was sie vielleicht aufgrund des Traumas oder durch Mangel an Wasser und Essen hinzugedichtet hat. Erschwert wurde ihre Lage zusätzlich durch die verwirrende Situation fast ein Jahr hier unten eingesperrt gewesen zu sein. Dabei könnte sie hunderte Erfahrungen gemacht haben, die Einfluss auf ihre Wahrnehmung hatten.«

»Sie gab an, ihre Expedition sei auf eine wahre Wunderwelt gestoßen – auf ein Meer unter immerwährendem Tageslicht, das rot schimmerte. Sie will außerdem baumgroße Pilze und Kristalle mit den Ausmaßen von Häusern gesehen haben. Und zum Ende erwähnte sie Monster.«

Er nickte wortlos.

»Das ist irre.« Sie schnaubte leise. »Vor unserer Abreise hast du selbst zugegeben, dass sie unter Umständen verrückt sei.«

»Ihr Erlebnisse haben selbstverständlich Narben an ihrem Geist hervorgerufen, aber lass mich etwas klarstellen.« Er rutschte ein Stück näher und dämpfte die Stimme, als wolle er eine ungewollte Zuhörerschaft ausschließen. »Die Erde ist über viereinhalb Milliarden Jahre alt. Während dieser enormen Zeitspanne ist sie mehrfach von riesigen Meteoriten getroffen worden. Manche dieser Einschläge waren extrem. Einer pustete genug Masse in das Weltall, dass sich daraus unser Mond formen konnte. Ein anderer löschte die Dinosaurier aus. Stell dir vor, einer hätte ein Loch in den Erdmantel gehämmert, durch den ein kompletter Ozean nach unten abfloss. Der Magmakern war zu diesem Zeitpunkt schon geschrumpft, also gab es genug Raum, um das Wasser aufzunehmen. Dort könnte es nach wie vor sein. Die verletzte Erdkruste darüber verschloss sich durch die Hitzeeinwirkung des Aufschlags, vergleichbar der Kauterisation einer Wunde bei einem Menschen.«

»Klingt für mich nach einem Science-Fiction-Film aus den Fünfzigern.«

»Nimm einfach an, dass eine kilometerdicke Hülle aus Vulkanglas den Magmakern umhüllt, die eine natürliche Barriere zu seinem flüssigen Gestein darstellt. Und hinter dieser Mauer liegen das Meer und die ihn umgebenden Landstriche. Der Himmel wäre dabei in Richtung des Erdkerns und der Boden dieses Reichs in Richtung der Erdoberfläche ausgerichtet. Und nun verrate mir, werte Frau Biologin, welche Farbe das Firmament hätte, wenn hinter dem Glas Magma wäre.«

Sie grinste und um ihre Augenwinkel erschienen kleine Fältchen. »Gold, orange … *rot.*«

»Korrekt. Wenn man zudem die Hypothese tätigt, primordiales Leben sei mit dem Meerwasser nach unten gespült worden, wird es interessant. Denn dort fand es eine warme Umwelt, in der es wachsen und weitere Entwicklungsschritte gehen konnte.«

Sie schaute skeptisch.

»Komm schon, Jane, letzten Endes bist du eine Wissenschaftlerin. Sag niemals nie.«

»Als gut, nach unserem Wissensstand sind parallel ablaufende Evolutionsstränge denkbar. Unter Umständen ist es tatsächlich so passiert, wie du es dir zusammenfantasierst. Die Chancen stehen jedoch höchstens eins zu einer Million. Nein, eher zu einer Milliarde.«

»Arrivierte Evolutionsbiologen schätzen die Wahrscheinlichkeit der Entwicklung von Leben auf der Erde ebenfalls auf eins zu einer Million.« Michael drehte sich auf den Rücken. »Und doch sind wir jetzt hier.«

***

Fünf Stunden später wachte Mike auf. Sein Verstand arbeitete sofort auf Höchsttouren, seine Muskeln und Gelenke dagegen streikten zunächst und schrien aufgrund der physischen Belastungen des vergangenen Tages nach einer längeren Erholungsphase. Einen Tag Felsen zu erklimmen, fordert der Physis eines Menschen genauso viel ab wie die Beteiligung an einem Marathon. Vierundzwanzig Stunden Kletterei mehr und sein Körper würde sich an die neue Situation als Dauerzustand gewöhnt haben.

Das Erwachen in der absoluten Dunkelheit einer Höhle wird stets von einigen Sekunden der räumlichen und zeitlichen Desorientierung begleitet, da der Wechsel von Tag und Nacht fehlt, wodurch jegliches Zeitgefühl abhandenkommt. Sie mussten an die regelmäßige Einnahme von Vitamin D denken, damit die Geschmeidigkeit ihrer Muskeln erhalten blieb.

Mit einem raschen Blick auf sein Handgelenk stellte Mike fest, dass es 16:00 Uhr war. Die genaue Zeit hatte hier unten keine besondere Bedeutung. Sowieso würden sie noch mindestens drei weitere Tage benötigen, um zum versickerten Teich aus Katjas Bericht zu gelangen. Leider würde ihnen Henry Wenton nun dabei zuvorkommen.

Während Michael in eine Flasche urinierte, spekulierte er, wer ihren Konkurrenten begleiten könnte? Der Kerl hatte einen umfangreichen Freundeskreis, dazu eine Menge Unterstützer und Mitläufer; wie es bei reichen Leuten oft üblich ist.

Nach einer Weile gab er die Grübelei auf. Ihm fiel zwar eine ganze Reihe von Verdächtigen ein, allerdings kamen viel zu viele Kollegen infrage. Sie würden dieses Geheimnis früh genug lüften. Und was dann? Was sollte oder konnte er unternehmen, wenn es so weit war? Er allein verfügte über Katjas Notizbuch und damit über den Schlüssel für den Weg abwärts. Wenton hatte gewiss nicht den blassesten Schimmer von dem ausgetrockneten Tümpel. Dieser Schnösel trachtete danach, das Rennen zum Grund der Woronja-Höhle zu gewinnen, weil er sich die eine Million Dollar aus der Ausschreibung und dazu die Schürfrechte unter den Nagel reißen wollte. Zumindest hoffte Mike das; und er wäre glücklich damit, Wenton das alles zu überlassen und ihm sogar dazu zu gratulieren, sobald dieser mit seiner Mannschaft wieder nach oben abdampfte.

Aber was, wenn Wenton über den Eingang nach unten im Tümpel stolperte? Er würde den Typen kaum davon abhalten können, den Tunnel dahinter zu erkunden. Was sollte er tun, falls Wenton plante, beide Teams zu diesem Zweck zu vereinen? Mike setzte sich neben seinem Rucksack auf den Hosenboden. Sollte dies geschehen, war eines unumstößlich: Die Wenton-Expedition würde sich dem Monroe-Team anschließen und nicht umgekehrt. Niemals!

Neben ihm gab Jane im Schlaf einen gedämpften Schnüffellaut von sich. Mike war glücklich darüber, sie an Bord zu haben, denn ihr vertraute er mehr als jedem anderen. Außerdem musste er sich ehrlicherweise eingestehen, dass er sie mochte – sehr sogar.

Sie öffnete die Augen und rieb sich die Wangen.

»Guten Nachmittag, Schlafmütze.« Er griff nach ihrer Wasserflasche, die zwei Schritte weit von ihr weggerollt war, und reichte sie ihr.

»Es ist Nachmittag? Ja, verdammt, du hast recht.« Sie setzte sich aufrecht hin. »In Situationen wie dieser wünschte ich, ich hätte einen Schwanz.« Dann durchwühlte sie ihren Rucksack nach der Urinflasche und einer speziellen Tasse, in die sie pinkelte, bevor sie die Flüssigkeit in die Flasche umfüllte. »Bin in einer Minute zurück.« Sie stand auf und ging einige Schritte in die Finsternis, von der sie rasch verschluckt wurde.

Minuten später waren alle auf den Beinen, Lampen leuchteten und Kaffee brodelte auf dem Ofen.

Mike gewährte ihnen eine Weile, um alle Sinne beisammenzubekommen, ehe er eine Lagebesprechung einberief. Es gehörte zu seinem Verantwortungsbereich, regelmäßig den körperlichen und seelischen Zustand der Gruppe zu überprüfen. Falls die Verfassung eines der Mitglieder kritisch wurde, musste er einen aus ihrer Mitte dazu bestimmen, mit demjenigen den Rückweg anzutreten, während der Rest die Mission fortsetzen würde.

Obwohl Mikes Muskeln schmerzten, seine Kehle rau und seine Augen trocken waren, brannte er innerlich vor Neugier und Aufregung. Am liebsten wäre er ohne Pause bis ganz nach unten gesprintet. Die Höhle, in der sie sich gerade aufhielten, mündete in einen Stollen, dessen Durchmesser ungefähr einen halben Meter betrug. Ein Sprint würde also kaum realisierbar sein. Für die hinter dem Engpass verbleibende Strecke zum Ziel galt mit Gewissheit das Gleiche. Egal wie er es drehte und wendete, Mike hatte keine Ahnung, wann sie dort eintreffen würden.

KAPITEL 6

Harry Wenton war der Erste seiner Mannschaft, der seinen Fuß in die Höhle mit dem Teich setzte. Er schob den Helm in den Nacken und wischte die Schmutzschicht von seiner Stirn.

Gleich darauf schälten sich seine Gefährten aus der engen Fuge im Fels und schwärmten rechts und links von ihm aus.

»Maggie«, sprach Wenton die junge Frau an seiner Seite an.

»Ja.«

»Wir sind jetzt ganz unten, oder?«

»Richtig.« Sie begutachtete ihr GPS-gestütztes, stratigrafisches Messgerät. »Wir befinden uns in 2201 Metern und 35 Zentimetern Tiefe. Das wär's. Wir sind an der Endstation.«

»Gut«, konstatierte Wenton und deutete in das leere Becken. »Irgendetwas ist hier faul. Die Kuhle da sollte eigentlich voll Wasser sein.«

Maggie tippelte drei Schritte vor. »Was zur Hölle?« Sie wandte sich um. »Jamison?«

Der schlaksige, junge Mann stemmte die Hände in die Hüften. »Das ist die richtige Stelle. Wir haben uns definitiv nicht verirrt. Daran besteht kein Zweifel.«

»So ein Mist!« Wenton hockte sich auf einen Haufen Gesteinstrümmer und fingerte ein Päckchen Zigaretten aus seiner Jacke. Aus der Perspektive eines Höhlenforschers zählte Rauchen zu den Todsünden. Aber er war stinksauer. Zudem hatten Regeln nur für das gemeine Volk Gültigkeit. Zwei Kilometer hatte er sich bis hierher durchgekämpft und nun hatten sie möglicherweise irgendwo eine falsche Abzweigung genommen. Das Ende ihres Wegs sollte eigentlich durch einen Teich gekennzeichnet sein. Er zündete eine Zigarette an und inhalierte kräftig. Den Qualm stieß er in den Lichtkegel seiner Stirnlampe aus. Sein Blick schweifte über seine Begleitung aus Nachwuchstalenten.

Die sportliche Maggie Harper, seine aktuelle Bettgenossin, war zweiunddreißig Jahre alt. Sie hatte verzweifelt bei dieser Tour dabei sein wollen und war bereit dazu gewesen, alles zu tun, um ihren Wunsch Wirklichkeit werden zu lassen. Und sie hatte alles getan. Wenton grinste anzüglich, sog Rauch ein und bewunderte den wohlgeformten Körper seiner hauteng bekleideten Gespielin.

Jamison Williams studierte aktuell und hatte sich im Rahmen der Ivy League etliche Meriten im Hochschulsport erworben. Darüber hinaus genoss er einen Ruf als technisches Genie. Er hatte zu ihrer Expedition verschiedene elektronische Spielereien beigesteuert, die ihnen die Kartografierung der Höhle und das Anbringen von Wegmarken erleichterten.

Marcus »Jazz« Lawrence, einem vielfachen Sieger in Leichtathletikwettbewerben, eilte der Ruf absoluter Furchtlosigkeit voraus.

Abgerundet wurde die Gruppe durch Bruno Markowitz, einem ehemaligen russischen Berufssoldaten, der seit Jahren seine Brötchen mit der Rettung verunglückter Höhlenforscher verdiente. Wenton hatte schon früher mit Markowitz kooperiert. Der Typ hatte die Kraft eines Ochsen, besaß eine hundertprozentige Loyalität und neigte gelegentlich zu einer gewissen Brutalität, die er sich vermutlich beim Militär angeeignet hatte. Seine Beherrschung der russischen Sprache war bei diesem Trip Gold wert.

Wenton seufzte und stützte einen Ellbogen auf dem Felsen ab. Eigentlich war er davon ausgegangen, er müsste lediglich bis ganz nach unten kommen und danach einen Vortrag über die Expedition halten, um bis Weihnachten massenhaft Knete abzusahnen und die Champagnerkorken knallen zu lassen.

Vielleicht ist die Sache mit dem Teich ja ein Segen, überlegte er. Einige Meter mehr könnten einen neuen Rekord bedeuten. Er sprang auf. »Also gut, Leute, seid ihr sicher, dass wir in der richtigen Höhle sind?« Er warf die Kippe auf den Boden und trat sie aus.

»Absolut«, bestätigte Jamison. »Wir haben die geplante Route exakt eingehalten. Der Teich war hier. Ich kann aufgrund des hohen Mineralgehalts des Wassers sogar seinen ehemaligen Spiegel erkennen.« Er las die Anzeige des Impulsgebers ab, den er am Grund der Mulde platziert hatte. »Das ist seltsam.«

Wenton stöhnte. *Jetzt kommt's.*

Jamison richtete den Impulsgeber auf eine Felszunge am jenseitigen Abschluss des Beckens. »Die Signale gehen tiefer runter.«

»Wie viel tiefer?«, fragte Maggie. »Wir brauchen höchstens ein paar Meter, um einen neuen Weltrekord aufzustellen.«

»Nein, ich meine tiefer – wesentlich tiefer.« Er marschierte zu dem Überhang aus Stein und verkündete: »So tief, dass es die Reichweite des Impulsgebers übersteigt.«

Wenton ging zu ihm und studierte die Anzeige des Geräts. »Donnerwetter!« Maggie und Bruno traten hinzu. »Unter uns liegt eine weitere Höhle«, sprach Wenton das Offenkundige aus.

»Und sie ist bisher unerforscht«, jubilierte Maggie. »Der Durchgang muss erst vor Kurzem entstanden sein.«

»Unsere Chance«, meinte Marcus.

»Immer langsam«, bremste Wenton. »Welche Daten haben wir zur Verfügung?«

»Gar keine«, flüsterte Jamison. »Sie ist so tief, dass ich ihren Boden nicht anmessen kann.«

Wenton trat einen Schritt nach hinten. »Wir werden mehr tun, als einen Weltrekord brechen … heute schreiben wir Geschichte.« Alle Müdigkeit fiel wie ein nutzlos gewordener Kokon von ihm ab. »Macht euch bereit, wir gehen rein.«

»Harry, wir haben zu wenig Proviant für einen längeren Ausflug«, gab Maggie zu bedenken. »Wie weit wollen wir vordringen?«

Nur wenige Meter mehr als Mike Monroe, dachte er und lächelte sie an. »Keine Sorge, wir schauen uns bloß ein bisschen um.« Er stiefelte zu der Öffnung in der Höhlenwand, durch die sie hereingekommen waren. »Seid alle mal ruhig. Ich will hören, ob uns die Konkurrenz auf den Fersen ist.« Alles war still, aber Monroe würde auftauchen, und zwar bald. Im Umdrehen registrierte er ein leises Geräusch wie das Kratzen eines Nagels auf Stein. *Komisch. Klingt, als käme es von unten aus der neuen Höhle.*

KAPITEL 7

Fast wie eine Maschine legte Mike in der unwirklichen Höhlenlandschaft Meter um Meter zurück. Sechs Stunden nach ihrem Aufbruch hatte er seiner Mannschaft eine kurze Schlafpause gegönnt. Nun trieb er sie unerbittlich voran, da er endlich Harry Wenton einholen wollte. Staubverkrustet wie alle anderen auch marschierte er an der Spitze voran, danach kam Jane.

Als sie die Höhle mit dem Teich erreichten, schrie Mike: »Ja!« Erst nach einer Denkpause fügte er leiser hinzu: »Katja hatte recht. Ich wusste es von Anfang an.«

»Unglaublich«, sprudelte es aus Ronnie heraus. »Ich war mir bis jetzt darüber unklar, ob sie sich die ganze Story eingebildet hat.«

»Wir gehen runter«, drängte Michael.

»Nicht so eilig«, mahnte Jane. »Wir sollten uns erst einen Plan zurechtlegen und uns einen Kaffee zur Stärkung genehmigen.«

Michael Gesichtszüge verhärteten.

»Ach, Mike, das hier ist eine gemeinschaftliche Unternehmung und wir müssen unsere Batterien aufladen. Hinter diesem Durchgang stoßen wir auf unbekanntes Terrain. Wer weiß, womit wir dort konfrontiert werden?«

»Doch, das wissen wir.« Er verzog verärgert den rechten Mundwinkel.

»Auch wenn Katja mit dem Teich recht hatte, sollten wir ihr nicht jede Einzelheit unreflektiert abkaufen. Ich glaube längst nicht alles, was sie behauptet … oder du.«

»Also gut, ruhen wir uns aus.«

»Mike …« Andy beäugte etwas am Höhlenboden.

»Was gibt's?«

»Irgendein Idiot hat hier seine Kippe ausgetreten.«

Michael ging zu Andy, hockte sich auf die Fersen, hob den Zigarettenstummel auf und zerbröselte ihn zwischen den Fingern. »Frisch. Dieser verfluchte Wenton ist bereits unten.«

KAPITEL 8

Maggie Harper reckte eine Hand in die Höhe, um den anderen zu signalisieren, dass sie anhalten sollten. »Vor uns liegt eine dreifache Gabelung.«

»Jamison, überprüfe die Tiefe«, ordnete Wenton an.

Der Angesprochene richtete den Impulsgeber auf jeden der drei Durchgänge und musterte aufmerksam das Display des Geräts. »Bringt alles nichts. Egal, welche Abzweigung ich ausmesse, die Pulswellen verschwinden irgendwann im Nirwana. Sie werden von nichts blockiert.«

»Das ist natürlich eine außerordentliche Entscheidungshilfe«, spottete Wenton. Dann zog er ein Feuerzeug aus der Tasche und hielt es vor die erste Öffnung. Die winzige, orangefarbene Flammenzunge brannte senkrecht in die Höhe. Vor der zweiten Lücke im Gestein bog sich die Flamme nach hinten zu ihm. Vor der dritten geschah dasselbe wie bei der ersten. »Wir nehmen die, aus der das Lüftchen weht. Maggie, du hast die Ehre.«

***

Mike fühlte sich schuldig, weil er seinen Freunden maximal zwanzig Minuten zur Erholung gestattet hatte. Ein schnelles Vorankommen war unerlässlich. Er hatte gehofft, dass die Passage in der Mulde des Tümpels schwer auffindbar sei. Natürlich handelte es sich bei Wenton um einen Profi, aber er hätte ihnen trotzdem den Gefallen tun können, die Pforte nach unten zu übersehen. Tat er aber nicht. Trotzdem hatte ihr Konkurrent fraglos nicht mit einem längeren Aufenthalt unter der Erde gerechnet. Vermutlich würde er deshalb maximal ein kleines Stück vordringen, um einen Rekord zu markieren, und dann umkehren.

Mike dagegen wollte so weit wie möglich gehen. Er hatte keinen Schimmer, wie lange sie dazu benötigen würden oder wie lange seine Leute bei diesem Abenteuer mitzumachen bereit waren. Er erinnerte sich an einen alten Kletterer, der ihm einst garantiert hatte, es sei unmöglich, eine tiefe Höhle zu besiegen. Man überdauert sie, erträgt sie und leidet unter ihr. Das Gestein zermürbt dich und trachtet danach, dich zu Fehlern zu verleiten. Je tiefer die Höhle, desto höher die Wahrscheinlichkeit, einer solchen zu begehen. Dann hat die Höhle gewonnen.

Doch wenn du ihr die Treue hältst, belohnt sie dich manchmal, indem sie dir etwas offenbart, das niemand zuvor auf der ganzen Welt je gesehen hat. Und dieser Gedanke war es, der Michael Kraft spendete. Er atmete tief durch. Künftige Probleme würde er angehen, sobald sie relevant werden sollten. Jetzt darüber nachzugrübeln, verschwendete unnötig Energie.

»Packen wir's an!« Mike ging zur Felszunge am jenseitigen Ende des Teichs und schlüpfte in geduckter Haltung darunter. Er hielt einen Moment inne und spähte in die Öffnung. Die Reichweite seiner Handlampe betrug wenige Meter, dahinter ballten sich Dunkelheit und Stille zu einem unheimlichen Gemisch. Ein warmer Windhauch mit dem Aroma alten

Torfs umwehte ihn sanft. Warme Luft steigt nach oben und falls es weiter unten kein Wasser gäbe, hätte er lediglich den Mief uralten Steinstaubs gerochen. Er hielt die Torfduftwolke für ein gutes Omen.

Mike durchschritt das schiefe Loch im Felsen. Der Stollen dahinter weitete sich zunächst ein wenig aus und ging dann in ein Felsenband über, das auf der einen Seite in einer dezenten Kurve an einer turmhohen Steinwand heftete. Auf der anderen Seite fiel es steil in ein undurchdringliches Schwarz ab. »Hier drinnen führt der Weg auf einem Felsenband weiter. Es wirkt sicher. Also rein mit euch!«

Andy traf als Erster bei ihm ein. Mittels des Impulsgebers tätigte er eine Tiefenmessung an der abschüssigen Wegseite. Als er die Anzeige ablas, stieß er einen Pfiff aus. »Hier geht's 2500 Meter vertikal nach unten. Zweieinhalb Kilometer. Das ist tiefer als das gesamte bekannte Areal der Woronja-Höhle.«

»Stell dir vor, wir würden den Mount Everest erklimmen. Nur von oben nach unten«, scherzte Mike.

»Das wirkt auf mich wie der Rachen einer Bestie«, flüsterte Ronnie, während er abwärts starrte.

»Bestie?« Michael schnaubte. »Ich habe mal ein Buch von James Tabor gelesen. Es heißt *Blinder Abstieg*. Darin vergleicht er Höhlensysteme mit lebenden Organismen, deren Blutkreisläufe und Atemwege von Infektionen befallen und kontaminiert werden können. Manchmal absorbieren sie organische Substanzen und scheiden diese wieder durch die unterirdischen Flüsse, die sie durchfließen, aus.« *Aber manchmal verschlucken die Höhlen auch organische Substanzen und behalten sie für immer in ihrem Bauch,* dachte er, ohne es auszusprechen. Stattdessen sagte er: »Wir müssen jetzt weiter.«

Das breite Felsenband erlaubte es ihnen, in einem zügigen Tempo vorzudringen. Über ihn aufgeschichtet stapelten sich Milliarden Tonnen Gestein, das auf die Höhle drückte. Ein kleines Zittern, eine kurze Bewegung der Erde und sie wären nicht mehr als eine winzige, ungewöhnlich gefärbte Linie im Sedimentgestein. Für diese Höhle, die Millionen, vielleicht sogar hunderte von Millionen Jahren alt war, waren sie wie Einzeller, die einen Wimpernschlag lang lebten und dann starben.

Mike stoppte gelegentlich, um besonders interessante Felsformationen zu begutachten. Seit er als Junge auf dem Grundstück seines Großvaters eine verlassene Mine erkundet hatte, hatte er ständig den Wunsch danach verspürt, die Geheimnisse der Erde, die diese in ihrem Leib verbarg, zu erkunden. Viele Menschen haben Angst vor dem Dunkeln, da es Dinge vor dem Licht des Tages verschleiert, die von den meisten nicht gern gesehen werden – Mysterien, Kuriositäten und Gefahren. Höhlenkletterer genießen diese Ungewissheit, denn hinter der nächsten Ecke, unter der nächsten Felszunge oder nach dem nächsten Engpass mochte ebenso etwas Wundervolles schlummern.

Unter einem Sims hielt Mike plötzlich an und winkte die anderen herbei. »Hey, schaut euch das an.«

»Ach du meine Güte«, sagte David. »Eine Aufschrift. Das ist russisch, oder?«

»Ja«, bestätigte Michael. »Mittelalterliches Russisch. Es heißt: *Wir reisen in das Unbekannte, um das Wissen der Menschheit zu bereichern. A. S.*«

»A. S.«, wiederholte Jane. »Arkadi Saknussoff.«

»Unglaublich«, raunte Ronnie.

»Wir sind auf der richtigen Spur«, diagnostizierte Angela. »Ich kriege es nur schwer in meinen Schädel rein, wie dieser Typ vor fünfhundert Jahren bis hierher kommen konnte.«

»Weil seine Forschungsarbeit für ihn mehr als ein Hobby oder eine Leidenschaft war«, sagte Mike. »Es betrachtete sie als sein Lebenswerk. Er war besessen davon, die Wahrheit seiner Theorie zu beweisen, deshalb konnte ihn nichts und niemand aufhalten.«

»Er war sogar bereit, dafür zu sterben«, fügte Jane hinzu. »Und tatsächlich blieb er hier unten verschollen.«

»Vielleicht hat er sein persönliches Paradies gefunden«, spekulierte Michael.

»Da sind weitere Spuren«, rief Andy und zeigte auf den Boden. »Ganz frische. Vermutlich von Wenton.«

»Ja, sie sind immer noch vor uns«, stimmte Mike zu. »Wir sollten uns beeilen.«

Der Abstieg war wesentlich einfacher als in den oberen Höhlen, da tektonische Verschiebungen der Erdkruste um sie herum eine Spalte produziert hatten, die ihnen ein bequemes Vorwärtskommen ermöglichte.

Nach einer Stunde hielten sie für eine kurze Proteinzufuhr an. Sie verbrannten hochgradige Mengen an Energie und dürsteten deshalb ständig nach einer Aufstockung ihrer Reserven. Sie alle würden bei dieser Tour eine Menge Gewicht einbüßen. Dies würde nur zu einem Problem werden, falls damit ein Schwund der Muskelmasse einherging – und dies konnte allein geschehen, wenn sie zu wenig aßen.

Zehn Minuten später spornte Michael seine Leute zum Aufbruch an. Das Felsband hatte sich auf etwa vierzig Zentimeter verjüngt, also mussten sie mit der Nase zur Wand weiterlaufen.

Nachdem das Band wieder breiter geworden war, machten sie eine Stelle mit drei Durchgängen im Gestein aus. Andy fand Indizien dafür, dass Wenton den mittleren genommen hatte.

Michael grinste von einem Ohr zum anderen.

»Was?«, fragte Jane.

»Wenton ist in das mittlere Loch«, antwortete er.

»Und wir werden es ihm gleichtun«, vermutete Angela.

»Nein«, widersprach Mike, holte Katjas Notizbuch heraus, löste die Schnur, die es zusammenband und fing an, zwischen den Seiten zu blättern. »Unser Freund hat den falschen Weg gewählt.«

»Welches ist der richtige?«, erkundigte sich David. »Sie sehen alle gleich aus.«

»*Wir erforschten jeden der drei Stollen*«, las Michael vor. »*Wir stießen jeweils mehrere Stunden vor, um zu überprüfen, welcher uns die beste Chance bietet, an den Mittelpunkt der Erde zu gelangen. Sie alle reichen in die Tiefe. Der linke trifft auf eine gewaltige Schlucht, deren Tiefe die Länge unserer Seile und unseren Appetit auf Abenteuer in den Schatten stellt. In der mittleren Höhle fanden wir etwas Schreckliches. In der rechten entdeckten wir Saknussoffs Wegmarken.*«

Er schlug das Buch zu. »Wir nehmen Saknussoffs Pfad und Wenton kann uns gestohlen bleiben.«

»Das gefällt mir nicht«, wandte Angela ein.

»Wieso?«, fragte Mike. »Was soll verkehrt daran sein. Wir werden in Führung gehen.«

»Aber was soll es bedeuten? *In der mittleren Höhle fanden wir etwas Schreckliches.* Falls ihm dort etwas Gefährliches bevorsteht, sollten wir Harry warnen.«

Jane seufzte.

»Leider hat Angela recht. Der Typ ist zwar ein Arsch, aber wir dürfen einen Kollegen nicht blindlings ins Unglück rennen lassen.«

»Vor fünf Minuten habt ihr den Wahrheitsgehalt von Katjas Bericht angezweifelt, und nun sollen wir uns danach richten?« Mike winkte ab. »Wenton hatte einen so immensen Vorsprung, dass wir ihn wahrscheinlich nie eingeholt hätten. Wenn wir ihm nachgehen, wird er schon längst selbst gemerkt haben, worauf diese Formulierung anspielt.«

Jane dachte kurz nach. »Verdammt, Angela, das stimmt. Harry ist einen halben Tag vor uns. Es ist zwecklos, ihm jetzt hinterherzuhecheln.«

Angela presste wütend die Lippen zusammen, dann nickte sie kaum erkennbar. Sie stellte sich vor die mittlere Höhlenmündung und beugte den Oberkörper hinein. »Harry!«, rief sie. »Harry Wenton!« Der Name schallte in den Schacht und Angela lauschte mit schief geneigtem Hals auf eine Antwort. Es kam keine.

»David, lass eine Notiz für ihn da«, sagte Mike. »Sag ihm, dort unten ist etwas Gefährliches und wir sehen uns an der Oberfläche wieder.«

Mit einem Nicken kramte David ein beleuchtetes Clipboard und einen Stift aus seinem Gepäck. Er hielt kurz inne. »Soll ich schreiben, dass wir in den rechten Stollen …«

»Nein«, giftete Mike. »Sie sollen nach oben abhauen.«

»Okay, okay.« David notierte die Botschaft und heftete sie an die Wand des Stollens, den Wenton ausgewählt hatte. Nach kurzem Starren in die Finsternis sagte er: »Hals- und Beinbruch, Harry.«

Grinsend meinte Michael: »Weiter!« Dann führte er sie in den Felsengang auf der rechten Seite.

***

Die Höhlen wurden größer und trockener. Aus den fortdauernden Strapazen, die sie ihren Körpern zumuteten, resultierte ein erhöhter Wasserbedarf. Sie schwitzten und atmeten es fast schneller aus, als sie es trinken konnten.

»Dort drüben gibt es Wasser«, meldete Angela und stiefelte zu einer Wasserlache am Fuß einer feuchten Wand. In hockender Position beleuchtete sie die Flüssigkeit. »Riecht ein bisschen komisch und an den Rändern sind Ablagerungen von Mineralien. Es könnte aber auch ein primitiver Höhlenpilz sein.«

»Ist das Wasser klar?«, fragte David.

»Hm … ein wenig trüb ist es schon.«

»Klingt so, als sei es gut genug für mich«, befand Ronnie. »Ich habe fast kein Wasser mehr und meine Kopfschmerzen werden durch die Dehydration immer gemeiner.« Er löste die Trinkflasche von seinem Gürtel und schüttelte sie. Dem Klang nach waren – wenn überhaupt – ein paar Tropfen übrig.

»Ich weiß nicht«, zweifelte Angela, »ob das Wasser gut ist. Mike, Jane, was denkt ihr?«

Ronnie ging neben der Lache in die Knie. »Eigentlich sollte es kein Problem geben, wenn wir eine Reinigungstablette reinwerfen. Das killt jeden Krankheitserreger.«

Schulterzuckend beteuerte Mike: »Es sollte in Ordnung sein. Wasser in Höhlen ist normalerweise unbelastet. Allerdings hat bisher niemand Wasser aus so extremer Tiefe ausgiebig getestet. Ich passe.«

»Kleine Tümpel stehenden Wassers bergen immer ein Risiko«, fügte Jane hinzu. »Abgesehen von Bakterien existieren in Höhlen allerhand fiese Pilzkulturen.«

»Sie hat recht«, pflichtete David bei. »Von Pseudogymnoascus destructans könntest du dir eine Hirnhautentzündung einfangen. Und falls du Histoplasma capsulatum einatmest, kollabieren deine Atemwege.«

»Pfft, die werden beide durch Fledermäuse verbreitet«, protestierte Ronnie. »Und hier gibt's keine von diesen Viechern. Stellt euch nicht so mädchenhaft an.« Er schlürfte den Rest aus seiner Flasche und tauchte sie danach in das kühle Nass, um sie aufzufüllen. Als sie voll war, stopfte er eine kleine Pille in das Trinkgefäß, verschraubte es und schüttelte es dann. »In fünf Minuten hat die Tablette ihren Job erledigt und mein Durst gehört der Vergangenheit an.«

Andy beäugte die Pfütze.

»Bedien dich«, riet ihm Ronnie. »Was soll schon passieren?«

»Vorsicht«, warnte Angela. »Ein Proband reicht vollkommen aus. Mike?«

»Ich glaube, Ronnie wird ziemlichen Dünnpfiff kriegen. Wird bestimmt lustig, ihm dabei zuzugucken, wie er die ganze Ladung in seinem Kotbeutel unterbringen möchte.« Michael kicherte. »Egal wie, wir müssen jetzt weiter.«

Eine halbe Stunde später durchquerte das Team einen gewaltigen Felsendom. Sie waren nach wie vor in Hochstimmung, da sie vor Kurzem eine Stelle passiert hatten, an der »A. S.« und ein Pfeil in die Wand eingeritzt gewesen war, der den Weg des russischen Alchimisten anzeigte.

Als Ronnie schließlich von dem Wasser getrunken hatte, verkündete er: »Einfach himmlisch.« Vergnügt fragte er: »Möchte jemand einen Schluck?«, und präsentierte die Flasche einladend den anderen.

»Du hast es tatsächlich riskiert ...« David hob kritisch die Augenbrauen.

»Ja, und es schmeckt nach mehr«, antwortete Ronnie und trank erneut.

Jane schnüffelte hörbar. »Was ist das für ein Geruch?«

»Ich würde darauf tippen, dass es Ronnie ist, der so mieft«, witzelte Mike. »Aber sag du es mir. Du bist die Biologielehrerin.«

David sog ebenfalls Luft ein. »Riecht nach Zitrone, nach Zitronensäure, um genau zu sein. Habt ihr schon mal den Duft von Baumwanzen an einem Zitrusstrauch genossen?«

»Sie stinken grässlich.« Angela rümpfte die Nase.

»Das kommt davon, dass die Wanzen den Saft aus den frischen Trieben und manchmal sogar direkt aus den Zitronen saugen. Der Saft dient gleichsam der Ernährung als auch als Verteidigungswaffe. Sie sprühen ihn in die Augen eines näherkommenden Räubers. Auf diese Weise sind etliche neugierige Katzen und Hunde erblindet.«

»Wie nett«, meinte Michael. »Erinnert mich daran, mir nie einen Zitronenstrauch zu kaufen.«

»Die Luftfeuchtigkeit hier unten spottet jeder Beschreibung«, wechselte Jane das Thema.

»Und?«, sagte Ronnie gedehnt. »Dass es hier unten Wasser gibt, ist nichts Neues.«

»Ja, aber die Luft sollte eigentlich weniger davon gesättigt sein.«

Kurz darauf fing der Boden an, unter ihren Sohlen zu schmatzen.

»Wo kommt der Matsch her?«, überlegte Jane. Bei ihrem nächsten Schritt trat sie auf etwas Brüchiges, das beim Kontakt mit der Sohle ihres Schuhs knirschte. »Was war das?« Sie leuchtete nach unten und setzte sich in die Hocke. »Alle sofort anhalten!«

»Womit haben wir es zu tun?«, fragte Michael. »Einem morschen Quarz?«

Jane hob ein langes, dünnes Ding hoch. »Nein, mit einem Knochen.«

»Hier?«, staunte Mike. »Wir sind fast fünf Kilometer unter der Erde. Hier leben keine Tiere.«

»Woher willst du das wissen? Wir waren bisher nie so tief unten. Das hier ist definitiv ein Oberschenkelknochen. Aber wovon?«

»Vielleicht hat ein Tier Unterschlupf in dieser Höhle gesucht und verstarb dann«, vermutete Ronnie. »So etwas geschieht häufig. Im australischen Outback gibt es eine Höhle, die eine wahre Fundgrube für Großfauna ist. Die Tiere fielen durch …«

»Erinnerst du dich an die Steilwände auf unserem Weg?«, unterbrach ihn Mike. »An denen kommt kein Tier vorbei.«

»Dann müssten tatsächlich Tiere hier leben«, überlegte Andy. »Solche, die sich den Umweltbedingungen angepasst haben. Ich glaube, man nennt sie Troglobionten.« Er ging einige Schritte vor und musterte den Boden. »Hier liegen weitere Knochen. Überall. Und einige sind offenbar neueren Datums.«

»Troglobionten, das ist richtig«, bestätigte Jane. »Höhlenbewohnende Spezies.« Jane begutachtete den ersten Knochen im Lampenschein. »Ihre Vertreter sind jedoch winzig und normalerweise gehören sie zur Familie der Insekten. Dieses Exemplar stammt aber von einem Säugetier. Und komischerweise zerfällt es anscheinend.«

»Vielleicht ist ein hoher Schwefelgehalt der Luft für den Gestank hier verantwortlich«, spekulierte David. »Das würde auch den Zerfall des Knochens erklären.«

»Falls das zutrifft, sollten wir bald wieder einen Abflug machen. Sonst korrodiert unsere Ausrüstung«, prophezeite Angela.

Jane stand gemächlich auf, den Knochen zwischen ihren Fingern hin und her wendend. »Ich bezweifele, dass Schwefel die Ursache ist.«

»Hey«, rief Andy, der sich nach wie vor einige Meter vor dem Rest des Trupps befand. »Regen.« Er deutete auf etwas Glitzerndes in der Luft. »Schwüler Regen.«

Als einer der Tropfen auf Andys Unterarm landete, stiegen von der betroffenen Stelle Rauchfahnen auf. »Was zur Hölle ...?«

»Was ist das?« Angela schirmte ihre Augen mit den Händen ab, da es nun auch um sie herum nieselte.

»Das gefällt mir nicht. Andy, komm zurück«, verlangte Michael.

Ehe dieser der Aufforderung nachkommen konnte, schnalzte etwas von oben aus der Dunkelheit auf ihn herab, etwas wie eine Art lockeres, elastisches Seil, und berührte Andys Helm. Plötzlich wurde es gestrafft und zerrte die Kopfbedeckung in die Höhe. Nach Luft ringend, griff er erschrocken nach oben, dann zerriss der Kinngurt und der Helm sauste ins Düstere. »Heilige Scheiße!«, schrie er und massierte seinen malträtierten Unterkiefer.

Alle richteten die Lichtstrahlen auf die Höhlendecke, doch diese hing zu weit entfernt über ihren Köpfen, um Einzelheiten identifizieren zu können. Sekunden später knallte Andys Helm auf den Boden. Er war komplett von Schleim überdeckt, der in sämtlichen Farben des Regenbogens schillerte.

Andy ging los, um den Helm, der ein gutes Stück entfernt von seinen Begleitern aufgeschlagen war, aufzulesen.

»Andy, bitte komm sofort zu uns zurück. Jetzt!«, flehte Jane. »Mike, bring uns hier raus.«

Das elastische, rankenartige Ding schoss abermals herab. Diesmal fand es Andys Schulter und klebte daran fest. Er ruderte wild mit den Armen und nachdem der – eigentlich überaus strapazierfähige – Stoff seiner Jacke zerriss, war er frei.

»Alle nach hinten zur Wand«, brüllte Mike.

Während sie rannten, stießen Dutzende der Ranken auf sie herab. Glücklicherweise erreichten sie die Wand unversehrt und schmiegten sich rücklings dagegen. Einige der zappelnden, fleischigen Dinger schnellten Zentimeter an ihnen vorbei nach unten.

»Das sind verdammt viele.« David zückte sein Messer und hieb nach den Ranken.

»Wir stehen hier herum, wie auf einem Präsentierteller«, analysierte Jane. »Der kleine Überhang, dort.« Sie zeigte darauf und rannte davon. »Kommt!«

Alle rasten ihr geschlossen nach. Die kleine Herde Menschen auf der Flucht erwies sich als unwiderstehlich für das, was von oben hinter ihnen her war. Was immer dies auch sein mochte.

Eine der Ranken traf David mit voller Wucht, umschlang ihn und fing sofort an, an ihm zu ziehen. Er schrie gellend nach Hilfe und kam nicht mehr weiter vorwärts. Dann verloren seine Schuhsohlen den Kontakt zum Untergrund. Mike und Andy rannten zu ihrem Freund und packten ihn.

Zusammen zogen sie ihn wieder nach unten. Eine zweite Ranke berührte Andys Schulter und pappte daran fest. Auch er wurde nun in die Höhe gezerrt.

»Das kann unmöglich wahr sein«, hauchte Angela und schlich rückwärtsgehend davon.

»Nein!«, rief Jane. »Wir müssen zusammenbleiben.«

Michael hatte keine Ahnung, was es auf sein Team abgesehen hatte, aber es musste groß und kräftig sein, wenn es einen erwachsenen Mann locker nach oben lupfen konnte. Er griff zum Holster an seinem Gürtel, holte die Bolzenpistole heraus und legte hastig einen Stahlstift in die Zuführung. Danach zielte er nach oben, dorthin, wo er ihren Gegner vermutete, und betätigte den Abzug.

Ein klackendes Geräusch hallte von der Decke wider. Vorbei! Also feuerte er einen zweiten Schuss ab und einen dritten und einen vierten. Etwas kreischte grauenhaft und aus der Schwärze segelte ein ballonförmiges Gebilde neben ihnen auf den Boden und sackte zusammen.

David und Andy waren wieder frei und schlurfende Laute ertönten vom Höhlendach. Lediglich eine einzige Ranke hing weiterhin locker an Davids Rücken.

»Halte still«, wies ihn Andy an und fing an, das Ding mit seinem Messer durchzusäbeln.

»Es sticht mich«, brüllte David. »Schaff es weg! Schaff es weg von mir!«

»Immer mit der Ruhe«, sagte Jane und half Andy beim Losschneiden des Gefährten.

Als sie ihn befreit hatten, scharten sich alle um den abgestürzten Körper.

»Jane, kannst du mir verraten, was das ist?«, fragte Mike und zielte vorsichtshalber mit der Bolzenpistole auf das groteske Lebewesen. Unnötigerweise, denn wie klar zu erkennen war, hatte der Stahlstift ein faustgroßes Loch in dessen pelzigen, gewölbten Bauch gestanzt. Aus der Wunde sickerte ein dunkler, zähflüssiger Brei.

»Ist das eine Spinne?«, fragte Ronnie mit zittriger Stimme. »Irgend so ein prähistorisches Monster, das seit Urzeiten ausgestorben sein sollte?«

»Ja, aber das hier hat sich schlicht geweigert, auszusterben«, bestätigte Jane seinen Verdacht. In der Hand hielt sie das Ding, das sie von David abgetrennt hatten. Zu seinem Ende hin wirkte es ein wenig wie das Fangblatt einer fleischfressenden Pflanze, beispielsweise der Venusfliegenfalle. Stacheln umsäumten ein Oval, aus dem Fühlborsten sprossen. Befestigt war es an einer schlaffen, elastischen Gliedmaße. Aus der Schnittstelle quoll Blut. »Keine Spinne verfügt über so etwas«, konstatierte die Biologin und kniete sich neben den Körper. »Es ist praktisch farblos und blind. Wie ein echter Troglobiont. Die Art, zu der diese Kreatur zählt, hat sich hier unten entwickelt.«

»Wie konnte es ohne Augen unsere Anwesenheit registrieren?« Angelas Hand lag zur Beruhigung auf Andys Schulter, der immer noch reichlich verstört war.

»Schaut euch das an.« Jane deutete auf den Kopf des Kadavers. »Das sind Tasthaare, ausgestattet mit Sinneszellen. Damit haben sie die Vibrationen der Luft registriert, die unsere Bewegungen verursacht haben. Wenn sie merken, wie sich etwas regt, schießen sie ihren Tentakel ab, fangen damit die Beute und zerren sie zu sich.«

»So etwas dürfte gar nicht existieren«, äußerte Andy. »Natürlich gibt es haufenweise Insekten, die an das Dasein in Höhlen angepasst sind: Spinnen, Skorpione und Milben. Alle davon sind wesentlich kleiner. Wovon sollte ein solch imposantes Kerlchen hier satt werden?«

Michael grunzte. »Denk an die Knochen. Ein großer Räuber braucht große Beutetiere – oder viele kleine.«

»Das Monstrum ist riesig und es hatte keine Scheu, Lebewesen von unserer Größe zu attackieren.« David verlagerte nervös sein Gewicht von einem Fuß auf den anderen.

Jane stupste den Kadaver mit der Messerspitze an. »In Höhlen läuft die Evolution beschleunigt ab und wir wissen praktisch nichts über eine Umgebung in einer Tiefe wie dieser. Wir haben einzig Katjas Informationen. Wir können unmöglich sagen, was für ein Tier das ist, oder was es frisst. Aber du hast recht, Andy. Eigentlich dürfte es hier unten nicht existieren.«

»Hier unten oder dort *oben*?« Mike zeigte auf die Höhlendecke.

Der Fokus der Gruppenmitglieder driftete von ihrem Anführer kurz in die Höhe und dann zurück zu der grotesken Tierleiche, deren Körper segmentiert war, wie der einer Spinne. Auch die Anzahl der Beine war identisch. Diese endeten jedoch nicht in scharfen Spitzen wie bei Arachniden, sondern in Klauen, die dazu geeignet schienen, Unebenheiten im Fels fest zu umschließen. Auf der oberen Hälfte des Körpers und dem augenlosen Schädel sträubten sich borstige Haare; manche davon fein wie Seide, manche dick wie Stacheldraht.

»Wir sollten umkehren«, schlug David mit sanfter Stimme vor. »Wir haben uns weit genug vorgewagt.«

»Nein«, erwiderte Mike. »Wir sind dabei, Unglaubliches zu entdecken, das niemand zuvor gesehen hat. Jeder unserer Schritte kann ins Verderben führen, aber das ist beim Klettern immer so. Ihr alle wisst das. Mit jedem Schritt haben wir allerdings auch die Hoffnung, Zeugen von etwas Fantastischem zu werden. Solche Gelegenheiten erhalten im Laufe der Geschichte die wenigsten Menschen. Es wäre falsch, sie ungenutzt verstreichen zu lassen. Wir sind am Zug. Heute sind wir mehr als nur Kletterer. Wir sind privilegiert wie einst Marco Polo, Christopher Kolumbus und Neil Armstrong. Ich sage: Nutzen wir diese einmalige Gelegenheit!«

Die Gruppe schwieg einen Moment.

Andy erhob als Erster die Stimme: »Ich habe eine Scheißangst. Trotzdem bin ich dafür, dass wir mit der Expedition fortfahren.«

»Ich bin auch dämlich genug mitzumachen«, verkündete Ronnie.

»Jane, wie schaut's aus?«, fragte Angela.

»Meiner Meinung nach sollten wir heimgehen und später mit besserer Ausrüstung wiederkommen.« Sie zeigte auf die schreckliche Kreatur. »Darauf sind wir nicht vorbereitet. Wer weiß, was uns außerdem über den Weg läuft? Mike, ich fand deine Ansprache wirklich klasse. Jetzt solltest du uns dennoch nach Hause bringen.«

»Wir alle haben Angst«, antwortete dieser. »Auch ich habe Angst. Das Unbekannte ist stets furchterregend. Ich werde niemanden aufhalten, der heim möchte. Wenn wir jetzt aufgeben, werden wir Wochen vielleicht sogar Monate brauchen, um eine zweite Expedition auf die Beine zu stellen.« Er lächelte gequält. »Eventuell werden wir nie wieder hier unten sein. Unterdessen wird ein Arschloch wie Harry Wenton die Welt bereisen und als genialer Forscher und Entdecker gefeiert. Das Ganze allein, weil er es ein wenig länger hier unten ausgehalten hat als wir.«

»Ich habe es nicht nötig, mich abfeiern zu lassen«, meinte Jane. »Mir geht es darum, dass keiner von uns einen Schaden erleidet.«

»Wenn ich jetzt einen Rückzieher mache, werde ich mich bis zu meinem Tod darüber ärgern«, sagte Mike. »Ich weiß nicht, wie es euch damit gehen würde. Persönlich kann ich darauf gern verzichten. Also werde ich hierbleiben.«

»Schätze, unangenehmer als dieses Spinnenvieh wird es nicht werden«, sagte Angela. »Wenn wir schon mal da sind … meine Neugier ist geweckt. Ein Stückchen weiter vorzudringen, wird schon keine Katastrophe heraufbeschwören.«

Michael taxierte Jane erwartungsvoll.

Sie hob die Hände. »Okay, okay. Wir wissen nicht, wie schlimm es werden kann. Sollte es schlimmer als bisher werden, kehren wir um. Einverstanden?«

Alle stimmten zu.

»Und beim Schlafen halten wir am besten ein Auge offen«, riet Jane.

Ronnie rümpfte die Nase und zog eine Grimasse. »Eine Dusche wäre toll. Ich muffele, als hätte ich mich in Giftefeu gewälzt.«

»Hey«, rief David plötzlich und versteifte. »Hat noch jemand …?«

»Ja, ich spüre es auch. Ein *Beben* …«, raunte Michael.

KAPITEL 9

»Was meint ihr?«, fragte Harry Wenton.

Maggie taxierte die Steinbrücke. »Sieht stabil genug aus.«

Wenton ging zur Abbruchkante neben der Brücke und starrte in den unglaublich tiefen Abgrund. Dann spähte er zu dessen anderer Seite. In ihm nagte die intuitive Besorgnis, in die falsche Richtung unterwegs zu sein. »Okay, wir werden ihre Stabilität testen. Unser Gepäck lassen wir hier, um unser Gewicht und damit die Gefahr zu verringern. Drüben werden wir zunächst nur ein kleines Stück weitergehen.«

Sie legten die Rucksäcke ab und beschränkten die mitgenommene Ausrüstung auf den essenziellen Kletterbedarf. Jamison hielt die Krawallschachtel, eine Schachtel, in der er acht Dynamitstangen sowie mehrere kleinere Sprengladungen aufbewahrte, in die Höhe. »Nehmen wir das hier mit?«

»Ja«, entschied Wenton, betrat die Brücke und marschierte ohne Unterbrechung hinüber.

Ihm folgte Jamison, der mitten in der Überquerung anhielt und einen Leuchtstab in die Tiefe warf. Dieser wurde eins mit der Dunkelheit, ohne ein anschließendes Aufschlaggeräusch zu erzeugen. Dann konsultierte er den Impulsgeber. »Keine Anzeige. Das Gerät findet weder einen Boden noch eine Felszunge als Reflexionsfläche.«

Maggie leuchtete in den Abgrund, danach auf die andere Seite und schließlich nach oben. »Die Streifenbildungen im Gestein datieren wahrscheinlich bis ins Silur zurück. Diese Felsspalte ist verdammt alt. Mehrere hundert Millionen Jahre – mindestens.«

»Scheint so was ähnliches wie bei der kontinentalen Grabenbildung zu sein«, vermutete Jamison. »Vielleicht aus der Ära von Pangäa, dem Superkontinent. Möglicherweise reicht sie kilometertief.«

»Eines ist klar«, verkündete Marcus erfreut, nachdem alle über die Brücke gegangen waren. »Wir haben einen neuen Tiefenrekord aufgestellt.« Er breitete die Arme aus, drehte sich im Kreis und brüllte: »Jaaaaaaa!«

»Leise«, wies ihn Wenton zurecht und dachte insgeheim: *Wie dumm kann man nur sein.*

Maggie stoppte wie paralysiert kurz ab, ehe sie in die Hocke ging und eine Hand flach auf den Boden legte. »Steht bitte alle für einen Moment still.« Sie neigte den Kopf schief.

»Was ist?«, fragte Wenton.

»Pst!« Sie schloss die Augen und riss sie sofort wieder auf. »Ich spüre etwas.« Ihre Pupillen wurden größer. »Ein Beben!«

Neben ihnen rauschte ein Felsfragment mit dem Umfang eines Brotleibs herab und zerschellte am Boden.

»Scheiße!« Wenton drehte sich erst in die eine und dann in die andere Richtung. Hinter ihnen lag die Steinbrücke. Ihre Breite betrug circa sechs Meter, ihre Dicke unwesentlich mehr. Er war hin- und hergerissen, ob sie vor- oder zurückgehen sollten. Ihre Rucksäcke standen drüben und ohne diese wären sie aufgeschmissen. Also fasste er einen Entschluss. »Wir laufen zurü…«

Mehr Felsen regneten herab und einer davon, vom Format eines Sattelschleppers, erwischte die Brücke zentral und brach den gesamten Mittelteil heraus. Wentons Herz pochte schmerzhaft und schien seinen Brustkorb sprengen zu wollen. Nun blieb ihnen ausschließlich eine Option. »Rein in die Höhle dort vorn!«

Alle sprinteten los, während um sie herum die Wände und der Boden wackelten und ächzten. Sie erlebten den schrecklichsten Albtraum jedes Höhlenforschers, das »Erwachen« der ansonsten schlafenden Erde.

Marcus stürmte allen voran auf die ungefähr einen Meter durchmessende Höhlenmündung zu. Schnell wie ein Hase holte er einen Vorsprung von fünfzehn Metern heraus. Der Rest rannte ihm in der Reihenfolge Maggie, Wenton und Jamison in die Höhle nach.

Kiesel und kleinere Felsstücke prasselten auf sie und prallten von ihren Helmen und den verstärkten Schulterpartien ihrer Höhlenanzüge ab.

Das Ächzen wuchs zu einem Brüllen, die zitternden Wände drohten zu kollabieren.

Bitte, lieber Gott, lass den Tunnel zu seinem Ende kommen, betete Wenton insgeheim. Ihm schmeckte es gar nicht, während eines Bebens in einer engen Röhre zu sein. So solide die Felswände normalerweise sein mochten, so verformbar waren sie bei einem Erdbeben. Sie bogen und drehten sich und dann barsten sie wie dünne Glasscheiben. Die Erschütterungen rissen gewaltige Wunden und vernähten diese gleich wieder, wenn es ihnen beliebte. Und genau das geschah nun. Die Wände rückten unaufhaltsam näher.

»Nein, nein«, schrie Wenton und bremste ab, sodass Jamison ihm gegen den Rücken rempelte, als er gerade »Maggie« rief.

Die Frau hielt an, Bruno kam ebenfalls schlitternd zu einem Halt. Marcus war zu weit entfernt, um die Warnung im Getöse des Mahlstroms der Felsen zu hören. Das laute Schleifen des sich aneinander reibenden Gesteins schwoll zu einer Kakofonie an, als die Wände einstürzten. Vielleicht hatte ihr Kollege einen letzten Schrei ausgestoßen, bei diesem infernalischen Lärmpegel war sich später niemand mehr sicher.

Das restliche Team trat den Rückzug an und schon wenige Sekunden später verebbte der Krach und das Beben erstarb. Sie blieben stehen und schnappten nach Luft. Niemand sprach. Sie geduldeten sich, was als Nächstes geschehen würde, bereit dazu, auf und davon zu sprinten.

»Ist es vorbei?«, fragte Maggie nach einer Minute, die eine gefühlte Ewigkeit dauerte.

»Glaube schon«, antwortete Wenton.

»Wo ist Marcus?«, wollte Bruno wissen.

»Er war vor uns. Auf geht's, suchen wir ihn«, sagte Wenton und trottete hastig in die entsprechende Richtung. Der Gang war nun deutlich enger als früher. Und er verengte sich zunehmend. Nach einigen Minuten trafen sie auf eine winzige Seitenöffnung.

»Marcus!«, rief Maggie.

»Marcus, gib einen Laut, wenn du uns hörst«, rief Wenton und signalisierte den anderen mit erhobener Hand, Schweigen zu bewahren. Als keine Antwort erklang, zwängte er sich in die Spalte. Bruno verharrte aufgrund seiner ausladenden Körperproportionen im Hauptgang. Maggie und Jamison folgten dem Teamleiter. Als der Stollen für ihn nicht mehr passierbar war, überlegte er, Maggie vorbeizulassen, doch da sah er das Ende der Röhre. Etwas weiter vorn berührten die Wände einander. Nicht mehr als eine feine Linie vom Boden bis zur Decke ließ erahnen, dass es hier bis vor Kurzem ein Durchkommen gegeben hatte.

»Oh, mein Gott.«

Maggie plusterte schmallippig die Backen auf, drehte sich um, bückte sich vor und würgte aus ihrem Magen Gallenschleim und kürzlich getrunkenes Wasser heraus.

Wenton machte eine Visage, als habe ihm jemand in den Unterleib geboxt. Irgendwann holt die Erde alles wieder zu sich, was ihr einst entsprang und Marcus war nun ein Teil dieser Höhle. Einige Handbreit über dem Boden lugten zwei Finger steif und blau und angeschwollen aus dem Spalt, von denen ein Bach aus Blut über das Gestein rann.

»Es tut mir leid, Jazz«, flüsterte Wenton.

Zynischerweise ersparte ihnen die Entdeckung der kläglichen Überreste ihres Gefährten eine stunden- oder tagelange Suchaktion, denn die Frage nach seinem Verbleib war nun endgültig beantwortet.

Schrecklich, dachte Wenton. *Zum Glück hat es ihn und nicht mich erwischt.*

»Lass uns zurückgehen«, schlug Maggie vor.

»Wie?« Jamison lachte freudlos. »Die Brücke ist kollabiert und an der Decke können wir kaum rüberkriechen. Damit sind fast unsere komplette Ausrüstung, unser Wasser und unsere Lebensmittelvorräte im Eimer. Ein paar Tage und dann …«

»Wir marschieren zum Ausgang des Tunnels und sehen uns nach einer anderen Route um. Das ist unsere einzige Chance. Also werden wir sie nutzen«, unterbrach ihn Wenton zuversichtlich.

»Und wie?«, zweifelte Maggie. »Entweder wir werden auch zerquetscht oder wir verhungern und verdursten. Und was, wenn die Batterien unserer Lampen leer sind?«

»Die Woronja-Höhle hat nur einen Durchgang zur Oberfläche, aber es gibt hunderte Stollen und Korridore, die sich dorthin erstrecken. Kein Grund zur Sorge, wir werden einen Ausweg finden. Vertraut mir. Und falls nicht, hüpfe ich über den Abgrund und wir bauen eine Seilbrücke. Okay?«

»Nun gut.« Sie kicherte schwach. »Ich werde dich daran erinnern.«

»Jetzt aber weiter«, sagte Wenton.

»Moment«, fauchte Jamison. »Das soll es gewesen sein? Niemand will ein paar letzte Worte zu Marcus sagen? Er war immerhin unser Kumpel.«

Wenton stöhnte innerlich und nickte. »Natürlich«, beteuerte er, senkte das Haupt, verschränkte die Hände und schloss die Augen. »Lebewohl, Marcus. Du warst uns ein guter Freund und ein fantastischer Kollege. Wir sind dir für deinen Mut und deine Freundschaft dankbar. Wir werden dich nie vergessen.«

»Er starb, als er tat, was er am liebsten tat«, ergänzte Jamison.

Ja klar, dachte Wenton. *Wie eine reife Zitrone in einer Saftpresse zerquetscht zu werden, war sicher seine Lieblingsbeschäftigung.* »Weiter geht's. Das sind wir Marcus schuldig.«

Die anderen schlossen sich ihm schweigend an.

EPISODE 02

»Was dir das Dunkel ist, ist mir das Licht.«

JULES VERNE

KAPITEL 10

»Das soll es sein? Das soll die Passage zum Mittelpunkt der Erde sein?«, monierte Andy.

David atmete aus. »Ich hätte mit etwas Spektakulärerem gerechnet oder zumindest mit etwas Größerem.«

Die ovale Felsenkammer ringsum maß im Durchmesser fünfundzwanzig Meter und an den Wänden zeichneten sich mehrere Ausgänge ab. Die Gruppe stand um ein Bodenloch von maximal zehn Metern Durchmesser, in dessen Schlund eine undurchschaubare Finsternis dräute.

Ronnie absolvierte verschiedene Lockerungs- und Dehnungsübungen für Nacken und Schultern. »Ein Hohlraum innerhalb eines Hohlraums.« Dann kratzte er sich an verschiedenen Körperpartien.

»Ich glaube, wir haben einen der Gravitationsschächte vor uns«, sagte Michael. »Laut Katjas Aufzeichnungen befördert er uns bis zum Mittelpunkt.«

»Mir gefällt das nicht«, bemäkelte David. »Es ergibt einfach keinen Sinn. Der innere Kern ist ungefähr fünftausendfünfhundert Kilometer entfernt von uns. Du möchtest, dass wir unsere Nasen in dieses Loch stecken und solange darin absteigen, bis wir eine Hölle aus flüssigem Gestein erreichen. Hat noch jemand Fragen, warum man die alte Frau für verrückt erklärt hat?«

»Du siehst Widrigkeiten, ich sehe eine einmalige Gelegenheit.« Mike lächelte seinen Freund beschwichtigend an. »Du siehst das Ende von etwas, ich sehe einen Anfang.«

»Wie haben sie das geschafft?« Jane stemmte die Hände in die Hüften. »Mir kam gerade ein unguter Gedanke. Was, wenn Katja wirklich verrückt ist und ihre Gefährten ermordet und die Leichen hier unten irgendwo verscharrt hat? Wir haben keinerlei Handhabe, die Authentizität ihrer Notizen zu verifizieren.«

»Manches kann allein durch eigene Anschauung überprüft werden«, konterte Mike und hob einige Steine von der Größe von Walnüssen auf. Einen davon hielt er in die Höhe. »Die uns vertrauten wissenschaftlichen Weisheiten stehen an diesem Ort auf dem Kopf.« Ihr Anführer warf den Stein waagrecht über das Loch. Er schwebte.

»Was zur Hölle?« Ronnie rückte an den Rand der Bodenöffnung vor und streckte einen Arm mit flacher Hand darüber aus. »Nichts. Nicht der leiseste Windhauch. Absolut nichts.«

»Nicht einmal Schwerkraft?« Angela nahm einen Stein und schleuderte ihn ebenfalls über die finstere Leere.

Wie zuvor schwebte das Experimentalobjekt schwerelos in der Luft.

Den dritten Stein pfefferte Michael senkrecht in das Loch. Das Wurfgeschoss wanderte träge nach unten und geriet außer Sicht. »Das ist eine der Arterien der Erde und wir können in ihr reisen wie eine Blutzelle in einem menschlichen Organismus.«

»Das mag ja schön und gut sein, aber uns fehlt die Zeit fünftausendfünfhundert Kilometer gemächlich nach unten zu trudeln.«

Mike angelte Katjas Buch aus der Tasche und hielt es vor sich wie ein altmodischer Prediger eine Bibel. Er blätterte es durch, bis er die richtige Seite fand. »Wir nutzen die Schwerkraftschächte als Fortbewegungsmittel. Georgi schätzt die Beförderungsgeschwindigkeit auf rund dreihundert Stundenkilometer. Wir haben zwei Tage gebraucht, um unten anzukommen. Zwischendrin haben wir eine längere Pause eingelegt.«

Ronnie gluckste. »Komm schon, Mike. Dreihundert Stundenkilometer … wenn das wahr wäre, würdest du irgendwann mit diesem rasanten Tempo gegen einen Felsvorsprung oder eine Biegung knallen. Und bei dieser Geschwindigkeit bist du dann tot.«

»Sie hat notiert, der Sog der Schwerkraft sei in der Mitte des Schachts am stärksten und weiter außen relativ gering. Direkt an der Wand bleibst du ohne Vorwärtsbewegung in der Luft hängen. Also ist es machbar, das Tempo nach unserem eigenen Geschmack zu variieren.«

Michael taxierte Ronnie, der ausgelaugt wirkte und sich ständig irgendwo am Körper kratzte. »Ist alles in Ordnung mit dir?«

»Ja, ja … ich habe bloß einen Ausschlag und einen fürchterlichen Juckreiz. Vermutlich, weil ich mich so lange nicht mehr richtig waschen konnte.«

»Trag Jod auf und hör auf, an dir herumzurubbeln«, riet David. »Du willst dir hier unten doch keine Infektion einhandeln.«

»Das stimmt.«

»Und was jetzt?«, fragte Angela.

»Wie ich schon sagte, manche Beweise müssen durch persönlichen Einsatz und Ausprobieren erbracht werden«, erklärte Michael.

»Was hast du vor?«, wollte Jane wissen.

»Es ist möglich, denn es wurde schon einmal *erfolgreich* durchexerziert.« Er holte kräftig Atem, beließ die Luft kurz in der Lunge, atmete aus und schöpfte einen zweiten voluminösen Atemzug. In seinen Augen funkelte es.

»Nein«, schrie Jane und versuchte, ihn am Arm zu packen.

Zu spät! Er war bereits einen Schritt vorgetreten.

Und er schwebte über der Bodenöffnung.

Michael streckte die Arme aus, drehte den Kopf nach hinten und lachte.

»Heilige Madonna.« Andy klatschte Beifall.

Mit Schwimmbewegungen paddelte Michael am Rand des Lochs entlang auf dessen andere Seite. Er spreizte den Zeigefinger ab. »Und jetzt ein letzter Test.« Nachdem er seine Handlampe auf die Mitte des Schachts gerichtet hatte, machte er einen Kopfsprung nach vorn … und tauchte in die Dunkelheit ab.

Ronnie neigte den Oberkörper über den Abgrund. »Und nun?«

»Und nun?«, fragte Angela.

Jane verschränkte die Arme. »Schätze, wir warten ab.«

Nach fünf Minuten erschien ein Lichtpunkt, dann schwamm Michael senkrecht nach oben, wo er den Außenbereich des Schachts ansteuerte und somit seine Geschwindigkeit reduzierte. Dann setzte er seinen Fuß wieder auf festen Boden. »Der Beweis wurde erbracht«, verkündete er stolz.

»Was hast du dort gesehen?«, fragte David. »Was war dort unten?«

»Nichts.« Michael zuckte die Achseln. »Und vermutlich werden wir im Schacht für tausende Kilometer auf nichts anderes als ein Nichts stoßen. Abgesehen von den glatten Begrenzungsrändern. Allerdings haben wir jetzt die Gewissheit, dass wir in beide Richtungen reisen können, ohne Schaden zu nehmen.«

»Ich weiß nicht«, zweifelte Jane.

Andy ließ es darauf ankommen und ging einen Schritt vor. »*Ha ha ha* … das müsst ihr unbedingt selbst ausprobieren.« Er vollführte freischwebend eine Pirouette in der Luft. »Wie cool … Angela, komm zu mir. Trau dich.«

Mike legte den Arm um Jane. »Wir haben es geschafft, Jane. Heute schreiben wir Geschichte.«

»Und was, wenn es unten nur Temperaturen von mehreren Tausend Grad zu finden gibt? Wir werden eingeäschert, bevor wir zurückkönnen.«

»Katja und ihre Freunde haben es uns ohne zu verbrennen vorgemacht. Wir können es auch.«

»Nein, Katja hat das *behauptet*. Außer ihrem Wort haben wir kein anderes Zeugnis.«

»Sie hat behauptet, die Gravitationsschächte würden hier sein und hier sind sie – ganz real.«

»Ich kann mir nicht helfen, aber ich fürchte, uns empfangen dort unten unkalkulierbare Risiken. Und normalerweise gehöre ich nicht zu der Sorte Mensch, die umsonst Sorgen wälzt und überall dunkle Wolken am Himmel herbeifantasiert.«

»Ich weiß. Und falls doch einmal welche aufziehen, findest du immer eine Lücke, durch die das Licht scheint.« Er drückte sie fester. »Wir sind schon so weit gekommen und der nächste Schritt erfordert von uns allenfalls, ein klein wenig zu schweben.«

David schob eine Fußspitze an den Rand des Abgrunds und betrat diesen nach kurzem Zögern. Er hing in der Luft, winkte Jane zu und sagte: »Ich kann die Auswirkungen der hier tätigen Kräfte körperlich fühlen. Wie interessant!«

»Auf der Bundesstraße 65 bin ich einmal auf der Fahrt von Montgomery nach Hoover beinahe eingepennt«, erzählte Andy. »Ich war in eine Art Trance geraten. Ich wette, in diesem Schacht wird es uns genauso ergehen, wenn wir nicht aufpassen.«

»Das ist ein wichtiger Punkt«, bestätigte Mike. »Wir sollten uns aneinander seilen, damit niemand allein zu weit vorstößt oder zurückfällt. Katja hat keine Abzweigungen und auch keine Höhleneingänge geschildert. Dennoch müssen wir unterwegs als Gruppe vorsichtshalber zusammenbleiben.«

Ronnie und Angela hatten sich bisher nicht in das obskure Transportmittel gewagt. Ronnie verschränkte skeptisch die Arme. »Vielleicht sollten ein paar von uns vorgehen und die Lage sondieren.«

»Das wäre natürlich gut«, meinte Michael. »Aber ich werde mich nicht auf eine Dreißig-Stunden-Tour begeben und dann nach der Entdeckung einer Wunderwelt wieder umkehren, um den Rest abzuholen. Wenn ihr wollt, könnt ihr trotzdem gern so lange hier bleiben.«

»Ich bin bei Mike mit dabei«, erklärte Andy und schwamm wieder in den Schacht.

»Ich auch«, sagte David.

»Wenn das so ist ... jemand muss einem solchen Kindskopf wie David unbedingt auf die Finger schauen. Sonst bekommt er Ärger«, spöttelte Angela. »Das heißt, ich bin an Bord.«

Jane überwand ihre Bedenken und testete die Funktionsweise des Gravitationsschachtes aus.

»Gut«, freute sich Michael und öffnete seinen Rucksack. »Zeit für eine kleine Zwischenverpflegung. Und wer pinkeln muss, sollt das erledigen, bevor wir abzischen.«

Alle saßen zusammen und verzehrten getrocknetes Rindfleisch und Sultaninen. Zum Abschluss der Mahlzeit nippten sie sparsam an den Wasserflaschen, um ihren begrenzten Vorrat nicht frühzeitig zu verschwenden. Danach packten sie ihre Rucksäcke fest zusammen, damit nichts daraus verlorengehen konnte.

Jane war die Erste, die auf den Abgrund zuschritt. Ihr war bewusst, dass ein Vorstoß in eine neue Höhle immer auf eine Konfrontation mit dem Unbekannten hinauslief. Das hier hatte jedoch eine gänzlich andere Dimension. Ein altes Sprichwort fiel ihr ein: Die Höhle, die du fürchtest, birgt den Schatz, den du begehrst. *Wer denkt sich so was aus?*, überlegte sie und zögerte.

Mike gesellte sich zu ihr. »Was denkst du gerade?«

»Ich bin leicht nervös.« Sie kräuselte unsicher die Lippen.

»Deine Stimme ist die Stimme der Vernunft in meinem Kopf. Es sind deine Ratschläge, die mich davon abhalten, etwas Dummes zu tun.«

»Du meinst etwas wie das hier?«

Er kicherte. »Wer nicht wagt, der nicht gewinnt. Eine solche Möglichkeit werden wir bis ans Ende unserer Tage nie wieder erhalten. *Nie wieder!* Ich würde vor Neugier darüber, was wir versäumt haben, sterben. Oder falls jemand anderer diesen Trip unternimmt, dann vor Schuldgefühlen und Neid.«

»Glaubst du, Katja ist glücklich darüber, dass sie den Mut dazu hatte?«

»Wohl kaum«, sagte er mit ernster Miene, wandte sich um und fuhr fort: »Seil fertigmachen.«

Alle banden sich in einer Reihe aneinander, jeweils mit einem Abstand von zweieinhalb Metern – Michael an der Spitze, danach Andy, Jane, Angela, David und Ronnie als Schlusslicht.

Mike schob seine Zehen über die Kante.

»Zuerst mit dem Kopf oder mit den Füßen?«, fragte Andy.

»Kopfüber«, erwiderte Michael. »Dabei konnte ich am besten mit sanften Armbewegungen navigieren. Wir werden mit einer erheblichen Geschwindigkeit vorankommen. Also sollten wir eine Linie bilden, so wie die Waggons bei einem Zug. Ihr müsst keinen Bammel haben, wenn ihr auf die Wand zusteuert. Ihr werdet nicht dagegen krachen, denn euer Tempo nimmt dann automatisch ab.« Er grinste übermütig. »Hoffe ich zumindest.«

Nachdem sie sich in Reih und Glied aufgestellt hatten, sagte Andy: »Das ist wie beim Fallschirmspringen. Ich bin schon ganz hibbelig.«

»Los!«, gab Mike das Absprungkommando. Einer nach dem anderen hechtete in die pechschwarze Kluft.

KAPITEL 11

Harry Wenton quetschte sich durch die schrundige Lücke zwischen zwei Felsen. Er spürte, wie dabei der Rucksack gegen ihn gepresst wurde. Der Tunnel, den sie ausgewählt hatten, wurde beständig schmaler und obwohl er und seine Mannschaft darin geübt waren, durch Nadelöhre zu schlüpfen, überlegte er, ob es nicht schlauer sei, umzudrehen. »Alles in Ordnung da hinten?«

»Alles gut«, meldete Maggie.

»Kein Problem«, bestätigte Jamison.

Mit etwas Verzögerung sagte Bruno: »Langsam wird es mir zu eng.«

Wenton grinste. Genau das hatte er befürchtet. Bruno hatte als einziger des Trupps eine ausgesprochen muskulöse Statur. Obwohl er über die Kräfte eines Ochsen verfügte, mangelte es ihm an der perfekten Figur für einen Höhlenkletterer, der idealerweise einen eher schlanken Körperbau aufweist. Wenton entschied, ein paar Meter weiterzugehen. Falls die Höhle dann nicht geräumiger wurde, würden sie ihr Glück an einem anderen Ort auf die Probe stellen.

Aufgrund des Platzmangels musste Wenton flach atmen, um eine zu starke Ausdehnung seines Brustkorbs zu verhindern. Schließlich schrammte sein Helm gegen die Decke. Hinten stöhnte und schnaubte Bruno. Plötzlich waren keine Begrenzungen mehr da, die das Licht von Wentons Helmlampe reflektieren. Er stand praktisch im Freien. »Gott sei Dank!« Er ließ die Schultern kreisen, schüttelte die Beine und stapfte dann einige Meter vorwärts. Einer nach dem anderen schälten sich die restlichen Expeditionsmitglieder aus dem Stollen. »Jamison, hilf Bruno.«

Dieser streckte den Arm nach drinnen und umfasste Brunos Hand. »Ich zähle bis drei, dann atmest du aus und drückst. Ich werde gleichzeitig ziehen.« Mit einer gewaltigen Anstrengung meisterten sie die Herausforderung, Bruno durch die Lücke zu hieven.

»Ich habe keinen blassen Schimmer, wie ihr das hingekriegt habt.« Maggie gluckste. »Das war schon für mich ziemlich knapp. Für euch muss es die Hölle gewesen sein.«

»Hauptsache wir sind durch«, äußerte Jamison lakonisch.

»Was ist das für ein komischer Geruch?«, wunderte sich Wenton. Nach Tagen, in denen sie ausschließlich Steinstaub, uralte Schimmelpilzsporen und das Aroma unterirdischer chemischer Reaktionen eingeatmet hatte, stach jeglicher Duft, der in keine dieser Kategorien passte, eklatant heraus.

»Irgendwie süßlich«, kommentierte Jamison und schaltete seine Handlampe an. Als er deren Strahl im Umkreis wandern ließ, streifte er kurz ein merkwürdiges Geschöpf. »*Scheiße!* Was war das denn?«

Das Wesen hatte in etwa die Maße eines Deutschen Schäferhunds, seine Haut wirkte transparent und es bewegte sich zu schnell, um es mit den Lichtkegeln ihrer Lampen, die sie hektisch durch die Gegend schwenkten, einzufangen.

»Etwas leistet uns Gesellschaft«, konstatierte Wenton.

»Unmöglich«, sagte Maggie. »In dieser Tiefe wohnen bestenfalls Fadenwürmer. Vielleicht hatten wir das Vergnügen mit einem kapitalen Exemplar.«

»So riesig werden die niemals«, widersprach Wenton und leuchtete eine Nische aus. Dort lag ein Fleischklumpen, der aus einer offenen Wunde Dampf absonderte.

Jamison schnitt eine Grimasse. »Und was in Gottes Namen ist das?«

»Irgendein Tier«, erklärte Wenton. »Zumindest war es das, solange es lebte.« Vorgebeugt ergänzte er: »Haarlos und ohne Augen. Ein klassischer Höhlenbewohner.«

Maggie ging neben dem Kadaver in die Hocke. Der Kadaver hatte eine Länge von sechzig Zentimetern. Seine spinnenartigen Beine verfügten an den Enden über scharfe Klauen. Der Schädel verjüngte sich zu einer langen Schnauze, um deren – deutlich abgesetzte – rosafarbene Nase Tasthaare sprossen. Im weit aufgerissenen Maul verliefen flache, gleichmäßige Zahnreihen auf beiden Seiten des Kiefers. »Ihm fehlen sowohl Augen als auch Augenhöhlen. Schaut euch die stark ausgeprägte Nase an. Es muss einen ausgezeichneten Geruchssinn besitzen.«

»Mit dessen Hilfe findet es Nahrung«, fügte Jamison hinzu.

»Aber welche Nahrung?«, spekulierte Maggie. »Und wenn wir schon dabei sind: Wem dient es selbst als Nahrung?«

Wenton richtete sich auf. »Etwas Größerem, das gerade eben frische Beute geschlagen hat. Was genau hast du gesehen, Jamison?«

»Das Ding war tatsächlich viel größer als dieser Kadaver. Sobald ich es im Lichtstrahl hatte, ist es blitzartig auf und davon geflitzt. Es muss weiterhin irgendwo in unserer Nähe sein.«

»Das gefällt mir gar nicht.« Brunos Stimme zitterte leicht.

»Keine Sorge, mit unserer Größe passen wir nicht in sein Beuteschema«, beruhigte ihn Wenton, während er sich – mit der Hand am Pistolenknauf – in der Höhle umsah. Er bemühte sich, Spuren des Beutegreifers zu lokalisieren, um zu erfahren, wohin dieser abgehauen war. Durchgänge unterschiedlichster Ausdehnung sprenkelten die umliegenden Wände.

»Trotzdem möchte ich nicht ohne Licht unter der Erde herumlatschen, solange hier ein Fleischfresser solchen Kalibers lauert. Besonders, wenn er dazu fähig ist, im Dunkeln zu jagen.« Maggie verzog den Mund. »Wir müssen so bald wie möglich nach oben, bevor unsere Batterien den Geist aufgeben, Harry.«

»Okay, suchen wir einen Weg.« Er drehte sich zu dem Kadaver um. »Am liebsten würde ich das Ding mitnehmen, – zumindest seinen Kopf.«

»Bitte nicht«, entgegnete Bruno. »Sonst locken wir sämtliche Raubtiere an.«

»Hab's kapiert. Wir lassen das Ding hier.« Wenton spähte in mehrere Felsöffnungen, dann markierte er die Seitenwand, eine davon mit einem Kreidestrich. »Versuch Nummer eins.«

Das Team betrat den so gekennzeichneten Tunnel.

***

Über der Gruppe hingen drei bleiche, muskulöse Wesen an der Decke, die mit bebenden Nüstern den fremden Gerüchen nachschnüffelten. Obwohl ihre halbkugelförmigen Augen schneeweiß waren, sahen sie das Rudel neuartiger Tiere als thermales Glimmen; die Zweibeiner schimmerten in einem hellen Rot. Die Luft, die von den Neuankömmlingen ausgeatmet wurde, klassifizierte diese als Fleischfresser. Sie stellten also entweder eine Bedrohung oder eine Nahrungsquelle dar. Nachdem die Eindringlinge die Höhle verlassen hatten, schwangen sich die drei Wesen nach unten und setzten ihre Mahlzeit fort. Anschließend würden sie die Zweibeiner gnadenlos hetzen.

KAPITEL 12

Jane konnte sich das Grinsen nicht verkneifen. Im Flug wandte sie den Kopf mal nach links, mal nach rechts, um die vorbeihuschenden Wände zu bewundern. Aufgrund ihres aberwitzigen Tempos blieben ihr Einzelheiten verborgen. Die Luft im Schacht schien sich mit ihnen zu bewegen, da sie keine der Sinneswahrnehmungen auf ihrer Haut fühlte, die üblicherweise mit einer Fortbewegung bei hoher Geschwindigkeit einhergehen. Und sie bewegten sich mit exorbitanter Geschwindigkeit fort. Der Schwebeflug dauerte bereits etliche Stunden. Gelegentlich sausten sie an blauen Lichtern vorbei, die ebenso schnell wieder außer Sicht gerieten, wie sie aufflackerten. *Biolumineszenz?*, überlegte sie. *Oder vielleicht seltene Mineralien?*

Michael flog unermüdlich an der Spitze seiner Begleiter. Jane wünschte, sie könnte sein Gesicht sehen. Bestimmt strahlte er wie ein kleiner Junge.

Weitere Stunden später wuchs das Wachbleiben für Jane zu einem ernsthaften Problem an. Die Umgebungswärme und die Schwerelosigkeit erschufen ein wohliges Gefühl, wie unter einer Bettdecke.

Als sie achtzehn Stunden auf Achse waren, führte Mike sie zu einem mächtigen Felsvorsprung. Als sie näherkamen, wurde die Luft dicker und sie wurden automatisch immer stärker abgebremst. Mike spreizte bei der Landung die Arme und wollte elegant mit den Füßen aufsetzen, wie eine Figur aus einem Superheldencomic. Doch dazu war seine Anfluggeschwindigkeit zu hoch. Er tippelte über den Boden und fiel hin. Die anderen prallten gegen ihn und purzelten übereinander. Ihre Höhlenanzüge trugen Löcher davon; Ellbogen- und Knieschürfwunden. Sie verdankten es ihren Helmen, dass niemand eine üble Kopfverletzung erlitt. Nachdem sie das Knäuel aus ihren Leibern entwirrt hatten, lagen sie schweigend da.

Michael lachte. »Wir haben gerade den ersten Verkehrsunfall der Menschheitsgeschichte in einer so exorbitanten Tiefe fabriziert.«

Jane stand auf. »Seid ihr alle in Ordnung?«

Angela grunzte und rappelte sich ebenfalls auf. »Tolle Landung. Wie war das gleich: An den Rändern werden wir von selbst langsamer …«

»Das war auch so«, verteidigte sich Mike. »Aber weniger als erhofft. Jetzt schlafen wir ein paar Stündchen, essen etwas und dann machen wir wieder einen Abflug.«

Bevor sie schliefen, saßen sie zunächst todmüde im Kreis zusammen. Davids Augen waren blutunterlaufen. »Was glaubt ihr, welche Strecke wir absolviert haben?«

»Wir waren achtzehn Stunden unterwegs«, rechnete Michael laut vor. »Unsere Geschwindigkeit betrug etwa zweihundertfünfzig bis dreihundert Stundenkilometer. Damit dürften wir fast viertausend Kilometer absolviert haben – also über die Hälfte.«

»Das alles kommt mir unglaublich vor.« David rieb sich die Wangen.

»Und das wird auch künftig so sein«, sagte Mike. Sein Blick haftete an Ronnie, der sich weiterhin pausenlos juckte und kratzte. *Der arme Kerl,* dachte Mike. *Bisher ist die Jod-Behandlung so gut wie umsonst. Hoffentlich geht's ihm bald besser.*

Kurz darauf legten sich alle hin, verwendeten die Rucksäcke als Kopfkissen und rutschten so lange herum, bis sie eine bequeme Liegeposition gefunden hatten. Die Umgebungstemperatur und die Luftfeuchtigkeit waren recht hoch, aber nicht unangenehm. Es roch leicht nach Ozon.

Jane hatte ein Fleckchen unmittelbar neben Michael gewählt. »Weshalb bleiben wir am Leben? Warum werden wir nicht von der Schwerkraft zerquetscht?«

»Ich wette, dass der ganze Globus von Gravitationsschächten durchzogen ist. Wahrscheinlich fungieren sie ähnlich wie Druckventile und vermindern die Druckkraft. Das wäre meine Theorie.«

»Das ist die beste Theorie, die ich bisher gehört habe … und die einzige dazu.« Sie lächelte. »Ich bin ziemlich aufgeregt und nervös. Ich bin gespannt, was sich außerdem aus Katjas Bericht als wahr erweist?«

»Der rote Himmel, der Ozean, die seltsamen Tiere … ich platze wahrscheinlich vor Neugier, ehe wir es herausgefunden haben.« Er schob einen Arm unter den Kopf. »Jetzt brauchen wir aber dringend eine Mütze Schlaf.«

Jane schwieg. Bis sie endlich wegdämmerte, wanderten vor ihrem geistigen Auge Bilder eines blutroten, von riesigen Bestien bevölkerten Meeres vorbei.

***

Mike wachte zum Getuschel und den Flüchen der anderen auf. Plötzlich schoss ihm die spinnenartige Kreatur ins Bewusstsein. Es war dumm gewesen, keine Wache zu postieren, während sie ruhten. Sie hatten unterdessen eine Lampe brennen lassen. Nun schaltete er seine eigene ein und kontrollierte den Vorsprung. Zum Glück waren sie von unliebsamen Gästen verschont geblieben – egal ob menschlicher oder tierischer Natur.

Ronnies Zustand war schlechter als je zuvor. Seine zu Klauen verkrümmten Hände fuhren hastig über seinen Rücken, in dem verzweifelten Bemühen den Juckreiz zu lindern. Die Vorderseite seines Körpers hielt er vom Rest des Teams abgewandt.

»Was ist mit ihm?«, fragte Jane mit halb geschlossenen Lidern.

»Ich glaube, er hat einen Albtraum«, vermutete Mike.

Jane krabbelte zu Ronnie. Sie bemerkte sofort, dass er seine Kleidung an mehreren Stellen zerfetzt hatte. Von seinen Fingerkuppen tropfte Blut. »Ronnie«, sagte sie leise. Der Angesprochene fing an zu zittern und zu zappeln. Sie umfasste seinen Unterarm und schüttelte ihn. »Ron, *Ronnie* …«

Er rollte herum.

»Mist!« Jane riss panisch die Hand zurück.

»Was stimmt nicht mit ihm?«, wollte Mike wissen, sprang auf und trottete zu Ronnie, der sich auf den Rücken drehte und die Arme von sich streckte. Seine Kleidung war an der Brust aufgeplatzt. Darunter wurden unnatürliche, gerötete Beulen erkennbar, die wirkten, als wäre etwas dabei, aus seinem Inneren auszubrechen.

»Seine … seine H … Haut«, stotterte Jane.

In Ronnies Gesicht sprossen grüne, durch Pflanzenstiele verknüpfte Auswüchse.

»David, komm her!«, brüllte Michael.

Ronnie jammerte und sperrte den Mund auf. Es war unmöglich, etwas von seiner Zunge oder seinem Rachen auszumachen, da alles von Geschwülsten überwuchert war. Aus seiner Kehle quoll gutturales Gestammel.

»Gott oh Gott«, stieß Angela aus, die herbeigeeilt war. »Das Wasser aus der Pfütze. Das Zeug an ihrem Rand ähnelt dem Belag auf den Schwellungen in seinem Mund.«

»Das kann nicht sein«, urteilte David.

Ronnie setzte sich auf. Seine Augen waren trübe; seine Lider flatterten. Er umschlang seinen Oberkörper mit den Armen. Seine Lippen bebten, im Bemühen zu sprechen. Statt Worten strömte dickflüssiger Schleim aus seinem Mund und sickerte über seinen Hals. Zum Schrecken aller entwickelte die Schleimspur ein Eigenleben.

»Es lebt!«, kreischte Jane und wich zurück. »Es lebt! Das Ding in ihm drin ist lebendig.«

»Alle nach hinten!« Mike unterstrich die Anweisung mit rudernden Armbewegungen.

Der Schleim tropfte Ronnie nun auch aus den Nasenlöchern und aus den Ohren. Seine Arme erschlafften und schepperten auf den Boden. In seinem Bauch gurgelte und rumorte es; sein ganzer Oberkörper schwoll an und pulsierte. Es wirkte, als würden mehrere kleine Tiere einen Kampf in seinen Eingeweiden ausfechten. Dann verlor sein Körper die Integrität und ging in Auflösung über. Ronnie verflüssigte sich und mutierte zu einer grünen Pfütze, in deren Zentrum seine zerknüllte Kleidung thronte.

»So etwas … so etwas habe ich bis heute nie gesehen«, flüsterte David.

Angela schluchzte. »Ronnie, armer Ronnie, ich habe dir doch gesagt, du sollst nicht von dem Wasser trinken.«

»Könnte es ansteckend sein?«, fragte Jane.

»Keine Ahnung«, bekannte Mike und fing an, seinen Rucksack zu packen. »Lasst uns so schnell wie möglich von hier abschwirren.«

»Was ist mit Ronnie? Wollen wir ihn nicht beerdigen?«, erkundigte sich Jane.

»Nein«, entschied Michael. »Ronnie existiert nicht mehr. Wir dürfen kein Risiko eingehen und mit diesem Schleim in Kontakt geraten. Stattdessen sollten wir uns von ihm fernhalten. Es handelt sich dabei um einen Pilz. Wer weiß, ob die Sporen nicht durch Berührung oder Einatmung übertragbar sind?«

Jane schirmte ihre Nase und den Mund mit der flachen Hand ab und nickte.

»Was kann etwas so Grauenhaftes verursachen?«, fragte Angela.

»Nichts, das wir kennen«, antwortete Jane und vergrößerte die Distanz zu Ronnies Überresten.

»Und was soll das mit den Sporen heißen?« Angelas Hände zitterten.

»Es bedeutet, dass die Erreger durch die Atmosphäre verbreitet werden. Du kannst also über den Mund, die Nase oder die Augen infiziert werden.«

Angela presste die Lippen fest zusammen und hielt die Luft an.

In Windeseile packten sie ihre Siebensachen zusammen und legten das Verbindungsseil zwischen den einzelnen Gruppenmitgliedern an.

Mike hastete an den Rand des Vorsprungs und warf einen Abschiedsblick auf den grünen Schleim. »Mach's gut, Ronnie.« Dann sprang er mit den anderen im Schlepptau ab.

KAPITEL 13

»Harry?«

»Was gibt's, Bruno?«

»Ich glaube, wir werden verfolgt.«

»Von wem?«, hakte Wenton nach.

Der russische Ex-Soldat quittierte die Frage mit einem Stirnrunzeln.

»Bist du dir sicher? Ich kann nichts hören«, sagte Maggie.

Jamison, der die Nachhut bildete, schloss näher zu den Übrigen auf.

»Sie pirschen sich ganz behutsam von hinten an uns heran«, erklärte Bruno.

Wenton ging ein Stück zurück und spähte in die Dunkelheit. »Menschen?«

»Ist das dein Ernst?«, spottete Jamison.

»Was soll die dumme Frage. Du glaubst doch nicht wirklich …«

»*Schnauze* halten«, befahl ihm Wenton und wandte sich an den Russen: »Und?«

»Es sind keine Menschen.«

»Was sonst?«, fragte Maggie.

»Die Trittgeräusche stammen nicht von …« Er machte eine Geste mit beiden Händen.

»Zweibeinern?«, spekulierte sie.

»Ja, genau. Zweibeiner. Was auch immer da hinter uns herschleicht, läuft nicht auf zwei Füßen, sondern auf vier.«

»Scheiße«, fluchte Jamison. »Das sind die Viecher, von denen wir vorhin einem begegnet sind. Jetzt jagen sie uns. Wir müssen dringend raus hier.«

»Und das werden wir bald schon sein«, beschwichtigte ihn Wenton. »Wir bleiben dicht beisammen. Bruno, du gehst als Letzter und deckst den Rückzug. Jamison, du übernimmst die Vorhut. Aber wage dich nicht zu weit vor. Und jetzt mach schon!«

Jamison verschwand in der Finsternis.

»Hey, nicht so hastig«, maßregelte ihn Wenton. »Dicht beisammen bleiben habe ich angeordnet.«

Sie stießen rascher vor, als es eigentlich ratsam war, da sie jederzeit ein Loch im Boden kreuzen konnten, das mehrere hundert Meter nach unten abfiel.

»Passt auf«, warnte Jamison und streckte ihnen die Handflächen entgegen.

»Hab ich nicht gesagt, wir sollten langsamer machen«, grummelte Wenton und betrat die Felsenkammer, in der sein Kollege stand. Plötzlich fiel ihm die verlassene Kleidung und Ausrüstung zu Jamisons Füßen auf. Nachdem er den Fund inspiziert und ein Namensschild in einem T-Shirt aufgespürt hatte, zeigte er es vor: »Das gehört Angela Andrews von der Monroe-Expedition.«

Jamison stupste die aufgehäuften Gegenstände aus dem Besitz ihrer Konkurrenten mit der Fußspitze an. »Warum haben sie das dagelassen? Mussten sie ihr Gewicht reduzieren?«

Maggie trottete zum Bodenloch. »Meines Erachtens sind sie hier nach unten abgestiegen.«

Wenton umschritt die gähnende Öffnung. »Ich weiß nicht. Es gibt nirgendwo Bolzen oder Ankerhaken im Gestein, die darauf hinweisen.«

»Ich fürchte, unser Problem wird akut«, meldete Bruno.

»Verdammt!«, fauchte Wenton.

»Was sollen wir tun?«, fragte Maggie. »Welchen Ausgang aus dieser Höhle sollen wir nehmen?«

»Unwichtig, aber beeilt euch«, schärfte Bruno den anderen ein und zog ein beachtliches Messer aus der Scheide an seinem Gürtel. Dann postierte er sich vor dem Stollen, aus dem sie gekommen waren.

Wenton strengte sich an, rational nachzudenken. Der Durchgang in die Tiefe konnte die Lösung sein. Doch wie sollten sie auf die Schnelle nach unten gelangen?

Bruno hob die Klinge und hielt sie abwehrbereit vor die Brust.

»Scheiße!« Wenton zerknüllte Angelas T-Shirt und pfefferte es wütend in den Abgrund. Statt flatternd in der Dunkelheit zu versinken, schwebte es in der Luft.

Ungläubig starrten sie auf das seltsame Phänomen.

»Was ist das?«Jamison schob sich bis an den Rand des Lochs heran, streckte den Arm aus und fuchtelte wie wild mit der Hand. »Die Luft fühlt sich … merkwürdig an.« Vorgebeugt ergänzte er: »Es herrscht nicht der geringste Luftzug. Was sonst könnte dafür verantwortlich sein?«

»Irgendetwas muss dieses Phänomen bewerkstelligen.« Wenton machte einen langen Arm und ergriff das T-Shirt; hielt es vor seine Nase und schnüffelte daran. »Ich rieche nichts. Kein Gas oder so …«

»Jetzt wissen wir also, wohin Monroe unterwegs ist.« Maggie stemmte die Hände in die Hüften. »Was meint ihr?«

»Ich meine, wir sollten ebenfalls so viel Gewicht wie möglich einsparen.« Wenton setzte seinen Rucksack ab und kramte alles heraus, was ihm unwichtig erschien. »Trödelt nicht rum. Wir nehmen nicht mehr als das Nötigste mit.«

»Was ist mit dem Dynamit?«, fragte Jamison.

Der Teamchef kniff die Lider zusammen und dachte nach. In ihrer Krawallschachtel befanden sich mehrere kleine Ladungen, die zur Entfernung von Geröllhaufen dienten, falls diese einem den Weg versperrten. Weiterhin verfügten sie über acht Stangen Dynamit, die verheerenden Schaden anrichten konnten. Normalerweise waren diese nicht auf dem freien Markt erhältlich, da sie Abbruchunternehmen vorbehalten sein sollten, die zu deren Kauf eine staatliche Lizenz vorzeigen mussten. Aber Wenton hatte Beziehungen. Wenn er eine Höhle aufsprengen wollte, brauchte er wirksames Werkzeug dafür.

»Lass sie da«, entschied er. »Nein, ich hab's mir überlegt. Gib mir drei von den fetten Böllern und ein paar von den Kleinen. Bloß für alle Fälle …«

»Was nun?«, fragte Maggie.

»Wir folgen ihnen«, antwortete Wenton.

»Wie?«, wunderte sich Jamison.

Wentons Herz hämmerte. *Ich muss verrückt sein.* Er schloss die Augen und tappte zögerlich einen Schritt vorwärts.

»Heilige Scheiße, Harry«, wisperte Jamison.

Wenton öffnete die Augen. Er schwebte in der Luft über dem Abgrund. Mittels Schwimmbewegungen steuerte er zurück auf festen Grund. »Wie? So haben sie es gemacht, und das können wir auch. Die Schwerkraft ist in diesem Schacht aufgehoben. Unsere Reise führt nach unten.«

»Wohin?«, erkundigte sich Maggie.

»Leute, wir haben keine Zeit mehr«, warnte Bruno.

»Irgendwohin, wo wir nicht gejagt werden«, sagte Wenton. »Vielleicht ist Monroe vor denselben Kreaturen geflüchtet wie wir. Oder vielleicht ist das ihre von vornherein geplante

Route. Ich schlage vor, wir nehmen uns ein Beispiel daran. *Jetzt gleich!*«

Jamison, Maggie und Bruno stimmten zu.

***

Die Kreaturen preschten in die Felsenkammer, gerade als Jamison als Letzter der Gruppe in das dunkle Loch sank. Sie stürzten sich auf die Hinterlassenschaften der Menschen, angezogen von deren salzigem Geruch und den Urinflaschen.

Danach hüpfte eines der Geschöpfe auf einen Felsbrocken und beobachtete den Raum. Eine zweite beschnupperte die Stelle, von der Jamison abgesprungen war. Obwohl ihnen klar war, wohin die Zweibeiner aufgebrochen waren, hegten sie kein Interesse daran, sie weiter zu hetzen, denn sie wussten, was ihnen dort blühte. Schließlich trabten sie davon, nachdem sie die Hinterlassenschaften der Menschen durchwühlt hatten. Unbeabsichtigt hatte dabei eine der Kreaturen die Krawallschachtel mit einem Tritt in den Schacht befördert, die nun gleichförmig im Fahrwasser der Menschen abwärts trudelte. Ebenso segelte ein Felsbrocken bedächtig in die Tiefe, nachdem er unter dem Gewicht eines der Raubtiere von der Kante des Abgrunds gebröckelt war.

Stille senkte sich über diese Ebene des unterirdischen Labyrinths, die sehnsüchtig auf die Rückkehr der Eindringlinge zu lauern schien.

***

In seinem Tagtraum hatte Michael die Rollen mit Peter Pan getauscht. Seine Mutter hatte ihm diese Geschichte jede Nacht beim Zubettgehen vorgelesen, als er ungefähr sechs Jahre alt war. Seit damals hatte er nicht mehr daran gedacht.

Jetzt war er es, der Wendy und die Verlorenen Jungs nach Nimmerland führte; einem Land jenseits des Horizonts, in dem die eigene Vorstellungskraft die einzige Grenze darstellte. Doch in seinem Traum hatte Wendy das Gesicht von Jane und die Verlorenen Jungs waren in die Haut von David und Andy geschlüpft. Und Angela feuerte sie voller Begeisterung an, während sie vor einem Piratenschiff flohen, das zu einem riesigen Klumpen Schleim mutierte und mit Ronnies Stimme wüste Drohungen keifte.

Wendy rief ihm etwas zu. Er himmelte sie verträumt an, richtete sich den schmalen grünen Hut, den eine rote Feder schmückte, und warf ihr eine Kusshand zu.

Dann krachte er plötzlich gegen ein hartes Hindernis. Als er aufwachte, lag er am Fuß eines gewaltigen Stalagmiten, der sich über fünfzig Meter hoch auftürmte. »Autsch.« Er massierte sich die Wangen. Über ihm hingen Stalaktiten von derselben Länge wie der Stalagmit. Einige davon waren zusammengewachsen. Andere standen allein und muteten wie tödliche Dolche an.

Jane ging zu ihm. »Wir haben ein ziemliches Geschrei veranstaltet, aber du hast unbeeindruckt weitergeschlafen.« Sie wischte ihm die feuchte Stirn mit einem Tuch ab. »Dabei hast du ununterbrochen gegrinst wie ein Honigkuchenpferd. Hattest du einen schönen Traum?«

»Ja, Wendy.« Er nahm ihr das Tuch ab und beide bemerkten den Blutfleck darauf. »Keine Sorge, mir geht es gut.«

David, der als Einziger von ihnen eine medizinische Ausbildung vorweisen konnte, krabbelte zu ihm. »Wie fühlst du dich?«

»Mir tut alles weh«, klagte Michael.

»Wie viele Finger siehst du?« David hielt ihm drei Finger vor die Nase.

»Elf.« Michael schob die Hand zur Seite. »Drei. Mir geht es gut.«

»Trotzdem gebe ich dir einen gutgemeinten ärztlichen Rat: In Zukunft solltest du darauf verzichten, im Fliegen zu schlafen und dir dabei den Schädel an einem Stalagmiten einzurennen. Dabei ist es irrelevant, wie süß du gerade träumst.«

Michael lachte, stand vorsichtig auf und hängte sich bei Jane im Arm ein. »Wo sind wir?« Erst jetzt dämmerte ihm, dass er ohne die Hilfe künstlichen Lichts klar und deutlich sehen konnte.

»Am Ziel«, verkündet Andy stolz. *»Wir sind am Mittelpunkt der Erde.«*

EPISODE 03

»Welcher Stift vermag es, dieses Abbild erstaunlichsten Schreckens zu beschreiben? Welcher Stift vermag es, dieses zu porträtieren?«

JULES VERNE

KAPITEL 14

Michael lief, so schnell es ihm die vom langen Schlafen steifen Beine erlaubten, zu den Felsklötzen, die in einer Reihe am Ausgang der Höhle vor ihm aufragten und erklomm einen davon. »Oh mein Gott!« Er blinzelte und bemühte sich, die überwältigenden Sinneswahrnehmungen, die auf ihn einströmten, gedanklich zu ordnen. Er fühlte sich, als hätte er bislang nur Schwarz-Weiß-Fotos gekannt und nun wurde ihm aus heiterem Himmel ein Farbbild unter die Nase geschoben. Nach endlosen Tagen in der unergründlichen Schwärze des Höhlensystems, in der sich alle visuellen Eindrücke innerhalb dünner Lichtkegel abgespielt hatten, waren seine Sinne nun einem Panorama ausgesetzt, dessen Existenz an den Grundfesten seines Verstandes rüttelte.

»Was siehst du?«, rief Angela hoch zu ihm.

»Ich träume mit offenen Augen«, zitierte er ergriffen und mit feierlicher Stimme seine Lieblingspassage aus Jules Vernes Werk. Nie war sie ihm passender erschienen als in jener Sekunde. Mike hatte Vernes Bücher verschlungen, Katjas auf persönlicher Erfahrung basierende Aufzeichnungen studiert und eifrig nach jeder Seite des Vermächtnisses des mittelalterlichen Alchemisten gefahndet. Trotz dieses außerordentlichen Aufwandes hatte in all dieser Zeit eine kleine Knospe des Zweifels in ihm gekeimt. Nun endlich hatte er den Beweis für die Realität seiner Theorien. »Eine neue Welt«, murmelte er. Vor ihm kräuselten sanfte Wellen ein schier endloses Meer, das pechschwarze Sandstrände säumten. Das rote Wasser funkelte wie frisch poliert. Kilometerweit über ihm überwölbten Magmastrudel den glasierten Himmel, der gut und gern mehrere tausend Meter dick sein mochte. Das flüssige Gestein dahinter spendete dieser isolierten Inselwelt alles, was sie an Wärme und Licht brauchte. Es fiel ihm schwer, zu glauben, dass er – im Vergleich zur Erdoberfläche gesehen – mit den Füßen nach oben und dem Kopf nach unten auf dem Steinklotz stand.

Nachdem er heruntergestiegen war, sagte Jane: »Ich nehme alles zurück. Katja hat uns die Wahrheit mitgeteilt.«

Er schüttelte den Kopf. »Trotzdem habe ich befürchtet, es könnte ein Hirngespinst sein.«

Ein Platschlaut ertönte vom Meer. Ihre Köpfe fuhren herum. Auf der Wasseroberfläche hatten sich kreisförmige Wellen rund um einen zentralen Punkt mehrere hundert Meter von der Küste entfernt gebildet.

»Hat jemand gesehen, was da vom Dach runtergefallen ist?«, fragte Angela.

»Da ist nichts runtergefallen«, meinte Andy und deutete zu einer anderen Stelle, etwas weiter links, an der die See aufgeregt gluckerte. »Die Wellen werden von etwas ausgelöst, das sich im Wasser bewegt – etwas Lebendigem. Dem Ausmaß der Wasserverdrängung nach muss es riesig sein.«

Mike seufzte. »Wie wundervoll.«

»Und was nun?«, fragte Jane.

»Ich weiß nicht«, bekannte Mike. »Ehrlich gesagt, habe ich mir nie Gedanken darüber gemacht, was wir tun werden, falls sich meine Hoffnungen erfüllen. Schätze, wir sollten die neue Welt erkunden.«

»Wie lange können wir es uns leisten, hier herumzustreunen?«, fragte David. »Wir sind seit knapp zwei Wochen unter der Erde und unsere Vorräte gehen stufenweise zur Neige. Dem Salzgeruch nach zu urteilen, ist das Meerwasser ungenießbar.«

»Das gilt es zu bedenken«, stimmte Michael zu. »Ich schlage vor, wir erholen uns erst mal einen oder zwei Tage. Und dann ...« Er trat von den Felsklötzen einige Schritte in Richtung des Ozeans vor. »Dann sollten wir den Strand erforschen. Und falls das Salzwasser tierische Organismen beheimatet können wir uns eventuell davon ernähren. Vielleicht fressen die hiesigen Tiere auch Pflanzen, die wir ebenfalls verwerten können.«

»Woher sollen wir wissen, was davon für uns schädlich ist?«, zweifelte Angela. »Vergiss Ronnie nicht.«

»Es gibt Risiken und es gibt akzeptable Risiken. Ich riskiere einen kurzen Blick. Ihr wartet so lange hier auf mich.«

Bei Mikes Ankunft am Strand knirschte der schwarze, kristalline Sand unter seinen Sohlen. Bis zur Wasserlinie war es nicht weit. Erst jetzt wurde ihm die Hitze bewusst, die ihm auf die Stirn und den Nacken brannte. Sein Magen rumorte vor Aufregung. Diese gesamte Welt existierte in einem Hohlraum von gigantischen Proportionen. Das Meer funkelte tizianrot vor einem roten Himmel, an dem Wolken ihre Bahn zogen. *Diese verdammte Höhle ist so groß, dass es darin garantiert ein eigenes Wetter gibt.* Er sog die salzige Seeluft ein und rief: »Hallo!« Ein Echo gab es nicht, so gewaltig war dieser unterirdische Kosmos.

Die länglichen Felsklötze, bei denen sich seine Mitstreiter befanden, wirkten von hier aus wie die Stumpen kolossaler, zusammengeschmolzener Kerzen. Die Öffnung, durch die sie die neue Welt erreicht hatten, war zwischen den sich überlagernden Felsformationen an deren Rand fast vollständig verborgen. Im Gestein glitzerten Mineralien. *Möglicherweise stammt es aus den Anfangstagen unseres Planeten,* überlegte Mike.

»Kommt zu mir!«, lud er seine Leute ein.

Mit Andy an der Front rannten sie auf den Strand. Als alle bei ihm waren, breitete Mike die Arme aus und lachte laut vor Freude. »Es ist ein Traum. Zwickt mich und sagt mir, dass ich nicht träume.«

»Falls du träumst, tun wir das auch«, beteuerte Jane. »Es ist zwar unglaublich, aber es ist wahr.«

Michael deutete auf die nebelverhangenen Klippen an der jenseitigen Meeresküste. Oberhalb von ihm zeichneten sich Umrisse ab, die zu einem Wald aus Bäumen gehören mochten. »Das müssen wir uns aus der Nähe anschauen. Wenn es sich um eine Art von Vegetation handelt, treiben sich dort auch Pflanzenfresser herum, die für uns eine satte Mahlzeit abgeben.«

»Pflanzenfresser ziehen immer Beutegreifer an«, orakelte Jane. »Ich wollte es nur gesagt haben.«

Andy hob eine Handvoll Sand auf. »Vielleicht spüren wir im Wasser Fische oder verzehrbare Schalentiere auf.« Zwischen die kristallinen Körner waren verschiedene Muscheln eingestreut – manche in einer konischen Spiralform, manche waren eher flach. Wieder andere, deren Grundfarbe purpur oder schwarz war, hatten kleine dunkelrote Stacheln ausgebildet.

»Ihre Färbung ist interessant«, sagte Jane. »Aus biologischer Perspektive würde ich vermuten, dass sie durch den hohen Anteil an Rotlicht hier unten erklärbar ist. Sie dient ihnen zur Tarnung.«

»Sind das dieselben wie die oberirdischen?«, fragte Michael.

Achselzuckend antwortete Jane: »Einige davon eventuell. Wenn dieses Meer vor Urzeiten durch einen Kataklysmus erschaffen wurde, könnte es eine Parallelevolution gegeben haben.«

»Was für eine Evolution?«, hakte Angela nach.

Jane wischte sich die Hand an den Hosenbeinen ab. »Es kommt vor, dass ähnliche Spezies, sei es pflanzliche oder tierische, die gleiche Entwicklung nehmen, obwohl sich ihre Evolution durch Raum und Zeit getrennt vollzieht. Dies geschieht meist, wenn sie einen gemeinsamen Vorfahren hatten. Durch vergleichbare Umweltbedingungen können jedoch auch unabhängig voneinander ähnliche Arten entstehen, die eine spezielle Nische besetzen.«

»Klingt merkwürdig«, kommentierte Angela.

Wenig später spazierte die Gruppe den Strand entlang. Andy lief nahe der Küstenlinie. »Im Wasser schwimmen massenweise Fische. Allerdings nur kleinere Exemplare.«

»Vielleicht könnten wir unsere Unterwäsche wie ein Fangnetz verwenden«, schlug David vor.

Angela kicherte. »So sehr ich dich auch liebe, aber ich möchte nichts essen, das du mit deiner Unterwäsche eingefangen hast.«

»Komm schon, so wird sie wenigstens mal gewaschen und gleichzeitig ergattern wir ein leckeres Abendbrot.«

»Hoppla!«, rief Andy. »Hab ihr das gesehen? Plötzlich sind alle Fische wie von der Tarantel gestochen abgedampft. Sie haben wohl gehört, dass wir ihnen an den Kragen möchten.« Er ging zum Wasser, bis seine Zehen darin eintauchten.

Als sich wenige Dutzend Meter von der Küstenlinie V-förmige Wellen formierten, schrillten in Mikes Kopf die Alarmglocken. Ohne genau zu realisieren, was dort durch das Wasser pflügte, schrie er: »Andy, geh weg da!«

»Wieso?« Als er Mikes entgeisterten Gesichtsausdruck registrierte, drehte Andy sofort den Kopf wieder zurück zur See.

Einen Wimpernschlag später schien das Meer zu explodieren und eine längliche Silhouette durchstieß wie ein von unten abgeschossener Torpedo die Wasseroberfläche und sauste auf Andy zu. Der reagierte instinktiv und hechtete zur Seite, während monströse Kiefer genau an der Stelle, an der er sich einen Sekundenbruchteil zuvor befunden hatte, ein Loch ins Nichts bissen.

»Um Himmels willen«, kreischte David in einer unnatürlich hohen Tonlage. Wie alle anderen begaffte er entsetzt die Kreatur, die sich zur Hälfte auf dem Strand katapultiert hatte. Das Ding hatte einen mächtigen Schuppenpanzer, den wechselweise blaue und graue Streifen überzogen. Oben wuchsen zwei Stiele aus dem Schädel, gekrönt von überdimensionierten Augen, die auf der Jagd nach der entwischten Beute synchron mal nach rechts, mal nach links schwenkten. Dabei öffnete und schloss die Kreatur ihre – mit scharfen Zähnen versehenen – Kiefer, als habe sie bislang nicht kapiert, dass sie ihre Gelegenheit verpasst hatte.

Enttäuscht warf das maritime Raubtier den massigen Leib so lange herum, bis es wieder vollständig in sein angestammtes Element umgesiedelt war. Dabei peitschte es mit seinem langen, sensenartigen Schwanz erst den Sand und dann das Wasser auf.

»W… w… was war d… das?«, stotterte Andy, während er sich aufrappelte. »Es hat mich fast … gefressen!«

»Es wusste, dass es zurück ins Wasser kommen kann«, dozierte Jane. »Es wendet diese Jagdtechnik offenbar regelmäßig an. Aufgrund des Schuppenpanzers würde ich dieses Geschöpf den Placodermi oder auch Panzerfischen zuordnen. Eigentlich gehören sie in die Ära der Knochenfische. Ihre Blütezeit datiert auf das Devon. Das war vor dreihundertsechzig bis vierhundert Millionen Jahren.«

»Wahrscheinlich haben wir es mit einer Unterart des *Dunkleosteus* zu tun«, präzisierte David.

»Richtig«, pflichte Jane ihm bei. »Aber dieses Exemplar ist größer als alle bisher katalogisierten Arten. Die uns bekannten Vertreter wurden höchstens sechs Meter lang. Das hier hatte mindestens die doppelte Länge. Außerdem stimmte etwas mit seinen Augen nicht. Wisst ihr, was ich meine?«

»Ja, du hast recht.« Andy stieß einen Pfiff aus. »Die schienen eher zu einem Hummer als zu einem Fisch zu gehören.«

»War es jetzt so ein Dunkelosta-Vieh oder nicht?«, quengelte Angela ungeduldig.

»Vielleicht«, antwortete Michael. »An einem Ort wie diesem könnte die Evolution stillgestanden haben. Es gab wahrscheinlich keine klimatische Veränderung, die eine Anpassung der vorhandenen Spezies erforderlich gemacht hätte.«

Die ganzen Erklärungsansätze hatten wenig dazu beigetragen, Andy wieder zu beruhigen. Immer noch mit höherer Stimme als üblich lenkte er das Gespräch zurück auf das für ihn wichtige Thema: »Es hüpfte mir nichts dir nichts aus dem Wasser! Aus dem beschissenen Wasser. Und es wollte mich fressen. Was für eine Scheiße!«

»Killerwale agieren manchmal ähnlich«, setzte David ungerührt die Fachsimpelei mit Jane und Mike fort. »Sie springen auf den Strand, um Robben zu reißen. Sie wenden diese Strategie ziemlich effektiv an.«

»Das heißt aber auch, dass sie das Festland von unterhalb des Wassers sondieren können. Habt ihr gesehen, wie riesig sein Maul war? Andy wäre der perfekte Happen gewesen.«

»Um wieder auf die Augen zurückzukommen«, sagte Jane. »Andy hat recht, was die Augen betrifft. Ich habe einige Fossilien von Panzerfischen gesehen; und deren Sehorgane befanden sich definitiv nicht auf Stielen. Wie dem auch sein mag, sie haben ihre schwere Panzerung aus einem vorrangigen Grund: Als Schutz vor Räubern, die noch tödlicher als sie selbst sind!«

»Na toll«, lamentierte Andy, winkte ab und stapfte vom Wasser weg. »Hier tummeln sich also sogar noch fiesere Kreaturen als diese Bestie …«

»Wir sind nun mal nicht mehr daheim in Kansas«, konstatierte Angela.

»Ich schlage vor, wir halten uns vom Wasser fern und bleiben ständig auf einem Haufen«, mahnte Michael.

»Aus unserer Fischmahlzeit wird wohl nichts«, klagte David.

»Wohl kaum«, prophezeite Jane. »Unser kleiner Fischkumpel bringt definitiv einige hübsche Tonnen auf die Waage. Wir sollten also besser jenseits der Sanddünen dort drüben weiterlaufen. So weit kommt er definitiv nicht. Wie Angela treffend festgestellt hat, sind wir nicht mehr daheim in unserer gewohnten Umwelt. Wir müssen also ständig auf der Hut sein.«

»Keiner erlaubt sich ab jetzt irgendwelche Extratouren«, ordnete Mike an. »Ihr sagt vorher Bescheid, selbst wenn ihr mal Pippi machen wollt.«

Etwas später fand Jane außer den überall präsenten kleinen Muscheln deutlich größere Fragmente. Vermutlich hatten sie es mit Bruchstücken der Panzerungen von Krustentieren zu tun, die diese im Zuge ihres Wachstums abgestreift hatten.

»Wir dürfen keinesfalls vergessen, Wegmarkierungen anzubringen«, erinnerte Andy die Gruppe. »Sonst verirren wir uns am Ende.«

»Ich glaube nicht, dass wir darauf angewiesen sind, unbedingt den gleichen Weg wieder nach oben nehmen«, sagte Mike. »Ich gehe davon aus, dass wir bald auf andere Ausgänge stoßen.«

»Selbst wenn dem so ist, könnten sie hunderte Kilometer entfernt sein«, wandte Angela ein. »Also sollten wir uns darauf einigen, auf der Rückreise dieselbe Route wie auf dem Hinweg zu wählen.«

Michael schlenderte einige Schritte zurück. »Für eine Entfernung, die auf der Erdoberfläche mehrere hundert Kilometer beträgt, müssen wir hier unten nur eine kurze Strecke zurücklegen, um an den Endpunkt zu gelangen. Wir befinden uns sozusagen auf der Innenseite eines Reifens.«

»Trotzdem halten wir uns an die bekannte Route«, stellte sich Angela quer.

Jane legte die Stirn in Falten. »Was soll der Blödsinn, Mike? Warum sollten wir ohne Grund etwas Bewährtes gegen ein Risiko eintauschen?«

»Okay, okay. Ich wollte nur darauf hinweisen, dass uns für die Heimreise auch andere Optionen offenstehen. Malt euch aus, wie cool es wäre, wenn wir – nachdem wir über die Woronja-Höhle rein sind – irgendwo ganz anders rauskämen, beispielsweise auf Island. Die Medien würden es lieben.«

»Aha«, spöttelte Andy. »Mike sieht sich schon als gefragter Talkshow-Gast.«

Jane zog den Reißverschluss ihrer Jacke bis unters Kinn, da ihre am Hals freiliegende Haut kribbelte und sämtliche Anzeichen eines beginnenden Sonnenbrands aufwies. Die Biologin hielt ihre offene Hand auf Nasenhöhe und beobachtete, wie das rote Licht darauf schien. Nach Kurzem verspürte sie ein sengendes Stechen auf der blanken Haut. Sie wünschte sich, sie hätte einen Hut und eine Sonnenbrille dabei. Doch beides zählte nicht gerade zu den ersten Dingen, an die man denkt, wenn man die Ausrüstung für eine Höhlenexpedition zusammenpackt. Außerdem hätte sie gern ein Fernglas. Ein weiteres Instrument, das unter der Erde für gewöhnlich keine sinnvolle Anwendung fand.

Eine dreiviertel Stunde wanderten sie unbehelligt über den Strand. Jane trank ein wenig Wasser aus dem Vorrat, den sie bis jetzt aufgespart hatte. Viel mehr als ein einzelner Schluck war nun nicht mehr übrig. »Ich habe fast kein Wasser mehr.«

»Meine Flasche ist komplett leer«, sagte Michael. »Ich hoffe, wir begegnen im Wald etwas Trinkbarem.«

In circa zwei Kilometern Entfernung gähnte eine ausgedehnte Öffnung in dem Wall aus Klippen, der den Strand begrenzte. In der Schlucht dahinter wuchsen Bäume, an denen Blätter sprossen, die an das Laub von Palmen erinnerten.

»Ich habe gerade Vögel gesehen«, meldete David. »Schaut, sie fliegen unmittelbar über den Baumwipfeln.«

»Das müssen nicht notwendigerweise Vögel sein«, widersprach Jane.

David lachte. »Solange sie Fleisch auf den Rippen haben, kümmert es mich nicht. Von mir aus können sie auch zur gleichen Sorte wie der verfluchte Fisch, der Andy verspeisen wollte, zählen.«

Am Anfang der Schlucht entsprang ein schmaler Fluss aus einem klaffenden Loch in den Felsen und schlängelte sich von dort bis ins Meer. Angespültes Treibholz umsäumte seine Ufer.

David beschattete sein Gesicht mit der Hand. »Die Sandbank dort drüben lässt den Schluss zu, dass der Fluss manchmal wesentlich mehr Wasser führt.« Vorsichtig näherte er sich dem Fließgewässer an einer Stelle, an der dessen Breite kaum mehr als anderthalb Meter betrug. »Ziemlich flach.«

Jane lief zu ihm und betrachtete das klare Wasser, in dem es vor Fischsprotten wimmelte. Die Wassertiefe schätzte sie auf dreißig Zentimeter. »Da drin schwimmt definitiv nichts Größeres.«

»Dafür gibt es Unmengen von diesen winzigen Fischen.« David leckte sich die Lippen. »Ich bin so hungrig, dass ich sie roh verputzen könnte.«

»Ihr kennt doch den Spruch mit dem Fell eines Bären«, scherzte Angela.

»Ja, zuerst muss er erlegt werden«, antwortete Michael.

»Schritt eins: Wir bauen einen Damm«, schlug Jane vor.

Der Vorschlag fand einstimmig Akzeptanz und die Gruppe schaufelte mit den Händen Sand in das Flüsschen. Die Strömung war schwach, sodass dieser nicht weggeschwemmt wurde. Ein kleiner Teich mit einem höheren Wasserpegel nahm Gestalt an und die Fische sammelten sich darin.

Angela hielt am Ursprung des Flusses Wache, während Mike, David und Andy eine Kette bildeten und durch das Wasser stapfend den Fischschwarm auf ihre Freundin zu scheuchten. Angela lauerte ihrer Beute mit einem ausgebreiteten Reserve-T-Shirt aus leichtem, synthetischem Gewebe auf. Je enger die Fische zusammengepfercht wurden, desto häufiger hüpften sie aus dem Wasser. Angela bugsierte das Behelfsnetz in Position. »Drei, zwei, eins, jetzt!« In dem zusammengezogenen Bekleidungsstück tummelten sich gut fünfzig Sprotten, als sie es aus dem Wasser hievte. Sie legte eine Hand darunter und stieg an Land.

»Sushi ist fertig.«

Eine Minute danach saßen alle mit dem Rücken an die Klippe gelehnt auf dem Boden, jeder mit den Händen voll rohen Fischs, den sie wie Popcorn verspeisten.

»Könnte etwas Sojasoße und vielleicht ein bisschen Wasabi vertragen«, kommentierte Andy das Mahl.

»Arme Leute dürfen nicht wählerisch sein«, antwortete David. »Hey, wir sind gerade erst hier eingetroffen und schon stehen wir an der Spitze der Nahrungspyramide einer jungfräulichen Welt.«

»Hast du das Vieh vergessen, das mich auffressen wollte?« Andy kicherte, stopfte sich den letzten Fisch in den Mund, kaute, schluckte und wischte sich dann die Hände an den Hosenbeinen ab. »Am besten fangen wir gleich mehr davon für später.«

Michael schüttelte den Kopf. »Nein, falls nötig, können wir zurückkommen. Ich wette aber, dass im Wald einiges mehr auf der Speisekarte steht.«

»Wir sollten den Staudamm einreißen und alles wieder in den Zustand versetzen, in dem wir es vorgefunden haben«, regte Jane an.

»Von mir aus geht das klar«, sagte Michael.

Angela und David zerstörten das Bauwerk aus Sand und ließen so dem Wasser wieder seinen freien Lauf. Einige der Fische kämpften heftig gegen die verstärkte Strömung an, um nicht ins Meer gespült zu werden. *Mir geht es genauso, wie den Fischchen,* dachte Angela. *Ich würde auch lieber auf einem übersichtlichen Terrain bleiben, wo mir keine Gefahren drohen.*

»Macht endlich hin«, drängte Mike.

»Fertig«, rief Jane und klatschte in die Hände.

Die Freunde marschierten in einer dicht geschlossenen Gruppe los. Mike und David übernahmen die Führung. Ihnen folgten Angela, der die Aufgabe zufiel, die See zu beobachten, und Jane, die ein Auge auf die Klippen warf. Ganz am Ende ging Andy, der dafür sorgte, dass sich niemand von hinten anpirschte.

Am Eingang der Schlucht stießen sie auf erste Bäume von monströsem Wuchs. Sie rückten dicht bei den Felswänden weiter vor. Sobald tierische Laute ertönten, hielten sie inne.

»Das klingt wie in einem Dschungel«, stellte David fest.

»Das sieht auch aus wie ein Dschungel«, fügte Angela hinzu.

»Alles ist so riesig«, sagte Jane. »Mir kommt der Panzerfisch in den Sinn. Alles in dieser Welt unterliegt anderen Maßstäben, als wir gewohnt sind.«

»Vielleicht ist das ständige Licht dafür verantwortlich«, vermutete Michael. »Nachts wird es nicht dunkel. Davon profitiert die Flora und zeigt dies in einem stärkeren Wachstum. Möglicherweise gilt für die Fauna das Gleiche.«

Jane wurde ganz mulmig bei diesem Gedanken.

»Der Dschungel erinnert mich an Sumatra. Ich habe dort vor ein paar Jahren in meiner Eigenschaft als Arzt Entwicklungshilfe geleistet.« David kniff die Lippen zusammen. »In Sumatra gibt es Tiger. Falls uns hier etwas in der Art begegnet, haben wir allein die Bolzenpistolen zu unserer Verteidigung.«

»Wegen Tigern mache ich mir keine Sorgen«, antwortete Jane.

»Weshalb dann?«, fragte Angela.

»Das weiß sie selbst nicht«, kam Mike ihrer Antwort zuvor. »Woher sollte sie es auch wissen? Hör auf damit, den anderen Angst einzujagen, Jane.«

Jane schnaubte. »Du hast recht, ich kann es nicht wissen. Aber Katja wusste es. Was hat sie über die Tiere hier unten geschrieben? Sei doch bitte so nett und lies es uns vor.«

In diesem Moment erklang ein undefinierbares Geräusch.

»Was war das?«, überlegte Angela. »Wo ist es hergekommen? Hat da jemand gerufen?«

»Von hinten«, erklärte Andy.

»Das hat sich tatsächlich wie eine menschliche Stimme angehört«, meinte David. »Könnte es sein, dass hier Menschen leben?«

»Spannende Frage. Jane, was sagst du als Biologin dazu?«, erkundigte sich Michael.

»Eine kleine Chance dazu besteht. Aber wie wäre ihre Evolution verlaufen?«

Alle starrten minutenlang in Richtung Strand, doch nun herrschte dort Stille.

»Tausend Dinge können das Geräusch verursacht haben«, sagte Mike schließlich. »Wir haben keine Vorstellung davon, welche Töne in dieser Region normal sind. Mit Herumstehen vergeuden wir unsere Zeit. Wir erkunden jetzt den Dschungel, suchen etwas zu essen und einen Unterschlupf. Dann ruhen wir uns aus. Und sobald wir uns erholt haben, werde ich in Katjas Aufzeichnungen nachgucken, was sie über die hiesige Tierwelt zu erzählen hatte. Einverstanden?«

Jane nickte skeptisch. Sie traute es Mike durchaus zu, sich eine Geschichte zusammenzureimen, die er ihnen auftischte, während er so tat, als ob er vorlesen würde. Was konnten sie dagegen unternehmen? Nichts, da keiner von ihnen Russischkenntnisse besaß. Dann dachte sie: *Nein, so weit würde er wohl doch nicht gehen.*

»Gut, wir laufen entlang der Steilwand in derselben Formation wie bisher«, ordnete Mike an. »Wir verhalten uns leise und unauffällig. David fällt die Ehre zu, uns allen voranzugehen. Achtet darauf, wo ihr hintretet.«

Ein Stück weiter endete die Schlucht in offenem Gelände. Der Dschungel dahinter reichte bis zum Horizont.

»Unglaublich«, flüstere Michael mit glänzenden Augen.

Jane sprühte ebenfalls vor Aufregung.

In der Ferne hingen Nebelschleier tief über den Kronen gigantischer Bäume. Zwischen deren Stämmen gediehen Farnwedel von der Größe eines Lieferwagens. Zusammen mit dem Baumdach filterten sie die vom Magma verströmte Helligkeit und tauchten den Erdboden in ein rötliches Zwielicht.

»Ich habe keinen Schimmer, was das für Pflanzen sind«, räumte Jane ein.

Einige davon hatten gerade Stämme und ähnelten mutierten Spargelgewächsen, die über hundert Meter in den Himmel geschossen waren. Darüber hinaus gab es solche, die Banyanbäumen glichen. Die lokale Variante verfügte jedoch über einen Stamm von mindestens dreißig Metern Dicke. Von den Ästen baumelten orangefarbene Stängel, die entweder Samen oder Früchte beherbergten. Überall im Dach der Vegetation rauschte und raschelte es. Mannigfaltige Geschöpfe sprangen von Baum zu Baum oder flogen zwischen diesen hindurch.

»Heilige Scheiße«, murmelte Andy. »Alles hier hat enorme Dimensionen. Ich komme mir vor wie ein Zwerg im Königreich der Riesen.«

»Und das alles gehört uns«, prophezeite Michael.

»Uns?« David grinste.

»Warum denn nicht? Nach den UN-Konventionen dürfen Nationen alles innerhalb von zwölf Seemeilen von ihrer Küste als Hoheitsgebiet beanspruchen. Nirgendwo steht etwas von Ländereien geschrieben, die mehrere Kilometer unter der Erde beheimatet sind. Dieses Territorium lechzt geradezu danach, von uns in Besitz genommen zu werden.«

David lachte. »Sieht so aus, als hätte sich da jemand bereits Gedanken gemacht.«

»Und was ist daran falsch?« Mike legte den Zeigefinger an die Lippen. »Seid mal alle eine Weile leise und lasst uns die Eindrücke genießen.«

Sie stießen weiter in die Vegetation vor. Die Gerüche waren überwältigend. Über die feuchte Luft drang in ihre Nasen ein berauschendes Bouquet, komponiert aus den Düften pflanzlicher Harze, verborgener Blüten und dem Erdreich, das von vermodernden Resten von Gewächsen übersät wurde. Hinzu gesellte sich ein schwer definierbares, süßliches Aroma, das entfernt an Mandeln erinnerte. Überall schwirrten Heerscharen von Insekten. Obwohl im Bereich der Baumkronen reger Flugverkehr herrschte, ertönte keinerlei Vogelsang. Dafür knisterte, knarzte und knackte es umso mehr im dichten Unterholz.

Das Team fand eine Ansammlung von rankenüberwucherten Felsblöcken. Als Michael die Pflanzen beiseiteschob, lugte dahinter eine Schneise im Gestein hervor. Nachdem klar war, dass sich dort nichts regte, ging er hinein und signalisierte den anderen mit einem Wink, es ihm gleichzutun. Mit großen Augen bewunderten sie die neue Welt dahinter in all ihrer Schönheit.

Jane reflektierte gedanklich Davids Bemerkung bezüglich der Nahrungspyramide. Ihrer Meinung nach hatte er sich dabei massiv getäuscht. Tatsächlich waren sie nichts weiter als eine kleine Gruppe haarloser Primaten, die fern der Heimat umherirrten.

KAPITEL 15

Harry Wenton landete als Erster. Er rollte über den Boden und richtete sich dann auf Hände und Knie auf. Desorientiert und benommen fiel es ihm schwer, an die Realität seiner Erlebnisse zu glauben. Seine Begleiter trudelten der Reihe nach ein, als letzter Bruno, der bäuchlings auf den Boden schepperte, zweimal schmerzhaft davon abprallte und wieder in die Höhe geschleudert wurde, bevor er liegen blieb.

Du hast wohl nie etwas von vernünftigem Abrollen gehört, dachte Wenton und stand auf. »Hey, hier ist es ja hell.«

Maggie krabbelte ebenfalls rasch auf die Beine. Jamison saß da und rubbelte sich die Wangen. Sie waren dreißig Stunden ohne Pause blind durch den Schacht geflogen. Dabei mussten sie dem Schicksal vertrauen, denn sie hatten keine Vorstellung davon gehabt, wo sie am Schluss herauskommen würden. Sie wussten lediglich, dass die Reise nach unten ging. Wie weit war ungewiss gewesen.

Dann prasselten kleinere Felsen und Geröll auf den Boden. *Irgendetwas muss das Zeug am Eingang des Schachts losgetreten haben,* überlegte Wenton und musterte Brunos Stiefel.

Anschließend lief der Teamchef zu den Felsblöcken am Ausgang und durchquerte eine Bresche zwischen dem Gestein. »Heilige Scheiße! Dieser Bastard von Monroe muss die ganze Zeit über Bescheid gewusst haben. Deshalb also seine Geheimniskrämerei.« Wenton lachte und klatschte in die Hände. »Vor uns erstreckt sich eine Goldgrube, die danach lechzt, ausgebeutet zu werden.« Ohne Rücksicht auf seine Mitstreiter joggte er zum Sand. »Hier gibt es Spuren.«

Während er diesen nachging, rief Maggie von hinten: »Warum ist hier alles rot?«

Wenton verharrte und zuckte mit den Achseln. »Und es ist verdammt heiß.«

Maggie trottete mit offenem Mund zu ihm. »Da ist ein Meer. Ein Meer am Mittelpunkt der Erde. Liege ich vielleicht bewusstlos in einer Höhle und träume?«

»Wenn du träumst, träume ich auch.« Wenton lächelte.

»Es ist unglaublich. Wir stehen in keiner Höhle, sondern in einer Neuen Welt.« Als müsste sie die Wahrheit körperlich fühlen, hob Maggie eine Handvoll Sand auf. Als sie die Finger zu einer Faust ballte, knirschte die trockene, kristalline Substanz.

»Offenbar träumen wir alle den gleichen Traum«, sagte Jamison, der ebenfalls den Strand betreten hatte. Er stützte die Hände in die Hüften. »Es gab immer Menschen, die an die Existenz dieser Welt geglaubt haben. Und nun haben wir als Erste den Beweis dafür getätigt.«

»Nicht ganz.« Wenton deutete auf die Fußabdrücke. »Monroe und seine Kumpanen waren schneller. Ihr Vorsprung dürfte aber recht klein sein.«

»Also können wir die Nutzungsrechte vergessen«, unkte Maggie.

Wenton zog die Mundwinkel nach unten. »Wir sind fast zum selben Zeitpunkt hier gewesen. Sobald wir ihnen begegnen, werden wir bestimmt eine Übereinkunft für eine gemeinschaftliche Nutzung aushandeln können. Monroe ist ein gescheiter Mann. Genau wie ich.« Er grinste und hob eine Augenbraue. »Und wahrscheinlich ist er der Vernünftigere von uns zweien. Wir sollten uns beeilen. Ich brenne darauf, meinen alten Kumpel wiederzusehen. Vorher erforschen wir aber erst die Höhle, in der wir angekommen sind.«

Dort starrte Wenton entgeistert nach oben. »Was ist das denn?«

In etwa vier Metern Höhe schwebte die Krawallschachtel.

»Sie muss irgendwie in den Schacht gefallen sein«, meinte Jamison. »Schätze, sie hat unsere Gesellschaft vermisst. Der Inhalt könnte uns vielleicht schon bald hilfreich sein.«

Aus der Finsternis sauste plötzlich ein mächtiger Felsbrocken nach unten. Wenton realisierte sofort, was geschehen würde. »Raus hier! Raus hier!«

Bruno, der nach wie vor am Boden saß, schnellte auf die Füße und stürzte rechtzeitig zum Ausgang. Die anderen hechteten in Deckung, als der Felsen auf die Krawallschachtel knallte, diese auf den Boden schmetterte und zerquetschte. Das Dynamit tat, wozu es erschaffen war: Es explodierte … alles davon.

KAPITEL 16

Leichter Regen setzte ein und Jane streckte eine Handfläche aus, um einige der Tropfen einzufangen. Als sich eine kleine Pfütze in ihrer Hand gebildet hatte, führte sie diese zum Mund und trank das Wasser. Es war klar und geschmacklos. »Dieses Biotop ist geräumig genug, um ein eigenes Wetter zu haben. Doch ist es auch groß genug, dass Kontinente und Gezeiten entstehen konnten?«, fragte sie.

Da rollte ein gewaltiges Krachen über die Landschaft. Alle wirbelten auf dem Absatz in die Richtung herum, aus der es ertönte. Für einen Moment verschlug es ihnen die Sprache.

»Wenn wir gerade dabei sind«, meinte Andy, »war das Donner?«

»Könnte sein«, antwortete David. »Bisher wissen wir zu wenig, um Gewissheit zu haben, was hier normal ist und was nicht.«

»Donner, eine Felslawine oder das Gebrüll von einem Tier …«, sagte Michael. »All das können mögliche Ursachen sein.«

Sie marschierten weiter, bis Jane »Pst« machte. Zwischen zwei Palmen, ungefähr dreißig Meter schräg links von ihnen, wühlte ein – etwa ein Meter langes – Geschöpf im Totholz und im Laub herum, das Ähnlichkeit mit einem Gürteltier hatte. Es blickte neugierig auf und tippelte ein Stück näher an die Gruppe heran.

»Seht ihr, was ich sehe?«, fragte Jane.

»Falls du dich auf die vielen Beine beziehst, dann ja«, antwortete Mike. »Ansonsten haben wir es wohl mit einer Art Gürteltier zu tun.«

»Das bezweifele ich«, widersprach sie. »Ich halte es eher für einen riesigen Tausendfüßler.«

»Ein bescheuertes Insekt«, staunte Andy. »Es wirkt wie ein Säugetier.«

Angela rümpfte die Nase. »Pfui!«

Sobald es weiter aufgerückt war, wurden die spitzen Enden seiner Gliedmaßen kenntlich, die sich zu gekrümmten Dornen verjüngten. Bei der Panzerung handelte es sich um schuppenförmiges, überlappendes Keratin, dessen brauner Grundton in irisierenden Farben schillerte.

»Glaubt ihr, es ist essbar?«, wollte David wissen.

»Klar«, bejahte Jane. »Wir gedulden uns jedoch besser, ob wir nicht etwas Tellergerechteres ins Visier kriegen. Außerdem haben wir gerade eine neue Spezies entdeckt. Wir sollten sie untersuchen und die Ergebnisse dokumentieren.«

»Meines Erachtens gibt hier jede Menge anderer Arten«, spekulierte Michael. »Wir dürfen unsere Energie nicht auf das erstbeste Exemplar verschwenden. Und nach der Fischattacke auf Andy sollten wir uns bewaffnen. Zumindest mit selbstgemachten Speeren.«

Das Insekt hatte die Menschen jetzt fast erreicht.

»Es sieht aus wie eine überdimensionale Maus in einem Panzer. Irgendwie ist es süß«, stellte Angela fest.

»Ich sage, wir fangen es ein«, schlug David vor. »Auf so leichte Beute treffen wir vielleicht nie mehr.«

»Wie immer denkst du hauptsächlich mit dem Magen«, spottete Andy.

»Jane, soll ich es für dich festhalten?«, fragte David.

»Nicht mit den bloßen Händen … und auch nicht mit deiner Unterwäsche.« Ein neckischer Zug umspielte ihre Lippen. »Was hast du darüber hinaus im Programm?«

David stellte seinen Rucksack ab und durchwühlte ihn. »Ich hätte ein Reserve-T-Shirt in petto. Okay, Mike?«

Der seufzte. »Also schön. Andy, du hilfst ihm dabei.«

Die beiden Männer schlichen davon. David hielt das Shirt in den ausgestreckten Armen. Im Dschungel ringsum war es verdächtig still geworden.

Jane runzelte die Stirn.

»Ich glaube, der Dschungel hat unsere Anwesenheit registriert«, flüsterte Michael.

»Ich weiß nicht, ob es an uns liegt. Irgendetwas ist im wahrsten Sinne des Wortes im Busch.«

Andy und David rückten zentimeterweise auf ihre Beute vor.

Janes Kinnlade klappte nach unten. Stumm vor Schrecken zeigte sie auf das Dickicht, das neben den beiden Männern auffächerte. Eine Kreatur, grün und nicht weniger als drei Meter hoch, sprang vor und spießte die Tausendfüßler-Maus auf zwei langen, spitzen Gliedern auf. Das kleinere Tier quiekte und zappelte, während dunkles Blut aus seinen Wunden spritzte. Die Tarnung des Raubtiers war so perfekt, dass man seine Umrisse kaum erhaschen konnte. Zumindest wurde offenbar, dass es aufrecht auf vier Beinen stand. Dazu verfügte es über zwei vordere Gliedmaßen, mit denen es sein Opfer durchbohrt hatte. Als es seinen Kopf Andy und David zuwandte, erstarrten diese vor Panik. Es schien zu grübeln, ob es das Insekt gegen die zwei Menschen eintauschen sollte. Wahrscheinlich war es aber nur überrascht, weil es bislang niemals solch seltsame Zweibeiner in seinem Revier registriert hatte. Es richtete seine Aufmerksamkeit erneut auf seinen Fang, hievte diesen vor sein Maul und riss den Rachen auf. Dabei entblößte es glasklare, nach innen gebogene Kauwerkzeuge, mit denen es die Tausendfüßler-Maus am Schädel packte und diese so zum Schweigen brachte. Nachdem der Beutegreifer sein hastiges Mahl beendet hatte, beäugte er nochmals kurz die ihm unvertrauten Zweibeiner und stob dann ins Unterholz davon.

Mit zittrigen Knien kehrten Andy und David zu ihren Freunden zurück. Vorgebeugt stütze sich Andy mit den Händen an den Oberschenkeln ab und rang nach Atem. »Ich glaube, ich muss gleich kotzen.«

»Diese Bestie hat uns eine ganze Weile beobachtet und wir haben nichts davon bemerkt«, sagte Angela und wischte den Schweiß von ihrer Stirn. »Ob mehr davon im Dickicht lauern?«

»Seine Tarnung war fast perfekt«, konstatierte Jane. »Es war so gut wie unsichtbar. Selbst ein Chamäleon beherrscht diese Art der Beutetäuschung nicht so gut.«

»So ist nun einmal der Lauf der Natur«, äußerte Michael. »Fleischfresser fressen Pflanzenfresser. Gerade sind wir Zeuge davon geworden.«

»Wir sollten umkehren und von hier verschwinden«, regte David an. »Dieses Ungeheuer hätte uns ohne Probleme töten können.«

»Wir bleiben hier«, gab Michael zurück. »Jede Einzelheit ist absolut bahnbrechend. Unsere Forschungsergebnisse werden ganze Generationen künftiger Wissenschaftler beschäftigen. Aber wir sollten uns sofort mit Speeren zu unserem Schutz ausrüsten.«

Alle starrten Michael entgeistert an.

Der faltete die Hände wie zum Gebet. »Also gut, gebt mir wenigstens ein oder zwei Stündchen.«

Angela strich ihr Haar zurück. »Herrgott, Mike …«

Michael ließ den Blick durch das Umland schweifen. »Das da, dort drüben, sieht wie ein Wildwechsel aus. Wenn wir ihm nachgehen, kommen wir zügiger voran.«

»Auf keinen Fall.« Jane schnaubte empört. »Das Ungeheuer gerade eben lag direkt neben dem Wildwechsel auf der Lauer. Das ist eine typische Taktik von Beutegreifern. Sie wissen, dass dort früher oder später Nahrung aufkreuzt – sie müssen nur darauf warten. Falls wir wirklich noch ein klein wenig, und damit meine ich ein klein wenig, hier herumstreunen, sollten wir Wildwechsel meiden; und uns rasch Speere anfertigen.«

»Okay, okay«, gab Michael nach. Lautlos formte er ein *Danke* mit den Lippen in Janes Richtung.

Sie trabten zu einem der Banyanbäume. Oben im Laubdach brach wieder der ursprüngliche Tumult aus, nun da die tödliche Bedrohung aus der Welt war. Sie schnitten sechs Äste auf eine Länge von zwei Metern ab, die meisten mit einer ziemlich ungeraden Form, dafür funktionierte das Anspitzen ausgezeichnet.

Michael umfasste seine Waffe mit einem energischen Griff. »Seid ihr so weit?«

Andy neigte den Kopf in den Nacken. »Nach meinem Ermessen sind das gar keine Vögel, die über uns herumsegeln.«

Tatsächlich mangelte es den hiesigen Tieren der Lüfte an beweglichen Flügeln, wie sie für Vögel typisch sind. Ihre Körpermaße entsprachen denen von Adlern, doch ihre Flügel waren steif und membranartig, sodass sie wie Spielzeugdrachen auf ovalen Schwingen durch die Luft glitten. Auf Ästen gelandet, legten sie die Flügel ungefaltet am Rücken an und staksten mit ruckartigen Bewegungen über das Holz, bis sie von den Blättern verschluckt wurden.

»Hähnchen ist damit von der Speisekarte gestrichen«, scherzte David.

»Sie ähneln überdimensionalen Feldwespen«, sagte Angela. »Wie konnten sie so groß werden? Immerhin sind es Insekten. Offenbar gibt es hier nur diese eine Tierart.«

»Nein«, entgegnete Jane. »Die Sprotten, die wir gegessen haben, waren echte Fische. Allerdings sind Insekten wahrscheinlich die dominante Lebensform an Land.«

»Was mag die Ursache dafür sein?«, fragte David. »In der Urzeit bevölkerten riesige Insekten die Erdoberfläche. So gigantisch wurden sie allerdings nie.«

»Ich habe eine Theorie«, verkündete Jane. »Zwei, um genau zu sein. Schaut euch mal gegenseitig ins Gesicht.« Als alle ihre Bitte erfüllt hatten, fuhr sie fort. »Das auf euren Wangen und Nasen ist kein normaler Sonnenbrand, das sind Verbrennungen. Als Mittel gegen die Wirkung der UV-Strahlung hat uns die Natur mit Melanozyten ausgestattet. Hier unten scheint die Sonne nicht, dafür sind wir verschiedenen Strahlungen ausgesetzt. Der Hauptteil entsteht durch das flüssige Magma über unseren Köpfen. Dazu kommen radioaktive Zerfallsprozesse. Damit hätten wir auch eine Erklärung für Katjas Krebsgeschwüre.«

»Wie schrecklich«, jammerte Angela. »Wenn wir uns hier unter freiem Himmel Krebserkrankungen einhandeln, sollten wir unsere Haut bedecken.«

»Du meinst also, die erhöhte Strahlung hat eine Mutation ausgelöst«, interpretierte David. »Manche Mutationen sind nutzbringend, die meisten aber destruktiv.«

»Wie lautet deine zweite Theorie?«, fragte Michael.

»Die ist etwas komplexer. Als vor vierhundert Millionen Jahren die ersten Amphibien das Wasser verließen, standen sie im Wettstreit mit den Insekten, die bereits das Land bevölkerten. Bei uns oben haben die Amphibien das Duell gewonnen, weil sie sich rascher entwickelt haben, indem sie leistungsfähige Lungen ausprägten und anfingen, Eier außerhalb des Wassers abzulegen. Ihr Sieg war denkbar knapp. Als Resultat daraus wuchsen die Amphibien und die Insekten schrumpften. Die imposanteren Gliederfüßler wie der Riesenskorpion, der eine Länge von bis zu drei Metern hatte, starben aus. Auf der anderen Seite gingen später die Menschen aus den Amphibien hervor.«

»Demnach hätten hier unten die Insekten triumphiert«, resümierte Andy. »Also ist sozusagen der Plan B der Evolution realisiert worden.«

»Es ist eine Theorie«, bekannte Jane.

»Es ist faszinierend«, sagte Michael. »Und es ist von unermesslicher Bedeutung. Wir werden mit dem Abbild eines anderen Planeten konfrontiert. Und wir sind die ersten Forscher vor Ort.«

»Die ersten Forscher?«

Jane fletschte die Zähne. »Verrate mir noch mal, wie viele Mitglieder von Katjas Expedition hier mit heiler Haut herauskamen?«

»Du hast ja recht … aber wir können aus ihren Fehlern lernen.«

»Und nun?«, drängte David.

»Wir stoßen weiter vor«, entschied Michael. »Nur ein klein wenig. Zumindest müssen wir Nahrung aufstöbern, bevor wir uns auf die Heimreise begeben. Mit leerem Magen und ohne Wasser werden wir das Kind kaum schaukeln.«

»Wohl wahr«, bekräftigte David. »Das Klettern verschlingt massenhaft Kalorien und in dem Flüsschen schwimmen nicht genug Fische, um einen Vorrat anzulegen, der unseren Bedarf deckt.«

»Also versorgen wir uns mit leckeren Käfern?« Andy schnitt eine Grimasse.

»Wenn wir welche ergattern, die wie Hähnchen schmecken, dann schon«, sagte David.

Mit Michael an der Spitze marschierte die Gruppe los. Sie gingen langsam und ihr Anführer hob häufig die Hand, woraufhin sie reglos stillstanden, bis er sie weiter winkte. Manchmal berührte Mike einen Farn oder einen Baum, als wolle er dessen Struktur ertasten.

Auf Jane machten die Pflanzen teilweise den Eindruck, als handele es sich dabei um die gleichen Spezies wie auf der Oberfläche, mit unwesentlichen Abweichungen, sei es in der Form der Blätter oder der Früchte. Es fiel ihr schwer, eine Entscheidung zu treffen, ob sie primitive Vorläufer ihr bekannter Arten vor Augen hatte oder etwas komplett Unterschiedliches. Das einzige – sich ständig wiederholende – Muster war das Riesenwachstum der gesamten Flora.

Ein Hauch des Geruchs von Zitronensäure umwehte Jane. Sie stoppte und beobachtete einen smaragdgrünen Wurm, der über einen schlanken, tiefhängenden Zweig kroch. Als das Tier ihre Anwesenheit realisierte, wurden seine Augenstiele länger als bei einer Schnecke. Nachdem es sie betrachtet hatte, schrumpften diese wieder. Dann bewerkstelligte es mittels einer Kontraktion seines Rumpfs einem Sprung über gut drei Meter. Der Wurm landete auf einem Baumstamm und rutschte nach oben in den Schutz des Blätterdachs. »Ein Springwurm!«, taufte die Biologin die neue Gattung spontan.

Eine Stunde später hatten sie maximal einen halben Kilometer zurückgelegt und schon jetzt waren sie übel zerkratzt und der säurehaltige Pflanzensaft hatte ihre Hände und Gesichter verätzt.

»Das bringt nichts«, monierte Angela.

»Ja, das kostet uns unnötig Kraft«, stimmte David zu. »Ich bin total erschöpft.«

»Mike, wir sollten uns die Sache anders überlegen«, appellierte Jane an ihren Freund.

»Da vorn ist etwas Interessantes«, antwortete er, ohne sich umzudrehen. »Wir müssen nicht mehr lange durchhalten.«

»Hoffentlich etwas Gutes«, murmelte Andy.

Nach zehn Minuten, in denen sie im fast undurchdringlichen Dickicht zusätzliche Blessuren erlitten hatten, trafen sie an einer Lichtung ein. Michael grinste.

Das Team hielt sich nahe bei den umstehenden Bäumen auf; keiner wagte es so recht, die Deckung zu verlassen. Fünfundzwanzig Meter vor ihnen gluckerte ein Fluss träge durch die Landschaft. Über das rote Wasser sausten geflügelte Kreaturen von der Größe einer Drossel. Das rote Licht des Magmas zauberte schillernde Reflexionen auf ihre transparenten Schwingen. Das Wasser umfloss schäumend die runden Kiesel an den Ufern.

»Ihr wollt eine Autobahn in den Dschungel«, sagte Michael. »Da habt ihr sie.«

Angela schüttelte zornig den Kopf. »Vergiss es! Wir wissen, welche Monster im Wasser auf Beutefang aus sind.«

Andy trat ein paar Schritte vor. »Scheint ziemlich flach zu sein … zu flach, für massigere Bewohner.«

Ohne echte Überzeugung zwickte Angela die Augen zusammen und dachte nach.

»Warum fließt die Strömung vom Meer weg?«, fragte David.

»Vielleicht liegt das Land unterhalb der Meereshöhe«, erwog Michael zögerlich. »Oder zwischen dem Meer und unserer Position existiert ein See.«

»Das ergibt Sinn«, sagte David. »Wohin also geht unsere Spritztour? Auf Schwimmen kann ich gern verzichten.«

»Das wird auch nicht nötig sein. Die Rinde von manchen Bäumen fühlt sich wie Kork an.« Er ging zu einem der Stämme und trennte mit seinem Messer ein Stück Rinde heraus. »Es ist trocken, fast wie Papier.« Er händigte Andy die Probe aus.

Der strich mit dem Daumen darüber. »Es ist wirklich verdammt leicht. Denkst du, wir können daraus ein Floß bauen?«

»Genau.« Michael grinste schelmisch. »Wir werden im Stile eines Robinson Crusoe reisen.«

Andy händigte die Rinde Jane aus. Nachdem sie das Material betastet hatte, meinte sie: »Das könnte funktionieren. Und wir haben genug Seil, um das Floß zusammenzubinden.«

»Das ist die richtige Einstellung«, lobte Michael. »Ich glaube, vier bis fünf große Stücke sind genug. Mit dem Messer können wir das Holz problemlos zurechtschneiden. Und sobald wir es vertäut haben, wird es uns spielend auf dem Wasser tragen. Was meinst du, Jane?«

»Falls es dabei bleibt, dass wir nach ein paar Stunden umkehren, bin ich an Bord. Ich wünschte, es gäbe einen Sonnenuntergang, damit unsere Haut eine Pause vor der Strahlung bekommt. Wir sollten uns Hüte basteln, die unsere Gesichter vor dem Sonnenli... ach, vor dem Erdkernlicht schützen.«

»Die Zeit, in der wir das Floß bauen, zählt jedoch nicht. Am besten fangen wir sofort damit an. David, Angela und ich schneiden das Baumholz zurecht. Andy und David suchen nach etwas, das wir als Sonnenschirm verwenden können. Und vergesst nicht, aufmerksam zu bleiben.«

Stunden später hatten sie eine ausreichende Menge der weichen Borke auf das erforderliche Maß gestutzt. Als diese flach auf der Erde auslag, montierten sie Querstreben; und um dem Wasserfahrzeug zusätzliche Stabilität zu geben, verschnürten sie diese ordentlich mit Kletterseilen. Andy und Jane hatten unterdessen einen quadratischen, sechs Meter langen Rahmen konstruiert, den sie mit Farnkraut bespannten. Rascher als gedacht hatten sie nun ein starkes, leichtes und hoffentlich funktionales Floß erhalten.

Andy hielt eine Hand hoch. »Ich taufe dich auf den Namen *Verne.*«

»Lang möge sie segeln.« David salutierte. »Oder zumindest auf dem Wasser schwimmen, ohne abzusaufen.«

Michael tupfte mit dem Ärmel die Schweißperlen von seiner Stirn. »Es sieht so aus, als würde es seinen Zweck erfüllen. Jetzt gilt es, die Praxistauglichkeit zu testen.«

»Können wir vorher eine kurze Verschnaufpause machen?«, bat Angela.

»Weshalb?«, antwortete Andy mit einer Gegenfrage. »Schon bald werden wir entspannt auf dem Floß sitzen, frisches Trinkwasser aus dem Fluss schöpfen und den einen oder anderen Fisch mit den Speeren erlegen. Unterdessen können wir unsere Batterien aufladen.«

Sie schmunzelte. »Das klingt gut.«

Zusammen schleppten sie das Floß zum Ufer und ließen es ins Wasser. Zu ihrer Freude schwamm es ausgezeichnet.

»Schwing euch drauf«, meinte Michael. »Immer einer nach dem anderen.«

Vorsichtig gingen sie an Bord; Michael als Letzter. Das Floß wankte, bis sie alle einen Platz gefunden hatten, der ihrer Unterlage eine ausgewogene Balance verlieh. Nun ruhte das Floß sanft auf der Wasseroberfläche.

»Bereit?«, fragte Michael. Alle Mitglieder des Teams bejahten und er benutzte seinen Speer, um das Floß vom Ufer abzustoßen. »Hau-ruck!«

Er und David knieten auf je einer Seite des Wasserfahrzeugs und staken es etappenweise in die seichte Flussmitte, bis es die milde Strömung parallel zum Ufer stromaufwärts trieb.

Das Sonnendach, das Jane und Andy gebaut hatten, war gerade hoch genug, um darunter zusammengekauert zu sitzen oder zu liegen. Abwechselnd gönnten sie sich darunter Ruhe. Jane hatte darüber hinaus aus steifen, vertrockneten

Gräsern altmodische Strohhüten geflochten, die die Strahlung von ihren Köpfen abhielt.

Stunde um Stunde verstrich, in denen vielfältige Arten von Dschungelbewohnern die Tarnung der Bäume verließen, um am Fluss ihren Durst zu stillen. Solange keiner der Menschen einen Mucks von sich gab, fühlten sich die eigenartigen Geschöpfe ungestört. Offenbar war ihnen der Geruch der Menschen zu wenig vertraut, um sie als Bedrohung oder als Futter zu kategorisieren.

David entdeckte als Erster die Fische. Sie brachten die Speere in Anschlag und stießen nach ihrer Beute. Die Fische flitzen davon. Glücklicherweise huschten sie unter das Floß und so konnte Andy ein stattliches Exemplar, von fast einem Meter Länge, pfählen und an Bord wuchten.

»Zum Glück gibt es hier auch normale Tiere«, kommentierte David. »Ich kann mich nicht mit dem Gedanken anfreunden, Riesenkäfer zu futtern … zumindest *bis jetzt* nicht.«

Sie entgräteten den Fisch und zerteilten ihn in Streifen. Dann stürzten sie wie Wölfe auf die Beute.

»Lecker«, beteuerte Jane.

Bald waren von ihrem Fang lediglich der Kopf, das Rückgrat und der Schwanz übrig.

»Wir sollten den Kopf später als Köder verwerten«, schlug Andy vor.

»Nein«, widersprach Michael. »In der Hitze wird Fisch schnell ranzig. Besser wir haben nichts mit dabei, das nach Aas stinkt. Vernünftigerweise schmeißen wir die Reste über Bord.«

»So ist es«, stimmte Andy zu und schleuderte die blutigen Überbleibsel ihrer Mahlzeit in das Wasser, wo sie kreiselnd auf den Grund sanken. Einige kleinere Fische schwammen heran und inspizierten den Kadaver. Plötzlich schnellte ein

Schatten vor und verschlang den kompletten Fischkadaver sowie die kleineren Artgenossen, die sich ringsum tummelten, in einem Happen.

»Holla«, rief Jane aus.

»Was ist?«, fragte Michael.

»Gerade hat etwas den Kadaver verschluckt. An einem Stück!«

Michael musterte die Wasserfläche. »Solange es sich mit Fisch begnügt und uns in Frieden lässt, kann es uns gleichgültig sein. Wir sollten es ganz ungeniert ignorieren.«

Das Floß driftete weiter; und Jane fand es zunehmend verwirrend, dass Licht und Schatten keinerlei Bewegungen unterworfen waren. Sonnenaufgang, Sonnenuntergang und eine kühle Dämmerung, die eine Linderung der Hitze versprach, waren schlicht nicht existent. Ihr war, als hätte man sie in ein Zimmer einquartiert, in dem Tag und Nacht permanent eine grelle Lampe brannte.

»Schaut euch das an.« David gestikulierte Richtung Uferlinie.

Der Blätterwald war auf einem Radius von fünfzehn Metern in einer Bresche plattgedrückt, die am Wasser endete.

»Da hat ein echt imposantes Vieh eine Trinkpause absolviert«, interpretierte David das Szenario.

»Groß wie ein Blauwal«, ergänzte Andy.

Angela atmete aus. »Ich glaube, in einer Welt wie dieser sind wir die Käfer.«

»Ich würde mir die Kreatur, die eine solche Bresche trampelt, gern einmal angucken.« Andy kicherte. »Natürlich mit dem nötigen Sicherheitsabstand.«

»Ich auch«, sagte Michael. »Sollen wir?« Als Jane schnaubte, fügte er besänftigend hinzu: »War bloß ein Witz.« Dann zwinkerte er Andy verschwörerisch zu.

»Ja klar«, grollte Jane.

Wenige Kilometer weiter passierten sie eine purpurfarbene Graswiese, auf der eine Herde von nilpferdgroßen Tieren äste. Ihre Haut schimmerte und aus den bulligen Rümpfen wuchsen sechs Stummelbeine. In den zahnlosen Mäulern zermahlten sie die Pflanzen mittels durchgängiger, wulstiger Kauleisten. Frischen Nachschub schaufelten sie sich mithilfe von zwei kurzen Armen in den Rachen.

Im höheren Gras lauerten zwei beunruhigend wirkende Kreaturen mit der Beharrlichkeit erfahrener Jäger. Sie wiesen lange, muskulöse Beine auf; je zwei davon vorn und hinten am Rumpf. In ihren wölfischen Gesichtern hatten sie zahlreiche Augen, mit denen sie ein schmächtigeres Exemplar der Pflanzenfresserherde fixierten, das sich leicht abseits der übrigen mit Nahrung versorgte.

»Ich komme mir fast vor, als würde ich im Fernsehen einen Dokumentarfilm über Afrika glotzen«, sagte Angela. »Wie hast du dieses Evolutionsschema genannt, Jane?«

»Parallelevolution. Die Natur greift gern auf vergleichbare Muster zurück und bringt diese bei unterschiedlichem Rohmaterial zum Einsatz.«

»Das gilt beispielsweise für Neuseeland« ergänzte David. »Als die Maori es vor eintausendzweihundert Jahren besiedelten, hatten Vögel sämtliche ökologische Nischen besetzt – von den Pflanzenfressern bis hin zu den Raubtieren. Dort lebten gewaltige Adler, die in der Lage waren, einen erwachsenen Mann als Beute zu schlagen und durch die Luft wegzutragen.«

»Und du glaubst, das Gleiche ist hier mit den Insekten vorgefallen?«, fragte Andy.

»Um das behaupten zu können, haben wir längst nicht genug gesehen«, warf Michael ein. »Jetzt endgültige Schlüsse zu ziehen, wäre dasselbe wie auf einer Amazonas-Expedition aus den Tierbeobachtungen auf den ersten Kilometern allgemeingültige Grundsätze für die gesamte lokale Fauna abzuleiten. Dabei würde fälschlicherweise herauskommen, dass ganz Südamerika von Schlangen, Alligatoren und bunten Papageien bevölkert wird.«

»Wird es das nicht?«, neckte ihn Angela.

Michael lachte. »Nein. Nur ist hier alles wesentlich merkwürdiger als daheim. Trotzdem ist es auch verdammt cool.«

Irgendwann wurde der Fluss breiter. Im Dickicht rechts und links rumorte es hin und wieder, aber nichts Lebendiges zeigte sich. Gelegentlich neigten sich Baumstämme in Richtung des Gewässers, als schleiche etwas daran hinauf, um im Schutz des Laubs einen Eindruck von den Passanten zu gewinnen.

Andy und David hielten die Speere bereit und Michael hatte vorsorglich die Bolzenpistole aus dem Holster gezogen. Ein Ziel präsentierte sich ihnen nicht.

Eine halbe Stunde später fing Andy einen neuen Fisch. Der hier war eher hochgewachsen und flach im Vergleich zu seinem Vorgänger. Das Fleisch war weniger wohlschmeckend und von breiiger Konsistenz. Zumindest lieferte es die benötigten Kalorien. Da dieses Exemplar größer war, verströmte beim Ausnehmen mehr Blut, das überall auf dem Floß rostrote Flecken hinterließ.

»Andy, könntest du bitte die Sauerei abwischen?«, fragte Mike am Ende der Mahlzeit. »Wir sehen aus wie ein schwimmendes Schlachthaus.«

David half Andy bei der Arbeit, die sich äußerst schwierig gestaltete, da das Blut in das poröse Holz eingesickert war. Die Entsorgung des Kadavers vergaßen die beiden, während sie fluchend die Holzplanken schrubbten.

»Jetzt werft endlich die Überreste von dem Ding über Bord«, schimpfte Michael. »Wir befahren jetzt tieferes Gewässer. Wer weiß, was darin kreucht und fleucht …«

»Scheiße!«, schrie Andy und ließ den Kadaver auf die Planken fallen, als er eine gewaltige Silhouette ausmachte, die halb unter dem Floß tauchte. »Da ist irgendwas unter uns!«

Plötzlich wurde das Floß einige Zentimeter aus dem Wasser katapultiert, als wären sie auf einem Stein unterhalb der Oberfläche aufgelaufen.

»Haben wir etwas gerammt …?«, flüsterte Angela.

»… oder sind wir gerammt worden?«, vollendete Jane die Überlegung.

»Leute«, sagte Michael, während er seinen Speer benutzte, um die Fahrtrichtung des Floßes zu korrigieren, »Ich denke … wir sollten etwas näher am Ufer weiterschippern.«

David bemannte die gegenüberliegende Seite und fing ebenfalls an, mithilfe des Speers zu staken. »Wir hängen fest!«

Knapp neben Andy bohrte sich ein dunkler Stachel von Unterarmlänge durch das Holz. Aus der Spitze des Stachels schnalzte ein wild peitschender Tentakel. »Scheiße!« Andy rutschte auf seinem Hinterteil von der Bedrohung weg.

Angela und Jane flüchteten an den Rand des Wasserfahrzeugs.

»Was ist das?« Jane zückte ihr Messer.

Der Stachel verschwand abrupt zurück nach unten, um an einer anderen Stelle erneut durch das Holz zu brechen. Der Tentakel fuhr wieder aus und schlängelte sich über der Blutlache, die von dem ausgenommenen Fisch herrührte.

»Das Blut … es ist hinter dem Blut her«, stammelte Jane.

Andy versetzte dem Stachel mit seinem Speer einen heftigen Schlag, doch die Gliedmaßen des Wesens waren zu hart, um Schaden zu nehmen. Zumindest sank sie wieder ins Wasser.

Michael spähte über die Kante des Floßes. »Kann jemand etwas sehen?« Den Speer hielt er bereit, um damit sofort zustechen zu können.

Auf der anderen Seite erschien eine Klaue und verkrallte sich im Holz. »Ja, ich!«, kreischte Andy und hob den Speer.

Auf Michaels Seite packte eine zweite Klaue in gleicher Weise zu.

»Wie groß ist das verdammte Vieh?«, rief Andy.

»Größer als das Floß«, antwortete David.

»Es klebt an uns dran«, diagnostizierte Mike. Er schmetterte seinen Speer mit aller Kraft auf die Klaue. Die Kreatur spreizte die Zehen und das Floß hüpfte und schwankte kurz. Dann schnellten der Reihe nach weitere Klauen aus dem Wasser und ergriffen das Floß, bis das Team schließlich insgesamt sechs Stück zählte.

Neben dem Floß zeichneten sich unter der Flussoberfläche die Umrisse einer Kreatur ab, die beträchtlich größer als dieses war.

Aufrecht kniend analysierte Jane: »Das dürfte eine Art Wasserkäfer sein. Was bedeutet, dass es ein Fleischfresser ist. Werft endlich den Fischkadaver über Bord. Vielleicht ist das Biest damit zufrieden.«

Michael rammte den Speer wuchtig dorthin, wo sich seiner Meinung nach der Schädel der Kreatur befand. Die Spitze durchpflügte dessen Haut und steckte dann fest. Der Riesenkäfer zuckte und zappelte und riss den Speer mit – inklusive Michael. Der flog gute drei Meter durch die Luft in den Fluss. Als er aus dem Wasser auftauchte, war er mit den Nerven fix und fertig. Schon die Vorstellung, im Amazonas in ein Gewässer zu fallen, erschien ihm schrecklich. In diesem Umfeld erfüllte es ihn mit wesentlich gravierenderem Entsetzen. Vor Furcht paralysiert, dachte er: *Es frisst Fleisch, hat Jane behauptet.* Er blickte zu ihr. Sie hatte die Augen aufgerissen und schrie etwas, das er nicht verstand. Mike hatte keine Ahnung, ob er zum Floß schwimmen sollte oder nicht. Immerhin würde er dabei in die Reichweite der Kreatur geraten.

Endlich kapierte er, was Jane rief: »Der Fisch, schmeißt den Fisch runter!«

Andy kam der Aufforderung nach und schleuderte den Kadaver zehn Meter ins Wasser, weit weg von Mike. Die Gräten und Fleischreste soffen ab und der Käfer gab das Floß frei, um ihnen nachzujagen.

Als Michael am Floß ankam, schwang er sich an Bord, wo er sich prustend auf den Rücken legte. Plötzlich bäumte er sich auf und übergab sich als Resultat des Schocks.

»Wir sind in Sicherheit«, tröstete Jane ihn. »Schön langsam und gleichmäßig atmen.«

Er hustete und spuckte Magenschleim aus. »Schnell, wir müssen in flacheres Wasser.«

Mikes Speer trieb neben dem Floß. Andy fischte ihn geschickt auf und händigte ihn seinem Besitzer aus, der sich darauf gestützt aufrichtete. Seine Beine schienen die Konsistenz von Pudding zu haben, dennoch half er dabei, in seichteres Wasser zu staken. Es dauerte zehn Minuten, bis sie in die Nähe der Sandbank am Ufer gerieten und endlich wieder den Grund des Flusses sehen konnten.

Vor ihnen bog dieser in knapp einem Kilometer Entfernung ab. *Eigentlich ist es kein Wunder, dass in einem so tiefen und breiten Strom stattliche Räuber auf die Jagd gehen,* überlegte Michael. Die friedliche Wasseroberfläche durfte sie bezüglich der Bedrohungen, die darunter lauerten, nicht in falsche Unbekümmertheit wiegen.

Für Michael hatten Spinnen und Insekten stets wie außerirdische Monster gewirkt und die gewaltigen Dimensionen, die ihre Äquivalente in dieser Umwelt zeigten, beschworen grauenhafte Befürchtungen in ihm herauf. Doch das würde er gegenüber Jane niemals zugeben. Überall im Dschungel schlängelten sich Ranken und die Blätter der Palmen erweckten Erinnerungen an die ausgestreckten Zungen von Titanen.

Manche der Baumstämme hatten den Umfang eines Bürogebäudes. Es schien, als wären sie in den Garten einer Familie von Riesen getappt. Mikes Magen spielte weiterhin verrückt. Das Dickicht an den Ufern mutete schier undurchdringlich an. In der Ferne ragte jedoch eine Anhöhe auf, auf der die Vegetation lichter war. Mit dem Handrücken rieb er seine müden Augen. »Hey, nennt mich verrückt, aber beantwortet mir zuerst die Frage, was ihr dort auf dem Hügel seht.«

»Ich wünschte, wir hätten ein Fernglas«, bedauerte Angela auf den Zehen stehend. »Es sieht wie die Hütten eines Dorfes aus …«

»Du machst Scherze«, entgegnete Andy. »Wenn hier unten Menschen wohnen, sollten wir Gott dafür danken.«

Jane zog eine Augenbraue in die Höhe. »Und du glaubst tatsächlich, dass es Menschen sind?«

»Was sonst?«, erwiderte Andy.

»Nach allem, was wir wissen«, sagte David, »könnten es die Nachfahren von Katjas Freunden sein. Aus ihrem Bericht wird nicht klar kenntlich, ob sie alle verstorben sind. Stimmt's, Mike?«

»Falsch. Die Einzige, die eventuell überlebt hat, ist ihre jüngere Schwester. Die beiden wurden auf dem Heimweg oben im Höhlensystem voneinander getrennt.« Michael lächelte den Arzt unsicher an. »Vielleicht haust auf dem Hügel eine unbekannte Lebensform. Sie mögen nicht menschlich sein, aber sie verfügen definitiv über Intelligenz, sonst würden sie keine Hütten bauen. Uns steht also das erste Zusammentreffen zweier intelligenter Spezies bevor … ich frage mich, wie sie sein werden.«

»Die Distanz zum Hügel beträgt ungefähr einen Kilometer«, sagte David. »Wir sollten den Fluss eh besser verlassen und vielleicht können sie uns mit einer Abkürzung für den Rückweg weiterhelfen. Ich denke, wir sollten das Wagnis eingehen.«

»Ich auch«, verkündete Michael. »Irgendwelche Gegenstimmen?« Da keiner das Wort erhob, rückte er den von Jane handgeflochtenen Strohhut zurecht und nickte. »Packt alles zusammen. Wir schlagen einen leichten Bogen und erklimmen den Hügel von rechts.«

Im Dorf regte sich nichts. Es war schwer, die Abmessungen der Behausungen von hier aus einzuschätzen, aber sie schienen nicht besonders geräumig zu sein. Freudige Erregung verdrängte die Furcht in Michael. Diese Begegnung würde mindestens ebenso wichtig wie der Erstkontakt mit einer außerirdischen Spezies auf dem Mars werden. Und deshalb war sie jeden erdenklichen Preis wert.

Die Gruppe füllte die Wasserflaschen auf, schulterte die Rucksäcke und schleifte dann das Floss auf eine Sandbank. Bevor sie losmarschierten, ergriffen sie die Speere.

Andy grinste. »Wahrscheinlich werden sie uns für Götter halten.«

»Ja klar«, höhnte Angela, »und ich wette, sie werden dich zu ihrem König krönen.«

»Macht mal halblang«, beschwichtigte Michael.

Im Schatten der Bäume wurden sie von der sengenden Hitze verschont, die der blutrote Himmel ausstrahlte. Da sie gelernt hatten, Wildwechsel zu meiden, gestaltete sich die Wanderung zäh und anstrengend.

Nach zwanzig Minuten sah Andy einen interessanten Baum. An den Ästen der vergleichsweise kleinen Pflanze baumelten üppige, lilafarbige Früchte. »Das könnten glatt Melonen sein.« Das ganze Gewächs hing voll davon. Im Geäst seiner Krone hockte eine einen Meter lange Raupe, die fröhlich eine der Früchte mampfte und ansonsten die ungebetenen Gäste ignorierte. »Offenbar sind die Früchte nicht giftig«, diagnostizierte Andy.

»Für die Raupe mag das gelten«, unkte Jane.

Andy reckte die Arme und umfasste eine der Früchte mit den Händen. »Fühlt sich weich an.« Er zerrte und drehte daran herum, bis er sie mit einem Ploppen abgeerntet hatte. Als er daran gerochen hatte, putzte er sie eifrig an seinem T-Shirt ab und schnüffelte neuerlich daran. »Riecht nach Erdbeere.«

Auch Jane roch daran. Sie empfand das Aroma deutlich herber als jenes von Erdbeeren. Fruchtig war es trotzdem.

»Soll ich?«, fragte Andy und sperrte den Mund auf, als wolle er reinbeißen.

»Ich würde es lassen«, intervenierte Michael.

Andy bewunderte die Frucht einige Sekunden, dann zog er sein Messer und schnitt eine Scheibe davon ab. Das – von schwarzen Samen gesprenkelte – Fruchtfleisch glänzte weinrot. Mit der Messerspitze pulte er die Körner heraus. Nun benutzte er die Klinge wie einen Löffel und schaufelte einen Brocken Fruchtfleisch auf seine Zunge. Er schob es mehrere Sekunden im Mundraum hin und her und zerkaute es dann. Er erweckte den Anschein, etwas artikulieren zu wollen, stattdessen spuckte er die zerkaute Pampe zusammen mit einem Sprühregen aus Blut aus. »Es brennt, es brennt!« Er schmetterte die Frucht auf die Erde und würgte stoßweise mehr Blut aus.

»Wasch dir den Mund aus«, riet ihm Jane schrill.

Jammernd schraubte Andy mit zittrigen Fingern den Verschluss von seiner Trinkflasche. Er trank einen Schluck und spie ihn sofort wieder aus. Diesmal flogen zwei Zähne mit der Flüssigkeit zwischen seinen Lippen hervor. Wimmernd fiel er mit heraushängender Zunge in die Knie. Auf der geschwollenen Zunge wölbten sich weiße Blasen und Blut und Schleim trieften davon herab.

David ging neben ihm in die Hocke. »Ruhig, ganz ruhig, mein Freund. Lass mich deinen Mund begutachten.«

Andy öffnete den Mund, woraufhin der Arzt diagnostizierte: »Alles halb so wild. Anscheinend haben wir die schärfste Chilischote der Welt gefunden.« David klopfte seinem Freund aufmunternd auf den Rücken. »Zum Glück hast du nichts runtergeschluckt. Sonst würde dir die Schwellung die Luftröhre verschließen und du müsstest ersticken.«

»Es tut so weh«, klagte Andy.

»Keine Frage«, antwortete David, »aber Verletzungen im Mund heilen gewöhnlich rasch.«

»Das Maul der Raupe dort oben ist vermutlich mit Stahl ausgekleidet«, sagte Michael. »Und ihr Magen und Darm genauso. Wir sollten Andys Erfahrung beherzigen, bevor wir ausprobieren, ob eine Frucht für uns verträglich ist.«

»Oder Wasser. Denkt an den armen Ronnie«, mahnte Angela.

Michael nickte zustimmend und dann fragte er Andy: »Kannst du laufen?«

»Ja«, hauchte dieser tonlos.

»Dann auf mit dir, wir müssen weiter.«

Sie benötigten eine Stunde, um den Fuß des Hügels zu erreichen, auf dessen Kuppe die Ansammlung von Hütten thronte.

»Ist das wirklich ein Dorf?«, grübelte David, als sie fast dort waren.

»Die Hütten sehen wie Iglus aus«, meldete Angela aus ihrem vorgeschobenen Versteck hinter einem dicken Baumstumpf. »Aber sie sind nicht aus Schnee, sondern aus einem faserigen Material. Es gibt Gehege mit Tieren darin. Kein Zweifel, die Einheimischen müssen intelligent sein.«

»Bauern und Viehhalter? Ist es das, was sie sind?«, spekulierte Jane.

»Wir sollten ohne großes Brimborium hingehen und uns vorstellen«, regte Michael an.

»Ja genau«, nuschelte Andy mit geschwollenen Lippen. »Aber wo sollen wir anklopfen?«

Inzwischen hatten sich alle zu Angela gesellt. Trotz ihrer Bemühungen konnten sie an den rundlichen, ungefähr drei Meter hohen Behausungen keine Türen und Fenster erkennen. Oben auf den Dächern waren mittig runde Öffnungen ausgespart worden, die wahrscheinlich in Analogie zu den Zelten nordamerikanischer Indianer als Rauchabzüge dienten. Die meisten Hütten hatten einen Umfang von zehn Metern außer dem Bauwerk im Zentrum der Ansiedlung, das die doppelten Ausmaße aufwies.

»Was nun?«, fragte David.

»Ich möchte sie kennenlernen«, sagte Michael und spazierte los. »Möglicherweise haben sie für uns etwas zu essen und Antworten auf dringende Fragen.«

»Fragen wonach?«, hakte Jane nach.

Michael blieb stehen. »Die Frage danach, wie dieser Ort entstanden ist. Oder weshalb sie existieren. Und natürlich nach unserem besten Heimweg.«

»Und dazu schlendern wir tapfer über offenes Gelände ins Dorf und sagen *hallo*?« Andy schüttelte den Kopf. »Und ihr habt mir unterstellt, ich sei verrückt, weil ich von der Frucht genascht habe.«

Michael grinste entwaffnend. »Zuerst gehe ich allein.« Bevor er weitersprechen konnte, fuhr ihm ein Schock in die Glieder. Wie gebannt gaffte er an Andy vorbei. »Zum Hallo sagen brauche ich wohl nicht mehr extra ins Dorf zu latschen.«

Andy und die anderen wirbelten herum. Zehn Meter hinter ihnen stand eine Kreatur von halber Menschengröße mit sechs Gliedmaßen, darunter vier Beine. Sie taxierte die Menschen aus einem Pulk schimmernder Knopfaugen, die sich in einem von insektenhaften Borstenhaaren überwucherten

Gesicht abzeichneten, dem das Maskenhafte einer steinernen Statue anhaftete.

»Hallo«, grüßte Michael und legte eine Hand flach auf seine Brust. »Ich bin Mike und wir kommen in Frieden.« Dann hob er die Hand und zeigte dem Wesen seine leere Handfläche in der Hoffnung, es würde diese universelle Friedensgeste akzeptieren.

Die Kreatur öffnete ihren trichterförmigen Mund, aus dem zischende und klickende Laute erklangen. *Diese Sprache zu lernen dürfte uns schwerfallen,* dachte Michael.

Wie gerufen tauchten aus dem Unterholz weitere dieser Wesen auf. Ihre Bewegungen waren von rasanter Geschwindigkeit. Das Erste von ihnen, das sich offenbart hatte, schoss zu Michael hin und betastete die ihm fremde Haut an dessen erhobenem Arm. Als es mit einer Klaue über Michaels Arm kratzte, zog er diesen behutsam zurück. »Autsch.«

Die Geschöpfe klickten und zischten nervös und immer mehr ihrer Artgenossen strömten herbei. Manche fummelten an den Händen und Armen der Menschen herum; andere zupften an ihrer Kleidung und den Rucksäcken oder konfiszierten ihre Speere.

»Ich glaube, das geht als Zeichen unseres Vertrauens in Ordnung«, mutmaßte Mike. »Wir werden sie später garantiert zurückerhalten.« Die Wesen brachen zu den Hütten auf und winkten ihre Besucher mit sich.

»Anscheinend heißen sie uns willkommen«, interpretierte er.

»Die Kerle sind echt cool«, sagte Andy und sprach einen davon freundlich an. »Hallo, ich bin Andy.«

Es war unmöglich, aus der steifen Mimik des Angesprochenen eine Reaktion herauszulesen. Das Geschöpf schickte sich an, Andys Arm zu berühren, doch plötzlich zog es mit einer zwitschernden Lautäußerung seine Klauenhand zurück.

»Hab keine Angst«, antwortete er der Kreatur sanft. An die Adresse seiner Freunde fügte er hinzu: »Ich glaube, manche von ihnen haben Schiss vor uns.«

»Die hättest du auch, wenn eine Horde riesiger Zweibeiner dein Dorf ausspionieren würde.« David musterte die beiden hüfthohen Wesen, die seine Hände hielten. »Wenn sie die Spitze der Evolution in dieser Welt darstellen, müssen wir auf sie tatsächlich wie Götter wirken …«

»… die gerade vom Himmel zu ihnen herabgestiegen sind«, ergänzte Angela.

»Oder aus ihrer Hölle empor.« Jane probierte ihre Hand aus der Umklammerung eines der Dorfbewohner zu lösen, doch der packte fester zu und stieß einen wütenden Pfiff aus.

Die seltsame Prozession aus Menschen und Insektoiden näherte sich der Phalanx aus Hütten. Ihre dunklen, kleinwüchsigen Begleiter sahen dabei ständig zu den Fremden auf. Aus den Öffnungen auf den Dächern der halbkugelförmigen Häuser quoll ein schier unerschöpflicher Nachschub an diesen erstaunlichen Geschöpfen.

»Wir hätten es uns denken können«, sagte Jane. »Die Behausungen sind mit Ameisenhaufen oder Bienenstöcken vergleichbar.«

Einer der Insektoiden wollte Andys Messer aus der Scheide ziehen. »Tut mir leid, Kleiner, das brauche ich selbst.« Nachdem er dessen Klauenhand zunächst zur Seite geschoben hatte, versuchte die neugierige Kreatur abermals ihr Glück. Diesmal setzte sich Andy drastischer zur Wehr und verpasste ihr einen Stoß. »Nein!«

Der Insektoid zischte ungehalten und spukte auf Andys Bein.

»Wie nett«, witzelte Andy, »erweist du so deinem neuen König die Ehre?«

»Hey, schau mal auf deine Hose«, sagte Angela.

Die Stelle, an der die Spucke gelandet war, färbte sich grau und sonderte kräuselnden Rauch ab.

»Fass es bloß nicht an, Andy«, riet Jane. »Sieht ganz nach Säure aus. Eventuell handelt es sich um einen Verteidigungsmechanismus.«

Als sie die Siedlung betraten, war die gesamte Bevölkerung im Freien. Das Zischen und Klicken hatte denselben Geräuschpegel wie die Anfeuerungen bei einem Sportereignis in einem gut gefüllten Stadion.

Aufgrund ihrer Überdachung glichen die umliegenden Gehege eher Käfigen als offenen Pferchen. Die darin eingesperrten Tiere flüchteten an deren anderes Ende, sobald einer der Insektoiden in ihre Nähe kam. Die gefangene Population beinhaltete verschiedene Käferarten – teils pechschwarz, teils gepunktet und einige gestreift wie Tiger, allerdings mit Flügeln und Fühlern.

Die Zweibeiner wurden immer näher an die Einfriedung eines der Pferche gedrängt. Michaels Magen schnürte sich zusammen. »Scheiße, nein!« Einige der Kreaturen öffneten das Gatter und die restlichen Dorfbewohner schubsten die Menschen, einen nach dem anderen, hinein. Dann fiel das Gatter hinter ihnen ins Schloss und wurde verriegelt.

»Nicht gerade das, was ich mir ausgemalt hatte.« Andy schnaubte und umklammerte einen der Gitterstäbe. »Schätze, unsere Gastgeber haben ein Problem bei der Interpretation unseres Anliegens.«

»Wie konnte das geschehen?«, fragte Angela.

»Ich habe ein verdammt schlechtes Gefühl.« Michael seufzte. »Die ersten Individuen, denen wir begegnet sind, waren schätzungsweise ein Jagdtrupp.«

»Ein Jagdtrupp?«, wiederholte David, während er einem der Käfer auswich. »Was hat das mit uns zu tun?«

»Na ja«, murmelte Jane. »Wir sind die Jagdbeute.«

»Der Erstkontakt verlief nicht gerade wie aus dem Bilderbuch«, klagte Andy.

»Was wollen sie von uns?«, quengelte Angela.

Michael knüpfte einen Blickkontakt zu Jane, bevor er zu einer Antwort ansetzte. Als Jane den Kopf schüttelte, blieb er stumm.

»Keine Ahnung, Angela«, erwiderte Jane. »In jedem Fall sollten wir einen Fluchtplan aushecken.«

»Wir sind kräftiger und schlauer als diese Kerlchen«, meinte Andy. »Da alle Vorteile auf unserer Seite liegen, sollten wir einfach ausbrechen.«

»Ist dem so?«, zweifelte Jane. »Falls ihre Morphologie der von Insekten entspricht, wovon wir ausgehen können, übertrumpft ihr Sehvermögen das unsrige haushoch. Dazu hat ihre Haut die Härte einer Ritterrüstung und sie sind wesentlich schneller als wir. Wenn man dann bedenkt, dass Ameisen das fünfzigfache ihres eigenen Körpergewichts stemmen können, dürfen wir annehmen, dass wir auch in Sachen Körperkraft alt gegen sie aussehen. Selbst der stärkste Mensch kann maximal sein eigenes Körpergewicht heben.«

»Aber wir können unseren Verstand in die Waagschale werfen«, schlug David vor. »Damit besitzen wir *den* ultimativen Vorteil.«

Zwischen den Hütten entstand ein Tumult, als der Trupp, der die Menschen eingesperrt hatte, vor die größte der Behausungen im Zentrum der Siedlung trat. Aus deren Dachloch schlüpften einige der Kreaturen und zogen etwas nach draußen – etwas Gewaltiges. Sobald das obszön aufgeblähte, larvenähnliche Geschöpf komplett unter freiem Himmel war, traten die Insektoiden huldvoll zurück.

»Es lebe die Königin«, flüsterte David.

Die Herrscherin hatte eine Länge von gut viereinhalb Metern und ihr vorderes Ende krönte das gleiche statuenhafte

Gesicht, das ihr ganzes Volk zur Schau trug. Am jenseitigen Ende baumelte ein riesiger Hautsack, der vor unnatürlichem Leben pulsierte.

»Setzt euer Feiertagslächeln auf, Leute«, witzelte Michael. »Wir werden der königlichen Familie vorgestellt.«

Einzelne Mitglieder des Schwarms zeigten der Königin einige der Gegenstände, die sie den Gefangenen abgeknöpft hatten. Im Gegenzug begutachtete sie die ihr fremden Sachen interessiert. Minutenlang drehte und wendete sie diese mit ihren Klauenfingern, um ihre Struktur und Konsistenz zu erfassen. Als die monströse Kreatur fertig war, transportierten sie ihre Untergebenen zu dem Pferch mit den eingesperrten Menschen. Die Königin musterte die Gefangenen aus ihren unzähligen Augen, dabei wandte sie ihr groteskes Haupt von einem Zweibeiner zum nächsten. Zuerst starrte sie die beiden Frauen an, dann den schlanken, großgewachsenen Andy, dann den muskulösen Michael und schließlich den kleinen, bulligen David. Nachdem ihre Aufmerksamkeit eine Weile auf ihm geruht hatte, stieß sie einen klappernden Laut aus, woraufhin das Gatter geöffnet wurde und ein Teil der Insektoidenhorde in den Pferch vorrückte. Die mitgefangenen Käfer flohen hektisch in den Rücken der Menschen, dabei brandeten sie ungerührt über die Zweibeiner hinweg.

»Verpiss dich«, knurrte Andy, als eines der panischen Tiere sich anschickte, an ihm hoch zu krabbeln, und er schüttelte es ab. Michael stellte sich schützend vor die Frauen. Die Flut aus Käferleibern war jedoch zu gewaltig, um ihr Einhalt zu gebieten, und so wurden sämtliche Teammitglieder zu Boden gerissen und verloren sich untereinander im Gewimmel aus den Augen. Wie Jane prognostiziert hatte, waren die Insekten trotz ihrer geringeren Körpermasse deutlich stärker als ein Mensch und jegliche Gegenwehr geriet zu einer sinnlosen Bemühung. Der Geruch nach Formalinsäure und faulen

Mandeln, den die Käfer schon vorher abgesondert hatten, entfaltete sich aufgrund der Stresssituation immer stärker, bis hin ins Unerträgliche. Plötzlich zerstreuten sich die Käfer wieder und Stille fiel auf den Pferch. Alles war fast wie zuvor, allerdings fehlte einer der Menschen.

»Scheiße, sie haben David entführt«, fluchte Michael und eilte zum Gatter, das gerade geschlossen wurde.

Auf dessen Außenseite strampelte und kämpfte der Arzt verzweifelt gegen ein Dutzend Insektoiden an, die in zur Königin zerrten. Als er dort war, bückte die groteske Kreatur den Oberkörper zu ihm und begrapschte ihn vom Haaransatz bis zu den Zehenspitzen. Schließlich schob sie ihren Schädel eng an den Unglücklichen heran und schien an ihm zu schnüffeln. Ihre Untertanen pressten David unterdessen flach auf die Erde; gleich mehrere davon hielten ihn an Armen und Beinen fest. Seine Fluchtbemühungen erlahmten und er starrte die Königin unverhohlen an. »Wir wollen euch nichts Böses«, sagte David. Seine Stimme klang belegt. Die Königin zuckte bei seinen Worten ein Stückchen zurück. Sowie ihr bewusst war, dass keine Gefahr drohte, schob sie den Kopf wieder näher an den Gefangenen heran. Aufmerksam erforschte sie seine Gliedmaßen. Wie aus heiterem Himmel erzitterte sie und spie auf einen von Davids Armen.

David wandte das Gesicht ab und schnitt eine Grimasse. »Igitt!« Dann beäugte er den betroffenen Arm und schrie vor Schmerz laut auf. Die von Schleim bedeckte Stelle qualmte, die Haut rötete sich und dann wurde sein Fleisch weich und ging in Auflösung über. Die Königin fuhr ihren Trichtermund aus und saugte den halbflüssigen Brei gierig auf.

Angela kreischte vor Schreck und musste sich übergeben.

»Oh mein Gott«, murmelte Jane.

Wie auf ein unsichtbares Signal verspritzten die Untergebenen der Herrscherin nun ebenfalls säurehaltigen Schleim auf

Davids Arme und Beine, der daraufhin regelrecht zu schmelzen schien und bei lebendigem Leib aufgefressen wurde.

Michael rüttelte wütend am Gatter, als wollte er es zum Einsturz bringen. Weinend umfasste Jane seinen Arm und schüttelte den Kopf. Die Biologin flüsterte: »Bitte nicht. Wir müssen unsere Flucht sorgsam vorbereiten.«

Mike fletschte die Zähne und zwang sich, das Gewimmer des Freundes auszublenden, während sich die Insektoiden im Zuge ihres Mahls gierig zum Rumpf des Arztes vorarbeiteten.

Die Königin widmete sich nun Davids Gesicht. Sie starrte ihn aus ihren emotionslosen Insektenaugen an und öffnete das Maul.

»Nein«, kreischte Mike, dem war, als verlöre er den Verstand, als er daran dachte, dass jedem Einzelnen von ihnen das gleiche Schicksal drohte.

David heulte wie ein Irrer, seine Augen quollen aus den Höhlen. Seine Peinigerin hatte ihren Rachen Zentimeter vor seinem Gesicht weit aufgerissen. Plötzlich erblühte ein roter Fleck auf Davids Stirn und er verstummte und erschlaffte.

Die Insektoiden erstarrten, als sie den lauten Knall hörten. Mike und seine Begleiter wirbelten in die Richtung herum, aus der er ertönt war. Circa fünfzig Schritte entfernt befand sich Harry Wenton zusammen mit seinem Trupp.

Wenton feuerte ein weiteres Mal und diesmal pflügte seine Kugel in den weichen Sack am Ende des Körpers der Königin. Ihr Volk schleppte sie unter ohrenbetäubendem Klicken und Zischen zu ihrem Stock und verfrachtete sie über das Loch im Dach in dessen Inneres. Innerhalb einer halben Minute war das Dorf frei von Insektoiden, da diese sich in ihre Hütten oder den Wald geflüchtet hatten.

Wenton und seine Leute rannten zum Gatter und holten die Gefangenen aus dem Pferch. »Es tut mir leid um euren

Freund. Ich wünschte, wir wären ein paar Minuten früher hier gewesen.«

»Hast du ihn erschossen?«, fragte Angela.

»Gott sei Dank hat er das getan«, äußerte Andy und hastete zu Davids kläglichen Überresten.

Die übrigen umarmten Wenton und machten sich mit den Neuankömmlingen bekannt.

Wenton deutete auf das zentrale Dorfbauwerk. »Was zur Hölle sind diese Bestien?«

»Oben bei uns wären es vielleicht Zecken oder Flöhe«, erklärte Jane. »Hier unten sind sie brutale Jäger. Wahre Monster!«

»Und wir sind ihre Beute«, ergänzte Michael.

Als Wenton realisierte, dass ihn Angela weiterhin wortlos anstierte, sagte er: »Es tut mir leid, dass ich deinen Freund erschießen musste, aber …«

»… ihm blieb keine andere Wahl«, vollendete Michael den Satz. »Er hat das Richtige getan.«

Wenton bedanke sich für Mikes Unterstützung und fügte hinzu. »Wir sollten schauen, dass wir Land gewinnen. Eine Pistole gegen eine ganze Population dieser Bestien wird uns nicht lange vor ihnen schützen.«

»Wohl wahr«, stimmte Michael zu und rief Andy zurück. »Wir müssen rasch unsere Ausrüstung aufsammeln.«

»Und anschließend gehen wir sofort nach Hause«, sagte Jane. »Wir sind auf nichts von alledem hier vorbereitet.«

Mike nickte. »Okay.«

Wenton hüstelte. »Was dieses Thema betrifft … der Schacht, durch den wir … und wahrscheinlich auch ihr angekommen sind … ist irgendwie verschüttet worden.«

»Der Krach, den wir gehört haben«, krächzte Angela. »Das war kein Donner, sondern eine Explosion. Und ihr seid schuld daran?«

»Ich versichere euch, es war ein Unfall.«

»Harry, du bist ein verdammter Idiot«, schimpfte Jane. »Jetzt stecken wir bis zum Hals in der Scheiße.«

»Mach mal halblang.« Maggie hielt einen Finger vor Janes Nase. »Wie er gesagt hat, war es ein Unfall. Und wenn Harry nicht wäre«, sie deutete auf Davids Leiche, »wärt ihr inzwischen alle erledigt.«

»Hört auf, euch zu streiten«, bat Wenton. »Es ergibt keinen Sinn, Energie auf etwas zu verschwenden, das längst Geschichte ist. Monroe, ihr seid schon eine Weile hier und habt mehr Erfahrung mit den hiesigen Verhältnissen. Welche Vorgehensweise ist in unserer Lage am ehesten zielführend?«

Michael atmete durch. »Wir haben die Aufzeichnungen einer früheren Expedition. Katja, die Verfasserin, glaubte, dass es mehrere Schwerkraftschächte gibt.«

»Wir sind also durch einen Schwerkraftschacht geflogen. Wie ist das cool!« Jamison grinste.

»Genau und jetzt müssen wir einen davon ausfindig machen, um wieder an die Oberfläche zu fliegen.«

»Welche Ausmaße hat diese Aushöhlung eigentlich?«, fragte Maggie.

»Wir schätzen, es handelt sich um eine komplette Welt«, antwortete Jane.

»Und davon, wo auf dieser *kompletten* Welt die anderen Schächte verborgen sind, haben wir nicht den leisesten Schimmer.«

Wenton rollte mit den Augen. »Wir fahnden also nach der berühmten Nadel im Heuhaufen.«

»Und weshalb?« Jane schnaubte. »Wenn ihr Arschlöcher nicht unseren Nachhauseweg in die Luft gesprengt hättet, kämen wir gar nicht in die Verlegenheit.«

»Kein Grund, ausfallend zu werden«, beschwichtigte Wenton. »Wir sitzen alle im selben Boot.«

»Als Erstes sollten wir so weit wie möglich von hier abhauen«, regte Michael an.

»Was ist mit David?«, fragte Angela mit schwacher Stimme.

»Wir können es nicht riskieren, ihn zu beerdigen oder seine Leiche mitzunehmen. Er bleibt hier«, entschied Michael.

»Mike …«, stammelte Angela.

Schweigend wandte er sich von ihr ab.

»… du hast uns alle geradewegs in die Hölle geführt«, fügte sie matt hinzu.

Jane hakte sich an Michaels Arm unter. »Sie ist ziemlich aufgewühlt.«

»Ich weiß. Aber sie hat recht.«

KAPITEL 17

»Lemuria, so hat Katja diese Welt genannt«, berichtete Michael. »Lemuria ist ein mythischer, versunkener Kontinent.«

»Klingt passend«, sagte Wenton.

Michael hatte das Notizbuch auf einer Seite mit einer handgezeichneten Karte aufgeblättert. »Hier sehen wir den Weg, den Katja und ihre Freunde eingeschlagen haben. Es ist die gleiche Route, die schon Saknussoff genommen hat. Zusammen mit ihrer Schwester kehrte sie in das Höhlensystem zurück – *nur* mit ihrer Schwester.«

»Saknussoff?«, wunderte sich Wenton. »Dann ist der Typ mehr als eine Legende?«

»Schau dich um, Harry«, riet Jane. »Oder zweifelst du an dem, was du siehst. Es gibt keinen Grund mehr, skeptisch zu sein.«

»Ja sicher. Ich dachte bisher immer nur, er sei ein Hirngespinst.«

»Er war so real, wie wir es heute sind«, erläuterte Michael. »Im Mittelalter hat er allen, die es hören wollten, verkündet, es gäbe eine Welt innerhalb unserer Welt. Er war regelrecht davon besessen, das Geheimnis um ihren Eingang zu lüften. Deshalb stellte er eine Expedition auf, um seine Theorie zu beweisen. Katja und ihre Freunde haben seine Manuskripte aufgestöbert und folgten seinem Pfad. Ich wette darauf, dass sie diese Angelegenheit anfangs ebenfalls als Ammenmärchen abstempelten.«

»Und wir sind Katja gefolgt«, fügte Jane hinzu.

»Jules Verne war von der Existenz dieser Welt überzeugt«, sagte Jamison.

»Ja«, bestätigte Michael. »Möglicherweise sind ihm einige Schnipsel aus Saknussoffs Werk in die Hände gefallen und er begriff ihren Wahrheitsgehalt.«

»Dann hat er aus dem Stoff einen Roman gedrechselt«, sagte Wenton. »Wenige waren jemals hier. Und noch weniger sind je zurückgekehrt.«

Die Gruppe rastete unter einem Baum, dessen reich belaubte Äste so weit herabhingen, dass sie einen Sichtschutz zwischen dem Stamm und der Umgebung schufen. Das Monroe-Team hatte seine geraubten Speere aufgesammelt und Wenton, Maggie und Jamison hatten sich ähnliche Waffen zurechtgestutzt. Bruno war mit einem kurzen Knüppel bewaffnet. Ihre Kleidung war klamm und zerfetzt; aus ihren gequälten Mienen sprach Erschöpfung.

»Katja hat ihre Freunde also hier in Lemuria verloren«, rekapitulierte Jane.

»Ja«, bestätigte Mike.

»Vermutlich hat sie nicht geschildert, durch welche Ereignisse das geschah?«

»Leider nein. Sie beschrieb diese Welt lediglich als ein Land der Riesen. Sie wies allerdings auf Höhlen in einem Säulenberg hin.«

»Ein Ausweg«, flüsterte Angela flehentlich.

»Ich hoffe doch.«

»Ich hätte eine Frage«, meldete sich Wenton zu Wort.

»Ja, bitte«, antwortete Michael.

»Falls wir es an die Oberfläche schaffen, würde ich die passenden Verleger kennen, die unsere Geschichte ganz groß herausbringen würden. Wir wären berühmt. Also haben wir etwas, auf das wir uns freuen können.«

»Unsere Geschichte?« Michael schnaubte. »Ihr habt euch doch wie Kletten an uns geheftet.«

»Und wenn wir das nicht getan hätten, wärt ihr inzwischen im Magen der Insektoiden gelandet, mein guter Junge.«

»Schwachsinn.« Michaels Unterkiefermuskulatur verkrampfte. »Und wir wären jetzt schon auf halbem Weg daheim, wenn ihr gnädigerweise die Finger davon gelassen hättet, die Tür zu blockieren.«

»Müssen wir unbedingt streiten?«, erwiderte Wenton.

Bruno stand auf und stellte sich hinter Wenton. Andy erhob sich ebenfalls und positionierte sich in Michaels Rücken.

»Das kann nicht euer Ernst sein«, brauste Jane auf. »Ihr wollt euch doch nicht wirklich miteinander prügeln? Jetzt regt euch ab und dann überlegen wir *gemeinschaftlich,* wie wir aus der Patsche kommen. Für eure dämlichen Schwanzvergleiche habt ihr auch später genug Zeit und Muse.«

Andy setzte sich wieder hin und Wenton signalisierte Bruno mit einem Wink, es ihm gleichzutun.

»Okay, wir stellen uns hinten an«, gab Wenton klein bei. »Aber ich möchte die Notizen selbst lesen.«

Grimmig händigte ihm Michael das Buch aus.

Beim Überfliegen der Seiten furchte Wenton die Stirn.

»Ja, die Notizen sind auf Russisch«, spöttelte Mike. »Sag mal, wie gut beherrschst du eigentlich diese Sprache?«

»Gut genug.«

»Ty vsegda byl durakom«, sagte Michael auf Russisch und wartete auf die Antwort seines Konkurrenten.

Bruno kicherte. Wenton klappte das Buch frustriert zu und gab es dem Besitzer zurück. »Ich bin aktuell ein wenig aus der Übung.«

»Natürlich bist du das.« Mike blätterte zur Seite mit der Karte. »Wir steuern das Landesinnere an, umgehen den See, und von dort sind wir bald an unserem Berg.«

Als Bruno das Buch entgegengenommen hatte, studierte er die Karte. Nach einem Moment nickte er. »Das ist die sinnvollste Route.«

»Solange wir zusammen in diesem Schlamassel festhängen, arbeiten wir auch zusammen«, ermahnte Mike die Wenton-Expedition. »Lasst uns beten, dass wir an unserem Ziel einen zweiten Schwerkraftschacht lokalisieren.«

KAPITEL 18

Die Lichtung war klein: maximal drei auf drei Meter. Bei ihrer Überquerung löste die Gruppe ihre strikte Ordnung auf. Wo vorher einer hinter dem anderen gelaufen und in seine Fußstapfen getreten war, scherten nun, da sie mehr Raum hatten, einzelne nach links und rechts aus.

Angela trat auf ein Gewirr aus verstreuten, weißen Fäden. Sobald ihr Fuß zu einem davon Kontakt herstellte, schnellte ein weißer Wurm – wie ein Kastenteufel aus einer Schachtel – aus einem getarnten Erdloch und packte sie am Bein, ehe irgendjemand eine Warnung formulieren oder ihr helfen konnte. Offenbar hatten die Berührung der Fäden und die davon verursachten Vibrationen seine Reaktion provoziert. Vom Körper des Kriechtiers ragte etwa ein halber Meter aus der Erde. Neben seinem Maul prangten zwei fünfzehn Zentimeter lange Greifwerkzeuge, die Kneifzangen ähnelten. Das Hinterteil versteckte der Wurm weiterhin in seinem Erdloch.

Geistesgegenwärtig rückte Michael der Kreatur mit dem Speer auf den Leib. Maggie attackierte ihn Sekunden später. Doch die lederartige Haut des Wurms, die zähe Muskelpakete verhüllte, verfügte über eine ausgezeichnete Widerstandskraft, sodass er sein Opfer unbeeindruckt weiter in seine unterirdische Behausung schleifte.

»Hilfe!«, kreischte Angela. »Ihr müsst es aufhalten, sonst zerrt es mich in seinen Bau.«

Michael bleckte die Zähne und stieß ein zweites Mal zu. Soweit es ihn anbelangte, würde er alles in die Waagschale werfen, um den Verlust eines weiteren Teammitglieds zu verhindern – besonders wenn diesem drohte, in ein dunkles Loch verschleppt und dort lebendig gefressen zu werden.

Bruno schmetterte seinen Knüppel auf den Schädel des Kriechtiers, das den Treffer gar nicht zu fühlen schien. Jane hielt Angela an den Händen fest und die Übrigen stachen unter lautem Geschrei auf den Wurm ein. Ungeachtet dessen zog die Kreatur Angela Zentimeter um Zentimeter in ihr Verhängnis.

»Erschieß es, erschieß es!«, brüllte Michael Wenton an.

Der ignorierte die Aufforderung und bearbeitete den Gegner weiterhin mit dem Speer.

Jane gab Angelas Hände frei, flitzte neben den Räuber und zog die Bolzenpistole. Mit geübten Fingern legte sie einen Stahlstift ein und presste die Mündung in eine Hautfalte im Nacken des Wurms. Dann feuerte sie.

Wie vom Donner gerührt verharrte der Wurm. Seine Greifwerkzeuge lockerten die Umklammerung um Angelas Bein, die daraufhin umfiel und in Sicherheit krabbelte, während sie eine Hand auf die blutende Wunde drückte.

Jane verstaute die Bolzenpistole im Hüftholster. »Wirbellose Tiere haben kein Gehirn wie Vögel oder Säugetiere. Stattdessen sind sie mit einem langen, dünnen, akkordeonförmigen Hirnstamm ausgestattet. Der Bolzenschuss hat ihn durchtrennt.«

Der Wurm rollte auf den Rücken.

»Ich schätze, er ist dennoch am Leben.«

Andy und Maggie kümmerten sich um Angela, die wie Espenlaub zitterte.

Wenton trat mit gezückter Pistole an den Wurm heran.

»Du hättest auch auf ihn schießen können«, bemängelte Jane sein Verhalten.

»Du hattest die Situation unter Kontrolle. Sobald wir keine Patronen mehr haben, ist meine Pistole ein nutzloses Instrument aus Stahl. Und auf dem Weg zum Berg werden wir kontinuierlich Gefahren meistern müssen.«

Jane presste die Lippen zusammen und Wenton platzierte einen Stiefel auf dem Schädel des Wurms. »Hast du eine Idee, was das ist?«

»Es gibt Borstenwürmer, die Fleisch fressen und ihrer Beute aus einem Versteck auflauern. Aber dabei handelt es sich um Meeresbewohner und sie sind deutlich kleiner.«

»Nicht im Land der Riesen«, flüsterte Andy.

Wenton grunzte. »Zumindest hat unser Missgeschick einen positiven Nebeneffekt.«

»Wirklich? Welcher könnte das sein?«, wollte Jane wissen.

Wenton grinste vergnügt.

»Wir haben jetzt frisches Fleisch.«

***

»Hat von euch jemand schon mal Alligator gefuttert?«, fragte Andy zwischen zwei Happen. »Der Geschmack erinnert mich daran.«

»Ich kenne Alligatorenfleisch. Das da ist wesentlich zäher«, entgegnete Maggie. Sie spuckte einen Brocken aus, auf dem sie minutenlang vergeblich gekaut hatte. Nach dem ersten Kontakt mit dem Boden hüpfte das Fleischstück wie ein Gummiball in die Höhe und kullerte ins Unterholz.

Nachdem sie ein kleines Feuer entfacht hatten, hatten sie Fleischstreifen aus dem Nacken des Wurms geschnitten. Entgegen ihren Befürchtungen waren sie dabei nicht auf ein breiiges Innenleben wie bei den Regenwürmern, die sie alle kannten, gestoßen. Der Kerl bestand fast vollständig aus Muskelmasse.

Angeekelt schluckte Michael einen letzten Bissen herunter. Auch wenn es ihm nicht schmeckte, die Kalorien, die der Wurmbraten enthielt, waren essenziell. »Vielleicht hat das Vieh auch appetitlicheres Fleisch und wir haben uns an der falschen Stelle bedient.«

»Es hätte unleugbar das Gleiche von Angela behauptet«, witzelte Andy.

Angela zeigte ihm den ausgestreckten Mittelfinger. »Das Ding ist mindestens tausend Pfund schwer. Was für eine Verschwendung von Nahrung.«

»Was macht das Bein?«, erkundigte sich Jane.

Vorgebeugt betaste Angela den Verband, der leicht rötlich verfärbt war. »Ich habe ziemliche Schmerzen. Glücklicherweise hat mich das Ding nicht besonders tief aufgeschlitzt.«

»Vorerst verarzten wir die Wunde weiter mit Jod und wechseln die Bandagen täglich, bis die Blutung vorbei ist.«

Sie brachen das Lager ab und marschierten ins Landesinnere. Nach einer Weile wurde der Baumbestand lichter und der Boden matschiger. Sie begegneten nun niedrigen Farnen und dreißig Meter hohen Bäumen ohne Äste, deren Rinde sich wie ein Pelz anfühlte. Lediglich rund um ihre Kronen sprossen einige wenige Strünke aus den Stämmen. Bald gab es in der Nähe kaum andere Pflanzen.

»Zwar kommen wir jetzt besser voran«, grummelte Wenton, »dafür bieten uns diese verdammten Pflanzen kaum Deckung.«

»Meiner Meinung nach sind das keine Pflanzen«, erläuterte Jane, »sondern primitive Pilze.« Sie zog ihren Strohhut tiefer in die Stirn. »Und ich würde vorschlagen, dass ihr euch auch schnellstens Hüte bastelt. Die Strahlung hier unten ist wesentlich schädlicher als normales Sonnenlicht.«

»Na klasse«, maulte Maggie. »Du weißt, wie man ein sommersprossiges Mädchen aufmuntert.«

Michael bedeutete der Gruppe anzuhalten und neigte bedächtig den Kopf nach unten.

»Was siehst du?«, fragte Andy.

Michael schwieg und konzentrierte sich. Er konnte es in seinem rechten Bein spüren – Erschütterungen; nicht wie von einem Erdbeben, sondern schwerfällig und rhythmisch. Dann hörte er es: Ein donnerndes Tosen, das den Boden vibrieren ließ und über die Fußballen bis zu seinen Rippen weitergeleitet wurde. »In Deckung!«

Die Gruppe preschte davon, auf der Suche nach einem Unterschlupf oder einem Versteck. Da diesbezüglich Fehlanzeige herrschte, kauerten sie sich auf dem Boden nieder.

Michael bettete seine Hand auf einen Felsbrocken, der aus dem feuchten Untergrund lugte. In den Pfützen daneben tummelten sich Kaulquappen. *Schön, dass es euch gibt,* dachte er. So weit von zu Hause entfernt etwas Vertrautes zu sehen, beruhigte ihn.

Jane trottete zu ihm und beide legten sich bäuchlings in den Schlamm.

Jetzt war das donnernde Trommeln auf eine äußerst intensive Weise präsent. Dann erklang der Lärm von brechendem und splitterndem Holz. Östlich des Trupps krachten Bäume auf den Boden. Aus dem Dschungel schälte sich eine turmhohe Kreatur.

»Oh, mein Gott«, flüsterte Jane.

Der Gigant ragte locker dreißig Meter in den Himmel und war mindestens doppelt so lang. Seinen Hals und Nacken sowie seine Schultern und Flanken bedeckten überlappende

Schuppen. Aus seinem Rücken sprossen zusammengefaltet die kümmerlichen Überreste dessen, was zu einem früheren Zeitpunkt der Evolution funktionale Flügel gewesen waren. Jedes seiner sechs Beine hatte den Durchmesser eines Riesenmammutbaums.

Der Koloss drosselte sein Tempo, hielt an und senkte den Schädel. Seine Augen hatten den Umfang von Wagenrädern und schimmerten in einem irisierenden Grün. Beide Mundwinkel waren mit kleinen Fangarmen versehen, mit denen er Laub von einem Baum pflückte und in seinen Rachen schaufelte, wo es wie in einer Mühle zermahlen wurde. Als er den Hals hob, schabten die überlappenden Schuppen laut aneinander.

»Ein Pflanzenfresser. Da haben wir aber Dussel gehabt«, sagte Jane.

Der Gigant warf den Kopf in den Nacken und stieß ein brachiales Trompeten aus. Vielleicht signalisierte er damit, dass die Luft rein war, denn von hinten trampelte jetzt eine ganze Herde der titanischen Geschöpfe herbei.

»Wir dürften es bei ihnen mit dem Äquivalent zu den Sauropoden unter den Dinosauriern zu tun haben«, redete sie weiter. »Arthropoden sozusagen.«

Auf den Rücken der Pflanzenfresser landeten fliegende Tiere, die dort herumstolzierten und pickten, als seien sie damit beschäftigt, verwertbares Futter aufzuspüren. Die Giganten nahmen keinerlei Notiz von den im Verhältnis zu ihnen winzigen Gästen. Und falls ihnen deren Anwesenheit doch auffiel, so duldeten sie diese offenbar, da sie ihren Körper von Parasiten reinigten.

»Donnerechsen«, wisperte Mike, als die Herde weiterzog. »So nennt man doch die mächtigsten Dinosaurier, oder?«

»Ja, aber das hier sind eher Donnerkäfer.«

Michael wollte aufstehen, um eine bessere Sicht zu erlangen.

Jane hielt ihn am Arm fest. »Bleib unten! Sie haben Junge dabei. Beutegreifer jagen bevorzugt Herden mit Nachwuchs.«

Und tatsächlich tauchte in eben diesem Moment in der Weite ein Rudel von Jägern auf. In Relation zu ihrer anvisierten Beute wirkten sie klein, trotzdem maßen sie mit Gewissheit gut sechs Meter, wenn sie sich auf die vier Hinterläufe aufstellten. Zur Tarnung im Dschungel waren sie wie Tiger gestreift und der Körperbau war auf das Erreichen hoher Geschwindigkeiten optimiert. Ihre langgestreckten Köpfe gingen nicht in einen Kiefer über. Stattdessen verfügten ihre Schnauzen über knochige, scherenförmige Vorsätze, die an ein Exoskelett denken ließen. Ohne Zweifel konnten sie damit die Schuppenpanzerung der Arthropoden zerfetzen. Einen Menschen damit zu zerteilen, würde ihnen so schwerfallen, wie es einem Menschen fiel, ein Stück aus einer Scheibe ungerösteten Toastbrots abzubeißen.

Die aus zwei Teams gemischte Gruppe hielt geschlossen den Atem an, als die Beutegreifer Witterung einholten und mit langstieligen Augen die Landschaft erforschten. Vermutlich vermochten sie im Infrarotbereich zu sehen und konnten Körperwärme wahrnehmen. Mike hoffte, der Pegel der Umgebungstemperatur möge genügen, um jene der Menschen zu übertünchen.

Das Leittier der Gigantenherde trompetete, und die Jungen reagierten darauf mit ähnlichen, leiseren Lauten. Dies schien den Jägern das Stichwort zu liefern, um die Hälse zu recken und auf ihre Beute loszustürmen.

»Hier unten sind wir die Insekten«, flüsterte Jane.

Mike atmete aus.

Zehn endlose Minuten warteten sie das Auftauchen weiterer Kreaturen ab. Da sich nichts regte, gab Michael mit seiner Hand das Signal zum Aufbruch. Geduckt rannten sie zu den Bäumen und verschwanden in der Vegetation.

Angela fing an zu hinken und ihr Verband verfärbte sich nicht wie bisher rot, sondern gelb!

Sie hat eine Infektion, befürchtete Michael insgeheim. Und ihnen mangelte es an den richtigen Medikamenten für eine Behandlung.

Angela marschierte ungeachtet ihrer Probleme tapfer weiter, bis sie eine Stunde später am Ende des Urwalds ankamen. Sie hatten zwei Alternativen für ihre künftige Route: Eine riesige Wasserfläche und eine flache Ebene, die bar jedes Anzeichens von Leben war. Über dem Flachland flimmerte die Atmosphäre. Im Hintergrund zeichnete sich ein kegelförmiger Berg ab, dessen Spitze in einer Felssäule mündete, die bis zum Höhlendach reichte und dort mit diesem verschmolz.

»Im Inneren des Berges werden wir unseren Heimweg finden«, versprühte Michael Optimismus. »Wir müssen bloß dorthin gehen.«

»Die kürzeste Strecke führt über die Ebene«, urteilte Wenton. »Sie erstreckt sich höchstens über zwei Kilometer. Danach müssen wir wieder durch Dschungelgebiet und schon sind wir da. Die Ebene können wir selbst mit unserer Verletzten in zwei bis drei Stunden überqueren.« Er schenkte Angela ein aufmunterndes Lächeln.

»So leicht wird die Überquerung nicht«, gab Mike zu bedenken. »Katja hat etwas darüber notiert.« Er fischte das Buch aus der Tasche und fing mit flinken Fingern darin zu stöbern an. *»Razdavit' zemlyu* nannte sie die Ebene: das zerschmetterte Land.« Er zeigte auf das Höhlendach. »Seht ihr den schwarzen Punkt dort, der direkt über der Ebene hängt?« Michael las weiter. »Katja schreibt, es sei einmal pro Monat sicher, den Weg über die Ebene zu beschreiten. Außerhalb dieses speziellen Zeitraums wäre jeder Versuch tödlich.«

»Und was soll uns dieses kryptische Geschreibsel verraten?«, fragte Jamison.

Jane antwortete: »Ich würde es so interpretieren, auch wenn es zugegebenermaßen eine ziemlich steile These ist: Der Druck durch die Erdmasse müsste hier unten normalerweise tödlich sein. Auf eine unbekannte Art wird er durch die Schwerkraftschächte gemindert. Eine weitere wichtige Rolle spielt der Schild aus vulkanischem Glas über unseren Köpfen. An diesem schwarzen Punkt könnte eine Zusammenballung von Materie stattgefunden haben, vermutlich aus superdichten, eisenbasierten Elementen, die der Schwerkraft einen Fokus verleihen. Auf das Land darunter hat sie die Wirkung einer Linse, in der Gravitation statt Licht gebündelt wird.«

Die Luft über der Ebene erschien ihren Betrachtern plötzlich ungewöhnlich schwer.

»Schaut, dort ist alles total flach. Über dem Bodenniveau ist absolut nichts – kein Baum, kein Stein, nicht einmal ein Grashalm. Alles auf diesem Areal wird nach unten geschmettert und komprimiert, bis es so flach wie der Boden ist. Ich wette, wir würden ohne Federlesen in den Grund gestampft, wenn wir uns in das zerschmetterte Land begeben.«

»Aber Katja hat auch beschrieben, dass es möglich sei, dieses Land zu überqueren«, sagte Andy. »Aber wie und wann?«

Michael antwortete mit einer Gegenfrage: »Wer beeinflusst einmal pro Monat die Schwerkraft auf der Erde so heftig, dass er sogar die Ozeane zu bewegen vermag?«

»Der Mond«, wusste Maggie.

»Genau. Die Gravitationskräfte des Erdtrabanten zerren ohne Zweifel zu gegebener Zeit stark genug an den Eisenelementen der Materieballung, um die konzentrierte Schwerkraft zu reduzieren.«

»Wie weitreichend könnte diese Reduktion sein?«, hakte Jamison nach.

»Tut das etwas zur Sache?« Jane zuckte mit der Achsel. »Egal, ob die Gravitation das zehnfache oder das tausendfache des

Normalwerts beträgt, das Ergebnis ist das gleiche. Alles wird zu Staub zerschmettert.«

Andy sammelte einen faustgroßen Stein auf, holte aus und schleuderte ihn mit aller Wucht. Das Wurfgeschoss segelte auf die Ebene zu und verschwand an deren Grenze im Nichts, als sei er weggezaubert worden. »Wo ist er hin? Hat von euch jemand etwas mitgekriegt?«

»Er wurde atomisiert«, erklärte Jane.

»Autsch«, kommentierte Andy.

»Wann haben wir wieder Vollmond?«, fragte Wenton.

»Erst in ein paar Wochen«, antwortete Michael. »Also, wie machen wir weiter?«

»Wir haben zwei Optionen«, erläuterte Wenton. »Nummer eins: Wir umrunden den See. Dazu werden wir mindestens eine Woche brauchen. Außerdem werden wir dabei massig Energie verschwenden. Nummer zwei: Wir bauen uns ein Segelboot und nehmen die direkte Route zum Berg. Wie die Krähe fliegt, sozusagen. Auf diese Weise würden wir mehrere Tage sparen.«

Andy lachte humorlos. »Hör mir mal gut zu, Kumpel – ich wurde von einem gepanzerten Fischmonster fast zu Hackfleisch verarbeitet. Und das, während ich an der Küste herumlungerte. Ich verzichte liebend gern darauf, festzustellen, welche Bestien in diesem Höllenloch von einem See schlummern.«

Wenton hob arrogant eine Augenbraue. »Das hier ist nicht das Meer.«

»Das stimmt zwar, Harry«, warf Michael ein, »aber wir wurden auch aus dem Wasser attackiert, als wir auf einem selbstgebauten Floß einen Fluss befuhren. Und der Angreifer war ein echt übler Geselle, obwohl die Wassertiefe dort geringer war, als es bei diesem See der Fall sein dürfte. Er ist so weitläufig, dass wir sein diesseitiges Ufer überhaupt nicht erkennen können. Und große Seen haben große Bewohner.«

»Ohne Risiko kein Gewinn«, wandte Wenton ein. »Welche Ausgangslage haben wir? Wir sind total zerlumpt und Angelas Bein ist in einem Zustand, über den niemand zu reden wagt.«

»Mir geht es gut«, protestierte sie.

»Natürlich. Und ich habe genauso wie alle anderen bisher so getan, als würde ich nicht wahrnehmen, wie du humpelst. Und wenn deine eitrige Wunde irgendwann so sehr stinkt, dass sie die Raubtiere anlockt, werde ich entspannt wegsehen, wenn sie über dich herfallen.«

»Du bist ein echtes Arschloch, Harry«, wetterte Andy.

»Mag sein, aber zumindest bin ich ein ehrliches Arschloch.« Wenton verschränkte die Arme vor der Brust. »Also, wollt ihr mir zuhören oder nicht?«

»Leck mich am Arsch«, fauchte Andy und hielt Wenton drohend einen Zeigefinger vor die Nase.

Michael schnappte sich Andys Arm und zog ihn daran einen Schritt nach hinten. »Wir geben jeder Idee eine Chance. Also raus damit.«

»Danke. Zuerst sollten wir eure bisherigen Erfahrungen kritisch analysieren. Euer Floß war wegen seiner geringen Größe verletzlich. Also müssen wir ein größeres, stabileres Exemplar bauen. Das Floß war aufgrund mangelnder Geschwindigkeit leicht angreifbar. Also müssen wir ein schnelleres Floß bauen. Und schließlich seid ihr eine leichte Beute gewesen, da ihr keine wirksame Bewaffnung hattet. Nun haben wir jedoch eine Pistole.«

Andy schüttelte den Kopf. »Deine Kanone hat bestenfalls ein Kaliber von neun Millimetern. Darüber lacht sich jedes anständige Monstrum schlapp. Du hast selbst gesehen, wie gigantisch diese Biester werden können. Dein Plan ist reiner Selbstmord.«

Wenton kramte in seinem Rucksack und förderte das Dynamit zutage. »Fast hätte ich es vergessen: Wir haben etwas in petto, mit dem wir selbst einem von den ganz krassen Schweinehunden die Rübe wegpusten können.« Er musterte Angelas Bein abschätzig. »Jeder Tag und jede Stunde, zählt.«

»Unter einer Bedingung«, entgegnete Michael, »ich erhalte den Sprengstoff.«

»Unter einer Gegenbedingung. Wir bilden eine gemeinsame Expedition unter einem Namen.«

Mike lachte. »Du gibst wohl nie auf?«

»Stimmt, das ist nicht meine Art und wird es nie sein. Und wir teilen das Dynamit brüderlich. Okay?«

»Einverstanden.« Michael erhielt die Hälfte der Sprengmittel und verwahrte sie in seinem Gepäck.

»Ihr habt einen an der Klatsche«, fluchte Andy und stapfte davon.

»Andy!« Michael lief dem jungen Mann nach.

Als er fast bei ihm war, wirbelte dieser herum. »Ich traue diesem Typen keinen Millimeter.«

»Ich auch nicht. Trotzdem müssen wir Angelas Infektion berücksichtigen. Wenn wir eine zusätzliche Woche durch die Botanik trampeln, bekommt sie Wundbrand. Der Geruch wird …«

Andy verdeckte seine Augen mit der flachen Hand. Nach kurzem Zögern nickte er.

»Gut«, sagte Michael. »Wir werden es schaffen. Alle von uns werden es schaffen.« Er legte Andy eine Hand auf die Schulter. »Und jetzt komm, wir brauchen dringend einen starken Mann wie dich, wenn wir ein gescheites Boot zimmern wollen.«

KAPITEL 19

Bruno hatte es drauf. Der russische Ex-Soldat stammte aus einer Familie von Schiffsbauern. Er hatte die Gruppe in einem Halbkreis versammelt, skizzierte einen Konstruktionsplan im Sand und delegierte Aufgaben.

Michael war begeistert und Bruno freute sich darüber, einen Gesprächspartner zu haben, mit dem er in seiner Muttersprache kommunizieren konnte. Auf Russisch fiel es ihm wesentlich leichter, die Details des Bootbaues zu erläutern; außerdem konnte er heimatliche Witze reißen, die keinen Sinn mehr ergaben, wenn man sie in die englische Sprache übersetzte.

Mike tippte, die Arbeiten würden einen ganzen Tag beanspruchen. Erfreulicherweise hatte die Gruppe schon nach zehn Stunden die Konturen eines Boots mit spitz zulaufendem Bug und einem niedrigen Tiefpunkt fertig; dessen Formgebung an historische Wikingerschiffe erinnerte. Bruno hatte sogar an Sitzgelegenheiten für die Passagiere gedacht. In die Reling bohrte er Löcher für Ruder und zum Abdichten der Fugen verwendete er Baumharz. Allein das Vorhandensein von Bordwänden vermittelte ein Schutzgefühl, das bei dem Floß komplett gefehlt hatte. Nachdem Michael ihn über den Stachel des riesigen Wasserkäfers, mit dem dieser die Planken ihres früheren Wasserfahrzeugs durchstochen hatte, informiert hatte, verstärkte der Russe die Unterseite des Boots mit einer Extraschicht Holz.

Kurz vor der Vollendung ihres Werks gönnte sich die Expedition eine Pause zum Verschnaufen und zur Lockerung ihrer leidgeprüften Muskeln. Zur Erfrischung spritzten sie sich Wasser ins Gesicht.

Michael, Jane und Wenton traten an das Seeufer.

»Vielleicht ist diese Welt tatsächlich die Hölle eines anderen Planeten, wie Aldous Huxley vor fast hundert Jahren meinte«, sagte Wenton. »Vielleicht hat er die Wahrheit geahnt.«

»Die Existenz einer Unterwelt können wir kaum leugnen«, bestätigte Jane. »Wir spazieren gerade mittendrin herum.«

»Und sie wird von Monstern und Teufeln bevölkert«, ergänzte Wenton. »Dante stieg mit Virgils Hilfe aus der Hölle zurück ans Licht des Tages. Sie fanden also einen Weg vom Mittelpunkt der Erde bis an die Oberfläche.«

»Dabei durchquerten sie die neun Kreise der Hölle.« Jane schnaubte. »Wie viele Kreise haben wir eigentlich hinter uns?«

»Weit sind wir bisher nicht gekommen«, äußerte Wenton.

Michael beschirmte seine Augen mit der Hand. »Was ist das da? Dort hinten, am Horizont.«

»Keine Ahnung«, antwortete Jane. »Es ist dunkel und reicht bis in den Himmel. Es könnte eine zweite Landmasse sein.«

»Oder zieht dort eine Dämmerung auf?«, spekulierte Wenton. »Was immer es ist, es kommt rasch auf uns zu.«

Bruno gesellte sich mit den anderen zu ihnen, während der Himmel zusehends ergraute. Er stieß einen gutturalen Laut aus. »Da ballt sich ein Sturm zusammen – ein verdammt heftiger. Er wird den See aufwühlen.«

»Heilige Scheiße«, flüsterte Andy. »Ich habe mir die ganze Zeit schon gedacht, dass dieser Hohlraum riesig genug ist, um ein eigenes Wettersystem auszubilden.«

»Zum Glück haben wir das Boot bis jetzt nicht ins Wasser gelassen«, stellte Angela fest.

Wenton rieb sein Kinn. »Falls wir es mit einem Hurrikan zu tun haben, bleibt uns keine andere Wahl, als ihn auszusitzen. Falls es jedoch ein gewöhnlicher Sturm ist, sollten wir ihn zu unserem Vorteil nutzen – gleichgültig, wie schlimm er wird.«

»Was soll das heißen?«, fragte Andy. »Stopp, du denkst doch nicht etwa daran …«

»… das Boot zu Wasser zu lassen«, unterbrach ihn Wenton. »Genau das habe ich vor. Worin besteht die größte Gefahr bei der Überquerung des Sees?«

»Darin, angegriffen zu werden«, erwiderte Jane.

»Exakt. Darin von etwas aus der Tiefe angegriffen zu werden, um genau zu sein. Von etwas angegriffen zu werden, das uns sieht, während wir es nicht sehen.« Wenton deutete auf die anrollende Sturmfront. »Und was wäre, wenn die Sicht von unten auf die Wasseroberfläche getrübt würde – beispielsweise durch Regen, Wellen und Gischt?«

»Was die Kreaturen nicht entdecken, können sie nicht attackieren«, leitete Michael daraus ab. »Eine irre Logik, die funktionieren könnte.«

»Ernsthaft?«, begehrte Andy auf. »Du willst uns in den Sturm schicken? Wollten wir durch den Bootsbau nicht verhindern, zu stark mit dem Wasser in Kontakt zu geraten?«

»Das werden wir auch«, erklärte Wenton. »Wir haben Ruder und ein Segel. Das Segel hissen wir, wenn wir einen passenden Wind haben. Solange die Brandung nicht überhandnimmt, werden wir ohne Segel nicht kentern. Wir sollten uns beeilen, um ausreichend Abstand zum Ufer zu gewinnen, ehe das Unwetter über uns hereinbricht. Der Sturm kommt zügig näher.«

Andy strich seine Haare zurück. »Das ist Wahnsinn.«

»Nein, das ist Heldenmut«, widersprach Mike. »Wie in Sparta.«

»Haha, wie witzig«, kommentierte Andy.

Michael umfasste Andys Arm. »Hilf Angela ins Boot.«

Die ersten Böen tobten über das Ufer und kühlten die Umgebungstemperatur ab. Es roch nach Regen. Am Dschungelrand flüchteten die letzten der fliegenden Kreaturen, die eine rudimentäre Ähnlichkeit mit Vögeln aufwiesen, in die Deckung der Baumwipfel. Mike hoffte, die Wasserbewohner würden sich ebenfalls irgendwo innerhalb ihres Elements verkriechen.

»Alle bereit?«, fragte Mike.

»Nein.« Andy lächelte grimmig.

Inzwischen musste Michael die Stimme erheben, um gegen das Brausen des Winds anzukommen. »Andy, du verfrachtest Angela sofort an Bord, dann nimmst du deinen Posten Steuerbord ein. Jamison geht nach Backbord. Harry und ich schieben das Boot vom Heck aus an. Bruno zieht am Bug.«

Andy fügte sich und verfrachtete Angela behutsam ins Boot.

Ozon schwängerte die Luft. Die Zeit lief gegen die Gruppe. Der Wind peitschte ihnen um die Ohren und zerrte an ihrer Kleidung, die wild hin und her flatterte. Das Boot verfügte an Land über ein stattliches Gewicht.

Wenton, der Bruno am Bug unterstützte, rief: »Drei, zwei, eins, Hauruck!«

Wie Vorboten des Sturms brandeten kleinere Wellen ans Ufer. Der blutrote Himmel über ihnen verdunkelte sich. Endlich glitt das Boot ins Wasser und bezeugte seine Seetüchtigkeit. Sie schoben es ein kleines Stück weiter, dann schwangen sich alle über die Reling an Bord und besetzten ihre Positionen.

»Und auf geht's!«, rief Michael enthusiastisch, als sie die Ruder ergriffen und in die Fluten tauchten. Das Wasser war klar und seine Tiefe wuchs rasch dramatisch an. Sowohl rund um das Boot als auch darin prasselten erste Regenschauer nieder. Die Tropfen waren groß und warm wie Blut. Dann gewann der Wind an Intensität und entfachte ein Tosen, das jedes Gespräch unmöglich machte.

Jane schaltete eine Handlampe an, nachdem eine trübe Finsternis das sonst so allgegenwärtige, rote Licht fast vollständig absorbiert hatte.

Sie hatten klug vorausgedacht und mehrere gigantische Samenhülsen mitgenommen, mit denen sie das an Bord gespülte Wasser wie mit Eimern zurück in den See schöpften.

Bruno stand am Heck und bediente das Steuerruder. Wegen des trommelnden Niederschlags hatte er die Augen zu schmalen Fugen zusammengekniffen. Michael wunderte sich, ob der Russe überhaupt etwas davon mitbekam, was sich vor dem Boot ereignete. Und zudem fragte er sich, ob es ihnen gelingen würde, den See im richtigen Winkel zu durchschiffen? Sie hatten geglaubt, dass die Überfahrt einen Tag lang dauern würde. Doch bei dieser Kalkulation hatten sie den Sturm nicht auf die Rechnung gesetzt. Nun überlegte er, ob ihre ursprüngliche Kalkulation aufgrund der veränderten Wetterverhältnisse tatsächlich realisierbar wäre.

Wind und Regen knallten mit solcher Wucht gegen ihre unbekleideten Hautstellen, dass es schmerzte. Das Boot hob und senkte sich mit den Wellen. Sobald es in ein Wellental krachte, fürchteten alle, über Bord geschleudert zu werden. Bis jetzt zeigte dankenswerterweise niemand Anzeichen von Seekrankheit. Dutzende Liter Wasser schwappten über die Bordwand, und alle schufteten fast bis zum Umfallen, um es wieder hinauszubefördern. Bruno bellte Anweisungen zur Stabilisierung des Boots auf Russisch und Mike übersetzte sie brüllend.

Am Himmel brodelte es und rote Blitze durchschnitten das Grau der Wolken. Plötzlich gärten in Michael Zweifel, ob es tatsächlich eine weise Entscheidung gewesen sei, in See zu stechen. Was, wenn sie die Stärke des Sturms unterschätzt hatten? Zumindest belästigte sie keiner der Wasserbewohner. Diesbezüglich funktionierte ihr Plan also. Er hoffte, dass sie ihrem Ziel beim Abklingen des Windes und des Regens möglichst nahe sein würden. Momentan konnte er jedoch nicht sagen, ob sie in die falsche oder die richtige Richtung getrieben wurden. Das Unwetter zwang ihnen seinen Willen auf und sie konnten nur hoffen und hilflos der Dinge harren, die ihnen blühten.

Wieder riss die Brandung das Boot in die Höhe. Als die Welle weiterrollte, schienen sie eine Ewigkeit in der Luft zu schweben. Michael biss die Zähne zusammen und hielt den Atem an. Diesmal würde der Aufprall die winzige Nussschale zertrümmern, dessen war er sich sicher. Als der Aufschlag dann stattfand, knirschte und ächzte das Holz und erste Planken fingen an zu zersplittern. Das Boot drohte den ungleichen Kampf gegen die Naturgewalten zu verlieren. Der Wind glich einem erbarmungslosen Lebewesen, das an der Besatzung zerrte, sie herumschubste und auf sie einprügelte. Ringsum herrschten Dunkelheit, Gischt und hämmernder Starkregen.

So gut Bruno in seiner Aufgabe als Steuermann auch sein mochte, war seine einzige Alternative, das Boot möglichst mit der Nase im Wind zu halten, unwichtig, in welche Richtung es dabei geschwemmt wurde.

»Wir müssen ans Ufer«, rief Michael. Als Bruno den auf Englisch formulierten Hinweis ignorierte, wiederholte ihn Michael auf Russisch. Der Steuermann schüttelte den Kopf, löste eine Hand vom Ruder und zeigte auf den Horizont. *»Konets shtorma.«* Dort zeichnete sich eine rote Linie ab, die wie Bruno gesagt hatte, *das Ende des Sturms* verhieß.

Erfüllt von neuer Zuversicht feuerte Michael seine Mitstreiter an: »Rudert, rudert!« Diese taten, was er von ihnen verlangte, und schleppend kamen sie dem Hoffnungsschimmer am Himmel näher.

So abrupt, wie der Sturm das Land heimgesucht hatte, so abrupt endete er auch wieder. Der Niederschlag wurde milder und hörte dann ganz auf. Die grauen und violetten Wolken verschwanden am Horizont und ein heller Schein ergoss sich über den See. Das Schauspiel von Licht und Schatten glich einer Morgendämmerung im Zeitraffer. Die eisige Kälte wich der ortsüblichen Hitze, die Wasserfläche glättete sich und Stille kehrte ein.

Erschöpft pausierte die Expedition mit dem Rudern. In einer Distanz von ungefähr fünfhundert Metern lugte ein flaches Eiland aus dem Wasser, auf dem goldener Sand eine zentral gelegene Baumgruppe umsäumte. Die Insel wirkte fast wie eine Zeichnung aus einem Bilderbuch für Kinder.

Michael stand von seinem Sitz auf. »Wo ist das Ufer?«

»Oh nein«, jammerte Angela.

»Ich glaube, das Unwetter hat das Boot um die eigene Achse gedreht«, meinte Bruno. »Vermutlich.«

»Nicht vermutlich«, konstatierte Wenton, »sondern definitiv.«

»Der Sturm zog im Nordosten auf«, sagte Mike. »Und er ist südwestlich abgezogen. Unsere geplante Route verläuft parallel zum Unterwetter. Also müssen wir in dorthin.« In der Richtung, die er anzeigte, gab es nichts als eine endlose Wasserfläche.

Auch in alle anderen Richtungen bot sich das gleiche, trostlose Bild. Die einzige erkennbare Landfläche war die kleine Insel.

»Wie weit ist es bis zum Ufer?«, fragte Andy.

»Schwer zu sagen«, gestand Michael ein und plumpste auf seine Sitzgelegenheit.

Mit halber Kraft ruderte die Gruppe zum Eiland. Aufgrund der Reflexionen der Farben des Himmels mutete der See nun wie ein riesenhafter blutroter Spiegel an.

»Was, wenn wir in die falsche Richtung rudern?«, formulierte Andy seine Bedenken. »Dann sind wir möglicherweise irgendwann so weit draußen, dass wir nie mehr zurück ans Ufer kommen. Und jetzt können uns die Unterwasserkreaturen ohne Probleme sehen.«

»Negative Gedanken helfen uns jetzt auch nicht«, wies ihn Jane zurecht. »Wir alle haben zugestimmt, die Überfahrt während des Sturms zu riskieren.«

»Ich nicht …«, grummelte Andy.

Das Boot bockte schwach. Bruno blickte über die Reling. Sein Gesichtsausdruck dabei bereitete Michael Sorgen. »Bruno?«

Der Russe rührte sich nicht. »Da ist etwas.«

Als Michael aufstand, sah er es ebenfalls. Gut hundert Meter weiter erzeugte etwas kleine Wellen auf dem ansonsten stillen Wasser. »Was könnte das sein?«

Plötzlich ertönte auf der anderen Bootsseite ein Platschen. Was immer dort aufgetaucht war, war jedoch sofort wieder in die Tiefe enteilt.

»Es spielt mit uns«, orakelte Wenton leise.

»Und ich weiß nicht, ob das besser oder schlechter für uns ist«, sagte Michael. »Warum rudern wir nicht flotter zur Insel. Auf festem Boden dürften wir außer Gefahr sein.«

Sie legten sich mächtig ins Zeug, darauf achtend, nicht allzu viel Krawall zu veranstalten. Da die Ruderer mit dem Rücken zum Bug saßen, äußerte Mike eine Bitte: »Kann jemand die Entfernung zum Ufer in Metern nach unten abzählen?«

»Neunzig«, antwortete Jane sofort.

Bedächtig schipperte das selbstgebaute Boot, dessen Konstruktion mehr auf Stabilität als auf Geschwindigkeit abzielte, vorwärts. Sie mussten jeden Zentimeter Fortschritt unter Einsatz von Muskelkraft hart erringen.

»Bruno, tut sich etwas?«, fragte Michael.

Breitbeinig am Ruder stehend verkündete dieser: »Alles ruhig, jetzt.«

Mike lockerte den krampfhaften Griff um das Ruder, da seine Hände schmerzten. Bald würden seine Finger von Blasen übersät sein.

»Sechzig Meter«, meldete Jane.

Das ist gar nichts, dachte Michael. *Bloß ein paar Mal das Ruder durchziehen und wir sind am Strand.*

Überraschenderweise setzte sich Bruno. Seine Pupillen waren geweitet.

»Was war?«, wollte Michael wissen.

»Unter dem Boot. Ein echtes Monster. Es hat mich direkt angesehen.«

»Scheiße«, murmelte Mike. »Haltet euch ran, wir sind gleich da.«

Zögerlich erhob Bruno sich und beugte den Oberkörper vorsichtig übers Wasser. Dann schüttelte er den Kopf.

Die anderen ruderten verzweifelt. Trotzdem wurde das Boot langsamer und hielt schließlich an. So eifrig sich die Ruderer auch abmühten, es ging nicht mehr vorwärts.

»Sind wir auf Grund gelaufen?«, fragte Jamison.

»Nein, wir haben weiterhin Wasser unter dem Kiel«, erklärte Bruno.

Die Insel war fast zum Greifen nahe. Zur Not konnten sie die restliche Strecke schwimmen, überlegte Michael.

»Vielleicht sitzen wir auf dem Ausläufer eines Riffs fest«, mutmaßte Andy und bückte sich über das Wasser. »Kann mich jemand festhalten?«

Jamison packte Andys Hosensaum oberhalb dessen Hinterteils. Derart abgesichert neigte sich Andy weiter über die

Bordwand, bis sein Gesicht fast Kontakt mit dem Wasser hatte. »Fehlanzeige. Ich kann nichts sehen. Es könnte auch sein, dass wir in Seegras festhängen. Jemand muss ins Wasser und uns aus dem Gewirr lösen.«

»Nein«, widersprach Mike. »Und jetzt beweg deinen Schädel wieder vom Wasser weg.«

Plötzlich ruckte das Boot und Andy verlor beinahe das Gleichgewicht, als es wieder in Bewegung geriet. »Wahrscheinlich hatte ich mit dem Seegras recht«, freute er sich grinsend.

Wenige Minuten später lief das Boot schwankend auf den Sand auf. Michael und Wenton stabilisierten es mit den Rudern und die anderen ruderten so lange, bis es fest auf Grund saß. Zumindest für den Moment. Denn die Spuren auf dem Sandstrand verrieten Wenton, dass aktuell Ebbe herrschte. »Wir müssen unbedingt auf das Boot achten, sonst schwimmt es uns mit der Flut davon.«

Die Gruppe sprang über Bord und Andy hievte Angela aufs Trockene.

»Leider können wir nicht nach der Sonne oder dem Mond navigieren«, klagte Michael. »Außerdem haben wir kein GPS zur Verfügung. Selbst ein Spielzeugkompass wäre hilfreich. So wie es ist, könnten wir im Prinzip würfeln, welche Richtung wir einschlagen sollen.«

»Der Wasserweg ist also auch kein Wundermittel.« Maggie seufzte.

»Zunächst erholen wir uns. Müdigkeit ist kein guter Ratgeber, wenn es gilt, schwerwiegende Entscheidung zu fällen. Und sie wirkt sich auch negativ auf unseren Humor aus. Den haben wir dringend nötig. Vorher müssen wir die Insel erkunden, um zu überprüfen, ob wir allein hier sind. Wir gehen in Zweiergruppen. Das Durchstreifen der ganzen Insel wird maximal eine Viertelstunde dauern. Haltet dabei Ausschau nach Essbarem. Mit den Blättern der Bäume bauen wir uns danach einen schattigen Unterschlupf. Während wir schlafen, wird immer einer von uns Wache halten.«

Bruno, der mit Michael ein Pärchen bildete, spähte skeptisch auf das Wasser hinaus. Auf die Frage, warum er dies tat, antwortete er: »Da draußen schwimmt die Kreatur im Kreis um die Insel. Ich glaube, sie hat uns festgehalten und wieder losgelassen, weil sie uns genau hier haben will.«

»Ein unangenehmer Gedanke«, brummelte Michael. »Wie kommst du darauf?«

Bruno zuckte mit den Achseln. »Das ist eine gute Frage.« Unvermittelt joggte er zum Ufer, watete ein Stück in den See und fischte etwas heraus. Dann ging er wieder aufs Festland und präsentierte seinen Fund Mike. Es mochte sich dabei um das Bruchstück einer Muschel oder den Teil eines Exoskeletts handeln. An einer Stelle hatte es ein perfekt gerundetes, faustgroßes Loch in der Panzerung. Bruno steckte die Finger durch die Öffnung. »Möglicherweise eine Bissspur.«

Michael stöhnte. »Ja, möglicherweise. Möglicherweise aber auch nicht. Wir behalten das besser für uns. Auf jeden Fall werden wir höllisch aufpassen, was sich um uns herum tut.«

»Klar«, sagte Bruno. »Das tue ich eh ständig.«

»Michael!«, rief Andy.

»Ja?«, antwortete Mike und trottete mit Bruno zu den Bäumen im Zentrum des Eilands.

Dort standen Andy und Angela vor Erde, die ohne Zweifel künstlich aufgehäuft worden war. Allmählich trudelten sämtliche Mitglieder der Expedition am Ort des Geschehens ein. Der Erdhaufen war circa zweieinhalb Meter lang und einen dreiviertel Meter breit. An einem Ende ragte eine Spitzhacke heraus.

»Ein Grab«, stellte Andy nüchtern fest.

»Wer hier wohl bestattet wurde?«, rätselte Wenton.

Michael kniete sich neben die Begräbnisstätte und schaufelte mit den Händen das Erdreich zur Seite. Er stieß auf eine Feldflasche, ein Schweizer Armeetaschenmesser und Stoffreste. Als er die Feldflasche schüttelte, rasselte es darin. Er warf sie Jane zu. »Überprüfe das mal.« Er selbst rubbelte mit dem Daumen über das Heft des Messers, bis ein eingravierter Name unter dem Dreck kenntlich wurde. »Georgi«, las er vor. »Der Anführer von Katjas Expedition.« Unter dem Schmutz verborgen war zudem ein kleiner Kompass, dessen Nadel fröhlich hin und her wackelte. »Juhu«, jubelte Mike.

Jane hatte inzwischen die Feldflasche aufgeschraubt und bohrte einen Finger hinein, mit dem sie ein eng zusammengerolltes Blatt Papier herausfischte. Sie strich es glatt und wollte es Michael überreichen. »Dein Job: Die Schrift ist Russisch.«

Wenton fuhr dazwischen, schnappte sich das Papier und händigte es Bruno aus. »Lies vor!«

»Hier ruht unser geliebter Freund und Anführer Georgi Azarow. Trotz unseres schrecklichen Verlusts werden wir unsere Reise nach Nordwesten fortsetzen.« Bruno runzelte die Stirn. »Jetzt kommt eine Passage, die ich nicht entziffern kann, da die Buchstaben verblichen sind. In der Schlusszeile heißt es: Hütet euch vor dem Wasser.«

»Hütet euch vor dem Wasser …«, wiederholte Jamison. »Was sollen wir mit dieser Warnung anfangen?«

»Ich glaube, sie meinen damit nicht das Wasser selbst, sondern seine Kreaturen«, erläuterte Bruno.

»So ein Unfug«, fauchte Maggie. »Wir sind auf einer Insel. Wie soll das funktionieren, wenn wir diese wieder verlassen wollen?«

»Also ich habe definitiv keine Lust, hier ein Dasein im Stil von Robinson Crusoe zu fristen«, sagte Jamison.

Michael hielt das Schweizer Messer mit dem Kompass hoch. »Sie haben es von der Insel runter geschafft. Und jetzt wissen wir sogar, welche Richtung sie eingeschlagen haben. Dank ihrer Hilfe können wir diese Richtung zuverlässig bestimmen. Nachdem wir etwas zu essen aufgetrieben haben oder andere nützliche Dinge, gönnen wir uns eine Mütze Schlaf im Schatten der Palmwedel und dann machen wir uns auf den Weg.«

»Was ist mit …?«, setzte Jane an.

Michael bedeutete ihr mit einer Geste, zu schweigen. »Problemlösungen liegen manchmal ohne angestrengtes Nachdenken auf der Hand, sobald man ausgeruht ist und die Angelegenheit mit frischem Verstand angeht.«

Sie errichteten aus Ästen und Wedeln einen zwei Meter hohen Baldachin, der ihnen später Schutz vor der sengenden Strahlung bieten würde. Beim anschließenden Sondieren der Landfläche stieß Maggie auf ein fleischiges Gewächs, das wie ein Kaktus Wasser speicherte. Nach einem kurzen Schnitt mit dem Messer kostete sie davon. Es schmeckte leicht bitter, aber trotzdem linderte es den Durst.

Als Jamison ein Nest mit Eiern aufstöberte, scharte sich die Gruppe um ihn und betrachtete die lederartigen Kugeln, die unbestreitbar zu den lokalen Himmelstieren gehörten – einer Mischung aus Möwe und Libelle mit steifen, federartigen Schwingen, die sie durch die Luft transportierten. Sie hatten sechs Beine und überdimensionale, glänzende Facettenaugen, die das rote Umgebungslicht spiegelten.

Bruno ergriff eines der Eier und drückte es kurz, ehe er hineinbiss. Über seine Finger schwappte eine silbrige, zähe Flüssigkeit. Er rümpfte die Nase. »Hat geschmacklich eine Ähnlichkeit mit Mandeln.« Er hielt einen Moment inne, dann zuckte er mit den Achseln und saugte den restlichen Inhalt aus der Eischale.

»Insekteneier zum Frühstück, zum Mittagessen, zum Abendessen oder zu jeder beliebigen Uhrzeit«, spottete Andy. »Wir müssen im Paradies sein.«

Jane nahm ebenso eines der Eier. »Ich verzehre das ausschließlich, um meinen Energiehaushalt auszugleichen.«

Nachdem sie es mit angewiderter Miene ausgesaugt hatte, folgten alle anderen ihrem Beispiel. Danach teilten sie Wachschichten ein und legten sich in den Schatten ihres selbstkonstruierten Baldachins. Bruno fiel die erste Wache zu, Michael die zweite und Wenton die letzte.

Mike schloss die Augenlider und wünschte sich, er könne die nagenden Sorgen aus seinem Denken verbannen. Nie zuvor war er dermaßen ausgelaugt gewesen und hatte dringender Regeneration benötigt als momentan. Er stand persönlich in der Verantwortung, die Expedition zu retten, denn ohne ihn hätten sich seine Begleiter niemals auf die damit verbundenen Risiken eingelassen. Und diese wogen schwerer, als es ihm in seiner Fantasie denkbar erschienen war. Der Teamchef schuldete es den anderen, sie unversehrt nach Hause zu bringen. Als ihn der Schlaf übermannte, träumte er von einem flammenden Himmel, monströsen, vielarmigen Geschöpfen und unergründlichen Wassertiefen, aus denen ihn hunderte von Augen hungrig angafften.

Bruno weckte ihn – wie verabredet – nach zwei Stunden. Trotz des Schlafs fühlte sich Mike wie gerädert. Bruno schlummerte rasch ein und Michael betrachtete seine schlafenden Gefährten. Manche von ihnen stöhnten und ächzten; manche wälzten sich fahrig. Andy und Angela sprachen im Schlaf und murmelten unverständlich Satzfragmente. Jane dagegen versprühte die Arglosigkeit eines schlafenden Kinds.

Ich muss sie aus dieser Hölle führen, dachte er. U*nd wenn ich dabei selbst draufgehe.*

Insgeheim verfluchte Mike Katja und ihre Aufzeichnungen. Diese waren äußerst vage gehalten und bei ihrem Treffen hatte die alte Frau die Gefahren am Mittelpunkt der Erde ausgeklammert. Vielleicht hatte sie dies ohne böse Intention getan, da ihr Verstand die grauenhaften Erinnerungen aus ihrem Bewusstsein verdrängt hatte, um sie vor den gravierendsten psychologischen Schäden zumindest rudimentär zu bewahren. Und wenn er ehrlich zu sich selbst sein wollte, musste er ihr zugestehen, dass sie probiert hatte, das Team zu warnen. Sie hatte sogar mit der Polizei gedroht, um sie zu verscheuchen. Michael schnaufte durch. Nein, ihr durfte er keinen Vorwurf für die katastrophale Situation, in die sie geschlittert waren, machen. Katjas Erlebnisse waren eindeutig zu qualvoll, um sie in ihrem Geist lebendig zu halten. Sie hatte ihnen von ihrer Liebesaffäre zu Georgi vorgeschwärmt. Und nun war er selbst an jenem Fleck, an dem sie ihn verloren hatte und sich auf immer von ihm verabschieden musste.

Als seine Schicht vorbei war, weckte Michael Wenton, der grummelig einige Schritte weg von ihrem Lager stapfte, um seine Blase zu entleeren. Als er wieder da war und sich hinhockte, versank Mike schleunigst im Reich der Träume.

Angela kicherte und nuschelte im Schlaf: »Andy, lass das. Deine Finger sind kalt.« Im Traum schwebte sie sanft über den anderen, die friedlich schlummerten. Außer Andy, der ebenfalls wach war und sie wie ein Baby in seinen starken Armen hielt. Etwas Feuchtes berührte ihren Mund. Seine Lippen? Sie erwiderte den Kuss.

***

»Angela?«

»Was?« Mike fuhr erschrocken auf, als er Andys Stimme hörte. Auch alle anderen wurden wach.

Andy stand neben dem Baldachin und starrte rastlos in die Ferne. »Wo steckt Angela?«

Jane sprang auf. »Als ich sie zuletzt gesehen habe, lag sie eng bei dir.«

»Schätzungsweise ist sie irgendwo und macht Pippi«, vermutete Jamison.

»Ich habe schon überall nachgeguckt. Sie ist wie von Erdboden verschluckt«, jammerte Andy.

»Harry Wenton!«, platzte es unfreundlich aus Mike heraus. »Du hattest Wache. Was hast du uns dazu zu sagen?«

»Sie muss an mir vorbeigeschlichen sein, als ich kurz …«

»Um Himmels willen, spuck sofort aus, wann du eingenickt bist!« Michael fletschte wütend die Zähne.

Wenton wirkte verlegen, eine Entschuldigung sparte er sich.

Nirgends am Strand waren neue Fußabdrücke im Sand. »Kommt schon, die Insel ist recht klein«, rief Andy und fing an zu rennen. »Wenn wir ausschwärmen, haben wir sie bald gefunden.«

Wenton lief zusammen mit Maggie die nördliche Uferlinie ab. Jamison und Andy widmeten sich der Fauna im Zentrum der Insel. Michael und Jane wanderten nach Süden. Bruno beaufsichtigte das Boot.

Sowie sie die Insel durchstreift hatten, versammelten sich alle an Georgis Grab.

Kummer zerfurchte Andys Züge. »Was ist da passiert? Irgendwo muss sie stecken.«

»Sie kann kaum einfach verschwunden sein«, bekräftigte Maggie. »Wo auf dieser beschissenen Insel könnte sie sein?«

»Nirgendwo.« Michaels Stimme klang resigniert. »Das gesamte Terrain der Insel umfasst wenige Fußballfelder. Es gibt hier keine Gruben, in die jemand aus Versehen stolpert.«

»Das nicht«, stimmte Wenton zu. »Seid ihr mit dem Bericht von Kapitän Lawrence Oats über die Terra-Nova-Expedition von 1920 in der Antarktis vertraut?«

Michael strengte sich an, die dazugehörigen Fakten aus seinem Gedächtnis zu kramen. Und er hatte Erfolg dabei. »Verdammte Scheiße!«

»Wieso Scheiße?«, fragte Andy.

Wenton antwortete: »Oats ging damals in den Schnee, weil er wusste, dass er sterben würde. Er wollte seinen Freunden nicht länger zur Last fallen. Gegen seine schweren Erfrierungen gab es kein Mittel, deshalb …«

»Halt dein dreckiges Maul«, schrie Andy.

Michael analysierte die Wahrscheinlichkeit eines identischen Geschehens. Angela war genau der Typ Mensch, der ein solches Selbstopfer erwägen würde. Aber sie war nicht am Ende gewesen. Obwohl sie unter Erschöpfungssymptomen litt, hatte sie keineswegs mit Mutlosigkeit oder Depressionen zu kämpfen. »Das kann ich nicht glauben. Wenn sie es getan hätte, hätte sie uns einen Abschiedsbrief hinterlassen. Außerdem zeigte sie in der Vergangenheit keinerlei Anzeichen für das Begehen einer solchen Tat.«

»Manche Menschen tarnen ihre Gefühle geschickt«, überlegte Maggie. »Ich fürchte, wir werden sie nicht wiedersehen.«

»Wir brechen nicht auf, bevor wir nicht wenigstens ihre Leiche lokalisiert haben«, entschied Michael.

»Was soll uns das bringen, Mister Monroe«, protestierte Wenton. »Wir werden auf dieser Insel krepieren und jede Minute, die wir umsonst hier bleiben, wird den nächsten von uns dazu verführen, in den Schnee zu gehen. Vergiss nicht, dass dies genauso meine Expedition ist wie deine.«

»Und?«

»Wir sollten demokratisch abstimmen. Alle, die für ein rasche Rückkehr auf das Festland sind, heben die Hand. W hierbleiben möchte, behält sie unten.«

Einzig Maggie und Jamison zeigten Einverständnis für nen Vorschlag. Michael und Jane verschränkten grimmig Arme. Andy wirkte geistesabwesend.

»Gleichstand – drei zu drei«, stellte Wenton fest. »Je Bruno das Zünglein an der Waage.«

Als sie am Boot waren und dem Russen die Situation geschildert hatten, fragte Wenton: »Bist du auf unserer Seite?«

»Ja, aber wir sollten trotzdem zuerst ermitteln, was mit der Frau passiert ist.«

»Verdammt«, fauchte Wenton.

Andy reckte ihm den Mittelfinger entgegen. »Hoffentlich wirst du irgendwann raffen, wie sehr du deine eigene Beliebtheit überschätzt.«

Wenton wollte Andy am Kragen packen, aber Michael positionierte sich vor seinen Freund. »Heb dir deine Kraft fürs Rudern auf.«

Wenton schüttelte den Kopf, fluchte vor sich hin und trat schmollend den Rückzug an.

Jane drückte Mikes Ellbogen sanft. »Ich hatte gerade einen schrecklichen Gedanken.«

»Welchen?«

»Der Wurm, der Angela verletzt hat. Er hauste im Untergrund. Ohne uns hätte er Angela nach unten geschleift und dann die Luke über seinem Bau geschlossen. Sie wäre sprichwörtlich vom Erdboden verschluckt gewesen.« Jane bleichte. »Denkst du …«

Mist!« Er rang mit den Händen, bis er die Finger fast ver-
t hatte. »Ja … das wäre möglich.« Mike seufzte und
u den anderen: »Hört mir zu. Wir durchkämen die
eut. Diesmal achten wir besonders auf von Raubtie-
e Falltüren. Solche wie von dem Wurm. Eventuell
ter die Erde verschleppt.«

kst du, sie ist zum zweiten Mal einem dieser
änge geraten?« Andys Stimme hatte einen ent-

nzugehen, antwortete Mike barsch: »Wir
d halten Ausschau nach Löchern, Klüf-
n, was sonst einen Zugang unter die

Erde darstellen könnte und geräumig genug für einen Menschen ist.«

»Soll ich wieder das Boot bewachen?«, fragte Bruno.

»Nein, du kommst mit uns. Die Insel ist so klein, dass wir bald fertig sein werden.«

Die Suchmannschaft formierte sich in Abständen von zehn Metern und begann etappenweise fortschreitend, den Boden akribisch zu inspizieren. Sie fanden einige weitere Nester voller Eier. Mit ihren Speeren stocherten sie durch dichtes Gestrüpp und hinter Felsen. Nach einer Viertelstunde hatten sie die Insel komplett abgelaufen, ohne etwas Verdächtiges aufzuspüren.

»Nichts.« Andy massierte seine Schläfen mit den Handballen. »Wir wiederholen die Aktion, diesmal jedoch in umgekehrter Richtung.«

»Okay«, stimmte Michael zu, obwohl er wusste, wie schlecht es um ihre Chancen stand.

Sie stöberten intensiver als im ersten Anlauf, das Ergebnis war das gleiche.

Wieder an ihrem Ausgangspunkt rief Bruno: »Hey, die Flut kommt herein.« Das Boot dümpelte nun zwanzig Meter weiter draußen als ursprünglich auf dem Fleck, gerade als hätte jemand einen Anker geworfen.

»Nein«, widersprach Michael, »das war nicht die Flut, sonst würden wir Spuren an der Uferlinie sehen. Vielleicht hat ein Welle das Boot weggeschwemmt?«

Egal, was die Ursache sein mochte, Bruno watete schnu stracks ins Wasser. Zwar missfiel sein spontanes Vorgeh Michael, aber irgendwie mussten sie das Boot zurückho Bruno schwamm die letzten Meter und kurz vor Errei des Ziels sackte er plötzlich unter die Wasseroberfläche

»Hey, was tut er da?«, wunderte sich Michael.

»Er taucht, würde ich meinen«, antwortete Jane.

»Vielleicht hat er einen Krampf. Dann wird er ertrinken«, befürchtete Andy und rannte davon, um seinem Kameraden zu helfen.

»Stopp!«, rief Michael. »Das Boot steht absolut reglos im Wasser. Genau wie bei unserer Ankunft.«

»Also hat es sich wieder im Seegras verheddert«, tippte Maggie.

»Oder es wird festgehalten«, sagte Jane.

Andy war gerade erst ein kleines Stück vom Ufer weggegangen, da schnellte ein Tentakel aus dem See und umwickelte seine Wade. Ein zweiter Tentakel schoss an Land und packte ebenfalls zu.

Michael stürmte vor und stach mit dem Speer auf die Gliedmaßen ein. Jamison unterstützte ihn dabei und mit vereinten Kräften zwangen sie die Kreatur zum Aufgeben. Zusammen schleiften sie danach Andy vom Ufer weg.

»Schaut!«, schrie Maggie.

Dutzende Meter vom Boot entfernt tauchte eine fleischige Masse auf, aus der ein Insektengesicht herausstach – über und über mit schwarzen Augen getüpfelt. Neben dem Maul hatte … zwei mächtige Greifarme. Rund um den Wasserbewohner …elten lange, muskulöse Tentakel in die Luft. Einer davon …n Brunos leblosen Körper geschlungen.

…ein Gott«, murmelte Angela. »Es hat uns aufgelauert …harrt, bis wir wieder an Bord gehen.«

… sich Angela geholt haben, während wir schliefen«, …

…, jammerte Andy.

…endwie einem Oktopus, aber auch einer …te Jane.

… meinte Michael. »Ein weiteres Beispiel …on.«

…ugierig mustert«, sagte Jamison.

»Das Biest ist intelligent. Zuerst hat es zu seinem Vergnügen mit uns gespielt. Dann wurde es hungrig.«

»Brunos Opfer war umsonst«, stellte Wenton lakonisch fest. »Ohne das Boot sitzen wir auf der Insel fest. Und selbst wenn wir das Boot hätten, kämen wir kaum an der Seespinne vorbei.«

Während die Kreatur gemächlich unter die Wasseroberfläche glitt, sagte Jane: »Wir sind hier leicht angreifbar. Wenn es Angela an Land geschnappt hat, kann es uns auch holen. Zum ersten Mal bin ich dankbar dafür, dass es hier unten keine Nacht gibt. So sehen wir das Ding wenigstens, wenn es wieder auf die Jagd geht.«

»Wir müssen es irgendwie töten. Falls uns das gelingt, haben wir das Boot zurück und freie Fahrt dazu.«

»Wir müssen einen Plan aushecken«, riet Michael.

»Darin bin ich gut«, prahlte Wenton.

»Dann lass hören«, forderte Maggie ihn auf.

Wenton lupfte eine Augenbraue. »Wir werden sogar Hilfe kriegen; und zwar vom guten, alten Georgi.«

***

Jane wurde schwindelig, als sie daran dachte, die jahrzehntealte Leiche auszugraben. Doch dazu gab es keine Veranlassung. Die heiße und trockene Witterung hatte von Georgi nur das Skelett und die mumifizierte Haut, die es umspannte, konserviert. Sein Mund stand weit auf, als würde er schreien.

»Wenigstens stinkt die Leiche nicht«, sagte Jamison.

»Ja, weil er jetzt ein stattliches Stück Dörrfleisch ist«, scherzte Andy mit einer gehörigen Portion Sarkasmus und schaufelte mit den Händen zusätzlichen Aushub zur Seite.

Als sie die menschlichen Überreste geborgen hatten, sagte Wenton: »Zum Glück ist er vollständig. Das ist wichtig.«

»Ihm fehlt ein Fuß«, bemängelte Jane. »So wie der Beinstumpf ausschaut, möchte ich behaupten, er wurde abgerissen.«

»Vielleicht von unserem Freund im See«, mutmaßte Maggie.

Jane ging in die Hocke und begutachtete das unvollständige Bein genauer. »Der Knochen zeigt keinerlei Anzeichen von Heilung. Also ist er an dieser Wunde verstorben. Da auf der Insel keine Raubtiere existieren, hast du vermutlich recht.«

Das Boot hing nach wie vor fest im Wasser. Ein Stück dahinter lugte der Kopf der Seespinne aus dem Wasser und spähte die Menschen aus.

Hat das Ding schon wieder Appetit, überlegte Mike, *oder amüsiert es sich über uns?* Wie ausgeprägt seine Intelligenz wohl ist? War es zu einer taktischen Vorgehensweise fähig, oder handelte es rein instinktiv? Den Zeitpunkt für die Attacke auf Angela hatte es perfekt abgepasst und Bruno war einem seiner Tricks auf den Leim gegangen. Die Wut auf Katja kochte von Neuem in Michael auf. Ohne besondere Umstände hätte sie eine aufschlussreichere Warnung auf dem Blatt in Georgis Wasserflasche notieren können. Oder sie hätte ihnen mitteilen können, wie sie und ihre Freunde von der Insel getürmt waren. Michael schwor sich, sie danach zu fragen, sobald er dieses Abenteuer gemeistert hatte.

Als er wieder bei den anderen war, informierte er sie, dass die Wasserspinne erneut ihren Beobachtungsposten eingenommen hatte.

»Wunderbar«, meinte Wenton und hielt Andy auf, der gerade aus dem Grab kraxeln wollte. »Bitte vergiss Georgi nicht. Und sei vorsichtig mit ihm.«

Jamison half Andy dabei, den mumifizierten Leichnam aus der Grube zu heben. Georgi fasste sich wie verdorrtes Holz an und sein Gewicht tendierte gegen null.

»Lieber Georgi, wir brauchen deine Unterstützung, mein Freund«, bat Wenton den Verblichenen. Zu Andy sagte er: »Bitte leihe Mister Georgi deine Klamotten.«

»Was?«, zischte der Angesprochene.

»Nur das T-Shirt«, präzisierte Michael.

Grummelnd tat Andy wie geheißen. Dann streifte Wenton Georgi das Kleidungsstück behutsam über.

Mike versuchte, vor seinem geistigen Auge ein Bild des großgewachsenen, hübschen Manns, den Katja ihnen skizziert hatte, zu dessen Lebzeiten heraufzubeschwören. Doch das hautüberzogene Skelett spiegelte selbst in seinen Gedanken nichts außer den Tod wider. Die alte Frau im Hospital hatte ihren Liebhaber vor fast einem halben Jahrhundert verloren; und nun entweihten sie sein Grab und seine Leiche. »Es tut mir leid, Katja, aber deine Schweigsamkeit zwingt uns dazu.«

Die nächste Aufgabe war die Konstruktion eines Ständers aus einem flachen Stück Baumrinde und einem geraden Ast. Sie benutzten eines der wenigen übrigen Seile, um Georgi daran festzubinden, sodass er aufrecht stand. Das T-Shirt trug dazu bei, der Wasserspinne die Echtheit der Menschenattrappe vorzutäuschen.

»Gleich sind wir fertig«, verkündete Wenton und fixierte eine Dynamitstange am Rücken des Verstorbenen. Er steckte eine Zündkapsel in den Sprengstoff, ohne deren Timer zu justieren »Jetzt können wir. Mister Monroe, die Bühne gehört dir.«

Janes Kinnlade klappte nach unten. »Wieso Mike? Es ist deine Idee Harry, also solltest du sie auch selbst ausführen.«

Wenton zupfte an Georgis Shirt herum. »Ich habe das Dynamit und den Plan beigetragen, der Rest ist Mikes Sache.«

»Also gut, ich werde es tun.«

»Guter Mann. Am besten du drapierst Georgi in ordentlicher Distanz zum Boot am Ufer. Wir wollen unseren

Luxusliner doch nicht beschädigen. Oh, und viel Glück wünsche ich dir.«

***

Michael trug den Verstorbenen dreihundert Meter vom Boot entfernt ans Ufer. Sofort tauchte der Schädel der Wasserspinne unter und sie schwamm parallel neben Mike her. Das Boot schleppte sie dabei mit. Mike aktivierte den Timer, stellte Georgi ab und stakste in den See. Als er knietief darin watete, brüllte er und drosch auf die Wasseroberfläche ein. Im selben Moment, in dem die Spinne den Kopf aus dem Wasser reckte, spurtete Michael aufs Trockene. Zwei Tentakel schossen hinter ihm her. Da Michael entwischte, begab sich die Kreatur für die Jagd nach ihm in seichteres Wasser, wodurch sie ihre gewaltigen Ausmaße offenbarte. Die Wasserspinne hatte die Größe eines Einfamilienhauses und lief auf ihren Tentakeln wie auf Beinen. Das Tempo, das sie dabei an den Tag legte, war erstaunlich. Ihre Augen, die groß wie die Radkappen eines Autos waren, fixierten den fliehenden Mann.

Jane fürchtete, dass die Tentakel Mike gleich einfangen würden, da der Vorsprung ihres Freunds schrumpfte. Sie rief ihm eine Warnung zu und wollte ihm zu Hilfe eilen, aber Wenton hinderte sie daran.

Michael drehte sich um, zog sein Messer und hieb damit nach den Tentakeln. Hoffentlich würden die Schmerzen, die er der Kreatur zufügte, diese dazu verleiten, einer weniger wehrhaften Beute nachzustellen. Die Seespinne zog die Tentakel ein und ließ sie wieder vorschnellen. Michael rollte sich ab und sprintete im Zickzack über den Strand. Das Monster starrte ihm mehrere Sekunden nach und entschied dann, die Jagd auf diese Beute auf später zu verschieben.

Stattdessen konzentrierte es sich auf Georgi, packte ihn und versank zusammen mit ihm in der Tiefe.

»Runter!«, schrie Michael und warf sich flach hin.

Die Explosion wuchtete eine enorme Wassersäule in die Luft. Die Auswirkungen der Schockwelle waren selbst bei den Bäumen im Inselzentrum deutlich spürbar. Als die erhitzte Luft über ihn weggebraust war, sprang Mike auf und trottete zum Ufer zurück.

»Haben wir das Ding erledigt?«, rief Jane.

Das Wasser schwappte weiter auf und nieder. An Anzeichen bezüglich eines Gelingens der Aktion herrschte leider Fehlanzeige. Es trieben keine Gewebebrocken der Spinne an die Oberfläche und aufgrund der dunkelroten Färbung des Wassers konnte man unmöglich ablesen, ob es sich mit Blut oder sonstigen Körperflüssigkeiten mischte.

»Keine Ahnung«, bekannte Mike, während er am Ufer patrouillierte.

»Glaubt ihr, das Ding hat kapiert, dass es einer Attrappe aufgesessen ist? Eventuell hat es Georgi deshalb vor der Explosion losgelassen«, rätselte Andy, der sich inzwischen zusammen mit den restlichen Gefährten um Mike geschart hatte.

»Hoffentlich irrst du dich«, sagte Maggie. »Wir haben keine Leichen mehr für einen zweiten Durchlauf. Wir haben unsere Trümpfe ausgereizt und alle Karten liegen offen auf dem Tisch.«

»Ich bin mir sicher, dass der Plan funktioniert hat.« Wenton lächelte schwach.

»Wie kommst du darauf?«, wollte Andy wissen.

»Das Boot …«

Nun bemerkten es alle: Das Boot trieb mit der, durch die Detonation hervorgerufenen Strömung im Wasser.

»… wird nicht mehr festgehalten. Unser Monster ist Vergangenheit. Jamison, sei ein guter Junge und hol uns das Boot.«

»Wie bitte?«, kreischte dieser schrill. »Wenn du glaubst, ich schwimme da raus, irrst du dich gewaltig.«

»Ja, Mister Oberschlau, wie wäre es, wenn du dich selbst darum kümmerst?«, fragte Andy.

Wenton grinste arrogant. »Du willst ernsthaft, dass ich meinen Hals aufs Spiel setze? Ich, der Einzige, der uns wieder an die Oberfläche bringen kann? Ich, der das Dynamit zu unserer Rettung beigesteuert hat?«

Michael lachte grimmig. »Ich schlage vor, dass wir Stöckchen ziehen. Und zwar gleich. Sonst treibt das Boot zu weit in tiefes Gewässer ab.«

»Gute Idee«, stimmte Wenton zu. »Vielleicht hat die Explosion andere Bestien angelockt. Wir müssen rasch handeln.«

Jane sammelte einen Ast auf und brach diesen in sechs Stücke. Sie formte die Hand zu einer Faust, aus der deren Enden herauslugten. »Wer möchte anfangen?«

Michael griff zu. Er zog ein langes Holzstück.

Andy und Jamison ebenso.

Maggie schloss die Augen, als sie so weit war. Sie atmete erleichtert aus, als sie diese wieder öffnete, denn sie hatte Glück gehabt.

Nun waren lediglich zwei Stöckchen zur Auswahl übrig.

»Jetzt heißt es: Du oder ich, Harry«, stellte Jane klar.

Wenton nahm eines der beiden – und es war ein Langes. Mit vorgespielter Traurigkeit lächelte er die Verliererin an.

»Scheiße.« Jane pfefferte das kurze Stöckchen auf den Boden.

Vom Wasser her ertönte intensives Platschen. Alle wirbelte herum. Michael hatte sich gerade in die Fluten gestürzt und kraulte zum Boot.

»Hey!«, rief Jane. »Musst du unbedingt den Helden geben, du großer, dummer Ju…« Sie hielt kurz inne und fuhr mit sanfter Stimme fort: »Du großartiger Mann.«

***

Mike lastete der Tod von zwei Menschen auf der Seele, allein weil er sie zur Erfüllung seines persönlichen Traums zu dieser Expedition überredet hatte. Und das alles, weil er wie besessen davon gewesen war, die Wahrheit einer alten Legende zu beweisen. Der einzige Verlust eines Lebens, den er sich künftig aufbürden wollte, war der seines eigenen.

Insbesondere Jane darf nicht sterben, dachte er. Das Wasser hatte eine angenehme Temperatur, trotzdem empfand er ein Frösteln bei diesem Gedanken.

Unweit der Insel verwandelte sich das rote Wasser in eine trübe, schwarze Brühe. Also konnte er nicht sehen, was unter ihm geschah – und das war ihm auch lieber so.

Trotz aller Anstrengung schien er keinen Meter voranzukommen. Ihn beschlich die Furcht, dass die vielarmige Wasserspinne noch immer auf der Pirsch sein könnte und das Boot extra vom Ufer wegbewegt hatte, um ihn zu ködern.

Endlich hatte er das Boot fast in Reichweite. Sein Herzschlag galoppierte wild, denn sollte das Monster darunter verharren, würde er ihm in den nächsten Sekunden zum Opfer fallen. Dann umfasste er die Bootswand mit den Händen und schwang sich mit fast übermenschlicher Kraft, die aus seiner Angst gespeist wurde, an Bord. Trotz der sengenden Hitze zitterte Mike. Er brauchte eine ganze Weile, um sich zu entspannen und aufzusetzen und um seinen Freunden zuzuwinken.

Diese erwiderten den Gruß mit Ausnahme von Jane, die wütend eine Faust schüttelte.

Über diesen Gefühlsausbruch seiner Freundin verschmitzt grinsend, legte sich Michael ins Ruder.

Nachdem er wieder stabilen Grund betreten hatte, schimpfte Jane: »Du hirnloser Idiot. Ich hätte das auch gepackt. Ich bin keine hilflose Jungfrau, die du retten musst.«

»Das weiß ich doch. Aber ich konnte die Vorstellung nicht ertragen, dass dir etwas zustößt.«

»Hey«, sagte Andy mit vorgetäuschter Entrüstung.

»Gut gemacht, Monroe«, lobte Wenton und fügte an Jane hinzu: »Geh nicht zu hart mit ihm ins Gericht. In einer Welt des Wahnsinns benötigt man mutige Freiwillige von seiner Sorte.«

»Bin ich der Einzige, der so bald wie möglich einen Abflug von diesem ungastlichen Ort machen möchte?«, fragte Andy.

»Er hat recht«, sagte Mike. »Wir sollten sofort anfangen zu rudern. Wir haben eine Richtungsangabe, einen Kompass und keinen triftigen Grund, uns länger die Füße in den Bauch zu stehen.«

Da Janes Vorschlag, vor dem Aufbrechen zuerst sämtliche Eier aufzulesen und einen Vorrat an den Pflanzen die Flüssigkeit speichern, anzulegen, in die Tat umgesetzt wurde, dauerte es einen Moment, bis sie tatsächlich wieder auf die Reise gingen.

Als sie alles an Bord hatten, hisste Michael das Segel, obwohl nur eine sehr milde Brise am Himmel wehte. Es zählte jedoch jedes Quäntchen Kraft, das sie beim Rudern einsparten. Michael las den Kompass ab und zeigte die Fahrtrichtung mit einer ausladenden Geste an. »Nach Norden und nach Hause!«

EPISODE 04

»Es gibt keine unlösbaren Herausforderungen, sondern bloß Individuen mit einem schwachen oder einem starken Willen.«

JULES VERNE

KAPITEL 20

Tage … viele Tage … und es waren heiße und trostlose Tage gewesen, die sie auf dem See verbracht hatten.

Niemand investierte mehr Energie in ein sinnloses Wort. Das letzte Ei war gegessen, der letzte Tropfen Flüssigkeit aus der letzten Pflanze geschlürft, die nun genauso ausgedörrt wie ihre Zungen war. Ihre Lippen hatten inzwischen die Konsistenz von Schmirgelpapier.

Nicht der leiseste Hauch eines Lüftchens machte sich bemerkbar. Also hatten sie das Segel so gedreht, dass es als Schutz vor der sengenden Strahlung fungierte. Selbst im Schatten, den es spendete, war es unerträglich heiß.

Das Boot bot ihnen wesentlich mehr Platz, nachdem sie zwei ihrer Gefährten eingebüßt hatten. Michael sehnte sich nach Angela und er vermisste darüber hinaus den bulligen, einsilbigen Russen. Gern hätte er das Plus an Beinfreiheit gegen ihre Rückkehr eingetauscht.

Ein Plätschern erregte seine Aufmerksamkeit. Er blinzelte in die Richtung, aus der er es hörte. Silberne, torpedoförmige Geschöpfe hüpften aus dem Wasser und tauchten wieder ein.

Ihre Anwesenheit erfreute Mike, da sie ihn an Delfine erinnerten. In Wirklichkeit handelte es dabei aber um Insekten. Parallelevolution, sinnierte er. Er fingerte den Kompass aus seiner Tasche und dachte schwerfällig: *Wir müssen in den Norden.* Ohne den passenden Wind schien dieser Wunsch unerreichbar. Das Boot schwamm keinen Millimeter vorwärts, schon gar nicht in die richtige Richtung. Allmählich bildete er sich ein, auf einer endlosen Wasserfläche zu treiben.

In seinem Rücken ertönte ein Schnarren. Mühevoll zwang sich Mike, seinen Körper nach hinten zu drehen, da jederzeit eine Seekreatur anklopfen konnte, die es abzuwehren galt. Seine Gefährten dösten und das war auch gut so, da sie dadurch ihren Energieverbrauch reduzierten und wenig Kalorien verbrannten. Am besten wäre es, einen Winterschlaf zu absolvieren, bis eine frische Brise aufkam. Die Augen wurden ihm schwer und er vergaß, was ihn alarmiert hatte. Sein Oberkörper sank vornüber, er bettete die Stirn auf die Knie und gesellte sich zu seinen Freunden ins Land der Träume.

Schhhnnaaarrrrr!

Michaels Kopf zuckte hoch.

»Was war das?«, murmelte Andy im Halbschlaf.

Auf der Seeoberfläche und darüber geschah nichts Ungewöhnliches. Michael blickte über die Reling senkrecht nach unten. Im glasklaren Wasser machte er eine Bodenspalte aus, die von Felsen und Korallen umsäumt wurde, die sich fast bis hoch zu ihnen erstreckten. »Wir passieren gerade ein Riff. Wir sollten ein Stück rudern, um zu verhindern, dass einer der Ausläufer den Bootsrumpf aufschlitzt.«

Sie weckten die Schlafenden und betätigten gemeinsam die Ruder; außer Jane, die am Bug auf Hindernisse achtete.

»Es wird immer flacher«, meldete sie.

»Hört auf zu rudern«, ordnete Mike an, stemmte seinen Speer in einen Felsenriss und verankerte das Boot auf diese

Weise. »Wir sind ganz dicht am Riff. Dadurch haben wir die Chance, einige von den Schalentieren abzuernten, die es bewohnen. Oder wir fangen sogar einen Fisch.«

Steif und ungelenk platschten sie ins Wasser und fixierten das Boot mit einem Seil an der Spitze des Felsens.

Jane schwamm bis zum Anfang der Spalte, stellte sich auf eine Felsspitze und sah nach unten. »Dort ist irgendwas.«

»Irgendwas Essbares?«, fragte Andy.

»Das auch. Ich sehe einen ganzen Schwarm Fische. Aber auch eine Öffnung im Felsen. Es könnte der Zugang zu einer Grotte sein. Leider kann ich nicht erkennen, wie tief unten er liegt. Es könnten drei Meter sein, oder auch dreißig.«

Die Gruppe versammelte sich bei ihr.

»Ich glaube nicht, dass uns das weiterhilft«, orakelte Maggie.

»Sicher?«, widersprach Wenton. »Es gibt häufig unterseeische Felsformationen, die aus ineinandergreifenden Gesteinsschichten bestehen. Beispielsweise vor der Küste von …«

»Ja, Harry«, schnitt ihm Jane das Wort ab. »Ich bin bestens informiert, was Quarzbrücken, Schieferziegel und rautenförmige Felsformationen betrifft. Das da sieht aber anders aus – fast wie eine Straße aus Pflastersteinen, die an einer Mauer oder zumindest an den Ruinen einer solchen verläuft.«

Maggie legte die Stirn in Falten. »Willst du behaupten, es gäbe unter dem See Spuren einer Zivilisation?«

»Ja, allerdings ist diese erloschen, als sie vor tausenden von Jahren unterging.«

»Möglicherweise vor einem wesentlich längeren Zeitraum«, ergänzte Michael. »Das Wasser ist so rein, dass es über weniger zersetzende Eigenschaften verfügt als sein oberirdisches Gegenstück.«

»Dann lernen wir heute keine Fischmenschen kennen?«, scherzte Andy.

»Leider ist das nicht Atlantis. Wäre ja zu schön gewesen«, erwiderte Wenton. An alle gewandt, fuhr er fort: »Das echte Atlantis liegt nämlich unter dem Eis der Antarktis. Habt ihr je den geleakten Bericht von diesem Linguistik-Professor aus Harvard gelesen, der im Darknet kursiert? Matt Kearns heißt der Typ, wenn ich mich recht entsinne. Er behauptet, er sei im Rahmen einer Militäroperation dort gewesen.«

»Ich habe mal kurz reingeschaut«, sagte Andy. »Es liest sich nicht so, als ob er ein Spinner wäre. Ich wollte mich nach dem Abschluss unserer Expedition näher damit beschäftigen.«

»Da sind sogar Säulen«, rief Jane. »Ohne Zweifel gab es hier einst eine ganze Stadt.«

»Möglicherweise wurde sie auf einer Insel errichtet, die später versank«, spekulierte Michael. »Oder der Wasserspiegel stieg massiv.«

»Ich frage mich, wie die Bewohner ausgesehen haben?«, überlegte Maggie.

»Wahrscheinlich wie Käfer«, antwortete Wenton. »Käfer, die Häuser bauen. Das wäre ein Anblick, der sich lohnt. Falls sie tatsächlich auf einer Insel lebten und in der Lage waren, Gebäude zu planen und zu konstruieren, müssten sie intelligent genug gewesen sein, ihre Heimat rechtzeitig zu evakuieren, sobald deren Untergang unvermeidlich wurde.«

»Behalte diesen Gedanken im Kopf«, bat ihn Mike und kramte in seinem Rucksack, bis er eine Taucherbrille herausgepflückt hatte. Er setzte sie auf und hielt den Kopf unter Wasser.

Als er diesen zum Luftschnappen aus dem See hob, fragte Maggie neugierig: »Und?«

Er grinste. »Scheint ziemlich interessant zu sein. Ich will vorsichtshalber richtig nachgucken, ehe ich es ausposaune. Ein kleiner Tauchgang und wir wissen definitiv Bescheid.«

»Sind jetzt alle verrückt geworden?«, fragte Andy. »Habt ihr die Seespinne schon vergessen?«

»Mike scheint einen Hang zum Selbstmord zu haben«, konstatierte Jane trocken.

»Ich werde mich beeilen. Sollte ich Erfolg haben, werde ich euch eine Antwort auf eine der wichtigsten Fragen unserer Epoche liefern können.«

»Und die lautet: Wie schnell kann ein Mann leichtsinnig den eigenen Tod herbeiführen?«, spottete Wenton.

Michael lachte. »Nein. Es ist eher eine Frage aus dem Bereich der Weltraumforschung: Sind wir allein im Universum?«

Ohne eine Antwort abzuwarten, tauchte Michael in die Felsspalte.

***

Nach einer Weile stoppte Michael ab, um seinem Organismus die Gelegenheit für einen Druckausgleich zu gewähren. Sein Ziel lag weiter weg, als er geschätzt hatte. Dann schwamm er weiter. Die Fische, die von oben so winzig gewirkt hatten, hatten in der Realität die Länge eines halben ausgewachsenen Manns. Sie umschwärmten ihn interessiert und begleiteten ihn auf seiner Erkundungstour zu einer der von Seetang umschlungenen Säulen. Für einen Moment fürchtete er, sie könnten ähnliche Essgewohnheiten wie Piranhas haben. Glücklicherweise war dem nicht so. Er tauchte bis zum Sockel der Säule, las einen Gegenstand auf und verabschiedete sich aus dem Reich des Wassers.

An der Oberfläche sog er gierig Luft in seine strapazierte Lunge und entledigte sich der Tauchmaske. Lächelnd sagte er: »Geschafft!«

Dann griff er unter sein T-Shirt und zauberte etwas hervor. Alle drängten näher an ihn heran, um das geheimnisvolle Objekt zu bewundern.

»Prima, Mike«, lobte Wenton. »Damit ist das Rätsel gelöst.«

Es handelte sich um die Statuette einer Person, die unterhalb der Knie abgebrochen war. Sie hatte zwei Arme, zwei Beine und einen Kopf, dessen Gesichtszüge Algen überzogen. Wegen des langen, schädigenden Aufenthalts im Wasser waren diese so gut wie unkenntlich geworden.

»Keine sechs Beine oder sogar mehr, keine Schuppen und keine Stielaugen – also ist es kein Insektoid. Kann die Evolution hier unten eine andere Version von *uns selbst* produziert haben?«, staunte Michael.

Jane zuckte mit der Schulter. »Wenn man ihr genug Zeit gibt, ist alles denkbar.«

»Die Architektur ähnelt denen der alten Römer«, diagnostizierte Wenton. »Oder der alten Griechen. Zumindest annähernd. Während unsere oberirdischen Vorfahren einen Pfad des zivilisatorischen Fortschritts einschlugen, starben unsere unterirdischen Verwandten aus.«

»Wenn man vom Himmel fällt«, entgegnete Maggie, »und mitten im Amazonasdschungel, einer Wüste oder der Antarktis landet, kann man tage- oder wochenlang durch die Gegend latschen, ohne einem lebendigen Menschen zu begegnen. Ist die Menschheit deshalb ausgestorben? Vielleicht existiert die Zivilisation, die diese Statuette hervorgebracht hat bis heute, und wir sind bis jetzt leider nicht darüber gestolpert.«

»Hm«, machte Wenton. »Würden wir dabei auf richtige Menschen treffen oder auf Proto-Menschen?« An Mike gewandt, fügte er hinzu: »Hat deine russische Freundin etwas darüber berichtet?«

Michael schüttelte den Kopf, wickelte das Artefakt in ein Kleidungsstück ein und vergrub es behutsam in seinem Gepäck. »Leider nein. Ihre Expedition hatte keinerlei Kontakt zu Menschen oder menschenähnlichen Wesen.«

»Und wir? Sollten wir nach ihnen suchen?«

»Nein, Harry«, widersprach Jane in einem bestimmten Tonfall. »Alles, was für uns zählt, ist – auf der kürzesten Route – wieder nach Hause zu kommen. Sollte jemand von uns mit einer neuen und besser ausgerüsteten Expedition zurückkehren wollen, steht ihm das natürlich frei.«

Wenton hob beschwichtigend die Handflächen. »War ja nur eine Idee. Es reizt mich schon zu erfahren, wie sie waren beziehungsweise sind. Was hätten sie uns bei einem Treffen zu sagen?« Nachdenklich stockte er kurz. »Vielleicht komme ich irgendwann wieder hierher. Falls ich ihnen dann begegne, werden sie mich hoffentlich mögen.«

»Klar, Harry«, spottete Maggie. »Nebenbei erwähnt, kannst du nur zurückkehren, wenn du es zwischenzeitlich nach oben schaffst. Das muss unsere oberste Priorität sein.«

Die Gruppe schwamm vom Riff wieder zum Boot und begutachtete dort ihre Ausbeute. Sie hatten eine ganze Menge kleiner Krebse aufgesammelt, sodass für jeden einige Mundvoll abfielen – besser als nichts.

Halbwegs gekräftigt ruderten sie eine halbe Stunde und als plötzlich Wind blies, hissten sie das Segel.

Eine Weile später entdeckten sie verschiedene Geschöpfe der Lüfte am Horizont.

»Was das auch für Kreaturen sein mögen, sie verraten uns, dass es dort Land gibt«, verkündete Andy erfreut.

»Außer sie leben wie Albatrosse«, erläuterte Jane. »Die können nämlich die gesamte Erdkugel umrunden, ohne zu landen.«

»Du solltest dich in Zukunft als Motivationscoach betätigen«, schlug Wenton mit einem sarkastischen Unterton vor.

Sie kicherte. »Vermutlich hat Andy recht. Ich glaube auch, dass wir auf ein Ufer zusteuern.«

Nachdem einige Stunden vergangen waren, zeichnete sich eine dicker werdende Linie ab, die schließlich keine andere

Interpretation mehr zuließ, als dass es sich um das Ufer handelte.

»Hat Katja geschildert, wo sie an Land gingen?«, fragte Jane.

»Das hat sie.« Michael blätterte das Notizbuch auf. »An einer Blumenwiese, schreibt sie.«

»Das klingt zu schön, um wahr zu sein«, monierte Maggie. »Ein Ort ohne dichtes Gestrüpp und Unterholz.« Sie reckte einen Daumen in die Höhe.

»Sie rät aber auch: Haltet die Luft an!«

»Was soll das heißen?« Maggie legte die Stirn in Falten.

»Was weiß ich. Mehr dazu gibt sie nicht preis.«

»Kannst du beschwören, dass du richtig übersetzt hast? Wir sollten Bruno …«

Sie verstummte betreten. »Ach, egal.«

Eine Stunde später dominierte die Landmasse das Panorama. Weiter im Landesinneren wucherten Dschungelgebiete. Dazwischen erstreckte sich jedoch eine lichte Grasfläche, auf der Blumen und Sträucher in allen Regenbogenfarben blühten. Merkwürdigerweise mieden die vorhandenen vogelartigen Kreaturen die Wiese und beschränkten ihren Aktionsradius auf den Wald.

»Sollten wir uns vielleicht besser an ihrem Beispiel orientieren?«, fragte Jane.

»Der Dschungel scheint undurchdringlich«, antwortete Wenton. »Katjas Warnung ist ziemlich vage. Weshalb sollen wir die Luft anhalten? Vielleicht stinken die Blüten nur hundserbärmlich. Das sollten wir aushalten können. Ich wünschte, ich könnte mich bei ihr danach erkundigen. Wie wäre es damit: Wir schicken zuerst eine Vorhut ins Gelände. Katja und ihre Freunde haben die Wiese überquert. Warum sollten wir daran scheitern?«

»Dem stimme ich zu«, bekundete Michael sein Einverständnis. »Andy und ich …«

»Nein«, unterbrach ihn Jane. »Ich bin die ausgebildete Biologin im Team. Ohne euch auf den Schlips treten zu wollen, aber ihr hättet keinen blassen Schimmer, worauf es zu achten gilt. Also werde ich vorgehen.«

»Ich begleite dich«, bot Andy an. »Jamison?«

»Äh … ja … also gut.«

»Und nehmt die Speere mit«, mahnte Mike.

»Klar, ich gehe stets bewaffnet auf Wildblumenjagd«, neckte ihn Jane.

»Du kannst mich mal«, antwortete er.

Sobald das Boot am matschigen Ufer angelandet war, marschierten Andy, Jamison und Jane los. Der Schlamm schmatzte unter ihren Sohlen. Die Biologin übernahm mit einigen Metern Vorsprung die Spitze.

Als sie auf der Wiese waren, schnüffelte sie intensiv. »Ich rieche nichts Verdächtiges.« *Warum hat Katja, dann dazu geraten, den Atem anzuhalten?*, dachte sie. *Es gibt nur einen Weg, das zu testen.* Sie schritt entschlossen weiter und winkte ihre Begleiter hinter sich her.

Jane achtete sorgfältig auf Bedrohungen, die geduckt in der Vegetation lauern mochten. Die Konzentration darauf fiel ihr schwer und ihre Aufmerksamkeit schweifte immer wieder zu den bunten Blüten ab. Ihr bot sich eine Myriade an Farben und Formen, die auf der oberirdischen Welt gänzlich unbekannt waren. Manche der Blumen hatten breite Blätter in brillantem Zinnoberrot mit gelben oder sanft-blauen, trompetenförmigen Kelchen. Andere Exemplare stellten dunkelrote Blattrosetten zur Schau, deren Farbtiefe jener von geronnenem Blut Tribut zu zollen schien. Den Erdboden überwucherte ein üppiger grüner Teppich, den zarte, purpurne Glockenblüten sprenkelten. Die Zweige mancher Pflanzen mündeten in walnussgroße Samenschoten, deren geöffnete Innenseiten in grellem Rot erstrahlten.

»Ich rieche gar nichts«, sagte Andy. »Und ich sehe auch nichts Gefährliches. Meine Eltern würden einen Mord begehen, um ein paar dieser Blumen für ihren Garten zu ergattern.«

»Kann ich mir gut vorstellen«, beteuerte die Biologin. »Trotzdem lassen wir alles von hier unten auch hier unten.«

Jane hörte, wie Michael nach ihr rief. Sie gab ihm mit der Hand das Okay-Zeichen. Sollte die Situation die nächsten vierzig bis fünfzig Meter stabil bleiben, würde sie den am Ufer Verbliebenen signalisieren, dass sie nachrücken konnten.

Je weiter das Trio vorstieß, desto harmloser erschien ihnen die Gegend. Dieser Ort war gar nicht so übel. Eigentlich war dieses Meer aus Blumen sogar wunderschön.

Jane fragte sich, wie es wohl wäre, hier in einem schmucken Häuschen zu wohnen? Sie malte sich aus, wie sie mit Mike auf der Veranda faulenzte, der entspannt mit nacktem Oberkörper dasaß und ein kühles Bier genoss. Plötzlich wurde ihr bewusst, dass sie bei diesem Gedanken errötete. *Wie komme ich bloß darauf?* Sie lachte vergnügt. Als ihr von hinten ein Geräusch in die Ohren drang, stoppte die Biologin.

Jamison und Andy hockten im Gras.

»Hey, was macht ihr da, Jungs?« Sie schlenderte zu ihnen hin.

Die beiden saßen im Schneidersitz am Boden und nippten an ihren leeren Wasserflaschen.

»Ich hatte gerade Durst auf Wein«, verkündete Andy. »Und unglaublicherweise schmeckt das Wasser wie ein erlesener Tropfen. Wie cool ist das denn?«

Eine Stimme in ihrem Hinterkopf drängte Jane, an der Wirklichkeit ihrer Wahrnehmung zu zweifeln. Sie fegte den Hinweis beiseite, kauerte sich zu den beiden und schraubte ihren eigenen Trinkbehälter auf.

»Champagner«, hauchte sie, die Augenlider genussvoll geschlossen. »Es riecht und schmeckt eindeutig wie

Champagner.« Glückselig lächelnd prostete sie ihren Freunden zu und trank einen zweiten Schluck. Am Himmel strahlte die Sonne golden und bunte Vögel flatterten von Blume zu Blume. Relaxt sank sie auf den Rücken und spreizte die Arme.

Die Vögel umschwärmten sie und sangen das lieblichste Lied, das sie je vernommen hatte. Als sie auf Jane landeten und sie liebkosten, hieß sie die putzigen Tierchen freudig willkommen.

»Ich liebe es, hier zu sein«, flötete sie verträumt.

***

»Was zur Hölle tun die da?«, wunderte sich Michael.

»Sie können schlecht alle drei gleichzeitig gestürzt sein«, zweifelte Maggie. »Oder doch?«

»Nein, ich glaube, sie haben sich auf den Boden gesetzt«, wandte Mike ein. »Es wirkt, als würden sie ein verdammtes Picknick abhalten.«

Wenton zwickte die Augen zusammen und trat einige Schritte vor. »Jetzt haben sie sich sogar hingelegt.«

»Mir reicht's«, platzte es aus Michael heraus. »Ich gehe hin und sehe nach dem Rechten.«

»Halt«, sagte Wenton. »Wir kümmern uns gemeinsam darum. Und wir müssen die Rucksäcke mitnehmen.«

»Keine Zeit«, protestierte Michael.

»Wir werden nicht mehr zum Boot zurückkehren«, bohrte Wenton nach. »Deine Freunde haben die Wiese ohne Probleme überquert. Uns wird das Gleiche gelingen. Wir sollten allerdings zur Vorsicht Masken verwenden. Das geht ganz leicht. Wir tauchen jeder ein T-Shirt ins Wasser und binden es uns über die Nase und den Mund.« Zielstrebig lud Wenton ihre Habseligkeiten aus dem Boot.

Ungeduldig zerrte Michael einen Stofffetzen, der einst ein T-Shirt gewesen war, aus seinem Gepäck und schulterte den Rucksack. Er durchtränkte das Kleidungsstück mit Seewasser und verhüllte damit seine untere Gesichtshälfte. »Können wir?«

Wenton und Maggie bejahten seine Frage und alle drei joggten los.

Als sie zwei ihrer Freunde entdeckten, weiteten sich Maggies Augen. »Was …?«

Auf den reglosen Körpern der beiden ringelten sich Ranken mit zahlreichen roten Blüten. Michael reagierte sofort und riss das Pflanzengestrüpp von ihren Gefährten. Überall da, wo die Blüten Kontakt zur Haut der Betäubten gehabt hatten, entstanden dabei blutige Schmierflecken, da aus den Blüten spitze Auswüchse sprossen, die sich in ihre Opfer gebohrt hatten.

»Blutsauger!«, diagnostizierte Wenton und half bei der Befreiungsaktion mit. »Wo ist Jamison hin?«

»Jamison?«, rief Maggie. »Autsch!« Sie schlug sich mit der Hand in den Nacken, an dem eine der Pflanzen Anstalten unternommen hatte, sich festzusaugen. »Wir müssen ihn schleunigst aufsammeln.«

Maggie fing an, die anderen in größer werdenden Bögen zu umkreisen.

»Harry, wir zwei sollten zuerst die beiden forttragen«, schlug Mike vor.

»Wir gehen nicht ohne Jamison«, widersprach Wenton.

»Wir holen ihn, sobald Maggie ihn ausfindig gemacht hat.«

Sie schleppten die Bewusstlosen bis zum Rand des Dschungels, in dessen Schatten keine der Vampirblumen gediehen, und betteten sie dort in gebührender Entfernung von der Wiese auf die Erde.

»Harry, du bewachst sie. Ich helfe Maggie mit Jamison.« Michael sprintete davon.

Nach einigen Minuten fanden sie ihn. Er war rund hundert Meter von Jane und Andy fortgekrochen und hing vollkommen verschlungen in einem Gebüsch, über und über von pflanzlichen Parasiten befallen.

Maggie und Michael befreiten ihn von den Blutsaugern und verfrachteten ihn zu Wenton und den anderen.

Jane und Andy zappelten stöhnend auf der Erde, während sie langsam zu Sinnen kamen.

Jamison hatte es schlimmer als die beiden erwischt. Seine Haut war totenbleich und seine Wangen eingesunken.

»Ich fürchte, er hat eine Menge Blut verloren«, sagte Maggie.

»Sieh zu, dass du Jane aufweckst«, wies Mike sie an. »Wir brauchen dringend ihre Expertise als Biologin.«

Jamison lag mit offenem Mund da, einige der Blüten heften mit abgerissenen Stängeln an ihm. »Scheiße!«, schrie Mike, als sich deren Auswüchse wie winzige Würmer unter der Haut des Besinnungslosen schlängelten und dabei wuchsen und an Umfang gewannen.

»Oh Gott … was ist mit uns passiert«, murmelte Jane, als sie munter wurde und sie massierte sich die Schläfen mit den Fingerkuppen.

»Ich benötige Hilfe«, sagte Michael und riss die Blüten aus Jamison. Mikes Finger wurden von dem dabei hervorquellenden Blut glitschig und einige der Vampirgewächse knickten ein und brachen ab, sodass sich ein Teil von ihnen unter der Haut ihres Opfers verhakte. »Verdammt!«

Wenton zückte sein Messer und Mike nickte ihm zu. »Mach schon!«

Wenton schnitt in Jamisons Fleisch und beförderte so die Überreste der Blume zutage, die sich nach der Extraktion zusammenrollten.

Maggie bedeckte ihren Mund mit der Hand und nuschelte: »Nein, nein, nein …«

Unwillkürlich schnellte eine Ranke aus Jamisons Kehle und bildete an ihrem Ende blitzartig eine Blüte aus.

Ein lähmendes Gefühl ergriff Besitz von Michael. Obwohl sich tief in ihm etwas dagegen wehrte, konnte er nicht anders, als sich vorzubeugen und an der Blüte zu schnüffeln.

»Geh … weg … von … ihm«, murmelte Jane träge und umfasste Mikes Arm. »Sie … verströmen … eine Art … Gas.«

Michael trat zurück und schüttelte sich. Maggie und Wenton fuhren krampfhaft fort, Jamison von den Pflanzenresten zu säubern.

Ungeachtet dessen schwoll Jamisons Leib an – sein Bauch, seine Hüften, selbst seine Kehle.

Resigniert sagte Michael: »Er ist tot. Ihr könnt aufgeben.«

»Ist er nicht«, jammerte Maggie.

Jamison öffnete den Mund, als wolle er etwas sagen. Statt Worten stieß er jedoch ein gedehntes, leises Pfeifen aus, während er mit letzter Kraft darum rang, Luft in seine Lunge zu pumpen.

Nun blähte sich auch seine Brust auf.

»Er lebt«, schrie Maggie und zerfetzte sein T-Shirt im Bestreben, ihm eine Herzmassage zu verabreichen. Aus seinem nackten Oberkörper stachen Ranken und produzierten neue Blüten.

»Passt auf, dass ihr den Duft nicht einatmet«, warnte Andy, der inzwischen aufgewacht war und mit geschwollenen Augen das Geschehen blinzelnd beobachtete.

Jamisons Torso barst abrupt auf, wie eine geplatzte Melone. Zwischen seinen Eingeweiden spross ein Wirrwarr aus Wurzeln, Ranken und Blüten.

Wenton und Maggie stürzten weg von ihm und verharrten dann. Andy und Michael zogen die beiden weiter von ihrem grauenhaft zugerichteten Freund fort. Unterdessen schlug Jamisons Leiche Wurzeln in die Erde und Zweige keimten und bildeten bunte Blüten aus. Der Tote mutierte zu etwas, das nicht mehr das Geringste mit einem menschlichen Lebewesen zu tun hatte.

Die Gruppe wandte sich ab und zog sich tiefer in den Dschungel zurück.

Jane wischte sich die Tränen aus dem Gesicht. »Katja hat uns gewarnt. Wir hätten auf sie hören und den Atem anhalten sollen. Ich frage mich, ob einer von Katjas Freunden auf der Blumenwiese zugrunde ging?«

»Die Dinger haben uns unter Drogen gesetzt«, analysierte Andy. »Sie haben uns mit einem Gas betäubt, damit sie uns absorbieren können.«

»Wir sind Futter für sie«, pflichtete Jane bei. »Auch gibt es fleischfressende Pflanzen, die Düfte einsetzen, um Beute in Form von Insekten anzulocken. Das hier hat aber eine ganz andere Qualität. Sie fangen große Tiere und verdauen sie mit unglaublicher Geschwindigkeit.«

»Anscheinend brauchen sie viel Licht«, sagte Mike. »Deshalb breiten sie sich nicht in den Wald aus.«

Andy verzog das Gesicht und kratzte sich am Bauch. »Scheiße!« Er streifte sein Shirt ab und entledigte sich seiner Hose. »Seht auf meinem Rücken nach. Verflucht, seht auf meinem Rücken nach, ob alles in Ordnung ist.«

»Halt ruhig«, ordnete Michael an und fügte an Janes Adresse hinzu: »Dich nehmen wir anschließend unter die Lupe.«

Mike fand eine Stelle, an der sich ein Rankenstück festgebohrt hatte, und extrahierte es mit dem Messer. Zum Glück hatte die Vampirpflanze einzig und allein die Oberhaut durchdrungen, sodass die kleine Operation ohne nennenswerten Blutverlust über die Bühne ging. Und es gab weiteren Grund zur Freude: Jane war frei von jeglichem Befall durch einen der Parasiten.

»Erinnert mich daran, dass ich in meinem Expeditionsbericht eine weniger kryptische Warnung als *Haltet die Luft an* vermerke«, sagte Mike.

»Besser ist das«, bekräftige Andy und schlüpfte in seine Kleidung.

Rund um den Trupp standen riesenhafte Bäume und eine dicke Laubschicht verdeckte den Boden. Zwischen den Ästen der Giganten sprossen enorme Farne und bereits in nächster Nähe erschien der Versuch eines Fortkommens innerhalb der überreichen Vegetation vergeblich.

Als Andy und Jane reisefertig waren, sagte Andy: »Praktisch sind wir wieder am Anfang.«

»Ja«, stimmte die Biologin zu. »Wobei ich schon vor dem Abmarsch ziemlich ausgelaugt bin.«

»Wir werden das Tageslicht wiedersehen«, schwor Mike seine Mitstreiter ein. »Jeder Schritt, den wir tun, bringt uns der Oberfläche näher.«

»Versprochen?«, fragte Jane.

Optimistisch antwortete er: »Ich garantiere es sogar.« Doch hinter der Fassade war seine Hoffnung geschwunden und schwand weiter.

KAPITEL 21

Nach gut anderthalb Kilometern wurde der Boden abschüssig und die gewaltigen Bäume wichen kleineren Vertretern ihrer Art. Der Boden unter ihren Füßen wurde feucht und rutschig. Luftwurzeln und schwammige Pilze prägten das Landschaftsbild.

Gerade als Michael glaubte, sie kämen wieder in ein trockeneres Gebiet, trafen sie hinter einem Felsen auf ein Moor von immensen Ausmaßen. Ein stechender Fäulnisgestank waberte durch die Luft und kündete von Tod und Verhängnis.

»Himmel hilf.« Maggie neigte den Oberkörper vor und stützte sich mit ihren Händen an den Schenkeln ab.

Michael plumpste frustriert auf einen der Steinbrocken.

»Wie lange war diese Russin hier unten verschollen«, wollte Wenton wissen.

»Ein Jahr. Aber sie hat einen anderen Weg eingeschlagen.«

»Was? Bedeutet das, dass wir uns verirrt haben?«, fragte Andy aufgeregt.

Mike zuckte mit den Achseln. »Ihre Expedition ist damals einem Flusslauf nachgetrabt. Sie hat leider darauf verzichtet zu beschreiben, wo dieser ist.«

»Eventuell war das Moor vor fünfzig Jahren noch ein Fluss«, überlegte Jane. »Inzwischen hat er das Land überflutet und alles in Morast verwandelt.«

»Du könntest recht haben. Laut Kompass führt der Weg nach Norden mitten durch den verfluchten Sumpf.«

Der Matsch vor ihnen warf blubbernd Methanblasen, die beim Zerplatzen den Geruch fauler Eier verströmten. Von grünen Algen gesättigte Tümpel verschiedener Durchmesser lockerten das ansonsten monotone Terrain auf.

»Ihr bleibt hier«, wies Michael die Gruppe an und wagte sich vierzig Meter in das – durch die mächtigen Blätter der Bäume schattenverhangene – Gelände vor. Zusammen mit dem trügerischen Boden ergaben die trüben Lichtverhältnisse einem potenziell tödlichen Mix.

Zurück bei den anderen, sagte er: »Ich konnte keine Route sehen, die halbwegs gangbar wirkt.«

»Das gelingt uns nie«, jammerte Maggie. »Wie lange würden wir für die Durchquerung brauchen? Ein paar Stunden, einen Tag oder eine Woche? Kann mir bitte jemand einen Gefallen tun und mich erschießen?«

»Alligatoren«, sagte Jane wie aus heiterem Himmel.

»Wo?«, fragte Michael.

»Na irgendwo im Sumpf werden welche sein. Oder vergleichbare Kreaturen. Wie ich bereits früher erläutert habe, hasst die Natur das Vakuum. Sobald sie an einem Fleck ein tragfähiges Konzept entwickelt hat, kopiert sie dieses überall dort, wo gleichwertige Umweltbedingungen mit einem gleichwertigen Rohmaterial gegeben sind. Weißt du, worauf ich hinaus will?«

»Schätze schon.«

»Alligatoren und Krokodile zählen zu den erfolgreichsten Lebewesen auf diesem Planeten. Ihre Erscheinungsform ist bis heute die gleiche wie bei ihrer Entstehung vor zweihundertfünfzig Millionen Jahren. Ich wette meinen letzten Dollar darauf, dass hier unten ein insektenartiges Äquivalent existiert.«

»Auf eine Begegnung mit einem *davon* verzichte ich freiwillig«, befand Andy. »Sämtliche Lebewesen in dieser Welt sind riesig und trachten danach, uns zu fressen.«

»Mir ist auch schon aufgefallen«, sagte Wenton, »dass Lebewesen mit einem weichen Körper hier unten besonders begehrt für den Mittagstisch sind. Aber Spaß beiseite: Den direkten Weg zu nehmen ist meist eine gute Sache. Doch wenn dieser zu risikobehaftet ist, sollte man nach Alternativen Ausschau halten.« Er neigte den Kopf in den Nacken und sah zu den Baumwipfeln auf.

»Ja, ich hab's kapiert«, antwortete Michael. »Einer von uns muss auf einen der Bäume hoch.«

Alle musterten Andy, doch der schüttelte den Kopf. »Von wegen. Ich habe meinen Hals oft genug aufs Spiel gesetzt. Obwohl … dort oben weht bestimmt ein kühler Wind.« Da sich niemand freiwillig meldete, schlug er vor: »Dort drüben auf dem umgestürzten Baumstumpf könnt ihr eine Weile lagern und euch erholen, bevor wir weiterwandern.« Er umfasste einen der Äste, schwang sich daran in die Höhe und verkündete: »Es wird etwas dauern, bis ich wieder da bin.« Dann erklomm er den Baum.

***

Der Baum und sein Geäst waren so gewaltig und seine Borke so schrundig, dass Andy überwiegend bestens eingeübte Techniken des Felsenkletterns zur Anwendung bringen konnte. Nach zwanzig Minuten, in denen er sein eigenes Körpergewicht ein ums andere Mal hochgestemmt hatte, gönnte er sich in der Höhe von knapp sechzig Metern eine kurze

Verschnaufpause. Er wusste, dass Riesenmammutbäume bis zu hundertzwanzig Meter groß wurden; und das Exemplar, das er gerade bezwang, rangierte definitiv auf derselben Skala. Allerdings war es deutlich dicker und hatte wesentlich mehr Äste als ein oberirdischer Mammutbaum.

Als Andy nach einem Ast griff, um die Klettertour fortzusetzen, zischte ihn etwas an. Geschockt zog er die Hand zurück. Auf dem Ast, den er gewählt hatte, tummelten sich schwarz-rot gestreifte Käfer. Von rundlicher Statur glich ihr Umfang ungefähr dem eines Motorradhelms. Abgesehen von der unterschiedlichen Musterung und den kleineren Schädeln muteten sie wie überdimensionierte Marienkäfer an.

»Euch ist klar, dass ihr dort, woher ich komme, keinem Menschen ein Leid zufügt?«

Der Käfer, der ihm am nächsten war, zischte abermals. Dann riss er das Maul auf und entblößte spitze Zähne.

»Ach, halt die Fresse und verpiss dich einfach!«

Andy schmetterte die Kreatur mit einem Hieb der flachen Hand von ihrem Sitzplatz. Nachdem sie einige Meter in die Tiefe gefallen war, entfaltete sie ihre Flügel und schwirrte ab. Der Kletterer wiederholte den Vorgang einige dutzend Mal, ehe er den Aufstieg wieder in Angriff nehmen konnte.

Unter Einlegung kurzer Pausen, in den er seine Muskulatur lockerte, erreichte Andy endlich in die Baumkrone. Allmählich wurde ein weiteres Vordringen unmöglich, da die Äste ab einem gewissen Punkt zu dünn waren, um Andys Gewicht zu tragen. Vorsichtig balancierte er auf einem der kräftigeren Äste in den Randbereich des Wipfels. Dabei hielt er sich an einem zweiten Ast fest, der über seinem Kopf parallel zu seiner Wegrichtung verlief. Er hielt erst an, als der Ast unter seinen Füßen knackte und sich bedenklich durchbog. Mit einer Hand schob er die Zweige vor seinen Augen beiseite.

»Unglaublich«, flüsterte Andy ergriffen. Hinter dem Dschungel am Mittelpunkt der Erde lagen in einem fantastischen Panorama Seen, die wie geschmolzenes Metall funkelten. Aus Vulkanen waberten graue Rauchschwaden. Über allem thronte das gewaltige Felsmassiv im Zentrum dieser Welt; umkreist von geflügelten Kreaturen. Doch das Massiv endete nicht in einem Gipfel, sondern berührte das rote Dach der unterirdischen Welt und ging darin über.

»Bingo.«

Der stinkende Morast, der ihren Weg blockierte, uferte kilometerweit aus. Von dem Fluss, den Katja erwähnt hatte, fehlte jegliche Spur. Er fragte sich, ob er vielleicht ausgetrocknet war oder ob er sich, – wie von Jane vermutet – in den Sumpf verwandelt hatte.

Dankenswerterweise waren die besonders unpassierbaren Regionen des Sumpfes relativ klein und zwischen ihnen gab es, auf von Gras und Bäumen bewachsenen Streifen, eindeutig Wildwechsel.

»Wird schwer, aber es könnte klappen«, sagte Andy zu sich selbst. Die Durchquerung des Sumpfgebiets würde alles von ihnen abverlangen, aber es war die einzige Chance, den Säulenberg in einer akzeptablen Zeitspanne zu erreichen.

Beim Herunterklettern regneten plötzlich Blätter auf seinen Kopf. Einen Angriff befürchtend, sah er forschend in die Höhe. Der Baum erzitterte; und immer mehr Laub segelte auf ihn und an ihm vorbei. »Was zur Hölle?«

Andy umklammerte den Ast mit aller Kraft und orientierte sich zum Baumstamm hin. Auf einmal wackelte der ganze Baum und auch seine Nachbarn schwankten bedrohlich. Andy konnte sich ausmalen, was das bedeutete …

… und wie bestellt tauchten kurz darauf die Rücken der gigantischen, sauropodenähnlichen Insektenkreaturen, über die sie schon früher gestolpert waren, in der Vegetation auf.

Donnernd stampften sie in dreihundert Metern an ihm vorbei und steuerten auf den Sumpf zu. Wie bei der ersten Begegnung bevölkerten vogelartige Insekten ihre gewaltigen Leiber, unberührt von der tückischen Morast-Landschaft.

»Von euch stammen also die Wildwechsel.«

In Andys keimte eine Idee. »Vielleicht, aber nur vielleicht«, murmelte er und stieg nach unten.

***

»Es kann funktionieren«, beharrte Andy stur.

»Auf dem Rücken der Kolosse reiten?« Wenton hüstelte gekünstelt. »Klar, einen idiotischeren Plan kann ein vernünftiger und geistig gesunder Mensch kaum ausbrüten.«

»Sprich weiter, Andy«, animierte ihn Mike.

»Die Fluginsekten bleiben von ihren Wirten, auf denen sie durchs Land reisen, völlig unbehelligt. Entweder bemerken die Arthropoden ihre Begleiter gar nicht oder sie sind für sie schlicht irrelevant. Wenn die das können, können wir es auch.«

»Sie können es, weil sie Flügel haben«, argumentierte Maggie. »Wenn die Kacke am Dampfen ist, flattern sie auf und davon. Diese Dinger sind bewegliche Berge. Wie sollen wir sie besteigen, während sie im Vorwärtsgang sind? Wir werden zertrampelt, sobald wir in der Nähe ihrer Beine sind.«

»Darüber habe ich bereits nachgedacht … statt an ihnen hochzukrabbeln, werden wir von oben auf ihren Rücken springen. Wir postieren uns in einer Baumkrone und wenn sie vorübergehen, hüpfen wir auf sie.«

Michael rieb sich das Kinn. »Hast du den Fluss gesehen, den Katja erwähnt hat?«

»Ich habe einen länglichen Tümpel ausgemacht, der irgendwann ein Fluss gewesen sein mag. Er liegt jedoch mehrere

Kilometer im Nordwesten. Ob es tatsächlich der von Katja geschilderte Wasserlauf war, wage ich zu bezweifeln.«

»Also haben wir zwei Optionen: Entweder waten wir durch den Morast oder wir unternehmen eine Reittour auf einem der Giganten.«

»Was davon ist riskanter?«, fragte Maggie.

»Um ehrlich zu sein, dürfte beides echt gefährlich werden. Allerdings sind die auftretenden Risiken unterschiedlicher Natur. Das Wichtigste ist jedoch, dass uns ein Marsch durch den Sumpf tagelang aufhält und wir keinen blassen Schimmer haben, welche Kreaturen dort herumschleichen.«

»Oder, welche Infektionsherde dort brodeln«, ergänzte Jane. »Ich stimme für den Ritt!«

»Harry, was meinst du?«, fragte Mike.

»Im Sumpf krepieren wir am Ende zäh und qualvoll an Krankheiten oder werden bei lebendigem Leib gefressen. Wenn wir von einem der Kolosse runterfallen, sind wir auf einen Schlag tot.« Er grinste. »Diese Vorstellung gefällt mir besser.«

»Schön, dann reiten wir«, stimmte Andy freudig zu.

»Und woher wissen wir, unter welchem Baum sie vorbeitraben?«, warf Maggie ein.

»Von oben habe ich die riesigen Wildwechsel gesehen, die sie auf ihrer Wanderung, vielleicht schon seit Millionen von Jahren, erzeugen. Wir müssen einen Baum auswählen, dessen Äste über dem Trampelpfad hängen. Dann seilen wir uns ab.«

Mike nickte. »Dazu brauchen wir nicht mit allen Mann auszuschwärmen. Andy, du bist der Fitteste von uns. Es reicht, wenn du dich auf die Pirsch begibst. Wir ruhen uns so lange weiter aus.«

Nachdem Andy weg war, drehte die Gruppe sechs zähe Stunden Däumchen, ohne ein Zeichen ihres Gefährten zu erhalten. Gelegentlich trotteten die erstaunlichsten Tiere an ihrem Posten auf dem umgestürzten Baumstumpf vorbei.

»Ein Königreich für eine Kamera«, sagte Jane.

Die Kreaturen, die den Menschen gerade eine Stippvisite gaben, spotteten jeder Logik und wirkten unheimlich fremd im Vergleich zu allem, was ihnen von der Erdoberfläche vertraut war. Sie hatten sechs Beine und Hälse, die einer Giraffe zur Zierde gereicht hätten. Ihre Köpfe erinnerten jedoch an sorgfältig geschliffene Diamanten. Einmal glitt ein schlangenartiges Geschöpf von fünfzehn Metern Länge vorbei, an dessen Rumpf Reihen schwarzer Bänder – fast lautlos – schlenkerten. Später stattete ihnen eine Herde aus kugelförmigen, gestachelten Tieren einen Besuch ab, die sie so lange für ein einziges Individuum hielten, bis sie auseinanderstoben und rings um den Baumstumpf wuselten, ehe sie vom Dickicht der Farne absorbiert wurden.

Neben dem Leben war der Tod allgegenwärtig. Eine torpedoförmige Kreatur schlich herbei und nahm Witterung auf. Dann versteckte sie sich im Unterholz. Nach einigen Minuten spazierte ein zweites Tier, von ungefähr gleicher Körpergröße, vorbei. Durch den langen, beweglichen Stachel an seinem Hinterteil wirkt es wie ein überproportionaler Skorpion.

Die erste Kreatur schoss aus ihrem Versteck ein Netz ab, dessen Gewebe den Skorpion komplett umhüllte. Dieser fauchte, keckerte, zappelte und wollte sich mit aller Macht freikämpfen. Doch er mühte sich vergebens! Das Netz wurde immer enger zusammengezogen, bis sein Körperpanzer knackte und splitterte. Abrupt zog der Räuber das Netz an den Ausgangspunkt in seinem Maul zurück. Dabei schrumpfte das Volumen des Fangwerkzeugs stetig, sodass der Panzer des erbeuteten Skorpions in unzählige Stücke zerschellte und sein fleischiges Inneres offenbarte. Der Jäger saugte das weiche Fleisch und die Eingeweide seines Opfers mit schlurfenden und schmatzenden Geräuschen auf.

Der Anblick versetzte Jane einen Stich, da er unschöne Erinnerungen an Davids Schicksal in ihr heraufbeschwor.

Nach einer Weile kehrte Andy zurück. »Kopf hoch! Ich habe den perfekten Baum entdeckt!«

Dort auf einem Ast über einem der Wildwechsel angekommen, banden die Mitglieder der Gruppe ihre Seile an selbigem mit Knoten fest, die von unten mit der richtigen Zugtechnik wieder gelöst werden konnten.

»Hey, was tun wir eigentlich, wenn diese Vogeldinger keine Lust auf neue Mitbewohner haben?«, fragte Maggie.

»Wenn sie uns in Frieden lassen«, meinte Michael, »verhalten wir uns ihnen gegenüber auf die gleiche Weise. Wenn sie auf Ärger aus sind, verpassen wir ihnen einen Tritt, bis sie auf Nimmerwiedersehen verschwinden.«

»Da kommen sie!«, rief Andy und rückte einige Schritte weiter vor. »Alle Mann, mir nach!«

Der mächtige Kopf des Arthropoden schälte sich aus dem Laubwerk. Schon der Umfang des Schädels hatte die Abmessungen eines Schulbusses. Seine Facettenaugen bestanden aus tausenden Linsen, die golden, rot und grün glitzerten. Er zerkleinerte das Futter in seinem langgezogenen Maul nicht mittels Kiefergelenken, sondern unter Einsatz von scherenförmigen Gebilden, die ständig schnitten und mahlten. Die Panzerung in seinem Nacken schien massiv genug, um Kanonenbeschuss abzuwehren. Niemand vermochte sich auszumalen, welcher Beutegreifer befähigt sein mochte, diesen Koloss zu erlegen.

»Macht euch bereit«, ordnete Michael an und glitt mit den Zehen bis an den Rand des Astes heran.

Der Rumpf des Giganten war nun in Gänze außerhalb der Waldgrenze. Sein Rücken hatte die Proportionen eines Fußballfelds. Auf den Schuppen wucherten Pflanzen – Gebüsche, die vermutlich aus Flugsamen Wurzeln geschlagen hatten.

Dann war der Riese exakt unter ihnen.

Einer nach dem anderen seilte sich ab. Die Distanz bis zu ihrem Bestimmungsort betrug ungefähr zwanzig Meter. Die Insektenvögel stimmten ein grässliches Geschrei an, doch dann kehrten sie zu ihrer Normalität zurück und watschelten geschäftig auf der Schuppenhaut umher.

Andy strahlte vor Glück und Mike schenkte ihm einen erhobenen Daumen. »Guter Plan!«

»Wie du weißt, bin ich nicht allein wegen meines blendenden Aussehens mit von der Partie.«

»Da hast du recht.« Mike grinste.

Der Rücken ihres Transporttiers schwankte mäßig, da es den Trampelpfad gemächlich beschritt. Eine Gefahr, unfreiwillig abgeworfen zu werden, war nicht gegeben.

Jane erkundete den Rücken. Plötzlich hielt sie inne. »Hey, hört mal genau hin.«

Alle blieben stocksteif stehen und lauschten, da sie ein drohendes Unheil befürchteten.

»Könnt ihr hören, wie es atmet?«

»Na und?«, giftete Maggie. »Natürlich atmet es.«

»Aber nicht mit einer Lunge«, erläuterte Jane, ging auf alle viere und schmiegte ein Ohr an den Panzer. »Im Karbon wurden die Käfer auf der Oberfläche immer massiger, da die Atmosphäre stärker mit Sauerstoff gesättigt war.« Sie richtete sich auf die Knie auf. »Sie waren praktisch zum Wachsen gezwungen, da ihnen eine Lunge fehlt. Stattdessen saugen sie die Luft durch zahlreiche Körperöffnungen ein, sogenannte Atemlöcher. Von dort besteht eine direkte Verbindung zum Gewebe, das den Sauerstoff benötigt. Sobald der Atmosphären-Sauerstoff wieder knapper wurde, schrumpften die Käfer und die größeren Arten starben aus.«

»Und die Jungs hier unten?«, fragte Andy. »Haben die Lungen entwickelt, oder ist die Sauerstoffsättigung hier unten so extrem?«

»Der Sauerstoffgehalt ist meines Erachtens normal. Ansonsten wären wir schon kurz nach unserer Ankunft umgekippt.« Jane stand auf und klopfte sich den Dreck von den Händen und Knien. »Sie müssen einen effektiveren Atemmechanismus ausgebildet haben. Sonst wären sie nie so gigantisch geworden.«

»Was sonst könnte bei ihrer Evolution anders verlaufen sein?«, erkundigte sich Wenton.

»Außer dem Riesenwachstum? Eventuell haben sie eine längere Lebensspanne, eine ausgeprägtere Intelligenz oder etwas, das wir uns gar nicht denken können.«

»Und wir sind hier unten winzige Parasiten, die auf ihrem Rücken per Anhalter mitfahren«, konstatierte Wenton trocken.

»Nette Überlegung«, erwiderte Maggie. »Trotzdem wäre ich lieber wieder zu Hause.« Sie trat bis an die Linie vor, an der der Rücken steil abschüssig wurde. »Und da ich gerade davon rede. Bis zum Boden sind es gut und gern dreißig Meter. Wie sollen wir da runterkommen?«

»Ja«, sagte Andy. »Und wann steigen wir aus dem Sattel?«

Michael kicherte. »Wir hüpfen runter, sobald unser guter Junge eine Route einschlägt, die uns nicht behagt. Und was das Prozedere dabei betrifft, würde ich dringend dazu raten, den gleichen Trick anzuwenden, der uns hierher gebracht hat. Wir schmeißen mit einem Lasso nach einem Ast und dann schwingen wir uns in den zugehörigen Baum.«

Maggie nickte zustimmend. »Es ist erstaunlich – wenn das Ding nicht in Bewegung wäre, könnte man glatt meinen, auf dem Erdboden zu stehen.«

Michael wusste, worauf sie hinauswollte. Auf der Haut des Giganten wuchsen Sträucher, Moos und teilweise sogar Gras. Es gab sogar kleinere Wassertümpel.

»Das kommt durch den Staub und das Geröll, das auf ihn fällt«, erklärte Jane. »Es setzt sich fest und der Wind treibt

Samen herbei, die dann auskeimen. So entsteht ein eigens Ökosystem – und ein mobiles dazu.«

»Tja dann …«, sagte Mike. »Uns steht eine Reise von vielen Stunden bevor. Wir sollten uns so lange ausruhen, wie wir Gelegenheit dazu haben.«

Alle fanden ein halbwegs bequemes Plätzchen zum Hinlegen. Wenton war der Erste, der anfing zu schnarchen.

KAPITEL 22

Ein Erdbeben, schoss es ihm durch den Kopf und er erwachte jäh.

Michael schnellte in eine sitzende Position. Für einen Moment verspürte er Desorientierung. Es dauerte mehrere Sekunden, bis er kapierte, wo er gerade war.

Die Bäume, an denen er vorbeigetragen wurde, beseitigten jeden Zweifel daran, dass er immer noch auf dem Rücken des Landleviathans hockte.

Jane, Maggie und Andy wachten ebenfalls auf. Nur Wenton schlief und schnarchte ungerührt vor sich hin.

»Was ist passiert?«, fragte Andy und stand auf. Die Arme wie ein Seiltänzer, der die Balance hielt, ausgestreckt, tippelte er an den Rand des Rückens.

»Pass gut auf dich auf«, mahnte Jane. »Das Ding hat einen Zahn zugelegt. Aus welchem Grund auch immer.«

»Hey, wo sind unsere geflügelten Kumpels?«, wunderte sich Maggie.

Die Insektenvögel waren wie vom Erdboden verschluckt.

»Was wissen sie, was wir nicht wissen?«, fragte Jane.

Michael ging so weit nach vorn, wie es ihm der stramm ansteigende Nacken erlaubte. Der Gigant verschärfte das Tempo sogar noch. Von vorn konnte Mike nichts ausmachen, dem er eine Erklärung für das Verhalten des Arthropoden hätte zuschreiben können. »Andy, schau mal hinten nach!«

Andy eilte zum Hinterteil ihres Reittiers. Nach wenigen Sekunden war er wieder bei den anderen und informierte sie: »Gefahr im Verzug. Ein Rudel Raubtiere ist uns auf den Fersen. Sie sehen richtig knuffig aus, wie eine Mischung aus einem Tyrannosaurus Rex und einer Gottesanbeterin.«

»Können sie uns hier oben ans Leder?«, fragte Maggie.

»Sie sind groß, aber nicht so groß«, tröstete Andy sie. »Für den Moment sind wir in Sicherheit.«

Als der Koloss mit einem Baum kollidierte, warf die Wucht des Aufpralls die Menschen um. Sie hatten es allein ihrem Glück zu verdanken, dass niemand vom Rücken des Giganten kullerte.

»Unser Freund verfällt langsam in Panik«, befand Michael. »Und Wenton pennt entspannt weiter. Kann bitte jemand unser Dornröschen aufwecken? Wir müssen auf alles gefasst sein.«

Der Arthropode, der vorher gemächlich durch die Gegend getrampelt war, hatte nun seine Geschwindigkeit vervierfacht und floh mit rund dreißig Stundenkilometer vor den Jägern. Normalerweise wirkt ein derartiges Tempo nicht gerade bedrohlich; gekoppelt mit einer Masse von einhundert Tonnen, ergibt sich jedoch eine völlig andere Perspektive, die ein furchteinflößendes Schreckensszenario entfaltet.

»Das Ding kann dieses Tempo nicht lange beibehalten«, unkte Jane. »Bald wird es müde werden. Außerdem steigt das Gelände seit Kurzem an.«

»Und was passiert dann?«, überlegte Andy. »Wir werden von über einem Dutzend Raubtiere gehetzt. Ich glaube zwar kaum, dass sie eine so gewaltige Kreatur zu Boden reißen oder auf ihren Rücken springen können, doch ich fürchte, sie werden es trotzdem wagen.«

»Deshalb haben sich offenbar auch die geflügelten Geschöpfe verdrückt«, mutmaßte Maggie.

Die Vegetation dünnte aus, sodass den Beutegreifern der Zugriff auf ihr Opfer leichter fiel. Sie schienen diese Chance nutzen zu wollen und drängten näher.

»Dynamit«, murmelte Wenton verschlafen.

»Freut mich, dich wieder halbwegs fit zu sehen«, sagte Michael. »Allerdings fürchte ich, dass unser stattlicher Freund bei einer Explosion knapp neben seinen Füßen einen Herzinfarkt erleidet. Außerdem sollten wir unseren Vorrat an Sprengmitteln für künftige Aufgaben sparen. Wer weiß, was uns auf dem Weg nach oben noch alles blüht?«

Das Team legte sich bäuchlings flach hin, als ihr Reittier unter einem Ast hindurch sauste, dessen Blätter und Zweige über ihre Rücken schrammten. So entgingen sie der Bedrohung, weggefegt zu werden wie Krümel auf einer Tischdecke.

Der Arthropode steuerte auf eine Klippe im Nordosten zu. Leider konnte man die exakte Ausdehnung der Felsformation in der Breite nicht erkennen. Seine Höhe betrug mindestens hundert Meter. Ob ein Absturz für den Koloss fatal sein würde, war reine Spekulation. Für seine Reiter würde er es in jedem Fall sein.

»Wir werden abstürzen«, schrie Mike.

»Ja, und genau das ist der Plan der Raubtiere«, sagte Jane. »Deshalb zwicken sie ihn nur in die Beine. Sie treiben ihn vor sich her und wenden dabei einen alten Jägertrick an. Sie versetzen die Beute in Panik und dirigieren sie in eine Sackgasse oder auf eine Klippe zu. Wir müssen sofort runter!«

»Gute Idee«, pflichtete Michael bei und holte ein Seil aus seinem Rucksack. »Es ist an der Zeit, tschüss zu unserer Mitfahrgelegenheit zu sagen, Kumpels.«

Die Kletterer fixierten Karabinerhaken an den Ösen ihrer Seile. Die stabilen Haken aus rostfreiem Stahl waren eigentlich nicht zu einem Gebrauch als Wurfgewicht gedacht, aber in dieser Situation konnten sie diese Funktion erfüllen, indem man das Seil mit ihrer Hilfe um einen tragfähigen Ast schleuderte.

»Bereit?« Michael stand mit gespreizten Beinen da. Schon bald würden sie sämtliche Bäume passiert haben, auf die sie sich schwingen konnten. Es galt, rasch zu handeln. Beim nächsten Baum erspähte er einen geeigneten Ast und verwendete das Seil wie ein Lasso. Wie erhofft umschlang dessen Ende dank des Gewichts des Karabiners den Ast. Mike hechtete vom Rücken des Arthropoden herunter, segelte durch die Luft, knallte gegen den Baumstamm und klammerte sich daran fest.

Der Rest ahmte sein Beispiel nach, bis Jane als Letzte übrig war. Als sie das Seil schmiss, traf der Karabinerhaken direkt den Ast, sodass es nach unten fiel, statt das Holz zu umwickeln. Während der Koloss auf den letzten Baum zu galoppierte, holte sie das Seil hektisch ein, um einen neuen Anlauf zu starten.

Der Arthropode, Jane und die an ihnen klebende Meute, die zischend und fauchend nach den Beinen ihres Opfers schnappte, verließen das Sichtfeld der Menschen.

»Wo steckt ihr?«, rief Mike. »Meldet euch.«

»Hier«, antwortete Andy aus circa dreißig Metern Entfernung.

»Hier«, verkündete Wenton vom benachbarten Baum. »Maggie ist bei mir.«

Michael wartete zunächst, ob Jane von sich hören ließ. Da sie nicht reagierte, kletterte er nach unten und verharrte auf einem der niedrigeren Äste. Dort rief er: »Wir müssen Jane finden.«

»Ich komme.« Andy gesellte sich zu ihm. Die beiden kraxelten im Geäst in die Richtung, in der Jane verschwunden war. Zwar war der Baumbestand vor Ort inzwischen ziemlich ausgedünnt, doch die Äste waren so lang, dass sie überlappten und die Männer darauf die Distanz zwischen den Bäumen überbrücken konnten. Schließlich erreichten sie den letzten Baum vor dem offenen Gelände. Auf einem ausladenden Ast rückten sie so weit wie möglich vor. Von hier aus hatten sie die perfekte Übersicht über die Kulisse vor ihnen.

»Scheiße«, sagte Andy. »Unser Freund ist an der Klippe abgestürzt.«

Der Arthropode lag am Fuß der Felsen wie das Wrack eines Zeppelins. Die leichteren Beutegreifer waren zu ihm auf den Boden herabgestiegen und umringten ihn auf der Hatz nach verwundbaren Stellen in dessen Schuppenpanzer. Bald konzentrierten sie sich auf seine Augen, sein Maul und den Anus.

»Kannst du Jane sehen?«, fragte Mike.

»Leider nein. Ich bin mir sicher, sie hat es geschafft. Sie muss es einfach geschafft haben.«

Michael grübelte darüber nach, wie es einem Menschen gelingen konnte, einen solchen Absturz zu überleben. Ihm fiel keine Lösung ein. »Wir müssen runter.«

Andy fehlten einige Sekunden die Worte. Dann sagte er mit belegter Stimme: »Dort unten sind die Raubtiere. Die ganze Meute.«

Wenton und Maggie kamen zu den beiden.

»Wie ist der aktuelle Wasserstand?«, fragte Wenton.

»Nichts«, murmelte Andy betrübt.

»Wir müssen uns vergewissern, ob sie lebendig oder tot ist«, sagte Mike. »Ich gehe runter.«

»Das ist nicht dumm, sondern selbstmörderisch«, brauste Wenton auf.

Hilfloser Zorn kochte in Michael hoch. »Wir gedulden uns, bis die Raubtiere einen Abgang machen.«

»Meinst du das ernst?«, spottete Wenton. »Was denkst du, wie lange es dauert, bis einhundert Tonnen Fleisch aufgefressen sind? Eine Woche? Einen Monat?« Wentons Lippen bildeten eine dünne Linie. »Vergiss es, Mike.«

»Das kann ich nicht.«

»Wenn du meinst …« Wenton verdrehte die Augen.

»Hey«, rief Maggie. »Sie ist nicht dort unten. Schaut!« Sie deutete auf ein Seil, das an einem der Äste des Baums baumelte, auf dem sie selbst Position bezogen hatten.

»Sie hat es gepackt. Ich wusste es«, sprudelte es aus Andy heraus.

»Jane!« Michael strebte auf das Seil zu, Andy, Wenton und Maggie folgten ihm. »Jane!«, brüllte Mike nochmalig, als sie am Ziel waren.

Der Ast, um den das Seil gewickelt war, schwebte in Höhe eines siebenstöckigen Gebäudes über dem Erdboden.

»Ich kann sie nirgendwo sehen.« Panik ergriff Besitz von ihm.

Maggie schrie unartikuliert auf und zeigte auf das Geäst über ihren Köpfen. Ihre Miene war zu einer Maske des Grauens entstellt.

Weiter oben hing Jane im Blattwerk – oder zumindest ihr Unterkörper von der Brust abwärts. Ihr Oberkörper wanderte gerade in den Rachen der Insektenversion einer monströsen Schlange.

Michaels Hirn arbeitete auf Hochtouren, um die visuellen Eindrücke zu ordnen, die auf ihn einprasselten. Die Haut der Schlange wies einen Farbton auf, der ihrer Umgebung bis in kleinste Nuancen glich. Trotzdem konnte er identifizieren, dass das Ungetüm mit seinem hinteren Ende den Baumstamm umschlang. Seine beiden vorgewölbten Augen glichen

Schlitzen aus Glas und agierten autonom. Mit einem davon fixierte es seine Mahlzeit, mit dem anderen beobachtete es die Neuankömmlinge.

Janes Arme lagen eng an ihrem Rumpf an. Ihre Beine führten einen manischen Tanz auf und sie öffnete und schloss die Hände in einem hastigen Rhythmus. Es wirkte, als wollte sie vor dem Verschlungenwerden bei lebendigem Leibe wegrennen.

Michael brüllte die Schlange an und hangelte im Eiltempo nach oben. Er packte das Biest beidhändig am Hals, der locker die Abmessungen des Arsches eines Brauereigauls hatte. Andy eilte ihm zu Hilfe, ergriff Janes Füße und zerrte daran.

Mike ließ mit einer Hand los und fingerte die Bolzenpistole aus ihrem Holster. In deren Magazin ruhten die letzten beiden Stahlstifte, die sie übrig hatten. Er drückte die Mündung gegen den Körper der Schlange, darauf bedacht, keine Stelle anzuvisieren, hinter der Jane steckte.

Der Stift pflügte durch die Schuppenhaut der Bestie und bohrte ein Loch in das Fleisch dahinter.

Die Schlange schreckte auf und wirbelte mit dem Kopfende wild durch die Luft. Jane, Andy und Mike riss sie dabei ungefragt mit.

»Lass sie frei, du Bastard!« Michael hatte eine der Schuppen umklammert und hielt sich daran fest. In einer fließenden Bewegung setzte er die Bolzenpistole wieder an und betätigte den Abzug. Dieses Mal durchschlug der Schuss die Schlange vollständig. Das Loch, das er produziert hatte, hatte die Größe von zwei menschlichen Fäusten.

Sei es vor Schmerz oder aus Schock, – das Biest begann zu würgen. Aus seinem Maul quoll gelber Schleim, zusammen mit Jane.

Andy schnappte Jane und rettete sich mit ihr auf einen Ast. Michael sprang von der Schlange ab, als diese den Baumstamm entlanggleitend die Flucht antrat.

Die anderen versammelten sich rings um Jane, die von unkontrollierten Spasmen geschüttelt wurde und der Tränen aus den Augenwinkeln sickerten. Zittrig streckte sie Mike ihre Hände entgegen, der sie umarmte, ihr den Schleim aus dem Gesicht und den Haaren wischte und sanft auf sie einsprach.

»Ich möchte nur noch heim.« Jane schluchzte.

»Es wird nicht mehr lange dauern. Wir werden nach Hause kommen«, versprach Michael.

Vorgebeugt observierte Wenton das Umland. »Ich glaube, wir sollten bald aufbrechen. Der Kadaver lockt immer mehr Raubtiere an.«

»Kannst du gehen, Jane?«, fragte Michael.

Sie nickte gequält. »Ja, aber bleib bitte dicht bei mir.«

***

Die Gruppe hielt sich weiter in der Peripherie des Dschungels auf und rückte auf gangbaren Ästen von Baum zu Baum vor. Erst als die Distanz zwischen den Bäumen mit dieser Fortbewegungsart unüberbrückbar wurde, begaben sie sich wieder auf den Erdboden. Bis dahin waren sie dem Säulenberg, der sich vor einem blutroten Hintergrund abzeichnete, eine ordentliche Strecke nähergekommen. Für diese geografische Anomalie existierte keine Analogie an der Oberfläche des Planeten. Sie wirkte ebenso fremd wie gewaltig und beschwor Visionen einer mythischen Welt herauf, in der Götter und Titanen durch das Land streiften.

Michael schätzte die Höhe des Säulenbergs auf fünfzehn Kilometer.

»Und dort finden wir also diese Stollen, die nach oben führen …«, sagte Wenton.

»Irgendwo in diesem Berg gibt es einen Schwerkraftschacht, behauptete Katja«, antwortete Mike und beschirmte seine

Augen mit der flachen Hand. Die Berührung der Stirn erregte brennende Schmerzen auf der Haut. Zum ersten Mal wurde ihm bewusst, dass sie alle mit Gesundheitsschäden durch den Aufenthalt in der Strahlung zu rechnen hatten. Erste Hautabschälungen verunstalteten bereits ihre Gesichtszüge. Er hoffte, die Strahlenbelastung würde keine irreversiblen, gesundheitlichen Leiden hervorrufen. Katja war ein komplettes Jahr hier gefangen gewesen. Ihre Zeit am Mittelpunkt der Erde würde maximal mehrere Monate betragen. Mike flüsterte ein Stoßgebet, in dem er darum bat, von solch drastischen Krebswucherungen wie jenen, unter denen die Russin litt, verschont zu werden.

»Seht ihr die Spannweite der dickleibigen Kreaturen, die um die Mitte der Säule kreisen?«, fragte Maggie. »Ich fürchte, sie können mit einem mittleren Passagierflugzeug mithalten.«

»Sind das Riesenbienen?«, überlegte Andy.

»Das wäre schön«, meinte Jane. »Wenn sie ein identisches Verhalten wie Bienen haben, werden sie nur aggressiv reagieren, sobald wir ihren Stock bedrängen. Ansonsten sollten sie uns ignorieren. Wenn sie aber eher Wespen ähneln, werden sie uns als Beute ansehen und sofort attackieren, sobald sie uns bemerken.«

»Und ich habe mal wieder mein Insektenspray vergessen«, witzelte Wenton.

»Bevor wir uns Gedanken über sie machen, müssen wir das Grasland am Fuß des Bergs hinter und bringen – und zwar rasch«, warf Michael ein. »Momentan sind wir wahrscheinlich die lahmarschigsten Lebewesen in dieser Welt.«

Alle spähten auf die kniehoch mit dürren Pflanzen bewachsene Prärie vor ihnen.

»Für mächtige Beutegreifer mangelt es an der nötigen Deckung«, beobachtete Maggie.

»Es sei denn, sie hausen unter der Erde, wie Falltürspinnen«, unkte Michael.

Wenton schnaubte. »Warum ist hier unten nichts einfach und ohne Stress zu bewältigen? Nach meinem Dafürhalten sind es rund zwei Kilometer bis zum Berg.«

»Dürfte hinkommen«, stimmte Michael zu. »Wir sollten sie zügig zurücklegen. Von einer höheren Position haben wir eine bessere Sicht und eine gewisse Sicherheit, falls irgendwo Raubtiere auftauchen. Hier unten können wir ihnen kaum entkommen.«

»Am besten robben wir durch das Gras«, riet Jane. »Die meisten Beutegreifer reagieren auf rapide Bewegungsreize. Das wird zwar länger dauern, aber durch das niedrigere Profil und die geringe Geschwindigkeit erregen wir weniger Aufmerksamkeit.«

Andy seufzte. »In der Highschool habe ich aus Neugier ein Bootscamp absolviert. Zu den Übungen gehörte es, einen Kilometer über ein Feld zu kriechen. Unsere Ellbogen und Knie waren danach echt im Arsch.«

»Was empfiehlst du stattdessen?«, fragte Maggie.

»Ich habe auch keine bessere Idee. Ich wollte aber darauf hinweisen, welche Nebenwirkungen mit einem solchen Vorgehen verbunden sind.«

»Hat sonst jemand einen Vorschlag?«, wollte Michael wissen.

Niemand erhob das Wort.

»Dann runter mit euch. Bildet euch einfach ein, ihr seid daheim und habt ein Fitnesstraining gebucht.«

Zur Vorbereitung banden die Mitglieder der Expedition alles an Textilien, was ihnen entbehrlich schien, um ihre Hände, Knie und Ellbogen.

»Dort drüben ragen mehrere Felsnasen aus dem Hang. Sie sind der vorderste Anlaufpunkt. Wenn wir da sind, erholen wir uns und schmieden Pläne für unser weiteres Fortkommen. Okay?«

Alle nickten.

»Es wird uns gelingen.«

»Darauf wette ich meinen letzten Cent«, ergänzte Jane. »Vielleicht ist das unsere letzte Prüfung.«

Mike grinste. »Vor dem Ziel blüht uns noch einiges, schätze ich. Aber ich glaube, die Kriechtour wird die schwierigste Herausforderung sein, der wir uns auf dem restlichen Weg stellen müssen.«

»Und wir werden sie meistern«, bekräftigte die Biologin.

»Zuvor muss ich aber etwas ganz Wichtiges erledigen.« Er winkte sie dichter zu sich.

Sie beugte sich vor und er küsste ihre aufgeplatzten Lippen. Sie umfasste sein stoppeliges Kinn und erwiderte den Kuss. Neue Zuversicht erfüllte Mike.

Jane löste sich von ihm, lächelte und sagte: »Jetzt hast du einen zusätzlichen Grund, mich nach Hause zu geleiten, Mister Monroe.«

»Versprochen!« Er umarmte sie und gab ihr einen Kuss auf die Stirn.

Michael hielt nach verdächtigen Bewegungen Ausschau, doch auf der Grasfläche rührte sich nichts. Er ging in die Knie, legte sich bäuchlings hin und ordnete an: »Mir nach, in einer Linie.« Dann robbte er los.

Bald registrierte er, dass sie die Gegend nicht für sich allein hatten. Überall wimmelten kleine Kreaturen herum, die ihren Pfad kreuzten oder unter Pflanzen und hinter Steinen in Deckung gingen. Viele der Geschöpfe muteten wie Spinnen auf Stelzen an; allerdings mit einem Schwanz und einem Übermaß an Seeorganen. Als ein bis dato unbekanntes Tier an ihm vorbeihuschte, schnellte seine Hand vor und fing es ein. Es zappelte mit allen vier Beinen und zischelte. Aus seinem Maul streckte es eine rosafarbene Zunge. Mike rollte auf die Seite und präsentierte den Winzling den anderen. »Eine Eidechse. Eine *richtige* Eidechse!«

Jane krabbelte zu ihm und er übergab ihr das Tier. »Sieht aus wie ein Gecko«, analysierte sie. »Es ist, wie ich vermutet habe: Auf der Oberfläche haben die Amphibien das evolutionäre Wettrennen gewonnen. Hier unten ist es umgekehrt. Die Insekten sind die Sieger und die Könige dieser Welt. Für die Nachfahren der Amphibien bleiben kleine Nischen und Zwergwuchs übrig.« Sie lächelte die Echse an. »Schön, dich zu sehen, viel Glück, kleiner Kerl.« Dann ließ sie die Echse frei.

»Also könnte es hier auch Säugetiere geben?«, erkundigte sich Mike. »Vielleicht sogar Verwandte des Homo sapiens?«

»Eher nicht, aber wer weiß?«

»Weiter!«, ordnete Michael barsch an.

Sie rutschten, krochen und krabbelten vorwärts. Stunden verstrichen und Mike behielt die Gegend angestrengt im Visier, trotz der Blessuren an seinen Händen und Hüften und an allen sonstigen Körperteilen. Bald würde die Haut an seinen Händen aufgeschürft sein und er würde anfangen zu bluten.

Eine Weile später gelangten sie zu den Ausläufern des Säulenbergs. Von hier aus war es eine kurze Strecke bis zu den Felsnasen. Als sie dort ankamen, wuchtete Mike sich mit letzter Kraft auf einen Steinblock und spähte zurück auf die Ebene. Wie bisher war alles still. Er dreht den Kopf und begutachtete den Weg, der vor ihnen lag. Ob der Säulenberg im Inneren komplett hohl sein mochte? Er hoffte es inbrünstig. Falls nicht, hatte er keinen Schimmer, wie sie wieder nach oben kommen sollten. Katja und ihre Schwester hatten eine alternative Strecke durch das Höhlenlabyrinth gewählt. Die Annahme, in der Säule könne ein weiterer Gravitationsschacht vorhanden sein, beruhte auf Georgis Studien der Schriften Arkadi Saknussoffs, in dessen Hände sie nun ihr Schicksal gaben – in die Hände eines lange verstorben Mannes. Und dieser hatte keinen Erfolg auf dem Heimweg gehabt.

»Siehst du etwas Wichtiges?«, fragte Andy.

»Nur diesen monumentalen Berg. Sonst nichts.«

»Sein Umfang dürfte uns zugutekommen. Ich glaube, dass uns das Gestein vor der Strahlung abschirmt.«

»Hoffentlich, denn sonst nimmt es ein böses Ende mit uns.«

»So wie mit Katja«, meinte Maggie.

»Trotz Krebs hat sie es nach Hause geschafft«, widersprach Michael.

»Ich rieche Sulfur«, verkündete Jane. »Eventuell gibt es im Berg vulkanische Aktivität.«

»Gut möglich«, pflichtete Mike bei. Weiter oben prägten etliche Höhlenöffnungen verschiedensten Maßstabs die Bergkulisse. Ehrlich gesagt hatte er keine Idee, welche davon sie auswählen sollten.

»Hey«, rief Maggie. »Da drüben, ein Kaninchen!«

Vor einem Loch im Boden kauerte ein kleines, pelziges Tier mit zwei feuchten, schwarzen Augen.

»Hallo«, sagte Maggie sanft.

Das Tierchen quiekte und richtete sich auf. Sein Oberkörper glich wie zuvor einem Kaninchen, aber die untere, langgestreckte Körperhälfte war in dutzende Abschnitte segmentiert und aus jedem davon ragten zwei behaarte Gliedmaßen.

»Oh Gott, was für ein verdammter Albtraum«, platzte es aus Andy heraus.

»Es wirkt wie das Ergebnis des Experiments eines verrückten Wissenschaftlers, der aus der DNA eines Kaninchens und eines Tausendfüßlers eine Schimäre geklont hat«, sagte Wenton. »Vielleicht können wir es essen, wenn wir es fangen.«

Der Wind wehte ein klickendes Geräusch herbei.

»Habt ihr das gehört? Es klingt wie das Klappern von Nähnadeln«, meinte Michael.

»Wie was?«, fragte Andy.

»Egal.« Michael lauschte intensiv. Die anderen taten es ihm mit voller Konzentration gleich. Da war es wieder. Der seltsame Laut hatte seinen Ursprung an der Stelle, an der sie den Dschungel verlassen hatten. Vor dem Unterholz standen zehn geduckte Kreaturen mit länglichen Rümpfen und hohen, stacheligen Spinnenbeinen. Sie waren etwa zweieinhalb Meter groß, reckten intervallmäßig die Hinterbeine in die Luft und rieben diese aneinander. Ihr vorderes Paar an Gliedmaßen mündete in bedrohliche Greifzangen, die vage menschlichen Händen glichen.

»Sie haben uns entdeckt. Schnell hinter den Felsen«, ordnete Michael an.

Unruhe befiel das Insektenrudel. Die einzelnen Mitglieder liefen umher und erhoben sich auf die Hinterbeine, um eine Spur der verschwundenen Beute aufzuspüren. Ihr Brustbereich und der Kopf hatten eine unschöne Ähnlichkeit mit einem Menschen. Der untere Teil des Körpers dagegen war eindeutig der Gattung der Spinnen zuzuordnen. Die Kreaturen stießen Klicklaute aus, bei denen es sich eindeutig um eine Kommunikation zwischen den einzelnen Individuen des Rudels handelte.

»Die sehen mir nicht nach Pflanzenfressern aus«, sagte Jane aus der Deckung heraus.

Der kaninchenhafte Tausendfüßler war wie vom Erdboden verschluckt. »Das ist ein böses Omen«, interpretierte Wenton. »Der Kleine weiß genau, wer seine Fressfeinde sind und was eine Gefahr für ihn darstellt.«

»Klugscheißer«, entgegnete Andy. »Ich weiß auch ohne diesen Karnickelfüßler, was eine Gefahr für uns darstellt.«

»Und was rät uns der Herr zur Abwehr dieser Bedrohung?«

Andy Augen flackerten zornig. »Anscheinend haben sie unsere Anwesenheit gewittert, aber sie haben keine Kenntnis, wo wir uns genau aufhalten.«

»Und wenn wir den Kopf unten halten«, führte Michael aus, »wird uns die Flucht gelingen. Mir nach und achtet nicht auf die Schmerzen.« Er robbte sofort los. Die Pein, die das Kriechen über den harschen und schrundigen Hang verursachte, erfüllte sein Versprechen auf Schmerzen mit Leichtigkeit. Ihre Unterarme und Knie glühten vor Qual und überdies schürften sie durch das ständige Schaben über den Boden ihre Bauchhaut auf.

Ungefähr alle einhundert Meter riskierte Michael einen Schulterblick. Beim dritten Mal hatten die Räuber die grasbewachsene Ebene betreten und rückten zügig vor, ohne dabei in einen Laufschritt zu verfallen.

»Kommen sie?«, fragte Jane.

»Kümmert euch nicht darum und kriecht weiter.«

Als sich Michael nach weiteren hundert Metern wieder umsah, hatten die Beutegreifer den Fuß des Bergs erreicht. Aus der Ferne hatte er ihnen das Aussehen von Zentauren zugeschrieben. Nun konnte er aus geringerer Distanz ihre Gesichter genauer betrachten. Ihre Züge ähnelten jenen von Wasserspeiern an den Außenmauern gotischer Kathedralen. Jane hatte recht gehabt – an ihrer Natur als Beutegreifer konnte es keinen Zweifel geben. Unter ihrer glatten Stirn, die wie poliert glänzte, befanden sich mehrere Augen, eine Nase fehlte und neben ihren Mäulern sondierten rechts und links Fühler die Umgebung. Ihre albtraumhafte Erscheinung glich einer Kreuzung aus einem Menschen und einer Schwarzen Witwe.

Michael war klar, dass die Bestien sie bald einholen würden. Nun galt es, den richtigen Zeitpunkt zum Aufspringen abzupassen und zu den Höhlen zu sprinten. Die Beine der

Spinnenwesen waren so lang, dass sie diese gewiss dazu befähigten, mit einer Geschwindigkeit weit jenseits von einhundert Stundenkilometern zu rennen.

Bei seinem nächsten Schulterblick war die Meute nah genug, um jederzeit mit einem Angriff rechnen zu müssen. Doch auch die Strecke zu den ersten Schutz verheißenden Höhleneingängen hatte sich erheblich verringert. Selbst falls die Raubtiere ihnen dorthin nachjagen konnten, würden sie in einem unterirdischen Gang eine bessere Verteidigungsposition haben, als bei einer Attacke auf offenem Gelände.

Die Entfernung zur ersten Höhle betrug rund achtzig Meter. Die gewaltigen Fluginsekten, die hoch oben eifrig um die Säule schwirrten, schienen die niederen Bergregionen zu meiden. Dementsprechend war die Bahn frei.

»Jemand muss sie ablenken«, beschloss Mike und ging in die Hocke.

Jane hielt ihn am Hosenbein fest. »Wag es nicht, Michael James Monroe.«

»Das ist unsere einzige Chance. Ich werde sie in die Irre leiten.«

Jane klammerte sich stärker an ihm fest. »Nein, das wirst du nicht.«

»Lass ihn frei«, zischte Wenton. »Er hat recht.« An Mike gewandt, fügte er hinzu: »Wir werden dir Dank schulden und bewundern deine Courage.«

»Was bist du für ein Feigling, Harry?«, wetterte Maggie. »Warum gehst du nicht selbst mit gutem Beispiel voran?«

»Weil ich mir das Bein verletzt habe.«

»Ein Grund mehr dafür, dass du den Lockvogel geben solltest. Raubtiere jagen am liebsten kranke oder verwundete Beute«, giftete Andy.

»Gleich haben sie uns«, prophezeite Wenton. Dann kramte er etwas aus seinem Rucksack. »Die letzte Sprengladung. Ich habe sie extra für eine besondere Gelegenheit aufgehoben.« Er händigte Mike das Dynamit aus. »Vielleicht hilft es dir irgendwie.«

»Danke. Es ist zu wenig, um sie aufzuhalten, aber hoffentlich erschreckt es sie genug, um einen Vorsprung für euch rauszuhauen.«

»Ich begleite dich«, verkündete Jane.

Er drückte ihre Hand sanft. »Hey, ich habe nicht vor, dabei zu krepieren. Wenn ich losrenne, kriecht ihr zur Höhle.«

»Und was wird aus dir?«, fragte Andy.

Michael kicherte. »Schon in der Highschool war ich der beste Sprinter. Ich werde vor euch da sein.« Er atmete tief durch, sprang auf und stob seitlich davon.

***

Mike spurtete, so schnell ihn seine Beine trugen, stets darauf bedacht, nicht auf lockeres Geröll zu tappen oder sich im Gestrüpp zu verheddern.

Die Beutegreifer reckten die Hälse. Wie alle Vertreter ihrer Art hatte sie dem Reiz einer fliehenden Beute nichts entgegenzusetzen. Unter klickenden und raschelnden Lauten hasteten sie ihm aufgeregt nach.

Ohne sich umzublicken, konzentrierte sich Mike auf ein rasches Vorankommen, um den Zwischenraum zu seinen Leuten so groß wie möglich werden zu lassen; in der Hoffnung, sie würden dadurch die anderen aus dem Fokus verlieren.

Das Dynamit in seiner Hand dürfte die Kreaturen bestenfalls ärgern, dennoch erkannte Michael keinen Sinn darin, es bis zu seinem Tod mit sich herumzuschleppen. Geschickt fischte er im Laufen sein Feuerzeug aus der Brusttasche. Als er abstoppte und es anzündete, flackerte die Flamme bedenklich fragil. Die vorderste der Bestien war fast bei ihm und wollte sich auf ihn stürzen. Im selben Moment schleuderte er ihr das Dynamit mit brennender Lunte ins Gesicht und hechtete auf die Erde.

Das Krachen der Detonation aus direkter Nähe zerfetzte fast Mikes Trommelfell, während die heiße Druckwelle über ihn hinwegbrauste. Blitzartig rollte er auf den Rücken.

Der Kreatur fehlte der halbe Schädel und sie torkelte unter spastischen Zuckungen von rechts nach links, bevor sie umkippte. Ihre Beine strampelten weiter, als würde ihnen das Gehirn noch das Signal zum Laufen übermitteln.

Der Rest der Meute war unversehrt und drang weiter auf seine Beute vor.

»Scheiße.« Michael verharrte bewegungslos und starrte seinen Häschern in die Insektenaugen. Er wusste, dass er keinen zweiten Trumpf aus dem Ärmel zaubern konnte. *Flucht oder Kampf,* schoss es ihm durch den Kopf. Die Entscheidung fiel eindeutig aus und er zog sein Messer aus der Scheide. Er tat dies nicht, weil er sich eine Chance ausrechnete, sondern weil er viel zu ausgelaugt zum Rennen war. »Also heißt es kämpfen«, murmelte er.

Plötzlich schwängerte ein tiefes Summen die Luft, das in Mikes Ohren kitzelte und sein Inneres bis ins Knochenmark vibrieren ließ. Die Beutegreifer duckten sich und ihre Klicklaute klangen hastig und agitiert. Wie ein einziges Wesen starrten sie in eine Richtung, doch es war nicht Michael, der ihre Aufmerksamkeit bannte, sondern etwas schräg oben hinter ihm.

Er wirbelte herum. Von oben rauschte ein Fluginsekten-Pulk an, der aufgrund der Körperform der einzelnen Individuen wie eine Staffel geflügelter Torpedos wirkte. Die Druckwelle der Detonation hatte die Bewohner der höheren Bergregionen alarmiert. Michael hechtete auf den Boden und robbte davon. Falls diese Kreaturen – wie von Jane vermutet – ein Verhalten zeigten, das mit jenem von Wespen vergleichbar war, würden sie die Störung durch die Explosion als Kriegserklärung auffassen. Und der Verlierer der kommenden Schlacht würde als Mittagsmahl enden.

Die Neuankömmlinge segelten wie Drachen im Gleitflug auf kraftvollen, gerippten Flügeln durch den Äther. An ihren Schwingen prangten mächtige Klauen. Am schlimmsten waren jedoch ihre Gesichter. Da, wo die Züge der Spinnenwesen schon Angst und Schrecken provoziert hatten, hoben sie das Niveau des Grauens in eine neue, übergeordnete Dimension.

Die Fluginsekten krachten mit radikaler Wucht auf ihre Beute und schmetterten diese auf die Erde. Die Angegriffenen wollten fliehen, aber gegen die Wildheit der fliegenden Killer konnte selbst ihre außerordentliche Geschwindigkeit nichts ausrichten. Ihre klickenden und raschelnden Laute verwandelten sich in Klagerufe und Schmerzensschreie, als ihnen die Spinnenbeine ausgerissen wurden. Erst nachdem sie aller Gliedmaßen beraubt waren, trennten ihnen die Fluginsekten die Köpfe vom Rumpf.

Anschließend entführten die Sieger der grotesken Schlacht die toten Torsi in ihre Heimstatt, um sie dort für einen späteren Verzehr aufzubewahren. Zurück ließen sie allein das von verkrümmten Beinen übersäte und in Wundsekret getränkte Schlachtfeld.

»Heiliger Bimbam«, flüsterte Michael und in ihm schwante, dass er anscheinend mehr als die neun Leben hatte, die der Volksmund einer Katze zuschreibt.

Weiter oben betraten seine Freunde gerade den Zugang zu einer der Höhlen. Nur Jane verharrte im Freien, um auf ihn zu warten.

»Ich komme«, schrie er. »Zum Teufel, ich komme.«

***

Bei Mikes Ankunft hatte er kaum genug Energie im Tank übrig, um aufrecht stehen zu können. Jane stützte ihn und begleitete ihn zu einem Steinbrocken im Schatten der Höhle, auf dem er keuchend zusammensank.

»Gern geschehen«, begrüßte ihn Wenton.

»Was?«

»Das Dynamit. Es hat dir den Arsch gerettet.«

Seufzend schüttelte Michael den Kopf. »Nächstes Mal bist du an der Reihe, Harry.«

Andy umarmte Mike. »Gott sei Dank! Ich hatte schon geglaubt, du wärst so gut wie tot.«

»Ging mir genauso«, scherzte Mike. »Sind wir hier richtig?«

»Das wissen wir nicht«, antwortete Maggie. »Hoffentlich kannst du etwas Licht ins Dunkel bringen.«

»Da gibt es ein kleines Problem. Wie bereits erwähnt, ist Katja nie in diese Region vorgedrungen. Also geben uns ihre Aufzeichnungen auch keinerlei Hilfestellung für unsere weitere Reise.« Er stand auf und tigerte nervös hin und her. Plötzlich hielt er wie vom Donner gerührt inne. »Ich hab's, vielleicht war Saknussoff hier. *Panirovochnyye sukhari* – das ist das russische Wort für Brotkrümel. Katja hat berichtet, dass sie Saknussoffs Brotkrümel gefolgt sind.«

Andy klatschte begeistert in die Hände. »Du meinst, er hat Wegmarken hinterlassen, an denen wir uns orientieren können?«

»Wenn wir sie entdecken, weisen sie uns den Heimweg«, freute sich Wenton. »Wir werden berühmt sein.«

»Mir würden ein kaltes Bier und ein Hotdog reichen«, sagte Jane.

»Da wäre ich sofort mit von der Partie«, hab Mike zu verstehen.

»Bäh«, machte Andy. »Ich hätte lieber einen Burger plus eine Cola. Und dazu eine ordentliche Portion Pommes.«

»Pochierten Hummer auf Püree vom Butternusskürbis, serviert in der Madison Avenue in New York, Hausnummer elf«, schwelgte Wenton verträumt in seiner Utopie einer anständigen Mahlzeit. »Mein Stammlokal dort hat dieses Jahr drei Michelin-Sterne eingeheimst.«

»Maggie, was darf es für dich sein?«

Sie lachte. »Ein langes, gemütliches und heißes Bad.«

»Dann sollten wir baldmöglichst Ausschau nach Saknussoffs *Panirovochnyye sukhari* halten«, riet Jane.

Die Mitglieder der Gruppe inspizierten akribisch die umliegenden Höhlenwände im Eingangsbereich. Als dieses Vorgehen nach zwanzig Minuten kein Ergebnis brachte, schlug Andy vor: »Bei dieser Unmenge an Abzweigungen und Quergängen sollten wir uns vielleicht für einen gewissen Zeitraum aufsplitten.«

»Ohne mich. Ich habe in viel zu vielen Filmen gesehen, was dann passiert«, argumentierte Jane dagegen.

»Hat von euch eigentlich jemand noch eine Taschenlampe?«, fragte Michael. »Ich habe meine auf der Insel verloren.«

Als alle verneinten, sagte Wenton: »Dann wird es schwierig, Saknussoffs Markierungen zu entdecken. Davon im Stockdunkeln durch dieses Labyrinth zu stolpern, will ich gar nicht erst reden.« Stirnrunzelnd fügte er hinzu: »Wie wäre es mit Fackeln?«

»Die wir aus was herstellen?«, fragte Maggie. »Auf dem Grasland, über das wir hierhergekommen sind, gibt es keine Äste oder Sträucher. Und in den Wald möchte ich nicht wegen ein bisschen Holz.«

»Dann verbrennen wir zur Not unsere Klamotten oder unsere Schuhe«, schlug Wenton vor.

Michael überlegte kurz. »Wir brauchen mehr als das. Selbst wenn wir den Schwerkraftschacht in Kürze lokalisieren, müssen wir anschließend die Erdkruste überwinden. Der Abstieg hat uns über eine Woche gekostet. In den Höhlen herrscht ewige Schwärze und der Aufstieg wird kaum weniger beschwerlich.«

»Katja hat es irgendwie geschafft«, gab Andy zu bedenken.

»Ich weiß, aber ich weiß nicht wie. Wie auch immer: Wir sollten einen Schritt nach dem anderen tun; und im ersten Schritt werden wir uns ausruhen, um neue Energie zu tanken. Dann durchstöbern wir das Labyrinth. Vielleicht treiben wir hier Material für Fackeln auf. Ansonsten bleibt uns keine Wahl, als Holz aus dem Wald zu holen. Mehr habe ich im Moment nicht zu sagen. Ich kann mich fast nicht mehr auf den Füßen halten.«

Michael, Jane und Wenton setzten sich hin. Andy und Maggie legten sich auf den Rücken und bedeckten ihre Augen mit den Unterarmen. Wenton stierte nach draußen auf die Ebene. Jane und Mike tuschelten leise, da sie keinen Schlaf fanden.

»Wie stehen unsere Chancen?«, flüsterte sie.

»Wir haben kein Licht, kein Essen und fast kein Wasser mehr … und den Schacht nach oben müssen wir erst entdecken. Objektiv betrachtet sieht es übel aus. Tief im Inneren bin ich jedoch sicher, dass wir Erfolg haben werden, nach allem was wir bis jetzt durchgemacht haben. Ich bin überzeugt, dass wir bald auf den Schacht stoßen.«

»Ich auch.« Sie stupste ihn zärtlich am Arm.

»Für jemanden, der kürzlich fast von einem Insektenmonster gefressen wurde, siehst du verdammt gut aus.«

Sie lächelte. »Und du kennst dich verdammt gut damit aus, was ein Mann zu tun hat, um ein Mädchen aufzumuntern, Mister Monroe.« Sie legte ihre Hand in die seine und so schliefen sie beide ein.

Michael ruhte tief und fest, ohne zu träumen. Es war, als sei er eine Maschine, die man abgeschaltet hatte. Als er wieder munter wurde, drangsalierten ihn Hunger und Durst doppelt, trotzdem hatte er sich gut regeneriert.

Als er seine Hand von Jane löste, seufzte diese, schürzte die Lippen und fing mit geschlossen Augen an zu reden: »Ich hatte einen komischen Traum. Ich habe geträumt, wir beide wären am Mittelpunkt der Erde.«

Zu ihr gebeugt, erwiderte er leise: »Willst du zuerst die gute oder die schlechte Nachricht?«

Jane schlug die Augen auf. »Oh Gott, es ist wahr.« Sie kicherte und setzte sich stöhnend auf.

»Der Wecker hat geklingelt. Es ist an der Zeit, zur Arbeit zu gehen. Nach Feierabend gibt's Bier und Hotdogs. Ich kann sie fast schon riechen.«

Zusammen stiefelte das Paar tiefer in die Höhle. Nachdem sie eine so lange Periode dem strahlenden, roten Licht ausgesetzt waren, benötigten ihre Sehorgane eine beträchtliche Weile, um die nötige Anpassung an die Dunkelheit vorzunehmen. Deshalb pausierten sie eine Weile, ehe sie weitergingen. Nach fünfzig Metern wich das Zwielicht einer zunehmend undurchdringlich werdenden Finsternis, in der sie allenfalls diffuse Schemen wahrnehmen konnten.

Mit einer Hand an die Wand eines abzweigenden Tunnels gestützt, sagte Michael: »Es ist unmöglich, einen Tipp abzugeben, welcher der Stollen der richtige ist.« Er atmete tief durch, um zu überprüfen, ob die Luft in einem davon einen anderen Geruch hatte. Ihm fiel nichts auf.

Dann rückte er zu dem nächsten Eingang vor; einer relativ kleinen Spalte – und diesmal erschnüffelte er einen Duft wie nach frischgebackenem Brot. Außerdem spürte er einen schwachen Windhauch.

»Bilde ich mir das ein oder …«, rätselte Jane.

Als er sich nach ihr umdrehte, konnte er ihr Gesicht sehen, das von einem blassblauen Glimmen erhellt wurde.

Gleichzeitig ertasteten seine Finger auf dem kalten Gestein drei Rillen. »Fühl mal hier.« Er nahm ihre Hand und führte sie zu den Vertiefungen. »Das ist niemals natürlichen Ursprungs.«

»Saknussoffs Markierungen, seine Brotkrümel. Und nun haben wir sogar Licht.« Sie setzte dazu an, tiefer in den Spalt vorzudringen.

Er hielt sie am Ärmel fest. »Halt. Immer langsam mit den jungen Pferden. Oder hast du nichts aus deinem Rendezvous mit der Riesenschlange gelernt?«

»Ja, das habe ich. Was immer geschieht, du bist stets da, um mich zu retten.«

Etwas Unverständliches nuschelnd, ging ihr Mike in den Stollen nach, der dem Anschein nach einst wesentlich geräumiger gewesen sein musste, bevor ein Teil der Decke eingestürzt war. Schutt hatte den Boden breitflächig überhäuft und so seinen Durchmesser verengt.

Jane legte den Kopf in den Nacken. »Das sieht nicht besonders vertrauenerweckend aus.«

»Hoffentlich gibt es kein neues Beben, solange wir hier sind.«

Als sie mehrere Minuten weitermarschiert waren, mündete der Gang in einen gewaltigen unterirdischen Dom.

»Alles hier ist blau erleuchtet«, staunte sie.

»Ist es das, wofür ich es halte?«, rätselte Mike. Eigentlich hatte er gedacht, dass ihn in dieser fremden Welt nichts mehr zu verblüffen vermochte, doch dies hier war zu unglaublich, um real zu sein. Vor ihnen ragten Pilze meterweit in die Höhe. Ihre Schirme hatten den Umfang von Wagenrädern. »Das Mittagessen ist angerichtet.«

Er stellte sich unter eines der niedrigeren Exemplare und pulte mit der Hand einen Brocken Pilzfleisch aus dessen Schirm. Dann schnüffelte er daran, verkündete »Riecht okay«

und biss hinein. »Reich an Protein, Vitaminen und Mineralien und es schmeckt köstlich. Wenn wir uns einen Vorrat mitnehmen, haben wir wochenlang genug, um satt zu werden.«

Als Jane eine der Wände überprüfte, wirbelte sie plötzlich zu Mike herum. »Sieh mal!« Zwischen ihren Fingern erstrahlte ein blaues Licht. Als sie die Hände öffnete, geriet ein länglicher Kristall zum Vorschein, der in einem brillanten Bau ein Glühen absonderte, als enthalte er eine mysteriöse Energiequelle.

»Ist das ...? Ach, Quatsch, ich habe keine Ahnung, was das sein könnte.« Jane händigte Mike den Kristall aus. Er fühlte sich kalt an. Seine Lumineszenz war so intensiv, dass er die Augen zusammenkneifen musste, um sie aus der Nähe zu ertragen. Sobald er ihn in die Höhe hielt, spendete er Licht in einem Radius von sechs Metern.

Jane langte nach oben und rieb mit ihrem Zeigefinger an dem seltsamen Objekt. »Viele Mineralien reflektieren Licht. Dafür benötigen sie eigentlich UV-Strahlung. Ich schätze in Millionen von Jahren unter dem Einfluss der intensiven Strahlung des Erdkerns haben diese Kristalle fluoreszierende Eigenschaften entfaltet.«

»Sie absorbieren die Strahlung und geben sie als Licht frei – als blaues Licht. Jetzt wissen wir, wie Katja und ihre Schwester sich in diesem pechschwarzen Labyrinth zurechtfanden.«

»Unsere Aktien dürften gerade radikal gestiegen sein. Lass uns zu den anderen gehen und ihnen Bescheid sagen.«

Bei ihrer Rückkehr in den vorderen Bereich der Höhle fragte Andy unwirsch: »Wo seid ihr gewesen? Eigentlich hatten wir vereinbart, dass wir zusammenbleiben und niemand auf eigene Faust loszieht.«

»Tut mir leid«, antwortete Jane. »Wir haben etwas Interessantes aufgegabelt. Schließt die Augen und streckt eure Hände aus.«

»Soll das ein Witz sein? Ich kann gern darauf verzichten, irgendein ekliges Krabbeltier in die Pfoten gedrückt zu bekommen.«

»Kein Witz, sondern eine Lösung«, beteuerte Mike. »Komm schon, tu's einfach.«

»Junge, Junge. Also gut, wenn's sein muss.«

Jane legte ihm den Kristall in die Hände.

»Ich glaub's nicht«, sprudelte es aus Maggie heraus.

»Und jetzt aufmachen«, sagte Jane vergnügt.

Als Andy tat, wie ihm geheißen, badete der Kristall seine Züge in ein blaues Glimmen.

Er lachte. »Das ist phänomenal! Das Ding ist kalt. Wie bringt es das Leuchten hervor?«

»Wir vermuten, dass es die Strahlung des Erdkerns aufgesogen hat«, erklärte Michael. »Mithilfe dieser Steine hat Katja einen Ausweg aus dieser Hölle gefunden.«

»Und jetzt haltet euch gut fest«, sagte Katja. »Das ist längst nicht alles. Wir sind auf eine von Saknussoffs Wegmarken gestoßen.«

»Aber es kommt noch besser«, fügte Mike hinzu. »Essen!« Stolz präsentierte er den anderen das Pilzstück.

Wenton rang es ihm aus der Hand. »Vermutlich habt ihr zur Krönung einen Aufzug entdeckt?« Er roch an dem Pflanzenfleisch. »Pilz?«

Michael nickte.

»Ob er essbar sein mag?« Wenton kräuselte die Stirn.

»Für mich schmeckt er wie ein genießbarer Röhrenpilz.«

»Du hast schon davon gekostet?« Wenton grübelte kurz, dann brach er ein Stück davon ab und kaute darauf herum. »Gratulation, das war eine gute Entscheidung.«

Auch Andy erlag der Versuchung, von dem schmackhaften Pilz zu kosten. »Pilze speichern Feuchtigkeit, also existiert hier unten …«

»… Wasser«, führte Maggie den Satz zu Ende.

»Falls wir den Schwerkraftschacht aufspüren, haben wir alles, was wir brauchen, um an die Oberfläche zu klettern«, summierte Michael die gewonnenen Erkenntnisse. »Am besten fangen wir gleich damit an, einen Nahrungsmittelvorrat und mehr von diesen Kristallen einzusammeln.«

Michael und Jane dirigierten die Gruppe in den Felsendom, in dem die Pilze florierten.

Sobald sie dort waren, flitzte Andy vor und sprang auf einen Steinbrocken. »Es ist wunderschön hier«, verlieh er seiner Begeisterung Ausdruck. Dann hüpfte er auf den Boden und eilte zu einem Pilz, der ebenso groß war wie er selbst. Andächtig betastete und knetete er dessen Schirm. »Es gibt Hunderte davon.«

Als Andy tiefer in die Höhle stürmte, und einen weiteren Felsen erklomm, um ein umfassenderes Bild zu erhalten, warnte ihn Jane: »Bleib in der Nähe!«

Die anderen stopften sich den Magen voll und füllten die Rucksäcke mit opulenten Portionen Pilzfleisch. Zum ersten Mal seit Wochen überwog ihr Optimismus die Furcht davor, auf Ewigkeit unter der Erde isoliert zu sein. Wenton stimmte mit seiner sonoren Baritonstimme sogar ein Lied an. Nach dem Essen sammelten sie Leuchtkristalle ein.

Maggie spürte dabei eine Wand auf, an der klares, sauberes Wasser herabrieselte und sich in Felsmulden an deren Übergang zum Boden staute. Sie füllten ihre Trinkflaschen und tranken nach Herzenslust.

»Hey, kommt mal alle her«, rief Andy aus der rückwärtigen Seite der Höhle.

Sie trotteten zu ihm und hockten sich neben ihn. Mit einem der Kristalle leuchtete er einen Fleck am Boden aus, an dem er das Geröll zur Seite geschaufelt hatte. »Unter dem Dreck ist ein gepflasterter Weg!«

Neugierig entfernte Jane mehr von dem Gesteinsschutt. »Das ist kein Pflaster, das sind Kacheln. Ich glaube, wenn wir den Boden von Schutt säubern, werden wir ein Mosaik freilegen.«

Sie machten sich sofort an die Arbeit. Als sie fertig waren, bewunderten sie ein Bild, das Menschen – oder zumindest Geschöpfe mit menschlichem Körperbau – zeigte, von denen einige Reittiere benutzten.

»Einzigartig«, hauchte Maggie fasziniert. »Vielleicht ist das Volk aus dem See nach der Überschwemmung hierher umgesiedelt.«

»Kann sein«, sagte Michael. »Dieses Artefakt ist definitiv alt genug, um deine These zu stützen. Es könnte aber auch deutlich älter sein. Oder es handelte sich um Zeitgenossen des Seevolks.«

»Wohin diese Straße wohl geht?«, rätselte Jane.

»Das werden wir schleunigst testen«, entschied Michael. »Hat jeder, was er benötigt?«

Alle bejahten.

»Wer übernimmt die Führung?«, fragte Jane.

»Ich«, bestimmte Mike und stiefelte los.

KAPITEL 23

Sie stießen durch eine enge Höhle vor, die nach einiger Zeit so geräumig wie ein Eisenbahntunnel wurde.

Gesteinstrümmer, die von einer Katastrophe in grauer Vorzeit kündeten, verschütteten spärlich die Zeugnisse einer vergangenen Kultur. Schichten aus Moos überwucherten die Überbleibsel eingestürzter Pfeiler und gelegentlich überwölbten Bögen die unermesslich alte Straße. In manche der architektonischen Fragmente waren die Abbilder von Gesichtern eingemeißelt, die menschlich sein mochten – oder auch nicht.

»Sie hatten zwei Augen«, konstatierte Jane. »Ich halte das für ein gutes Omen.«

Gewaltige Tore kennzeichneten die Zugänge zu Abzweigungen. Leider waren sie allesamt blockiert. Einige durch Deckeneinbrüche, andere hatten die früheren Bewohner dieser Welt zugemauert.

Schließlich kamen sie zu einer Treppe, die durch einen Gewölbegang auf eine höhere Ebene anstieg. Am Ende der Stufen lag ein Hohlraum von unglaublichen Dimensionen.

Michael unterbrach das andächtige Schweigen. »Eine Stadt … eine richtige Stadt.«

Der Hauptteil dieser Region des Säulenbergs musste ausgeschachtet worden sein. In die Felswände hatten die Erbauer Gebäude integriert. Zur Mitte der Aushöhlung hin schlängelten sich großzügige Alleen zwischen beachtlichen Bauwerken, über denen Düsternis und Grabesstille thronten und in denen außen Schatten hauste.

Manche der Fassaden waren derart von Ranken vereinnahmt, dass sie fast wie hängende Gärten wirkten. Die Aura der Vergangenheit waberte durch diesen Ort und mit einem Quäntchen Fantasie konnte man ihn sich von den Geistern seiner einstigen Bewohner bevölkert vorstellen.

»Sie haben die Kristalle perfekt genutzt«, beobachtete Jane.

An mehreren neuralgischen Punkten in der Stadt erhoben sich monumentale Säulen, gekrönt von Kristallen, die bis zum heutigen Tage die Ruinen in eine bläuliche Lumineszenz tauchten.

Andy schabte die Flechten von einer der Hauswände und legte dabei eine glatte Fläche frei, die ohne Weiteres das Glas eines Fensters hätte sein können. Er klopfte mit dem Daumen dagegen. »Kristall. Sie haben Kristalle als Baumaterial verwendet. Wie diese Stadt wohl in ihrer Blüte ausgesehen hat?«

»Eine Kristallstadt«, wisperte Maggie überwältigt. »Sie muss wundervoll gewesen sein.«

»Was wurde aus den Einwohnern?«, fragte Wenton. »Fielen sie einer Seuche oder einem Krieg zum Opfer? Oder hat sie etwas anderes ausgerottet?«

»Ich wünschte, wir hätten mehr Zeit zur Verfügung«, klagte Jane.

»Ihre Handwerkskunst war herausragend«, stellte Maggie fest. »Ich würde sie wirklich gern treffen, um mich mit ihnen zu unterhalten.«

»Wahrscheinlich wären sie uns ebenso fremd wie wir ihnen«, spekulierte Wenton. »Vielleicht würden sie uns für Monster halten … oder für Götter.«

»Wussten sie von unserer Existenz?«, sinniert Andy. »Ich meine, hielten sie ihre Welt für die einzige oder hatten sie Kenntnis von der Erdoberfläche?«

»Wussten wir etwas über ihre Welt?«, erwiderte Jane.

»Saknussoff war von ihrer Existenz überzeugt«, antwortete Michael. »Und jeder hielt ihn für einen Spinner.«

»Die Einwohner dieser Stadt kamen definitiv niemals nach oben«, sagte Andy. »Falls dem so wäre, wäre es in den Geschichtsbüchern verzeichnet.«

»Wirklich?«, zweifelte Wenton. »Diese Architektur hat Jahrtausende auf dem Buckel. Etwas wie Geschichtsschreibung war der Menschheit dieser Epoche ein Buch mit sieben Siegeln.«

»Wir könnten erforschen, ob es so war«, meinte Jane. »Dazu müssten wir allerdings die historischen Aufzeichnungen der Einheimischen in die Hände kriegen. Bei dem Stand der Zivilisation, den sie erlangt hatten, bin mir sicher, dass es solche gab. Persönlich glaube ich nicht, dass sie die Oberfläche jemals betreten haben. Ihr Universum endete hier unten.«

»Weiter oben gibt es Leben«, sagte Maggie. »Die Geschöpfe, die uns dort gejagt haben, gehörten eindeutig zu den Säugetieren, und sie waren bestens an ein Dasein in ewiger Finsternis angepasst.«

»Und wir sind auch spinnenartigen Lebensformen begegnet«, ergänzte Michael, »deren Ursprung hier unten begründet sein dürfte. Also existierten in den Höhlen vermutlich auch schon vor Urzeiten Nahrungsquellen für Vertreter beider Evolutionszweige.«

»Wir sollten uns auf unsere aktuelle Situation fokussieren«, lenkte Wenton das Gespräch auf ein anderes Thema.

»Irgendwo in der Nähe ist unser Ausweg verborgen. Es ist viel wichtiger, ihn aufzutreiben, als irgendwelche kruden Theorien zusammenzustricken. Wir können ja bei der Suche so viel wie möglich über die Stadt lernen. Unterdessen dürfen wir unser eigentliches Vorhaben nicht vernachlässigen.«

»Ja«, stimmte Michael zu. »Wir können beides unter einen Hut bringen. Während wir das Areal nach Saknussoffs Markierungen und dem Schwerkraftschacht durchkämmen, nehmen wir so viele Eindrücke mit, wie es geht mit. Wir splitten uns in zwei Gruppen auf. Andy geht mit Maggie und Harry. Jane und ich bilden den zweiten Trupp. Okay?«

Unterwegs fragte Jane: »Wie lange wir wohl schon hier unten sind? Ohne den Wechsel von Tag und Nacht ist mein Zeitgefühl komplett im Eimer.«

»In oberirdischen Tagen oder in Erdmittelpunkttagen? Das sind zwei verschiedene Paar Schuhe. Das innere Rad dreht sich langsamer als das Äußere. Bei meinen Forschungen vor Beginn der Expedition habe ich mathematische Simulationen studiert, die Berechnungen enthalten, nach denen die Gravitation des Erdkerns eine Zeitverzerrung bewerkstelligt, die einen zäheren Verlauf der Zeit in dessen unmittelbarer Reichweite nach sich zieht. Demnach verstreicht die Zeit hier unten langsamer. Selbst wenn wir Monate in der Region rund um den Kern bleiben, vergeht oben wesentlich weniger Zeit.«

»Also wäre Katja deutlich länger als ein Jahr unter der Erde eingesperrt gewesen«, erkannte Jane. »Die arme Frau. Kein Wunder, dass sie wahnsinnig wurde.«

»Ich denke, dass sie der Verlust ihrer Freunde und die Trauer mehr belastet haben. Und als sie wieder daheim war, hat ihr keiner Glauben geschenkt.«

Das Duo stöberte einen Eingang auf, dessen ehemals hölzernen Türflügel seit Ewigkeiten versteinert waren. Nichts außer einer engmaschigen Schicht Moos hielt sie zusammen.

Als Michael einen der Flügel aufstoßen wollte, zerfielen die stählernen Türangeln zu Staub und rieselten herab. Das ehemals stabile Holz zerbarst unter seiner Berührung wie vertrocknetes, sprödes Pergament.

Drinnen im Gebäude entfaltete die blaue Stadtbeleuchtung eine verminderte Wirkung und dunkle Schatten verschleierten die Ecken. Staubpartikel sättigten die Luft des totenstillen Eingangszimmers. In der Mitte des Raums befand sich ein Steintisch, bei dem es sich um einen Altar handeln mochte.

»Ob dies ein religiöses Bauwerk war?«, fragte Jane.

»Kann sein. Ich würde gern erfahren, welcher Art von Göttern hier gehuldigt wurde.« Michael leuchtete ein Wandsegment mit seinem Kristall an. »Da steht etwas geschrieben.«

»Wo stecken die Top-Linguisten, wenn man gerade einen braucht? Die Schrift hat überhaupt keine Ähnlichkeit mit irgendeinem uns geläufigen Alphabet – weder mit Englisch, Arabisch, Latein, Kyrillisch oder Kanji. Es hat eher etwas von einem Code als einem Satz.«

»Eine Verwandtschaft zu einer menschlichen Sprache ist unbestreitbar nicht vorhanden«, bekräftigte Mike. »Wie diese Schrift wohl ausgesprochen klingen mag?«

Einige Meter weiter zeichneten sich freskenhafte Bilder auf der Kristallmauer ab.

»Sie hatten die gleiche Statur wie Menschen«, sagte Mike. »Ihre Gesichter haben jedoch etwas Fremdes.«

Eines der Motive zeigte einen Mann mit ausgebreiteten Armen auf einem Podest, vor dem eine gemischte Menge aus Männern und Frauen kniete.

»Eventuell war dies ihr Anführer«, interpretierte Jane. »Natürlich könnte es auch ein religiöses Oberhaupt gewesen sein.«

Ein anderes Kunstwerk stellte eine Massenansammlung von mit Schilden und Speeren bewaffneten Personen vor einem diffusen Hintergrund zur Schau. Einige der Krieger ritten auf mächtigen Tieren wie auf Elefanten, allerdings hatten diese hier sechs statt vier Beine.

»Eine Armee«, sagte Jane.

»Und dort sehen wir, weshalb sie ausrückt.« Michael deutete auf die Abbildung einer Horde feindseliger Kreaturen. Es schien, als seien sie im Gegensatz zur ersten Gruppierung mit Rüstungen gewappnet. Er wühlte in seinem Rucksack und fischte die Statuette heraus, die er vom Grund des Sees geborgen hatte. Sie glich diesen Kreaturen stark – und auch sie war mit einer Rüstung ausgestattet.

»Diese zweite Armee besteht aus Insektoiden. Nun haben wir den Beweis, dass auch sie die Evolutionsleiter ziemlich weit hochgekraxelt sind«, sagte Jane. »Anscheinend verlief die Entwicklung der Amphibiennachkommen und der Arthropoden in dieser Welt lange nebeneinander. Ein Verdrängungswettbewerb zwischen Säugetieren und Insekten entstand erst, als beide eine eigene Kultur aufgebaut hatten.«

Das nächste Bild porträtierte eine Schlacht; ein Gemetzel, in dessen Rahmen die physisch überlegenen und besser ausgerüsteten Insektoiden ihre menschenähnlichen Gegner gnadenlos abschlachteten.

»Nachdem sie massakriert wurden, wurden sie aufgefressen«, flüsterte Jane voller Unbehagen.

»Diesem Bild nach haben die Insekten den Krieg gewonnen«, urteilte Michael.

»Eventuell sind die Überlebenden entkommen«, sagte Jane. Und tatsächlich gab ihr das nächste Fresko recht. Auf diesem folgten die menschenähnlichen Wesen dem Anführer vom ersten Bild auf der Flucht in eine ungewisse Zukunft außerhalb der Stadt. Ein Teil seines Volks suchte jedoch sein Heil in einem der Höhlenlabyrinthe. »Vielleicht sind ihre Nachfahren in den Dschungel umgesiedelt. Zurück in die Stadt sind sie nicht gekehrt.«

Michael fiel ein weiteres Detail auf. »Einige haben ihr Glück mit Booten auf dem See probiert. Ob ihre Reise ein gutes Ende fand?«

Die übrigen Wände des geräumigen Saals waren nackt und schmucklos.

Jane sagte: »Diese Geschichte hat sich vermutlich vor Zehntausenden von Jahren abgespielt. Die Flüchtlinge, die sich in die Höhlen gewagt haben, müssten eigentlich auf die Schwerkraftschächte gestoßen sein. Wenn dem so war, werden sie diese auch benutzt haben.«

»Möglicherweise haben sie hier ein paar Jahre Unterschlupf gesucht und sind später irgendwohin aufs offene Land umgezogen. Vielleicht verließen sie die Höhlen niemals. Wir können massenhaft Hypothesen aufstellen. Leider haben wir keine Gelegenheit, jemanden nach den tatsächlichen Geschehnissen zu befragen.«

»Hey Jane! Hey Mike!«

»Das war Andy«, sagte Michael. »Schätzungsweise ist er über etwas Spektakuläres gestolpert.«

Draußen winkte ihnen aus der Ferne eine Gestalt mit einer blau funkelnden Hand zu.

»Da ist er«, meinte Jane.

Während sie über die Straße aus zersprungenen Kacheln zu ihrem Freund gingen, fragte sich Mike, ob sich der Weg, den sie gerade beschritten, damals vom Blut der Stadtbewohner rot gefärbt hatte?

Andy empfing sie von einem Ohr bis zum anderen grinsend auf der Ruine einer kollabierten Mauer. In der flachen Kuhle zu seinen Füßen lagen die Gebeine eines Menschen. »Saknussoff, falls ich mich nicht irre.«

Ein Ledergürtel umschlang die Hüfte des Skeletts, an dem eine Scheide aus dem gleichen Material baumelte, aus der ein altmodisches Heft ragte. Die Knochen von einem seiner

Beine waren schrecklich zermalmt. Neben ihm war die mittelalterliche Ausrüstung eines Kletterers verstreut – grobe Metallstifte und Ösen. Mit einem der spitzen Stifte hatte der Sterbende eine Botschaft auf Kyrillisch in den Stein geritzt.

»Leider kam ich zu spät«, übersetzte Michael, *»und habe das sanfte und freundliche Volk, welches einst hier lebte, um tausend Jahre verpasst. Wie es scheint, standen sie vor einer schwierigen Wahl: Entweder mussten sie kämpfen, um nicht gefressen zu werden, oder sie mussten flüchten – sei es über das Meer oder hinauf in die Höhlen. Vielleicht fanden sie dort ihre Entsprechung dessen, was für uns der Himmel ist.«*

Zu Jane sagte er: »Er zog die gleichen Schlüsse wie wir bei der Betrachtung der Fresken.«

Dann übersetzte er weiter: *»Die anderen wissen, wo ich bin. Und sie beobachten mich bereits.«*

»Das ist alles, was er notiert hat.«

»Das klingt ja echt beruhigend«, spottete Wenton. »Wer hat wohl wen gefressen? Und *wer* zur Hölle hat den alten Russen beobachtet?«

»Ich glaube, er meinte dieselben Kreaturen, die die Stadt überfallen haben«, erklärte Michael.

»Das ergibt doch keinen Sinn«, wehrte Wenton ab. »Zwischen beiden Vorkommnissen lagen mehrere Jahrtausende.«

»Wieso? Auch bei uns oben gibt es Gruppen, die über Jahrhunderte religiös motivierte Kriege fortführen und stetig neu entfachen«, argumentierte Jane.

»Sind wir hier sicher?«, fragte Maggie.

»Aller Voraussicht nach schon«, beruhigte sie Michael. »Dieser Konflikt eskalierte vor langer, langer Zeit. Uns heute deswegen zu fürchten, wäre in etwa so, als hätten die neuzeitlichen Archäologen in den Ruinen Trojas Angst davor gehabt, von Griechen angegriffen zu werden, die sie mit einem gigantischen Holzpferd überlisteten.«

»Die Zeitspanne zwischen Saknussoffs Expedition und unserer ist aber signifikant kleiner, als jene zwischen der Antike und der Ausgrabung Trojas«, gab Wenton zu bedenken.

Jane ging neben den Gebeinen des Alchimisten in die Hocke. Eine Hand des Skeletts lag mit der Handfläche nach oben neben einem Hammer und einem Meißel, die andere ruhte auf einem Stein. »Seine Finger weisen schlimme Brüche auf. Mit dem Zeigefinger deutet er auf etwas. Oder täusche ich mich?«

Alle spähten in die Richtung, in die der Finger zeigte. Dort befand sich an einer weit entfernten Wand ein Durchgang.

»Ist das der …?«, stammelte Maggie.

»… Ausweg«, vollendete Jane den Satz, stand auf und ballte die Hände zu Fäusten.

»Das wäre denkbar«, überlegte Mike. »Oder er weist uns auf die Route hin, die damals von den Flüchtlingen aus der Stadt eingeschlagen wurde.«

»Darauf haben wir keine Antwort«, resignierte Maggie.

»Aber wir können eine Antwort erhalten«, beharrte Andy und kletterte über das Geröll zum Eingang.

Alle außer Michael schlossen sich ihm an.

Der inspizierte Saknussoff genauer und zog den Lederbeutel an dessen Gürtel unter den Knochen hervor. Wie erhofft, fand er darin ein Buch. Er entfernte den Öllappen, der es umwickelte, und blätterte es auf.

»Mike!«, rief Jane. »Schau her!«

»Bin schon unterwegs.« Er verpackte das Buch wieder in dem dazugehörigen Lappen und steckte das Kleinod unter sein T-Shirt, bevor er sich zu seinen Gefährten gesellte.

»Scheiße«, fluchte Andy. »Es wäre zu schön gewesen, um wahr zu sein.«

Kurz nach der Mündung des Korridors blockierten Felsblöcke jegliches Fortkommen.

Michael strich mit der Hand über das Gestein. »Wisst ihr, was ich hier sehe? Das war kein Deckeneinbruch. Dieser Durchgang wurde absichtlich versiegelt. Wer war dafür verantwortlich? Die Leute, die von der Stadt aufs Land flohen, oder jene, die hier blieben und ihre Hoffnungen auf die Höhlen setzten?«

»Der Gedanke, dass der Tunnel von der Seite, auf der die Höhlen sind, versperrt wurde, hat etwas Erschreckendes«, sagte Jane. »Es gibt darüber hinaus eine dritte Option: Vielleicht haben die Invasoren eine Barriere errichtet, um den Rücken frei vor den Flüchtlingen zu haben.«

Plötzlich ertönte ein Horn.

Das Team fuhr geschlossen herum. Gleich darauf erscholl es wieder.

»Das war kein Tier«, konstatierte Michael. »Es hat sich wie ein Musikinstrument angehört.«

»Wie eine Kriegstrompete«, präzisierte Wenton. »Eine von der Sorte, die an der Spitze einer marschierenden Armee deren Anrücken verkündet.« Er ließ die Mundwinkel nach unten hängen. »Erinnert ihr euch, was unser alter Kumpel Saknussoff schrieb: *Die anderen wissen, wo ich bin. Und sie beobachten mich bereits.* Wie es aussieht, meine geschätzten Freunde, liegen sie bis heute auf der Wacht.«

»Was für eine gequirlte Scheiße.« Andy schnaubte. »Ich möchte auf keinen Fall mehr hier sein, sobald die Bestien, die die Bewohner dieser Stadt niedergemetzelt und aufgefressen haben, hier ankommen.«

»Niemand von uns will das«, bekräftigte Mike. »Harry, erledige bitte einen kurzen Spähausflug und erzähle uns danach, was du ermittelt hast.«

»Willst du mich verarschen?«

»Nein, will ich nicht«, knurrte Mike.

»Und was unternehmt ihr unterdessen?«

Michael fischte die letzte Dynamitstange aus seinem Gepäck. »Wir werden eine Bresche in den Fels sprengen.«

»Andy, du begleitest mich.« Wenton schnippte mit den Fingern.

»Nein«, intervenierte Michael. »Die Explosion wird jede Menge Trümmer und Schutt produzieren. Ich brauche jede helfende Hand, die ich kriegen kann, um den Weg freizuräumen. Komm schon Harry, auf geht's. Wir müssen unbedingt wissen, was auf uns zukommt und wie viel Zeit wir haben.«

Grummelnd joggte Wenton los.

Michael wandte sich der Blockade zu. Bei Klettertouren war er kein Freund von Dynamiteinsätzen. Dennoch wusste er, dass sie manchmal unumgänglich sein konnten, beispielsweise, wenn ein verschüttetes Teammitglied aufgrund einer schweren Verletzung rasch Hilfe benötigte. Also hatte er sich theoretisch mit der Anwendung von Sprengstoff beschäftigt. Und theoretisch sollte sein Plan funktionieren …

Er platzierte die Dynamitstange im Zentrum der Steinblöcke in einer Ritze und fixierte sie mit einem Kieselstein. Dann sagte er: »Alle Mann in Deckung.« Sein Feuerzeug war praktisch tot. Die winzige Flamme erlosch sofort nach ihrem Entfachen. »Gottverdammter Mist!« Er hielt einen Moment inne, um seine zittrigen Finger zu bändigen, ehe er einen neuen Anlauf startete. Der Feuerstein erzeugte keinen Funken … auch der nächste Anlauf lief schief. »Mach schon, du Bastard!«

Nachdem er das Rädchen des Feuerzeugs drei weitere Male mit dem Daumen gedreht hatte, loderte eine kleine Flamme auf und die Zündschnur fing Funken.

Er rannte auf und davon, kauerte sich hinter eine Mauer und hielt die Hände vor die Ohren. Gerade rechtzeitig, denn im selben Moment knallte es gewaltig. Staub und Gesteinssplitter regneten auf ihn herab. Er sprach ein Stoßgebet und raste zum Ort der Detonation.

»Ja!«

Der größte Felsbrocken war zertrümmert worden und hatte beim Herausbrechen aus der Wand massenweise andere Steine mit sich gerissen. Die entstandene Öffnung reichte aus, um sie mit Leichtigkeit zu passieren.

»Kommt alle her. Wir können rein.«

»Rennt, rennt, rennt!«, schrie der von seiner Mission im Laufschritt zurückkehrende Wenton. Sogar im bläulichen Licht der Kristalle konnte man ausmachen, dass sein Gesicht vor Grauen erblichen war.

Michael lief ihm einige Meter entgegen. »Was ist passiert?«

»Sie kommen. Es sind unglaublich viele.« Wenton keuchte. »Sie sind riesig, monströs.« Er packte Mike an den Schultern und schob ihn auf die Höhle zu. »Wir müssen abhauen. Jetzt sofort!«

Michael versteifte sich und stoppte Wenton. »Wir haben keinen Plan, ob das der richtige Weg ist.«

Wenton mobilisierte alle Kraft und bugsierte Mike in die gewünschte Richtung.

»Wir müssen Saknussoff vertrauen.« Er versetzte Michael einen Stoß.

»Du meinst den Saknussoff, der hier krepiert ist und der diese Höhle nie erforscht hat?«, fragte die herbeigeeilte Jane.

Andy reckte den Kopf aus dem Stollen. »Das Ding ist geräumig und geht echt tief rein.«

Wenton wurde entspannter. »Hör mir zu, Mike. Hört mir alle zu. Bitte. Wir müssen weg von hier sein, wenn diese abscheulichen Monster aufkreuzen. Habt ihr das verstanden?«

»Er hat recht«, pflichtete ihm Maggie bei. »Außerdem stehen wir sowieso mit dem Rücken zur Wand.«

Mike nickte. »Okay, aber wir verschließen den Zugang wieder, sobald wir drin sind. Falls es der falsche Weg ist, können wir ihn wieder öffnen.«

»Ja, das ist ein guter Plan.« Wenton fing abermals an, Mike anzustupsen und ihn so vor sich herzutreiben.

Nachdem alle die freigesprengte Bresche durchquert hatten, zögerte Michael. Seine Neugier verlangte brüllend danach, einen Blick auf die anrückenden Kreaturen zu werfen – auf die intelligenten Insektennachkömmlinge, die sich diese Welt untertan gemacht hatten. Im Zuge dessen hatten sie jedoch einen Völkermord auf dem Gewissen, und er zweifelte nicht daran, dass sie ihn ebenfalls niedermetzeln würden, sollten sie seiner habhaft werden. *Ich werde ein anderes Mal Gelegenheit dazu erhalten,* dachte er und folgte den anderen.

Andy, Wenton und Maggie passten Steine in die Lücke ein. Jane und Mike versorgten sie mit Nachschub an Material. Das fertige Konstrukt würde keinem massiven Ansturm standhalten, aber es genügte, um ihren Fluchtweg zu verschleiern.

»Ich hoffe, du hattest recht, Arkadi«, flüsterte Mike, als er das letzte kleine Loch in der Wand mit einem Kiesel verkeilte. Nun war der Eingang wieder versiegelt.

***

»Schnell! Wir müssen Land gewinnen«, drängte Wenton, als die Gruppe nach mehreren hundert Metern das Tempo drosselte.

»Keine Sorge, Harry«, antwortete Mike. »Wir sind in Sicherheit. Jetzt kannst du uns ungestört verraten, was genau dich so erschreckt hat.«

Wenton starrte zunächst ein Loch in die Luft, dann lachte er hysterisch. »Lovecraft.«

»Redest du von dem Autor?«

»Exakt. Ich habe ihn in meiner Jugend gelesen. Am meisten an seinen Geschichten haben mich die Beschreibungen dieser monströsen Wesen fasziniert, die eine Mischung aus Insekten und Menschen oder Fischen und Menschen darstellen.« Er musste schlucken. »Was da auf mich zu hetzte, war vom gleichen Kaliber. Sie sind mindestens zwei Meter groß und haben sechs Gliedmaßen. Und sie trugen Waffen.« Wenton musste sich erst fassen, ehe er weitersprechen konnte. »Sie hatten Käfige dabei. Käfige, in die sie uns einsperren wollten.«

»Oh mein Gott«, murmelte Jane.

»Ich wünschte, wir hätten Dynamit übrig«, sagte Andy.

»Ich auch«, pflichtete Mike bei. »Ohne Sprengstoff können wir nur darauf hoffen, dass wir sie abhängen. Also nichts wie weg von hier!«

Als die Gruppe losging, dachte er insgeheim: *Was, wenn wir uns selbst in eine Sackgasse manövriert haben?*

Die Wände des Korridors waren reich mit Ornamenten verziert, die zum Teil abgeblättert waren und unter denen blanke Ziegelsteine hervorlugten. In einigen der Alkoven gab es auf Pfeiler montierte Schüsseln, die vermutlich der Aufbewahrung von Lebensmitteln gedient hatten. Mancherorts zeugten Verfärbungen auf der mineralischen Struktur des Bodenbelags in Form von Schwertern oder Äxten von den Waffen, die einst dort gelegen hatten.

Der Korridor beschrieb eine sachte Steigung nach oben – dorthin also, wo sie hinwollten. Allerdings trennten sie etliche tausend Kilometer vom Ziel ihrer Wünsche.

Bald stießen sie auf die erste Leiche, ein gebräuntes Skelett, das in einer der Alkoven mit dem Rücken an der Wand lehnte. Die Kleidung und der Schmuck, die den Verstorbenen zu Lebzeiten geschmückt hatten, waren dem Zahn der Zeit zum Opfer gefallen. Verstreute Edelsteine neben seinen Händen wiesen auf längst zu Staub zerfallene Ringe und Armreifen hin.

»Sie waren ziemlich klein«, sagte Jane. »Der hier maß höchstens einen Meter fünfunddreißig.«

»Vielleicht handelt es sich um einen Jugendlichen oder ein Kind?«, überlegte Maggie.

»Nein, die Zähne sind die eines Erwachsenen. Und es war ein Mann. Das verrät uns der Bau seines Beckens und der Hüfte.«

»Im Vergleich dazu wären wir Riesen gewesen«, sinnierte Andy.

»Die Insektoiden, die sie angegriffen haben, müssen absolute Bestien gewesen sein …«, sagte Wenton.

»… die in ihnen nur eine Nahrungsquelle sahen«, vollendete Maggie den Satz. »Eine Herde, die sie einfangen, in Pferche sperren und verspeisen konnten.«

Von hinten erklangen die Geräusche herabfallender Steine. Die Gruppe war für einige Sekunden wie paralysiert, bis Mike sie aus der Schockstarre erlöste, indem er rief: »Hopp, hopp! Und lasst uns mehr Tempo zulegen.« Sowie er die Worte ausgesprochen hatte, ging er mit gutem Beispiel voran.

EPISODE 05

»Solange das Herz eines Mannes pocht, solange sein Fleisch noch warm ist, pulsiert Leben in ihm. Und wo es Leben gibt, gibt es Hoffnung.«

JULES VERNE

KAPITEL 24

Jane sog die wärmer werdende Luft ein und wischte mit dem Unterarm die Schweißperlen von ihrer Stirn. Die Steigung des Gangs hatte auf dem letzten Kilometer scharf zugenommen und tat es weiterhin. Ob es tatsächlich wärmer wurde oder ob ihr Organismus lediglich Erschöpfungssymptome zeigte und sie deshalb so stark schwitzte, konnte sie nicht mit Gewissheit beurteilen.

Auf der bisher absolvierten Strecke war die Gruppe vermehrt auf Leichen der Flüchtlingskarawane gestoßen. Teils ruhten die Gebeine in Anordnungen auf dem Boden, die den Verdacht heraufbeschworen, es habe sich dabei um Familien gehandelt, die sich zusammen zum Sterben hingelegt hatten. Andere wiesen Knochenbrüche und Anzeichen von Verwundungen durch Waffen auf.

»Haben sie sich untereinander bekriegt?«, spekulierte Maggie.

»Könnte sein«, überlegte Wenton. »Möglicherweise löste eine Verknappung der Ressourcen Panik und Aggression aus.«

»Das glaube ich nicht«, behauptete Jane. »Sie kannten diese Höhlen. Ich schätze, sie waren alle verängstigt und deprimiert. Wer weiß, welche psychischen Traumata sie sonst belastet haben. Eventuell sind einige von ihnen psychotisch geworden.«

»Wenigstens ist ihnen die Flucht geglückt. An der Barrikade, die sie zu ihrer Absicherung errichtet hatten, gab es keinerlei Spuren, die darauf hingewiesen hätten, dass sie anschließend irgendwann durchbrochen wurde«, sagte Andy. »Das Wissen darum, nicht mehr gehetzt zu werden, sollte ihre düstere Stimmung eigentlich aufgehellt haben.«

Wenton kicherte. »Du triffst eine Prognose auf Basis dessen, was du dir wünschst, wie die Ereignisse abgelaufen sind. Du nimmst den Bau der Barriere durch die Flüchtlinge als gegeben an. Was, wenn sie von den Angreifern stammt? Vielleicht haben sie die Überlebenden gezwungen, in die Höhlen abzuwandern und haben sie anschließend mittels einer Steinwand hier gefangen gesetzt. Quasi wie Vieh, auf das sie bei Bedarf zugreifen konnten. Die Invasoren waren groß und stark. Für sie wäre es ein Kinderspiel gewesen, die Felsblöcke zu bewegen und damit eine Mauer zusammenzubasteln.«

»Das ist ein beschissener Gedanke«, antwortete Jane. »Aber es wäre eine denkbare Alternative.«

Nach einer Weile ging die Ziegelverkleidung der Wände in nacktes Gestein über. Hinweise auf die Flüchtlinge waren von nun an Mangelware.

Wenton stoppte ab und stützte sich keuchend mit einem Arm an der Wand ab. »Wollt ihr einen zweiten beschissenen Gedanken hören?«

»Darauf kann ich getrost verzichten«, wehrte Maggie ab.

Davon ungerührt tat Wenton trotzdem seine Sorgen kund: »Woher wissen wir überhaupt, dass diese Route ans Tageslicht führt. Wir haben uns auf sie festgelegt und wir haben keine zweite Möglichkeit. Was, wenn wir einem Irrtum aufgesessen sind?«

»Alles, was wir zur Orientierung hatten, war Saknussoffs Hinweis«, erwiderte Michael. »Und woher hätten wir in unserer Situation bitteschön die Muse nehmen sollen, über eine andere Entscheidung nachzugrübeln?«

»Er selbst hat diesen Weg nie getestet. Das ist eine Tatsache.«

»Du warst doch derjenige, der uns in den Tunnel gescheucht hat. Was soll jetzt das Gemecker, Harry?«

»Und da ist noch was, das mich beschäftigt. Katja hat ebenfalls niemals einen Fuß hier hereingesetzt. Sonst wäre die Mauer wohl kaum intakt gewesen.«

Jane wusste, wie recht er hatte; und sie hasste ihn dafür. »Vergiss es einfach. Sich darüber den Kopf zu zerbrechen, ist vergebene Liebesmüh. Die Würfel sind gefallen.«

»Von wegen. Wir könnten umkehren und so lange abwarten, bis die Monster wieder abziehen. Wenn wir blindlings weiterlaufen, gehen uns früher oder später die Vorräte aus. Dann sind wir geliefert.« Wenton stemmte die Hände in die Hüften. »In der Stadt gibt es genug Wasser und Nahrungsmittel. Irgendwann sind wir an einem Punkt, an dem wir nicht mehr umkehren können, ob wir es wollen oder nicht.«

Michael ließ sich Wentons Argumente durch den Kopf gehen. Tatsächlich gab es keinerlei Klarheit darüber, ob sie den richtigen oder den falschen Pfad gewählt hatten. Dessen ungeachtet sagte er in einem resoluten Tonfall: »Harry, deine Einwände sind so nützlich wie ein Kropf. Wir marschieren weiter. Ende der Diskussion.«

Wenton hob beschwichtigend die Hände. »Monroe, ich wollte keine Revolution anzetteln. Aber denk doch mal nach.« Er deutete auf das Skelett eines der Flüchtlinge. »Diese armen Kerle mussten Hals über Kopf um ihr Leben rennen. Und wie es ausschaut, haben die meisten es auf dieser Strecke hier eingebüßt. Wir dagegen können es uns leisten, weniger überstürzt zu agieren.«

Das Wurfgeschoss surrte aus dem Dunkeln heran und durchbohrte Wentons Schulter von hinten. Mit geweiteten Pupillen und aufgerissenem Mund betaste er sprachlos die mit Widerhaken versehene Spitze, die vorn oberhalb seiner Brust austrat.

»Was?«, rief Andy und eilte ihm zu Hilfe. Ein zweiter Speer knallte genau an der Stelle, an der er sich eben befunden hatte, gegen die Wand.

»Runter!«, brüllte Michael.

Zum Schrecken der anderen wurde Wenton, der jetzt markerschütternd schrie, von ihnen weggezerrt. Das Geschoss war an einem Seil befestigt, das jemand aus der Dunkelheit heraus einholte.

Andy schnappte Wentons Beine und wollte ihn festhalten. Maggie kroch zu seiner Unterstützung herbei.

Jane sortierte einen Reservekristall aus ihrem Gepäck und schleuderte ihn zu der vermuteten Position der Angreifer. Er trudelte ungefähr zwölf Meter durch die Finsternis und zersprang beim Aufprall auf den Boden in dutzende leuchtender Splitter, die den gesamten Umkreis in ein trübes Licht tauchten. Das Bild, das sich ihnen bot, schien geradewegs der Hölle entsprungen zu sein. Eine Legion sechsbeiniger, klauenbewehrter Kreaturen füllte mit Speeren, Armbrüsten und Netzen bewaffnet die Höhle bis zum Anschlag an. Ihre Fratzen glichen einem Mix aus einem Insekt und einem Hummer. Ihre schwarzen Augen huschten ruhelos auf Tentakeln hin und her, als versetze sie die Gefangennahme des Menschen in freudige Erregung.

Eines der Monster zupfte mit einem kräftigen Ruck an dem Seil, an dem Wenton hing. Der schrie daraufhin vor Schmerz und Panik auf.

Michael hechtete mit gezücktem Messer auf Wenton und versuchte, den Widerhaken in dessen Brust zu durchtrennen.

Leider war die Klinge in den letzten Wochen zu stumpf geworden, um eine effektive Wirkung auf das Material der Spitze der Waffe auszuüben. Es war sogar so stumpf, dass er damit nicht einmal das mit dem Wurfgeschoss verbundene Seil durchsäbeln konnte.

Ein Armbrustbolzen streifte Michaels Rucksack. Dann preschten die Monster vor.

Jane tippelte geduckt zu Andy und Michael und dirigierte sie rückwärts von Wenton weg. »Wir müssen abhauen«, flüsterte sie eindringlich.

»Lasst mich nicht allein«, kreischte Wenton. »Bitte!«

»Es tut mir leid«, sagte Jane verbittert.

»Mir auch«, fügte Michael matt hinzu.

Ohne das Extragewicht von Mike und Andy wurde Wenton zielstrebig über den rauen Untergrund geschleift, bevor ihn die Insektoidenkrieger unter ihren Leibern begruben.

Der Rest der Gruppe raste wie von tausend Teufeln gehetzt auf und davon.

***

Wentons Schreie hallten minutenlang durch die Finsternis. Dann erstarben sie mit einem letzten Gurgeln. Michael hoffte, Harry sei zu dessen eigenem Besten tot und nicht in Gefangenschaft geraten.

Gelegentlich hörten sie in ihrem Rücken von ihren Häschern verursachte Geräusche – sei es das Schaben eines Chitinpanzers an der Wand oder ein Palaver in deren klickender Sprache.

Der Vorsprung der Menschen wuchs etappenweise. Andy führte sie um enge Biegungen und durch Nadelöhre, deren Bewältigung den Insektoiden wegen ihrer massigen Rümpfe schwerer fiel als den Fliehenden. Mit etwas Glück würden sie auf einen Engpass stoßen, der für die Insektoiden unpassierbar war.

Andy stürmte als Erster in die geräumige Felsenkammer. Maggie, deren Wangen von Schmutz und Tränen verschmiert waren, klebte ihm praktisch an den Fersen. Dann kamen Jane und Michael. Obwohl sie mittlerweile eine größere Strecke zwischen sich und ihre Jäger gebracht hatten, durften sie sich keine Ruhepause erlauben. In der Mitte des Raums lagen aufgehäufte Steine und Knochen sowie allerhand merkwürdige Gerätschaften.

»Seht mal her«, rief Andy heiser.

Mitten über dem Haufen schwebte ein kleiner Felsquader in der Luft. In der Decke darüber gähnte ein Loch, dessen Durchmesser knapp zehn Meter betrug.

Mike warf einen überzähligen Kristall nach der Deckenöffnung. Als dieser in ihren Einflussbereich geriet, sauste er nach oben und verschwand.

Mike atmete erleichtert aus. »Der Schwerkraftschacht. Saknussoff hatte recht. Gott sei Dank.«

»Ich glaube, sie verfolgen uns nach wie vor«, warnte Jane.

»Ob sie über die Schwerkraftschächte Bescheid wissen?«, fragte Maggie.

Michael spurtete zu einem der Ausgänge aus der Höhle und warf einen zweiten Kristall hinein, der nach dem Aufprall auf dem Boden etliche Meter weiterrollte. »Nur zur Vorsicht. Um sie auf eine falsche Fährte zu locken.«

Jane stand kurz vor dem Schacht. »Zeit nach Hause zu fliegen, meine Freunde.« Dann sprang sie ab. Maggie und Andy taten es ihr gleich. Allein Michael riskierte vor dem Start einen letzten Blick in den Gang, aus dem sie gekommen waren.

KAPITEL 25

Die zerlumpten Abenteurer schliefen, während sie aufwärts flogen. Die Geschwindigkeit in der Mitte des Schachts erreichte fast dreihundert Stundenkilometer, doch sie spürten weder Luftreibung noch ihr eigenes Gewicht. Auch von Träumen über Monster, die sie hetzten, wurden sie verschont. Ihre Müdigkeit war so überwältigend, dass keiner von ihnen in der Geborgenheit verheißenden Umgebung dem Schlafdrang widerstehen konnte.

Nach knapp fünfundzwanzig Stunden verlangsamte sich das Flugtempo, das nicht sie selbst, sondern der Schwerkraftschacht bestimmte, bis die Gruppe reglos über dem Abgrund schwebte.

Jane öffnete die Augen. Die Angst, die an ihr nagte, verdrängte rasch das Gefühl der Desorientierung, das sie zunächst befiehl.

Wach und alarmiert, ließ sie die Arme kreisen. »Mike?« Sie schwamm zu ihm und zupfte ihn an seinem langen Haupthaar.

Behäbig sperrte er mit bebenden Lippen die Augen halb auf. »Was gibt's, Liebling?«

»Wir sind da. Andy, Maggie wacht auf! Schnell.«

Obwohl die beiden ziemlich groggy waren, paddelten alle gemeinsam zum Rand des Schachts. Sobald sie festen Grund unter den Füßen hatten, übte der Schacht keine Wirkung mehr auf die Gravitation aus und sie landeten auf dem Boden.

Maggie hockte sich hin und stöhnte. »Das ist der härteste Jetlag, den ich je zu verdauen hatte.«

Auf dem Rücken liegend, lachte Andy vor Erleichterung. »Wir haben es vollbracht.«

»Freu dich bloß nicht zu früh«, unkte Jane. »Von der Oberfläche trennen uns viele Kilometer und wir haben keine Vorstellung, was uns auf dem Weg dorthin blüht.«

»Du hast ja recht. Trotzdem geht es mir schon viel besser.«

Michael absolvierte Dehn- und Streckübungen, um seine verspannte Muskulatur aufzulockern. Dann lief er rings um die Höhle und inspizierte jeden einzelnen der Ausgänge. Nirgends konnte er den Hauch eines Luftzugs ausmachen.

»Gut, dann ist das eben so«, konstatierte Jane das ernüchternde Ergebnis seiner Inspektionsrunde. »Trotzdem sollten wir eine Inventur unserer Vorräte vornehmen.«

Sie alle hatten eine stolze Anzahl von Kristallen sowie reichlich getrocknetes Pilzfleisch. Damit war ihre Versorgung mit dem Nötigsten auf mehrere Wochen hinaus gewährleistet. Zudem hatten die Pilzhappen ein geringes Gewicht, das sie beim Klettern kaum behindern würde. Weniger positiv sah es mit dem Wasserbestand aus. Dieser würde sich selbst bei strenger Rationierung bestenfalls auf die Dauer einer Woche strecken lassen.

Auch der Verlust an Körpergewicht, den sie auf ihrer bisherigen Reise hinnehmen mussten, konnte zu einem Problem werden. Beim Klettern würden sie Unmengen an Energie verbrennen und ihren Körpern mangelte es an Fettreserven. Also würde ihr Organismus zur Energiegewinnung auf ihre

Muskulatur zurückgreifen, was ihnen über kurz oder lang zum Verhängnis werden konnte.

Michael legte sich mächtig ins Zeug, um die Stimmung zu heben, da er wusste, dass eine positive Perspektive zusätzliche Kräfte freisetzte. Sollten sie stattdessen in einem Strudel aus Depressionen versinken, wären sie verloren.

»Wo sie wohl alle hingegangen sind?«, fragte Andy. »Von den Flüchtlingen müssen einige bis hier oben gekommen sein. Was wohl danach mit ihnen geschehen ist?«

»Lasst uns die Höhle nach Spuren von ihnen durchkämmen«, schlug Maggie vor. »Den Boden, die Wände, einfach alles.«

»Der Boden ist aufgewühlt«, diagnostizierte Andy. »In einer Höhle wie dieser kann das genauso gut gestern wie vor fünfzigtausend Jahren passiert sein.«

»Hier drüben sehe ich auch Spuren«, vermeldete Mike. »Sie gehen aber nicht bis zum Ausgang. Und bei dir?«

»Die hier reichen bis in den Stollen da vorn rein. Irgendjemand oder irgendetwas ist dort langgegangen.«

»Mehr haben wir nicht. Hat jemand Einwände?«

»Alles, was wir haben, ist alles, was wir brauchen«, stellte Jane fest.

Michael hielt seinen Kristall hoch und marschierte in die von Andy angezeigte Öffnung im Fels.

Sie wanderten einige Stunden, in deren Verlauf der Korridor mal enger und mal breiter wurde. Aufgrund der moderaten Steigung kamen sie gut voran.

»Was denkst du, wo wir uns gerade befinden?«, wollte Jane von Michael wissen. »Geografisch gesehen meine ich.«

»Das frage ich mich auch schon seit einer Weile. Die Kilometer, die wir am Mittelpunkt der Erde zurückgelegt haben, entsprechen voraussichtlich Hunderte oberirdische. Wir könnten praktisch überall auf der Welt rauskommen.«

»Solang die Höhle nicht auf dem Grund eines Ozeans endet, ist es mir ziemlich schnuppe, wo wir auftauchen.«

»Kannst du dich an das Sonnenlicht erinnern? Ich glaube, das war eine echt tolle Sache.«

Sie grinste. »Ach, der Herr hat genug von der schummerigen Nachtclubbeleuchtung.«

»Oh, ja.«

Plötzlich schnupperte er.

»Hey, riechst du auch etwas?«

Jane reckte das Kinn vor und tat es ihm gleich. »Ja.«

»Hat da hinten gerade jemand Pippi gemacht?«, rief Michael.

Maggie und Andy schlossen auf und verneinten die Frage.

»Ich rieche es auch«, sagte Maggie. »Es stinkt definitiv nach Harnsäure.«

»Der Urin muss erst vor Kurzem abgesetzt worden sein«, erklärte Jane. »Tierischer Urin verflüchtigt sich spätestens nach einigen Wochen vollständig.«

»Glaubst du, dass der Geruch von dem Volk aus der Stadt verursacht wurde?«, fragte Andy.

»Keine Ahnung. Der Ammoniakgehalt des Dufts ähnelt eher dem eines Tigers als eines Menschen.«

»Das gefällt mir gar nicht«, monierte Mike.

Später betrat Michael eine geräumige Höhle. »Anscheinend haben wir die Flüchtlinge aus der Stadt gefunden.«

Uralte Knochen übersäten den gesamten Boden. Der Menge der Gebeine nach mussten Hunderte an diesem Platz verstorben sein.

»Merkt ihr etwas?«, fragte Jane. »Die Skelette haben eine seltsame Körperhaltung. Jemand hat sie nach ihrem Tod manipuliert. Seht ihr die Zahnspuren hier?«

»Zahnspuren?«, wiederholte Maggie. »Sie wurden also von Raubtieren erlegt?«

»Eventuell«, antwortete die Biologin. »Es könnte auch sein, dass sie sich gegenseitig getötet haben. Die Knochen sind nach einem Muster angeordnet. Hier liegen alle Armknochen beisammen und dort die Beinknochen. Das alles erweckt einen Verdacht auf Kannibalismus.«

»Herrje«, stammelte Maggie.

»Hier also endete die Reise des einst auf seine Errungenschaften so stolzen Volks.« Mike kickte einen Knochen zur Seite.

»Nicht für alle von ihnen, wenn du mich fragst«, sagte Jane. »Manche mutierten zu Jägern und manche zu Gejagten.« Sie wanderte von Skelett zu Skelett. »Männlich, männlich, männlich, männlich, weiblich, männlich …« Die Biologin stockte. »Das lief wie bei einem Überfall von einem Stamm auf einen anderen in einer primitiven Gesellschaft ab. Die Männer werden getötet und die Frauen und Kinder geraubt.«

»Das ist doch verrückt.« Andy schüttelte konsterniert den Kopf.

»Wer weiß, wie lange sie in diesem Labyrinth feststeckten, ehe die Lage eskalierte?«, überlegte Michael. »Das lässt nichts Gutes für unseren Heimweg erhoffen.«

»Vielleicht haben sie ein Dasein hier einem Aufbruch an die Oberfläche vorgezogen«, gab Jane zu bedenken. »Vielleicht hatten sie Angst davor, dass ihnen oben ein wesentlich übleres Schicksal drohte. Letztlich ist das alles aber graue Theorie.«

»Und wo leben ihre Nachfahren heute?«, fragte Andy.

»Willst du ihnen wirklich begegnen?« Maggie legte einen Arm um Andy. »Nachdem du das hier gesehen hast?«

»Nein. Also sollten wir von ihrem Weg abzweigen und zusehen, dass wir bald nach Hause kommen.« Abrupt riss Andy seinen Kristall hoch. »Scheiße!«

Oben an der Decke hing eine Kreatur, die in der Sekunde, in der sie der Lichtschein streifte, davonhuschte.

»Da sind sie wieder«, kreischte Maggie. »Dieselben Biester wie in der Woronja-Höhle.«

»Keine Panik«, bellte Michael. »Es ist abgedampft.«

Andy wischte sich die Haarsträhnen aus dem Gesicht. Mit bebender Stimme sagte er: »Ich hab echt die Schnauze voll. Ich möchte nur raus hier.«

»Und wir werden hier rausfinden«, beteuerte Mike. »Du hast recht: Wir haben uns viel zu lange auf diesen horizontalen Tunnel konzentriert. Es ist an der Zeit, sich nach oben zu orientieren.«

Ein Lächeln umspielte Andys Mundwinkel. »Ja, nichts wie weg hier.«

KAPITEL 26

Den ganzen Tag über bezwangen sie einen Höhenmeter nach dem anderen. Dabei quetschten sie sich selbst durch engste Löcher. Die schroffen Felsen zerschrammten sie überall am Körper. Ihre Finger waren seit Langem taub. Manche der Felsnasen, die sie überwanden, lugten über Abgründe, die sich in der Unendlichkeit zu verlieren schienen.

Die Gruppe musste oft pausieren, um frische Kräfte zu schöpfen; dabei verspeisten sie jeweils einen Teil ihres schwindenden Vorrats an Pilzfleisch. Obwohl ihre vertrockneten Kehlen und Zungen nach mehr lechzten, durften sie sich nur kleine Schlucke Wasser gönnen, um einem vorzeitigen Ende ihrer Trinkreserven vorzubeugen.

Die Kreatur, die im Düsteren gelauert hatte, blieb ihnen auf der Fährte; sie hütete sich jedoch davor, näher an sie heranzupirschen. Deshalb mussten bei jeder Schlafperiode schichtweise Wachposten aufgestellt werden, um ein böses Erwachen zu verhindern.

Sie alle hatten die Kristalle mit einem Stück Seil an ihren Hälsen befestigt, damit sie beide Hände einsetzen konnten.

Michael fiel auf, dass Maggie gerade am Eindösen war. Andys Kristall verblasste allmählich. »Andy, dein Kristall.«

Der Angesprochene durchstöberte sein Gepäck nach einem Ersatz. Leider versiegte das Licht der Reservekristalle ebenso zu einem schwachen Glimmen.

»Wahrscheinlich werden sie alle bald erlöschen«, prophezeite Jane. »Je weiter wir uns vom Erdkern weg sind, desto weniger seiner Strahlung absorbieren sie und desto weniger davon können sie in Form von Licht abgeben.«

Das hieß, der letzte Rest des Wegs würde zu einem Wettlauf gegen das Versiegen ihrer Lichtquellen werden. Absolute Dunkelheit vermochte selbst abgehärtete Höhlenkletterer aus der Bahn zu werfen.

Michael seufzte. »Kein Problem. Es reicht, wenn einer davon bis zum Schluss durchhält.« Ihn durchfuhr ein schrecklicher Gedanke. Was, wenn sich die Kreatur von ihnen fernhielt, weil sie auf das Erlöschen der Kristalle spekulierte? Danach wäre es ein Kinderspiel für sie, über die – im Dunkeln wehrlosen – Menschen herzufallen. »Tja, dann.« Er klopfte auf seine Hüfte. »Wir werden nicht länger in dieser Schwärze herumhocken. Wir machen jetzt so lange ohne Rast weiter, bis der Tank leer ist oder wir oben sind.«

Die Klippe, die nun vor ihnen aufragte, würde in vielen Bereichen freies Klettern erfordern. Eine der Grundlagen des Höhlenkletterns, die sie alle von Beginn ihrer Passion an verinnerlicht hatten, war nie zu klettern, wenn man betrunken, krank oder müde war. Gerade bei einer Klippe wie dieser hier wurde der kleinste Fehler mit dem Tod bestraft.

»Michael?«, sagte Andy gedehnt.

»Ja?«

»Glaubst du weiterhin daran, dass wir den Preis einsacken?«

Alle lachten. Es klang reichlich wahnsinnig, aber es fühlte sich gut an.

»Klar. Wir haben ein Anrecht darauf. Wer denn sonst? Und jetzt, Jungs und Mädels, werden wir diesen Felsen überwinden!« *Lang ist der Pfad und beschwerlich, der aus der Dunkelheit hinaus führt ans Licht,* erinnerte sich Mike an ein gängiges Zitat aus »Paradise Lost« von John Milton, das jener vor vierhundert Jahren in der gleichen Epoche verfasst hatte, in der auch Saknussoff sein Manuskript niederschrieb. Der eine philosophierte über ein verlorenes Paradies, der andere über eines, das es zu finden galt.

Aus der Dunkelheit hinaus ans Licht, wiederholte er gedanklich. Dann packte er eine Felskante und zog sich in die Höhe. Wichtig war von hier an vor allem die Arbeit mit den Beinen, denn deren Muskulatur war viel stärker als die der Arme und Schultern, die ihm bereits jetzt elende Qualen hervorriefen und die in Agonie brüllten. Sein gesamter Kosmos schrumpfte auf die jeweils nächsten Meter zusammen, die er bezwingen musste. Was ihm hundert Meter weiter oben drohte, konnte ihm gleichgültig sein, denn wenn er nicht die nächsten beiden Meter überwand, brauchte er sowieso keinen Gedanken darauf zu verschwenden. Zentimeter um Zentimeter kämpfte er gegen die Steilwand und die Pein an.

Er stützte die Ellbogen auf einem kleinen Sims ab. »Wie schaut's bei euch aus?«

Das Team hatte sich verstreut. Andy hatte die geringste Strecke absolviert. Maggie befand sich rechts von Mike. Jane war bereits eine Etappe höher als Maggie geklettert.

»Gut, aber ich könnte dringend eine Maniküre vertragen«, rief Maggie.

»Ich auch«, stimmte Jane zu.

»Mir tut alles weh, aber ich bin in der Spur«, berichtete Andy.

Michael freute sich über die gute Moral seiner Gefährten. Verzweiflung äußerte sich anders. Unter ihm dräuten endlose schwarze Schatten. Der blaue Schein seines Kristalls ließ nach. Dennoch musste er dem Drang widerstehen, das Tempo zu verschärfen. Ein Fehltritt und alles wäre vorbei. Er holte ordentlich Luft und begann zu klettern.

Tock.

Michael runzelte die Stirn und horchte.

Tock.

»Habt ihr das gehört?«

»Tropfendes Wasser?«, fragte Jane.

Tock.

»Ja, klingt so. Das Geräusch kommt von unten«, berichtete Andy. Als er über seine Schulter blickte, fiel ihm nichts Verdächtiges auf.

»Seltsam …« Michaels Nackenhaare sträubten sich. Er schwang das rechte Bein auf einen Felsvorsprung und wuchtete dann den ganzen Körper darauf. Aus seinem Rucksack packte er den letzten Reservekristall aus, der immer schwächer schimmerte. Als er ihn in die Tiefe fallen ließ, erhaschte er in dessen Schein kurz eine bleiche Kreatur von Menschengröße, die Andy nachstellte.

Michael schluckte sein Entsetzen hinunter. »Andy, komm schon. Trödel nicht so rum, Kumpel.«

Tock.

Tock.

»Weshalb?«

»Einfach so. Wir wollen nicht ewig hier herumlümmeln«, sagte Mike im souveränsten Tonfall, dessen er in Anbetracht der Umstände fähig war.

»Okay.«

Die Kreatur tauchte im Licht von Andys Kristall auf. Sie schien die Klippe fast hochzulaufen, statt sie zu erklimmen. Mit ihren Klauen nutzte sie die winzigsten Spalten und Erhebungen, die einem Menschen niemals vernünftigen Halt geboten hätten. Ihre halbrunden und milchig weißen Augen bestanden aus zwei schmalen Fugen unter einer mächtigen, fliehenden Stirn. Das Maul war aufgeklappt und entblößte ein Gebiss mit langen, nadelspitzen, gelblich verfärbten Zähnen. Diese Kreatur gehörte zur Familie der Säugetiere und sie zählte zu deren fleischfressenden Vertretern. Ihr Rumpf war länger als der eines Menschen, die Beine dafür kürzer und stämmiger. Aus seiner Statur konnte man schließen, dass es für gewöhnlich auf allen vier Gliedmaßen ging. Und schlank, wie es war, war es dazu in der Lage, sich durch die engsten Spalten zu zwängen.

Die Kreatur blähte die Nüstern auf und sog die Witterung seiner auserkorenen Beute aus deren unmittelbarer Nähe ein.

Andy beschlich ein Verdacht auf die Anwesenheit des Verfolgers. »Hier stinkt's.« Verzweifelt bemühte er sich, ein höheres Tempo einzuschlagen. Die Kreatur rückte bis auf fünf Meter an ihn heran.

Michael hatte nicht die leiseste Ahnung, was er tun sollte, falls das Monstrum seinen Freund einholte. Eine tückische Felswand war alles andere als der beste Platz, um einen Angriff effektiv abzuwehren. Trotzdem feuerte er Andy an: »Los Kumpel, du packst es. Schau dich nicht um. Gleich bist du bei mir.«

Doch seine verbale Unterstützung sollte vergeblich sein. Die Kreatur streckte eine Klauenhand aus und bekam Andy am Sprunggelenk zu fassen, der daraufhin aufschrie und sämtliche Kräfte mobilisierte, um sich beidhändig an einem Felszacken festzuklammern. Ansonsten hätte ihn das Geschöpf mit einem Ruck von der Klippe gepflückt.

Die Kreatur kroch dichter heran und beschnüffelte Andys Unterschenkel. Aus seinem Maul schnellte eine spitze Zunge und leckte die Beute gierig ab.

»Scheiße, es hat mich«, fluchte Andy.

Und ich bin schuld, dass er diesen Albtraum erleiden muss, dachte Michael, den eine seltsame Gelassenheit erfüllte. Konzentriert zog er Georgis Schweizer Messer aus der Tasche und öffnete es geschickt mit einer Hand.

»Helft mir!«, rief Andy, während er langsam nach unten gezerrt wurde.

Michael erfasste die Situation blitzartig. Ohne zu zögern, ließ er den Fels los und segelte im Sturzflug in die Tiefe. In der nächsten Sekunde war auf Höhe der Kreatur, ergriff diese und rammte ihr die zehn Zentimeter lange Klinge in den muskulösen Rücken. Sie heulte auf, wie es von einer Kreatur aus der Hölle – und etwas anderes konnte sie nicht sein – zu erwarten gewesen war. Michael hielt mit einer Hand das Messer, mit der anderen krallte er sich an der Bestie fest. Die Kreatur wollte ihn abzuschütteln und durch ihre Bewegungen dabei pendelte er über dem Abgrund hin und her. Mikes Gewicht und die Schwerkraft, die ihn nach unten zog, vergrößerten die Messerwunde automatisch, wobei der Rücken der bleichen Kreatur aufgeschlitzt wurde wie ein sich öffnender Reißverschluss. Von Qualen besiegt erschlafften die Klauen der Bestie und gaben die Felswand frei. Michael sprang rechtzeitig ab und fand Halt am Gestein. Dabei purzelte ihm das Messer aus den Händen. Michael presste die Stirn an den kühlen Felsen, als die Erschöpfung ihn beinahe überwältigte. *Jetzt bloß nicht vor Anstrengung kotzen,* dachte er und fokussierte sich darauf, seinen wild galoppierenden Herzschlag zu bändigen.

»Michael«, rief Jane.

»Ich … ich … bin okay.« Tränen rannen ihm aus den Augenwinkeln. »Klettert weiter und haltet Ausschau nach einem Plätzchen, an dem wir uns ausruhen können.«

»Danke«, sagte Andy sanft. »Du Idiot.«

Mike kicherte. »War mir eine Ehre. Immer wieder gern.« Bevor er sich wieder in Bewegung setzte, lauschte er kurz nach Verfolgern, obwohl ihm klar war, dass sie keine Waffen mehr zu ihrer Verteidigung hatten.

Jetzt kommt's auf unser Glück an.

KAPITEL 27

Andy und Jane hievten den bis an seine Grenzen ausgelaugten Mike auf den Felsvorsprung, wo er sich schwer atmend auf dem Rücken wälzte.

Jane küsste seine Stirn und strich ihm eine Haarsträhne aus dem Gesicht. »Das war gleichzeitig das Tapferste und Dümmste, was ich bis heute erlebt habe.«

Er grunzte gedämpft. »Ich wage es nicht, darüber nachzudenken. Wenn ich das tun würde, müsste ich kotzen.« Nach einem Ächzen fuhr er fort: »Und wenn ich vorher darüber nachgedacht hätte, hätte ich es nicht getan.«

Andy legte die Hand auf Mikes Schulter. »Ich bin froh, dass du dein Gehirn nicht eingeschaltet hast, sonst wäre ich jetzt Monsterfutter.« Er grinste. »Am liebsten würde ich dich auch küssen. Bevor du zustimmst, solltest du aber in Betracht ziehen, dass ich mir seit Monaten die Zähne nicht mehr geputzt habe.«

Mike kicherte. »Dann stell mir einen Kuss-Gutschein aus, den ich bei Bedarf einlösen kann.«

»Maggie, war das eines von den …?«, fragte Andy.

»Ja genau, es war eines von den Biestern, denen wir unterwegs nach unten begegnet sind. Es wirkte wie eine Mischung aus einer Fledermaus und einem Menschenaffen.« Kopfschüttelnd ergänzte sie: »Wie grauenhaft.«

Michael setzte sich auf. »Also gibt es auch Säugetiere, die von der Evolution an diese Umwelt angepasst wurden.«

»Ja«, bestätigte Jane. »Echte Troglobionten. Bisher kannten wir keine Säugetiere aus dieser Kategorie. Vermutlich existiert eine ganze Population dieser Geschöpfe.«

»Mir wird ganz mulmig, wenn ich mir ausmale, wie es wäre, einem ganzen Rudel von diesen Dingern über den Weg zu laufen«, meinte Maggie.

»Das Volk aus der Stadt ...«, sagte Andy gedehnt. »Die Skelette ...«

»Du denkst, diese Dinger haben sie erledigt?« Maggie stand auf. »Das ist ja fürchterlich. Die armen Leute. Und das alles, nachdem ihnen die Flucht geglückt war ... all diese Frauen und Kinder ... ganze Familien ... sie alle sind von diesen Monstern abgeschlachtet worden.«

»Vielleicht«, entgegnete Mike verhalten.

»Jene, die in die Finsternis hinabsteigen, finden dort Monster«, erklärte Jane, »oder sie werden selbst zu Monstern.«

»Jules Verne hatte keinen Plan davon, wie sich die Wirklichkeit hier unten gestaltet«, sagte Michael. »Manchmal ist es besser, wenn Romane nicht zu viel von der Realität preisgeben.«

Maggie lachte plötzlich hysterisch.

»Was ist?«, fragte Andy.

»Es ist das Schönste, was ich jemals gesehen habe.« Sie zeigte auf einen rostigen Metallstift, der eindeutig schon vor Jahrzehnten im Stein verankert worden war.

»Oh mein Gott, oh mein Gott«, flüsterte Jane. »Vor uns waren schon andere Menschen hier.« Wie ein Kind klatschte sie vor überschäumender Freude in die Hände. »Wir müssen ziemlich nahe an der Oberfläche sein.«

»Jetzt brauchen wir nur dieser Spur nachzugehen«, sagte Michael.

»Dort drüben ist ein Loch in der Wand«, verkündete Maggie aufgeregt. »Dort führt der Weg in die Freiheit.«

Andy krabbelte in das Loch und stieß auf einen Wall aus Geröll. Während er es wegräumte, erläuterte er: »Das ist keine natürliche Barrikade.« Keuchend schuftete er zwanzig Minuten, bis er den Schutt beseitigt hatte. Dann robbte er tiefer in die Höhle. Kurz darauf legte er den Rückwärtsgang ein. Wieder auf dem Vorsprung sagte er: »Der Durchgang ist passierbar.«

Maggie atmete erleichtert aus. »Wenn wir uns dadurch selbst ein paar Prozente an Strapazen ersparen, sollten wir diese Möglichkeit nutzen.«

Wer hat den Durchgang verschlossen und weshalb?, grübelte Mike insgeheim.

Der letzte blockierte Gang, den sie genommen hatten, war versiegelt worden, um die Insektoiden zu stoppen. Wieso gab es nun diese Mauer? Um die Biester in der Höhle gefangen zu setzen oder um Menschen davon abzuhalten, nach unten zu steigen?

Wie auch immer, sie hatten nur diese eine Option. »Worauf warten wir dann? Andy, du führst uns.«

Jener tat wie ihm geheißen und schlüpfte in den Durchgang. Maggie verschwendete keine Sekunde und ahmte sein Beispiel nach.

Jane küsste Mike auf die bärtige Wange. »Ich drücke uns beide Daumen und Zehen.«

Als sie verschwunden war, hörte Michael es.

Tock.

Er sah kurz nach unten.

Tock.

»Ach, fahrt einfach zur Hölle.«

***

In einer Linie schlängelten sie sich wie Würmer durch den beengten Tunnel. Nun gereichte es ihnen zum Vorteil, dass sie so viel Gewicht eingebüßt hatten.

Andy kam in eine geräumige Höhle, in der die Reste eines Lagerfeuers und geöffnete Konservendosen von der einstigen Anwesenheit anderer Menschen kündeten. Daneben lag eine handverfasste Notiz.

»Kann das jemand lesen?«, fragte Michael. »Das ist kein Russisch.«

»Es ist Rumänisch«, erläuterte Maggie. »Ein bisschen davon kapiere ich. Die Botschaft besagt, man soll seinen Abfall wegräumen.« Sie lachte. »Wir haben ein Müllproblem. Willkommen zurück in der modernen Welt.«

»Rumänien«, staunte Andy.

»Wenn das wahr ist, haben wir uns tausendfünfhundert Kilometer von unserer Ausgangsposition entfernt«, rechnete Jane vor. »Wir sind unter dem kompletten Schwarzen Meer durchgewandert.«

»Unser Licht erlischt gleich«, mahnte Mike. »Wir müssen uns beeilen.«

Sie kletterten stundenlang. Die Gewissheit, bald zu Hause zu sein, aktivierte frische Kräfte. Und dann fanden sie die Seile nach oben im Fels.

Und zudem eine zweite Notiz.

»Wir sind tatsächlich in Rumänien«, sagte Mike. »Ich war früher schon hier. Das ist die V5-Höhle in Fața Muncelului. Wir sind fast draußen.«

»Mir ist ziemlich mulmig zumute«, klagte Maggie.

»Ich habe Angst. Vielleicht träume ich gerade, und wenn ich wach werde, bin ich wieder am Mittelpunkt der Erde.«

»Nein, es ist wahr«, munterte Mike sie auf. »Jane? Wo bist ...?«

»Hier. Mein Kristall hat den Geist aufgegeben.«

»Das ist nicht so schlimm«, tröstete er sie. »Wir können auch ohne Licht den Seilen folgen.«

Eine Stunde später schimmerte über ihren Köpfen ein schwaches Licht. Und wenige Meter weiter oben erkannten sie dessen Quelle – die Sterne am Firmament.

Jane seufzte. »Welch ein wundervoller Anblick.«

»Ich kann das Gras und die Tannennadeln riechen ... es riecht nach *Freiheit*«, schwärmte Andy glücklich und zufrieden.

Sie erreichten eine Eisenleiter, deren Erklimmen ihnen nach alle den Entbehrungen, die sie erduldet hatten, wie die einfachste Sache im ganzen gesamten Universum erschien.

Nachdem die anderen nach oben gestiegen waren, wandte sich Mike nachdenklich nach hinten um. »Lebt wohl, Angela, Jamison, Bruno, Ronnie und selbst du, Harry. Wir werden euch vermissen.« Dann kletterte er den anderen Überlebenden nach.

Das Loch, aus dem er trat, lag inmitten einer saftigen Wiese. Es war irgendwann in der Nacht. Der Temperatur nach dürfte gerade Spätfrühling sein. Weiße Wildblumen sprenkelten die Grasfläche.

Sie alle legten sich rücklings auf die Erde und streckten Arme und Beine von sich.

»Das war das coolste Abenteuer aller Zeiten.« Andy grinste wie ein Honigkuchenpferd.

»Ich hätte gern darauf verzichtet«, bekannte Maggie. »Meine Laufbahn als Höhlenkletterin ist *vorbei.*«

»Meine auch«, sagte Jane. »Ich glaube, ich sattele aufs Surfen um.«

Gedankenverloren starrte Michael in den Nachthimmel. Nach einer Weile fragte er: »Ist uns das wirklich passiert? Ich kann es nicht glauben.«

»Es war real«, antwortete Jane. »Und der Mittelpunkt der Erde ist ein scheußlicher Albtraum.«

***

Hunderte Meter unter ihnen schnüffelte eine gewaltige Horde der bleichen Kreaturen der Spur der Eindringlinge hinterher, die einen der ihren ins Verderben gelockt hatten.

EPILOG

»Was wurde nicht alles an einem Tag bestritten, nur um am nächsten für bare Münze genommen zu werden?«

JULES VERNE

Seit ihrer Reise war ein Jahr verstrichen. Mike Monroe saß an seinem Schreibtisch und fertigte Notizen an. Alle Überlebenden hatten sich einer Behandlung mit Jod-Isotopen unterziehen müssen, um die Effekte der gravierenden Strahlenbelastung in Zaum zu halten. Diese schien funktioniert zu haben, denn bei keinem von ihnen traten Geschwüre wie bei Katja auf.

Laut Kalender datierte die Zeitspanne ihrer Abwesenheit von der Erdoberfläche auf dreiundvierzig Tage. Doch er wusste, sie waren mindestens doppelt so lange unter der Erde verschollen gewesen.

Sie alle hatten darin übereingestimmt, ihre Expedition so lange geheim zu halten, bis Michael seinen Bericht abgeschlossen hatte.

Seine Freunde wollten das Vergangene am liebsten vergessen, aber Michael konnte das Erlebte nicht loslassen. Und dessen Niederschrift erwies sich als außerordentlich schwierig.

Nachdenklich betrachtete er die Seite, die er gerade vollendet hatte. Er bemühte sich aus dem Gedächtnis um eine Rekonstruktion der Schrift, die er und Jane in dem mutmaßlichen Tempel in der Kristallstadt entdeckt hatten. Ebenso zeichnete er die dortigen Wandbilder nach. Heute hatte er eine kleine Flotte, die auf ein blutrotes Meer floh, auf das Papier gebannt.

Er lehnte sich zurück und betrachtete die kleine Statuette auf der Schreibfläche, die er unten eingesammelt hatte. Es gab vielfältige ungeklärte Fragen, die ihn so sehr aufwühlten, dass er nachts kaum durchschlafen konnte. Die Neugier auf ihre Beantwortung loderte wie ein Feuer in seinem Herzen.

Am Mittelpunkt der Erde gab es intelligentes Leben, das erforscht werden wollte. Darüber hinaus barg diese Welt ein weiteres verstörendes Rätsel. Wer waren diese Kreaturen, die auf dem Rückweg hinter ihnen her gewesen waren? Er hatte ein Stück Stoff, das mit dem Blut des Geschöpfs, vor dem er Andy gerettet hatte, besudelt war, zu Testzwecken in ein zoologisches Labor eingeschickt. Die Ergebnisse standen noch aus.

In seinem Kopf wirbelten die Gedanken. Was war aus den Flüchtlingen in den Booten geworden? Waren sie uns ähnlich? Haben sie irgendwo einen Neuanfang gestartet? Und wäre es möglich, Kontakt zu ihnen zu etablieren?

Neben der Arbeit an seinem Manuskript hatte Michael alle verfügbaren Zeugnisse über vermisste Höhlenforscher gesammelt. Wer weiß, wer von ihnen vielleicht ebenfalls einen Zugang zu der unterirdischen Welt gefunden hatte?

Er brütete noch eine Weile vor sich hin, ehe er eine der Schreibtischschubladen öffnete und Saknussoffs in einen Öllappen eingewickeltes Buch herausholte.

Darin befanden sich einige Passagen, deren Offenbarungen Mike sowohl in helle Aufregung als auch in panische Angst versetzten.

Entsprechen sie der Wahrheit?, wunderte er sich. *Das wäre schier unglaublich.*

Er seufzte und verstaute die Notizen an ihrem Aufbewahrungsort.

Neulich hatte ihm Jane den Finger drohend vors Gesicht gehalten, als sie ihm seinen Wunsch von den Augen ablas. Ihr Blick dabei hatte ganz deutlich *nein* gesagt.

Mike verschränkte die Arme. Forscher erkunden Höhlen, weil sie dort Neues und Extraordinäres aufspüren wollen. Er hatte etwas derart Extraordinäres aufgespürt, dass es die ganze Evolutionswissenschaft in ihren Grundfesten erschüttern würde. Selbst der Platz des Menschen in der Natur stand nun infrage.

Er schloss die Augen und flüsterte: »Nein.«

Als er sie wieder öffnete, schlug ihn die Zeichnung von dem Meer unter rotem Himmel in ihren Bann.

Ihre Anziehungskraft war unwiderstehlich.

–ENDE–

LUZIFER
VERLAG